낯설고 불친절한 상상의 세계를
기꺼이. 열정적으로 즐겨주신 분들께
깊은 감사 드립니다.

2019.1.

송재정

알함브라 궁전의 추억

1

송재정 대본집

알함브라 궁전의 추억 1

초판 1쇄 발행 2019년 1월 21일
초판 2쇄 발행 2019년 1월 24일

지은이 | 송재정
펴낸이 | 金湞珉
펴낸곳 | 북로그컴퍼니
편집부 | 김옥자·서진영·김현영
디자인 | 김승은·송지애
마케팅 | 이예지·김은비
경영기획 | 김형곤
주소 | 서울시 마포구 월드컵북로1길 60(서교동), 5층
전화 | 02-738-0214
팩스 | 02-738-1030
등록 | 제2010-000174호

ISBN 979-11-89166-62-5 04810
ISBN 979-11-89166-61-8 04810(세트)

· 이 도서의 국립중앙도서관 출판예정도서목록(CIP)은 서지정보유통지원시스템 홈페이지(http://seoji.nl.go.kr)와 국가자료공동목록시스템(http://www.nl.go.kr/kolisnet)에서 이용하실 수 있습니다.(CIP제어번호: CIP2019000226)

송재정 대본집

알함브라 궁전의 추억

1

북로그컴퍼니

작가의 말

쓰고 싶은 것을 쓰고,
그 글을 좋아하고 기꺼이 열정을 바쳐주는 동료들을 만나고,
그들이 단조로운 활자를 화려한 영상과 소리로 구현해내고,
나만의 상상을 시청자와 함께 눈으로 확인하는 그 과정이야말로
내게는 마법같이 경이로운 순간이다.
특히나 이번처럼 내내 모든 분들께 감사하는 마음으로
방송을 본 적이 없는 것 같다.
나는 정말로 행운아다.
대본집을 보시는 동안,
단어 하나를 살리기 위한 스태프들과 배우분들의 노력과 천재적 열정이
독자 여러분들께도 생생히 전해졌으면 좋겠다.
함께 고생해준 김윤숙, 장지혜 우리 보조작가들에게도 감사드린다.

일러두기

1. 이 책의 편집은 송재정 작가의 집필 방식을 따랐습니다.

2. 드라마 대사는 글말이 아닌 입말임을 감안하여, 한글맞춤법과 다른 부분이라 해도 그 표현을 살렸습니다. 지문의 경우 한글맞춤법을 최대한 따르되, 어감을 살리기 위해 고치지 않고 그대로 둔 경우도 있습니다.

3. 대사와 지문에 등장하는 말줄임표나 쉼표, 느낌표와 마침표 등의 문장부호 역시 작가의 집필 의도를 살리기 위해 그대로 실었습니다.

4. 게임 속 메시지의 경우 〈 〉 안에 넣되 마침표는 생략했습니다.

5. 이 책은 작가의 최종 대본으로, 방송된 부분과 다를 수 있습니다.

✦ 차례 ✦

기획의도

고도로 발달한 과학은
마법과 구별할 수 없다.
- 아서 C. 클라크 -

고대의 마법과 현대의 과학은
의외로 같은 근원을 갖고 있다.
인간의 탐구심과 호기심.
미지를 향한 그 집념이
마법과 과학을 탄생시켰고
아날로그의 시대에도,
현재의 디지털 시대에도
그것은 변함없다.

이 드라마는 유진우와 정희주,
너무 다른 세계에 속한
두 남녀의 우연한 만남을 시작으로
마법과 과학,
아날로그와 디지털,
중세와 현대, 그라나다와 서울,
공유될 수 없어 보이는 세계들이

한데 섞이고 어우러지는 환상적인 경험을 통해
사랑과 인간의 끝없는 욕망에 관해
말하고자 한다.

클래식 명곡 〈알함브라 궁전의 추억〉의
낭만적인 기타 선율과
첨단과학기술 증강현실(AR)이 만나면
과연 어떤 신비로운 일이 벌어질지,
드라마를 통해 직접 확인하시기 바란다.

·· 서울 ··

유진우 ── 남주인공, 39세. <제이원 홀딩스>의 대표. 공학박사.

전자공학과 박사 시절에 자취방에서 친구 형석과 얼렁뚱땅 첫 회사를 만들었고 단 10년 만에 IT 업계 최대 투자사의 대표가 되었다.

무모할 정도로 겁 없는 모험심의 소유자로, 하고 싶은 건 꼭 해야 직성이 풀리고, 하기 싫은 건 죽어도 못하며, 할 말 안 하고는 못 배기는, 오로지 직선으로만 달리며 살아온 저돌적인 캐릭터. 강한 리더십과 유머감각으로 회사에선 존경받는 보스이나 연이은 두 번의 결혼 실패와 절친의 배신 등 사생활에서 온갖 태클이 걸리며 악전고투, 점점 냉소적으로 변해가는 중.

기술로 세상을 바꾸고 미래를 혁신하겠다는 비전은 희미해지고 몇 년 전부터 인생의 목표가 오로지 차형석을 이기는 게 되어버렸다.

그리고 마침내, 스페인 출장 중에 차형석을 밟아버리기 충분할 만큼 어마어마한 가치의 AR 게임을 개발했다는 익명의 프로그래머의 연락을 받고 흥분해 한걸음에 그라나다로 향한다. 그러나 약속 장소였던 〈보니따 호스텔〉에서 진우가 만나게 된 건, 프로그래머가 아니라 참을 수 없을 만큼 지저분한 방, 그리고 뻔뻔하게 양심도 없이 그 방을 돈 받고 내준 여주인 희주였다.

차형석 ── 남, 39세. <뉴워드> 대표. 공학박사.

진우의 친구이며 진우 회사의 공동 창업자.

열정 넘치고 비전이 크고 지고는 못 참고 자존심 강한, 진우와 비슷한 성향으로 그래서 대학 시절부터 누구보다 죽이 잘 맞는 친구였으나 그 비슷한 성향으로 인해 회사가 커지면서 첨예하게 대립하게 된다.

결국 세 싸움에서 진우에게 밀리면서 회사를 갈라 독립하게 되는데, 그 와중에 당시 우울증에 빠져 있던 진우의 아내 수진을 유혹하게 된다. 사실 형석이 오래전 대학 시절부터 진우의 여자 친구였던 수진에게 마음을 두고 있었던 것을 몇몇은 알고 있었다. 그런 그가 수진과 결혼한 것이 뒤늦은 사랑의 깨달음인지 진우에 대한 뒤틀어진 복수심인지는 알 수 없다.

진우는 이혼 후에야 이미 친구와 아내가 배신 중이었다는 걸 알게 되고, 이때 두 사람은 건널 수 없는 강을 건너버렸다.

그 후 3년 동안 서로의 회사를 물어뜯으며 총성 없는 전쟁을 하던 둘은 그라나다에서 만나 이번에는 한 천재가 만든 AR 게임을 두고 경쟁하게 되고.

이수진

여, 36세. 진우의 전처. 현재는 차형석의 아내. 소아과 의사.

정갈한 지성미가 돋보이는 타입으로 대학 시절부터 수많은 남학생들의 구애를 받았다. 그중에 가장 저돌적이고 매력 있었던 진우와 커플이 되어 후에 결혼까지 골인하게 되었다. 그러나 너무 오랜 시간 익숙하고 믿는 사이였던 게 도리어 문제였던 건지, 각자의 일이 바빠지고 아이까지 유산하면서 관계는 서서히 소원해졌고, 진우의 지나치게 빠른 성공은 동시에 수진의 우울증을 불러왔다. 그 후로 이혼에서 재혼까지 가는 그 요란한 과정을 되돌아보면 수진 자신도 무슨 생각이었는지 잘 기억이 나지 않는다.

재혼 후 몇 년 간은 안정된 생활을 하는 듯했으나 형석이 갑자기 사망하고 그 죽음의 배후인물로 진우가 입에 오르내리면서 극심한 심리적 갈등에 빠지는 불운의 여인.

차병준

남, 68세. 한국대학교 경영학과 석좌교수. 형석의 아버지.

부유한 집안에서 자란 명망 높은 지식인이며 성공한 교육자.

아들 형석과 진우가 무일푼으로 창업할 때 병준에게 찾아와 사업 아이템을 열심히 설명하며 투자를 부탁했다. 둘의 미래를 보고 흔쾌히 창업자금을 빌려준 혜안 덕택에 현재는 〈제이원〉에 상당한 지분을 보유하고 있으며 이사회 의장이기도 하다.

권위적이며 냉철한 성격으로 형석이 진우에 반기를 들었을 때도 아들 편이 아닌 진우의 손을 들어줬다. 둘 사이를 갈라놓은 원인을 제공한 며느리에게도 냉정하게 대해 형석과의 사이는 늘 좋지 않았다. 그러나 아들의 죽음 앞에선 병준도 계속 공정할 수가 없었다.

비극과 쏟아지는 루머 속에서 판단력이 흐려진 노교수는 진우를 회사에서 쫓아내고 도망자로 만드는 데 결정적 역할을 한다.

박선호

남, 43세. <제이원 홀딩스>의 경영전략 이사. 진우의 동료.

진우와 형석의 대학 선배로 둘이 회사를 차린 이후에 경영 파트를 맡으며 뒤늦게 합류했다.

공평하고 합리적인 성격으로 두 사람이 갈등을 일으킬 때마다 조율하며 회사를 키웠는데, 형석이 일으킨 일종의 반란으로 회사가 반으로 쪼개질 때 진우의 편에 선다. 진우를 가장 잘 제어하고 케어하는 인물이나 진우가 사고를 당한 후부터 이성적인 판단을 못하고 독선적으로 경영하자, 회사의 미래를 놓고 진우와 갈등 관계에 놓이게 된다.

형석에 대한 진우의 깊은 분노를 잘 알고 있기에 진짜로 진우가 형석을 죽인 게 아닌가 하는, 누구에게도 말 못할 의심을 내심 품고 있다.

서정훈 남, 33세. 진우의 비서.

진우의 충복. 싹싹하고 쾌활한 성격으로 진우의 신경질과 변덕에도 전혀 아랑곳없이 자신만의 페이스를 지키는, 뱃속 편한 마이웨이 스타일. 후에 진우가 회사에서 쫓겨나 모든 것을 잃고 도망 다닐 때도 끝까지 진우를 돕는다.

술 좋아하고 사람 좋아하고, IT 회사에 다니지만 아날로그를 좋아하는 기계치다.

최양주 남, 35세. <제이원 홀딩스>의 R&D 센터 연구팀장. 공학박사.

전형적인 오타쿠 스타일의 게임 전문가.

컴퓨터에 살고 컴퓨터에 죽고 인생의 대부분을 컴퓨터 앞에서 보내왔다.

세주의 AR 게임을 출시용으로 개발하는 프로젝트를 이끌며 게임에 관한 한 가장 디테일한 부분까지 파악하고 있어 진우의 브레인 역할을 한다.

컴퓨터 외의 모든 세상사에는 아이처럼 순진무구하며 늘 게임 속 캐릭터와 사랑에 빠진다.

고유라 여, 33세. 이혼 소송 중인 진우의 두 번째 아내.

아이돌 걸 그룹 출신의 알코올 중독자.

허영기 가득하고 불안정하고 충동적인 정신세계를 지닌 화려한 미인으로 진우가 이혼 후 방황하고 있을 시절에 우연히 모임에서 만나 순간적인 불꽃이 튀어 속전속결로 결혼했다. 그러나 애초에 공감대라곤 없이 충동적으로 이어진 커플이어서 그 후 1년의 결혼생활은 끔찍한 불화의 연속이었다.

한때 내연 관계에 있었던 매니저의 충동질로 어마어마한 금액의 이혼 소송을 제

기했으나 진우가 스페인에서 갑작스런 사고로 불구가 되자 갑자기 소송을 취하하고 그의 곁으로 돌아온다. 진우의 의지와는 상관없이 진우의 인생에 깊숙이 개입해 끝없는 불행을 야기하는 여자.

노영준 남, 45세. 유라의 전 매니저.

전형적인 양아치. 오래전 유라의 애인이었으며 유라의 결혼생활이 엉망이 되자 슬그머니 유라 앞에 나타나 진우를 상대로 거액의 이혼 소송을 걸도록 충동질한다. 그러나 후에 진우의 사고에 대한 정황을 알게 되고, 다른 방식으로 돈을 뜯어내기 위해 유라가 소송을 취하하고 당분간 진우 옆에 있도록 꼬드긴다.

·· 그라나다 ··

정희주 ── 여주인공, 27세. <보니따 호스텔> 주인.

최고의 클래식 기타리스트를 꿈꾸며 그라나다에 유학 왔으나 갑작스런 부모님의 사망으로 졸지에 온 가족의 생계를 책임지게 되었다. 싸구려 호스텔과 한국 식당 운영, 투어 가이드, 통·번역까지 돈 벌려고 안 하는 일이 없다. 그럼에도 기타에 대한 미련은 남아 공방에서 기타 제작을 배우며 언젠가 한국에 돌아가 자신만의 기타 공방을 여는 것이 희주의 꿈이 되었다.

그런데 기약도 없던 막연한 그 꿈이 진우의 갑작스런 등장과 함께 마법처럼 이루어진다. 물정 모르는 희주는 빛 볼 날 없을 것 같던 자신의 청춘을 구원해준 진우의 선의(?)에 진심으로 감사하게 되고.. 진우가 갑작스런 사고로 생사의 기로에 서자 옆에서 돌보는 동안 연민까지 더해지며 대책 없는 연심을 품게 된다.

논리 없고 계산 서툴며 예술가의 감성만 충만한, 삘 꽂히면 인생을 거는 순수한 열정의 소유자이나, 그 열정이 하필이면 진우에게로 향하면서 희주의 인생도 한없이 꼬이기 시작하고...

정세주 ── 남, 18세. 희주의 남동생. 프로그래머.

8살에 낯선 스페인 땅에 와서 적응에 실패하고 부모님을 잇달아 잃으면서 일찌감치 마음의 문을 닫고 게임에 빠지기 시작했다. 가족과의 행복했던 시절로 돌아가고 싶은 소년의 병적인 집착은 가족의 동영상을 눈앞에 현실처럼 구현해내는 혁신적인 미래 기술 AR의 개발로 이어지게 되고, 세주가 이뤄낸 그 놀라운 성취로 인해 드라마의 모든 사건이 시작된다.

새 노트북을 갖고 싶다는 이유만으로 상점 유리를 깨고 노트북을 훔치다 경찰에 붙잡힌 사건을 시작으로 끊임없이 말썽만 피운 가족들의 골칫거리이다. 그러나 세주가 지금 개발하는 프로그램을 기업에 팔아 식구들에게 엄청난 돈을 안겨주겠다는 꿈을 꾸고 있는 줄은 아무도 몰랐다.

사회성이 떨어지고 자신만의 세계에 갇혀 사는 천재로 길게 의사소통을 하는 데 장애가 있다. 유일하게 그나마 대화를 나누는 상대는 누나 희주뿐.

혼자 해냈다고는 믿을 수 없을 만큼 놀라운 수준의 AR 게임을 개발하지만 많은 의문만을 남긴 채 그라나다행 기차 안에서 실종된다.

오영심 —— 여, 75세. 희주의 친할머니.

손자들 봐주러 그라나다에 잠시 왔다가 아들 며느리가 갑자기 죽는 바람에 졸지에 낯선 스페인 땅에서 손자들을 키우며 살게 되었다. 스페인어 한 줄 못하면서도 특유의 막가파식 깡으로 우격다짐 아이들을 키워나간다.

유일한 재산인 낡아빠진 호스텔 하나를 부여잡고 희주와 서로 다독이며 하루하루 살아나가던 어느 날, 이게 무슨 난데없는 행운인지 새벽에 찾아온 웬 잘생긴 손님 하나가 큰돈을 제안하는 게 아닌가? 영심의 75년 인생에 단 한 번도 상상하지 못한.

정민주 —— 여, 14세. 희주의 여동생.

걸 그룹 멤버가 되는 게 꿈인, 연예인밖엔 관심 없는 여중생.

감정 복잡하고 소심한 언니나 사회성이라곤 없는 오빠와 달리 쿨하고 단순 직선적인 성격. 자신과 같은 쿨한 바이브를 가진 진우가 마음에 들어 어느새 진우와 희주 사이에서 큐피드 역할을 하게 된다.

김상범 — 남, 30세. 클래식 기타 루시아. 희주의 남사친.

클래식 기타 공방에서 희주와 함께 기타 제작을 배우는 유학생.

예정했던 공부를 다 마치고 한국에 돌아갈 때가 한참 지났는데도 희주에 대한 미련을 놓지 못해 귀국을 안 하고 머뭇거리던 차였다. 이때 갑자기 진우가 등장해 희주에게도 귀국할 수 있을 만큼의 큰돈이 생기자 희주를 설득해 한국으로 돌아가 함께 기타 공방을 차린다.

아닌 척하면서도 늘 희주만 바라보는 남자.

진우의 존재가 처음부터 몹시 마음에 걸렸다.

마르꼬 한 — 남, 23세. 프로그래머, 해커.

세주가 게임을 하다 채팅으로 알게 된 유학생.

바르셀로나에 사는 마약 중독자로, 세주가 기막힌 게임을 만들고 있다는 걸 알게 되자 세주를 바르셀로나로 불러 차형석과 연결시켜주는 등 어수룩한 세주에게 여러 도움을 준다. 처음에는 단지 조언만 했으나 게임을 직접 해보고는 이 프로젝트에 깊숙이 끼어들기 시작하면서 둘 사이에 갈등이 생기고.. 게임의 첫 번째 희생자가 된다.

용어정리

씬	장면(Scene)을 의미하며 같은 장소, 같은 시간 내에서 이루어지는 일련의 행동이나 대사가 한 씬을 구성한다.
C#	일반 씬보다 속도감이 높은 짧은 씬을 임의로 지칭한 것.
디졸브	한 화면이 사라지면서 동시에 다른 화면이 점차 나타나는 기법. 짧은 시간의 경과나 가까운 장소의 이동, 씬을 마무리할 때 등에 쓰인다.
(E)	효과음(Effect)을 뜻하며, 보통 등장인물은 보이지 않고 소리만 나는 경우에 사용한다.
(NA)	내레이션(Narration)을 지칭하는 용어로, 장면 밖에서 들려오는 목소리를 나타낸다.
F.O	페이드아웃(Fade-Out). 화면이 점차 어두워지면서 장면이 바뀌는 것을 말한다.
F.I	페이드인(Fade-In). 어두웠던 화면이 점차 밝아지는 상태를 말한다.
인서트	장면과 장면 사이에 삽입한 화면.
줌인	카메라의 위치는 고정한 채 줌 렌즈의 초점 거리를 변화시켜 피사체에 가까이 가는 것처럼 보이게 하는 촬영 기법.
몽타주	따로따로 편집된 장면들을 짧게 끊어 붙여서 하나의 긴밀하고 새로운 장면을 만드는 기법.
(O.L)	하나의 화면이 사라지면서 다른 장면이 겹치는 기법. 장면 전환할 때 많이 쓴다.
프레임 인	촬영 대상이 화면 밖에서 안으로 들어오는 것.

1회

씬/1 프롤로그

C#1 바르셀로나 / 기차역 앞 (밤)

자막 - 스페인 바르셀로나
바르셀로나 기차역 전경.
드나드는 사람들과 택시와 버스들로 분주한 기차역 앞 풍경들 사이로,
길 건너편 한구석 공중전화 부스에서 전화를 하는 한 남자가 있다.
스무 살 정도로 보이는, 도수 높은 안경을 쓰고 삐친 머리에 수염이 거뭇한,
아직 소년티를 벗지 못한 세주, 초조한 표정으로 연신 주변 살피며 통화 중이다.
카메라 가까이 다가가자 세주가 통화하는 목소리 점차 또렷이 들려오는

세주 (머리 헝클며, 계속 누가 오나 불안하게 두리번거리며) 그 사람한테 팔기 싫은데, 하 씨 근데 내일까지 결정을 해야 돼서, (하다 뭔가를 보고 놀라는, ?!!)

주변을 살피며 다가오던 누군가의 시선으로.. 세주와 시선이 마주치고..

세주 (!! 다급히) 그라나다에서 만나요, 보니따 호스텔에서 기다리면 갈게요, 가끔

묵는 곳인데 (하다 가까이 오는 듯, 눈빛에 공포가) !!! (바로 수화기를 던지고 도망친다)

세주, 지나가려는 차들 사이로 횡단보도를 급히 뛰어가는, 차들 빵빵거리고. 수화기는 공중에 덜렁거리고.. 수화기로 흘러나오는 진우의 목소리.

진우 (E) 여보세요..? 안 들려요? 여보세요.

C#2 바르셀로나 / 기차역사 안 (밤)

짐 가방을 끄는 승객들, 분주하게 드나들고 신호 보내는 역무원들, 순찰 중인 경찰들, 전광판과 스페인어 안내방송, 커피를 사고 간단히 저녁을 때우고 신문을 사는 사람들 등 역의 분주한 풍경들 사이로 세주, 행인들을 밀어젖히며 플랫폼을 향해 뛰고, 그 뒤를 쫓는 누군가의 시선.

C#3 바르셀로나 / 기차역 플랫폼 (밤)

세주, 급히 뛰어오다가 넘어지고, 사람들이 쳐다보고 괜찮냐고 스페인어로 묻는데 세주, 그대로 일어나 열차를 향해 뛰어간다.
플랫폼에 그라나다행 야간열차가 서 있고, 열차 곧 출발하기 직전인데
세주, 가장 가까운 객차로 뛰어 올라타자마자 문이 닫힌다.

C#4 바르셀로나 / 야간열차 복도 (밤)

연신 불안하게 뒤를 돌아보며, 좁은 복도를 걸어가는 세주의 컷컷.
아직 자리를 못 찾은 승객들을 지나치며 세주, 빠르게 걸어가고..
이때 기차가 천천히 출발하자, 세주...! 창밖을 살핀다.

C#5 바르셀로나 / 기차역 플랫폼 (밤)

야간열차 막 출발하는.. 세주를 쫓아오던 누군가는 안 보이고... 플랫폼은 텅

빈.
불안한 눈빛으로 창밖을 살피는 세주의 모습, 멀어지고..

C#6 바르셀로나 / 달리는 열차 인서트 (밤)

기차가 빠르게 도심을 통과하는..

C#7 바르셀로나 / 야간열차 침대칸 (밤)

세주, 문을 열면 2층짜리 좁은 침대가 양쪽으로 배치된 4인실.
젊은 배낭족 서양 남자들 셋이 이미 다른 칸들을 차지하고 누워 책 보거나 핸드폰 보다 세주를 힐끔 보고. 세주, 아래층 자기 침대에 털썩 앉는다. 맞은편의 젊은 남자, 자리를 잡으며 눕다가

남자 (영어) 헤이, 어디까지 가요?
세주 그라나다.
남자 (영어) 잘됐네. 나도 그라나다에서 내리는데 혹시 나 자면 좀 깨워줄래요?
세주 (고개 끄덕이는)
남자 (영어) 고마워요. (편안하게 이어폰 끼며 눈 붙이고)
세주 ...... (비로소 안도의 긴 한숨을 내쉬고 자기도 웅크려 앉으며 창밖을 보는)

C#8 평원 (밤 - 새벽 - 아침)

기적을 울리며 밤의 평원을 가로지르는 열차..
디졸브로..
이른 새벽, 하늘은 희뿌옇게 밝아오고 열차, 계속해서 달리는
디졸브로 어느새 환히 동이 트고..
기차, 구릉지대에 광활하게 펼쳐진 청회색의 낮은 올리브 나무 숲 사이를 지나간다.

C#9 야간열차 침대칸 (아침)

불편한 자세로 웅크린 채 어설프게 잠이 든 세주.
다른 침대의 둘은 이미 내리고 이어폰 낀 남자만 자고 있다.
이때 벨이 울리며 안내방송이 나온다.

안내 (스페인어, E) 승객 여러분, 이 열차는 약 10분 후에 그라나다에 도착합니다. 그라나다에서 내리실 분은 미리 준비해주시기 바랍니다.

세주 (그 소리에 눈을 퍼뜩 뜬다)

안내 (영어로 반복, E) 승객 여러분, 이 열차는 약 10분 후에 그라나다에 도착합니다. 그라나다에서 내리실 분은 미리 준비해주시기 바랍니다.

세주 (맞은편의 남자를 깨우는, 스페인어) 일어나요 그라나다 다 왔어요.

남자 (이어폰을 낀 채 자다 눈을 겨우 뜨는, 알겠다고 손짓하더니 다시 뒤척거리며 등 돌리고 자고)

세주, 안경을 티셔츠로 닦아 다시 끼고 주섬주섬 배낭을 꺼내는데 이때 갑자기 창밖에 번개가 번쩍하더니 요란한 천둥소리가..
세주, ...??!

C#10 평원 (아침)

바로 조금 전까지 맑았던 하늘, 갑자기 먹구름이 순식간에 빠르게 다가오며.. 평원을 가르는 강렬한 번갯불이 번쩍거리고, 이어서 무너질 듯 요란한 천둥소리와 함께 열차에 빗줄기가 퍼붓는다.

C#11 야간열차 침대칸 (아침)

창밖을 내다보며 다시 겁에 질리는 세주, 급히 배낭을 꺼내는.
이어폰 낀 남자는 요란한 천둥소리에도 미동도 없이 자고.
이때 어디선가 갑자기 〈알함브라 궁전의 추억〉 기타 선율이...
세주, ...?!!
어디에서 들리는 건지 알 수도 없는 기타 선율, 점점 커지고 세주, 공포에 질려 도망가려고 문을 확 여는데 이때 누가 밖에 서 있다.
세주, ...!!!!
문밖에서 세주를 확인하는 누군가의 시선.
세주, 뒷걸음질 치는
바로 탕!! 권총을 쏘는 누군가의 손.
이어서 탕 탕 탕!!! 여러 번의 불꽃이 총구에서 연달아...

C#12 평원 (아침)

빗속을 달리는 열차.
세주가 탄 침대칸의 유리창, 탄환에 깨지고 선명한 붉은 피가 퍽 흩뿌려지며...

C#13 그라나다 / 기차역 앞 (아침)

언제 비가 왔냐는 듯 맑게 갠 파란 하늘. 바닥도 물기 하나 없고.
시골 버스 터미널처럼 보이는 작은 건물에 〈GRANADA〉 역 이름만 눈에 띄고.
택시들과 피켓 든 가이드들로 부산스러운.

C#14 그라나다 / 기차역 플랫폼 (아침)

플랫폼에 끼익 선 야간열차.
잠시 후 문이 열리고 사람들, 하나씩 내리는.

C#15 그라나다 / 야간열차 침대칸 (아침)

이어폰 끼고 자던 남자, 어느새 일어나 급히 짐을 챙기고 있다.
세주의 침대는 비어 있고 배낭만 달랑 남아 있는.
남자, 나가려다 문득 보고

남자 (스페인어, 중얼) 가방을 놓고 내린 거야..? (갸웃하다 시간 없자 그냥 나가는)

텅 빈 침대칸.
분명히 총탄에 깨졌던 유리창은 멀쩡하고 흩뿌려진 붉은 피도 없다.
바닥도 시트도 모두 깨끗하고 총격전의 어떤 흔적도 없는..
달랑 세주의 배낭만이 남아..

진우 (NA) 이것이.. 공식적으로 알려진 이 청년의 마지막 행적이다.

C#16 그라나다 / 호스텔 사무실 (밤)

너저분한 사무실. 컴퓨터가 놓인 책상 하나와 소파가 있고, 온갖 여행 책자와 알함브라 궁전 및 주변 관광지 사진들, 붙여놓은 서류들이 벽에 잔뜩.
희주, 낡은 소파에 기대 누워 잠들어 있다.
보고 있던 TV에서는 스페인어 드라마가 방송 중이고.
이때 초인종 소리에 퍼뜩 눈을 뜨는 희주.
시계를 보면 새벽 1시가 넘은.
다시 초인종이 울리자 벌떡 일어난다.

C#17 그라나다 / 호스텔 로비 (밤)

희주, 눈 비비며 현관으로 나오는

희주 (중얼) 누구야 이 이 시간에..?

초인종이 다시 울리고.

희주 누구세요..?

C#18 그라나다 / 호스텔 앞 (밤)

〈보니따 호스텔〉 한글 간판이 붙어 있는 낡은 건물.
오래된, 육중한 나무문을 끼익 여는 희주.
진우가 문 앞에 서 있다.
말끔하고 스마트한 차림으로 트렁크 하나 끌고.

진우 (사람 좋은 미소 먼저 씩)
희주 (?)
진우 너무 늦었나요?
희주 누구...
진우 혹시 방 있습니까?
희주 (표정에)
진우 (NA) 이야기는 여기서부터 시작한다.
그가 나를 찾고, 내가 그를 찾아 그라나다에 오면서.

둘의 모습에서 쭉 빠지며 비로소 호스텔이 위치한 좁은 골목길과, 마치 마법이라도 일어날 듯 달빛 아래 신비롭게 보이는 역사 깊은 그라나다 구시가지의 전경이 펼쳐지며.
F.O - F.I

씬/2 그라나다 / 호스텔 사무실 (밤)

희주, 먼저 들어와 급히 바닥에 떨어진 쿠션을 집어 소파에 놓으며

희주 들어오세요.
진우 (점잖게 들어와 시선은 빠르게 방을 휙 훑으며, 예의 바르게) 미안합니다. 잠을 깨웠나 보네요.
희주 아녜요~ (하고) 공항에 늦게 도착하셨나 봐요.
진우 네. 비행기가 연착해서요.
희주 어디서 오세요?

진우　바르셀로나요. 출장 왔다가.

희주　네에.. (숙박표 찾으며) 예약 안 하고 오시는 경우는 별로 없는데.

진우　예정 없이 갑자기 오게 돼서요.

희주　네에.. 며칠이나 묵으세요?

진우　글쎄요.. 봐서.. (하다) 일단 오늘 밤만 할까요?

희주　(?)

진우　네. 오늘 밤만 하죠.

희주　(?) 네에.. (늘 하던 멘트대로, 숙박 현황표 보며) 저희가 4인실 도미토리랑 2인실이 있는데요 4인실은 20유로구요 2인실은 35유로에요. 조식 불포함이구요 조식은 6유로 추가..

진우　(듣다가) 잠깐, 싱글 룸은 없나요?

희주　없는데요.

진우　(처음으로 당황) 싱글 룸이 하나도 없어요?

희주　(진우가 당황하자 자기도 당황하는) 싱글 룸 찾는 분들은 호텔로 가시니까..
(하다 퍼뜩) 아 참, 싱글 룸 하나 있는데요, 6층에.

진우　(반가운) 그걸로 하죠.

희주　근데 6층인데요..?

진우　(흔쾌히) 상관없어요.

씬/3　그라나다 / 호스텔 로비 (밤)

컷 튀어 진우, 무척 상관있는 표정으로 변한.
나선형으로 이어져 6층 천장까지 보이는 까마득히 높은 계단을 올려다보고..

진우　(황당한 듯) 엘리베이터가 없다고요?

희주　(변명하듯) 오래된 건물이라 설치가 힘들어서요.

진우　(납득 불가의 표정) 그래요..?

희주　(불편한) 저기.. 짐도 있으신데 다른 호텔로 가시는 게..
근처 호텔 몇 개 알려드릴게요 엘리베이터 있는..

진우 (단호한) 아뇨. 여기서 묵을 겁니다.

희주 (...?) 그럼 도미토리에서 주무실래요? 바로 2층이라 편한데..

진우 (불안한) 도미토리는.. 어떻죠?

씬/4 그라나다 / 호스텔 도미토리 방 (밤)

희주가 살짝 문을 열며 뒤에 있는 진우에게

희주 (소리 죽여) 학생들이 자고 있어서요.. 살짝 보세요.

진우 (들여다보고 표정)

어두한 방. 남대생들이 속옷 빨래들을 방에 되는 대로 너저분하게 널어놓은. 마시다 만 맥주 캔과 부숴 먹은 생라면에 난리법석이다. 하나는 코를 골며 자고 있고 술 냄새와 땀 냄새 훅 풍기고..

희주 저기 2층 하나 비었는데.

진우 (바로) 됐습니다. 6층으로 가죠. (나가버리는)

희주 (표정)

씬/5 그라나다 / 호스텔 계단 (밤)

트렁크를 들고 가파른 계단을 올라가는 진우, 만만치가 않은..
트렁크가 자꾸 계단 턱에 부딪치자 멈추고 트렁크 내려다보는
희주, 열쇠 들고 먼저 올라가다가 내려다보고

희주 무거우세요? 도와드릴까요?

진우 아니요. (여유로운 미소 짓는)

희주 (불편하다, 다시 올라가고)

진우 (트렁크를 아예 어깨에 얹고 입으로는 욕을 하며 올라간다)

씬/6 그라나다 / 호스텔 6층 방 앞 (밤)

희주가 열쇠로 문을 여는데 진우가 뒤늦게 트렁크를 내려놓고 헐떡거리는. 까마득한 1층 로비를 내려다보는데

희주 트렁크를.. 되게 아끼시나 봐요.

진우 아... 좀 위험한 물건이 있어서.

희주 (?) 위험한 물건이요..?

진우 권총 몇 자루 넣어 왔거든요.

희주 (깜짝 놀라) 네?! 권총이요?!

진우 (웃으며) 농담이에요, 스크래치 나는 게 싫어서.

희주 (표정)

진우 들어가면 됩니까? (하며 먼저 들어가는)

희주 네에.. (뭔가 말투가 적응 안 되는)

씬/7 그라나다 / 호스텔 6층 방 (밤)

진우, 트렁크 끌고 들어오며 표정.
안 쓰는 가구들로 막 채워놓은 방.
좁은 싱글 침대 하나, 어울리지도 않는 핑크색 책상 하나 달랑. TV는 모니터용으로 아주 작고. 붙박이 옷장이 있고. 뿌연 먼지가 공중에 부유하고 있다.

희주 (자기도 잊고 있었던, 얼른 창문을 열려고 애쓰며) 어떡하죠..? 청소를 어제 안 한 거 같은데..

진우 ...... (발밑에 공처럼 뭉쳐 굴러다니는 먼지를 보며) 과연 어제만 안 했을까요?

희주 (움찔, 변명) 이 방이 주로 비어 있어서요.. 제가 체크를 못했어요. 아침에 바로 청소하면 되는데.. (창문이 덜컥거리며 안 열리고) 아 이게 왜 이래..

진우 (참는 표정으로 방 안을 훑는)

희주 (결국 창문 여는 걸 포기하고, 민망해하며) 그냥 다른 호텔로 가시는 게.. 오르내리기도 불편하시고..

진우 다시 내려가라고요? 이걸 들고? 어휴 사양할게요. (농담처럼 비꼬는)

희주 힘드시겠죠..?

진우 죽으라는 거죠. (웃는)

희주 하하.. (불편한 농담에 웃는 게 웃는 게 아닌)

진우 식사는 혹시 됩니까?

희주 지금은 너무 늦어서요. (하고) 라면은 끓여 드셔도 돼요. 주방은 1층이고요.

진우 라면이요.

희주 (유일한 자부심) 네. 라면은 서비스로 드리거든요. 저희 호스텔만 그래요.

진우 (미소) 와우, 서비스 훌륭하네요, 라면.

희주 (비꼬는 건지 농담인지, 어색한 미소) ..... 감사합니다.

씬/8 그라나다 / 호스텔 계단 (밤)

희주, 계단 내려오면서 신경 쓰여 계속 위를 힐끔거리는
할머니 영심이 잠옷 바람으로 주방에서 나와 서 있다.

영심 (눈도 제대로 못 뜨며) 누가 왔냐 이 시간에?

희주 (내려오며) 남자 한 명 왔어요. 6층에. (하고) 근데 저 아저씨 왜 여기 묵지? 괜히 부담스럽게.

영심 왜?

희주 그냥 딱 봐도 잘나가는 사람이야 할머니.
머리부터 발끝까지 다 명품이에요. 시계도, 트렁크도 완전 다~

영심 니미럴, 그게 다 명품이겠냐? 짝퉁이지.

희주 (?!) 아 그런가?

영심 명품 입는 놈이 호텔 놔두고 저기까지 왜 기어 올라가?

희주 그러네. 나 왜 짝퉁 생각을 못했지?

영심 어여 들어와 자자. (먼저 주방으로 들어가고)

희주 네에.. (따라가며 신경 쓰여 다시 흘끔 올려다보고)

씬/9 그라나다 / 호스텔 6층 방 (밤)

진우, 답 안 나오는 표정으로 찌푸린 채 팔짱 끼고 방 가운데 서 있다.
다 마음에 안 든다. 단 하나도 마음에 드는 게 없는.
진우, 포기하고 일단 겉옷 침대에 던져놓고 창문으로 가는.
창문을 열려고 하는데 창문 구석에 거미줄이 붙어 있고. 찡그리며 손으로 털어내고 창문 열려는데 창문 안 열리는. 힘을 줘서 밀어보는데 덜컥거리고 안 열리더니 힘을 확 주자 손잡이가 뚝 부러지는. 진우, 표정.
부러진 손잡이를 들고 황당해 서 있는데 찍찍 소리에 움찔, 발밑을 내려다보면 쥐 한 마리가 발밑을 획 지나간다. 진우, 기겁하며 뒤로 물러나는
쥐, 방을 가로질러 벽에 뚫린 쥐구멍으로 슥 사라져버리고.
어이없어 보는데 한 마리가 더 똑같은 동선으로 지나가 쥐구멍으로 들어가는

진우 얼씨구?

씬/10 그라나다 / 호스텔 6층 방 화장실 (밤)

좁은 욕실 겸 화장실.
진우, 변기에 달린 휴지 집어서 마구 둘둘 마는

씬/11 그라나다 / 호스텔 6층 방 (밤)

휴지를 잔뜩 말아 공처럼 만들어서 쥐구멍에 낑낑거리며 끼우고 있는 진우.
안에서 찍찍거리는 소리가 들리자 놀라 펄쩍 뒤로 물러나서 잠시 지켜보다 다시 끼우고.

씬/12 그라나다 / 호스텔 6층 방 화장실 (밤)

세면대 물 틀어놓고 휴지를 적셔서 부지런히 짜는

씬/13 그라나다 / 호스텔 6층 방 (밤)

물에 젖은 휴지로 책상을 박박 깨끗하게 닦아내는.
까만 때가 잔뜩 묻은 휴지 뭉치를 들고 휴지통을 찾는데 휴지통이 안 보인다.

씬/14 그라나다 / 호스텔 6층 방 화장실 (밤)

진우, 휴지 뭉치 들고 와 휴지통을 찾는데 화장실에도 없고.

진우 (중얼) 뭔 놈의 휴지통이 하나 없어..? (하며 변기에다 버리고 물을 내리고 나가려다가 쿨렁 소리에 멈칫, 돌아보는)

꾸르륵거리며 변기 막혀버린. 진우, 표정.
다시 눌러보는데 완전히 막혔고. 뒤늦게 변기 위에 붙여놓은 메모를 발견한다.
희주의 명랑한 목소리와 함께.
〈수압이 아주아주 약해요! 휴지 조심!! 막히면 1층 화장실 쓰셔야 한다는 사실~^^〉

진우 ..... 이런 씨..

씬/15 바르셀로나 / 특급호텔 스위트룸 침실 (밤)

대조적으로 넓고 우아하고 화려한 침실.
풍성한 꽃들이 꽂힌 화병이 놓여 있고.
와이셔츠 차림으로 자다 깬 정훈, 빈 침대를 보고 황당한 듯 서 있다.

정훈　(중얼) 뭐야..? (긁적거리며 핸드폰을 걸며 나가는)

씬/16 바르셀로나 / 특급호텔 스위트룸 거실 (밤)

과일이 가득 담긴 바구니가 있고 테이블에는 회의하던 자료들이 흩어져 있다.
정훈, 신호음을 들으며 포도 따 먹는데 이때 전화 받는

진우　(E) 여보세요.
정훈　(!) 대표님? 어디세요?

씬/17 그라나다 / 호스텔 6층 방 화장실 + 바르셀로나 / 호텔 스위트룸 거실 (밤)

변기 앞에서 한 손엔 뚫어뻥을 들고 서서 핸드폰 받는 진우.

진우　(벼르고 있던) 깼냐?
정훈　네. 일어나봤더니 방에 안 계시네요? 어디서 뭐하세요?
진우　뭐하냐고? 변기 뚫는다.
정훈　네? (못 알아듣고) 뭘 뚫어요?
진우　나 지금 그라나다에 왔다.
정훈　그라나다요..? 거기가 어디예요? 클럽이에요?
진우　그라나다 몰라? 스페인 남쪽 그라나다.
정훈　에? (하다 깜짝 놀라) 그 그라나다요? 진짜 그라나다를 가셨다구요? 아니 말씀도 없이 갑자기 왜요? 저희 아침에 서울 가잖아요, 9시 비행긴데 거길 왜,

아니 너무 황당한데요?

진우　황당하다고? 누가 더 황당한지 말해줄까? 갑자기 그라나다 올 일이 생겨서 내 비서를 깨웠더니, 술 처먹고 뻗은 비서가 아무리 깨워도 안 일어나더라고? 심지어 욕도 하대? 자는 사람 깨운다고. 그래서 내가 직접 비행기표 끊고 혼자 여기 왔다. 빌어먹을 비서가 아무것도 안 해줘서.

정훈　(!!! 움찔)

진우　넌 이게 말이 된다고 생각하냐?

정훈　(놀라 횡설수설) 저.. 그게.. 이제 일정 다 끝났으니까.. 비행기만 타면 되니까.. 마지막 밤이라서 안심하고..

진우　누구 마음대로 일정이 끝나? 난 아직 안 끝났는데.
니가 내 상사냐? 니가 결정해? 니가 대표야? 너 대체 뭐하는 놈이야?

정훈　죄송합니다..

진우　너. 서울 돌아가면 바로 사표 써.

정훈　.... 농담이시죠..?

진우　농담인 거 같냐?

정훈　(슬픈) 농담이셨으면 좋겠습니다..

진우　어쩌냐. 농담 아닌데. (뚝 끊어버리는)

정훈　(?!) 여보세요? 여보세요 대표님.. (이미 끊겨 있자) 어.. (멘붕 되어) 어... (소파에 털썩) 아니 뭐.. (갑작스런 해고에 황당해 머리 감싸는데)

잠시 후, 다시 핸드폰이 울린다.

정훈　(?! 바로 받는) 여보세요?

진우　(E) 아침 비행기로 튀어와. 와서 연락해. (다시 끊는)

정훈　(!!) 네!! 알겠습니다 대표님! (다시 끊겨 있자) 하 씨... 놀랬잖아.. (그제야 짜증과 동시에 안도의 한숨을 길게 내쉬다 문득) 아니 근데.. 그라나다를 갑자기 왜 간 거야? 자다 말고? (??)

씬/18　그라나다 / 호스텔 6층 방 화장실 (밤)

땀 삘삘 흘리며 물을 내려보자 이제 잘 내려간다.
진우, 뚫어뻥 휙 던져버리는

씬/19 그라나다 / 호스텔 6층 방 (밤)

진우, 핸드폰 충전기를 꺼내 전원을 꽂으려는데 콘센트에 안 들어간다.
진우, ...?? 이리저리 꽂아봐도 안 되고. 신경질 나 마구 팍팍 꽂아보다가,

진우　진짜 무슨 이딴... (열 받아 충전기 들고 나가는)

씬/20 그라나다 / 호스텔 계단 (밤)

진우, 있는 대로 짜증이 나, 어두운 계단을 내려가며

진우　계단은 더럽게 길고 말야... 불은 또 왜 이렇게 어두워?
굴러 떨어져 죽으라는 거야?

씬/21 그라나다 / 호스텔 주방 (밤)

진우, 불 켜고 들어와 싱크대로 가며

진우　(중얼) 또 안 들어가봐라.. 내가 여기 아주 폐업시켜버린다..
(벼르며 충전기 꽂는데 이번엔 쑥 들어간다, 표정) .... (폭발 직전에 겨우 진정이 좀 돼서 핸드폰 문자 보낸다)

진우의 목소리와 함께.
〈어떻게 돼가?〉
양주의 목소리와 함께.

〈30분 정도 더 걸립니다.〉
충전시키며 잠시 둘러보다가 옆에 쌓인 라면이 시선에.
희주의 목소리와 함께 역시 메모가 붙어 있고.
〈라면은 공짜! 보니따만의 특전! 맛있게 드세요^^〉
컷 튀어 진우, 냄비 가스레인지에 올려놓고 라면 끓이고 있다.
이때 문 열리고 누가 나오는 소리에 돌아보면..
민주가 주방 반대쪽, 살림집과 연결된 문을 열고 나오는
민주, 14살 소녀. 잠옷 차림에 핸드폰 들고 이어폰 끼고.

진우 (?) 넌 누구니?
민주 (이어폰 빼며) 정민주요.
진우 여기 살아?
민주 (쿨한 말투) 네.
진우 아.. 그럼 그 주인분이 엄마야?
민주 (어이없는 듯) 언니죠.
진우 아 언니야?
민주 대박. 엄마로 보여요? 우리 언니 스물일곱 살인데.
진우 아 그래..? (피식) 언니한테는 말하지 마라. (라면 휘젓는)
민주 (한쪽으로 가며) 아저씨 저 여기서 춤 좀 출 건데 신경 쓰지 마세요.
진우 (?) 춤?
민주 지금밖에 연습할 시간이 없어서요. 다음 주에 오디션 보거든요.
(이어폰 귀에 꽂더니 바로 걸 그룹 댄스 시작하는)
진우 (표정)

진우, 라면 끓이는데 뒤에서 비비적거리며 춤을 추는 민주.
진우, 라면 먹는 동안에도 주변에서 춤을 추는.
적막 속에 갑자기 혼자 '요!' 하며 추임새를 넣어 진우, 움찔 놀라고, 진우의 등과 의자를 춤추다가 계속 툭툭 치고. 진우, 심란해 죽겠는데 참으며 먹는.
컷 튀어 진우, 개수대에 라면 그릇을 놓고 충전기 들고 나가려는데

민주 (멈추고) 아저씨, 설거지하고 가셔야죠.

진우　(?)

민주　설거지 셀프예요.

진우　..... 여기다 놓고 내일 해도 되잖아?

민주　(단호한) 안 돼요.

진우　(웃으며) 안 될 건 없지 않니?

민주　안 돼요.

진우　.......

진우, 설거지하고 있다. 민주, 감시하듯 지켜보며 춤추고.
진우, 설거지하는 자기 자신이 어이없어 이제 헛웃음이 나는..
이때 양주의 메시지 다시 오고.
〈다 됐습니다 대표님. 확인해보세요.〉
진우, ...!! 기다리고 기다렸던,

진우　(바로 고무장갑을 벗어 던지는) 나 설거지 다 했다 (하고 급히 나가버리는)

민주　(???)

씬/22 그라나다 / 호스텔 앞 (밤)

진우, 문을 열고 나와 잠시 두리번...
진우, 바로 한 골목으로 걸어가는

진우　(NA) 대부분의 사람들은 알함브라 궁전을 보러 그라나다에 온다.

씬/23 그라나다 / 골목길 (밤)

오래된 도시 특유의 좁고 축축한 골목길.
상점들 모두 문 닫고 몇몇 술집들만 영업 중이다.
타파스 빠 창 너머로 취객들이 술 마시고 떠드는 모습 보인다.

진우, 타파스 빠를 지나쳐 골목을 빠져나가는 모습에..
밤하늘에 옅은 구름이 달을 지나가고 있다.

진우 (NA) 그러나 나는 다른 걸 보러 여기에 왔다.
알함브라보다 더 신비로운 무엇.

씬/24 그라나다 / 광장 (밤)

진우, 미로처럼 복잡한 좁은 골목들을 빠져나오자 갑자기 광장이 펼쳐진다.
건물들에 둘러싸인 넓은 광장, 가운데에는 동상과 분수대가 있다.
사람 하나 없는 불 꺼진 광장, 황량하고 음산한.
진우, 천천히 두리번거리며 동상 앞까지 걸어와 360도로 주의 깊게 둘러본다.
대로변에 가끔 지나가는 차가 보일 뿐, 적막에 싸여 있고.
진우가 뭘 보고 뭘 기다리는 건지 알 수 없고.
잠시 후, 어디선가 쿵.. 하는 포성 소리가..
진우, ...?! 이어지는 포성 소리.
두리번거리며 소리 나는 쪽을 살피자
건물들 너머 저 위, 어둠에 싸인 언덕에 붉은 연기가 피어오르고 있다.
이어지는 연이은 포성 소리에 병사들의 고함 소리도 멀리서 들려오는 듯.
산불이라도 난 듯, 붉은 불길이 밤하늘에 퍼지고..
진우, 멀리 보이는 불길을 뚫어지게 보는데 이때 갑자기 펑!! 귀를 찢을 듯 요란한 포성이 바로 근처에서 들려오자 진우, 놀라 허리를 숙이며 주저앉고..!
깨진 돌조각들이 진우의 발치에 떨어진다. 진우, 표정.
손을 뻗어 돌조각을 만져보려는데 이어서 어디선가 말 울음소리가. 진우, ...!
진우, 고개를 들자 광장을 중심으로 여러 갈래로 뻗은 골목길들 중 하나에서 난데없이 말 한 마리가 걸어오는
진우, ...!!!
말, 진우를 향해 다가오고.
가까이 다가오는 말을 보며 진우, 표정.
15세기의 스페인 갑옷을 입은 기병대 한 명이 말 위에 쓰러져 있고 그의 등

에는 긴 이슬람식 창이 꽂혀 있다.
등에 창이 꽂힌 채 죽은 기병대의 시신을 실은 말, 진우의 앞에 멈춰 서고.
진우, 표정.
눈을 부릅뜬 채 죽은 기병대의 시신, 피투성이로 고통스럽게 죽은 시선과 진우의 시선이 마주치고.. 500년 전의 화려한 갑옷, 생생한 말의 갈기, 갑옷과 손에 흘러내린 핏자국.. 공포와 고통을 담고 죽은 기병대의 눈빛.
진우, 눈앞의 낯선 광경에 순간 얼어붙는데 이때 갑자기 다시 포성이 펑!! 귓가를 때리자 말, 놀라 히히힝 울며 달려 나간다. 시신을 실은 말은 삽시간에 진우를 지나쳐 광장을 가로질러 달려가더니 신호등에 멈춘 차들 사이로, 신호등 앞에 술 취해 주저앉은 취객의 옆으로, 대로변을 빠르게 건너간다.
진우, 표정.
말은 차로를 가로질러 저 멀리 골목 쪽으로 다시 사라지고.
취객은 잠이 든 듯 말이 그 앞을 지나가는데도 꼼짝도 안 하고 앉아 있고..
신호등 바뀌자 서 있던 차 몇 대, 아무 일도 없었던 듯 그대로 지나가는..
진우 혼자만이 그 장면을 목격한 것처럼.
진우의 표정에..

진우 (NA) 마법...! 나는 이 마법을 보러 여기까지 왔다.

진우, 흥분의 여운이 채 사라지기도 전에 이번에는 뒤에서 기척을 느끼는.
돌아보는 순간, 동상에 묻혀 있던 검은 그림자가 검을 번쩍 치켜들며 무서운 고함과 함께 뛰어내린다. 진우, ...?!!
진우, 아슬아슬하게 칼날을 피하며 넘어지고, 전사의 검은 허공을 수직으로 내리꽂으며 쾅! 소리를 내며 바닥에 꽂히고..!
진우의 눈앞에 돌바닥을 내리친 시퍼렇게 빛나는 검이...!
진우, ... !!! 급히 뒤로 물러나며 일어나는.
그사이 검을 다시 쥔 사내, 가로등 불빛 아래 비로소 선명하게 보인다.
터번을 두르고 구릿빛 피부와 날카로운 검은 눈빛을 지닌, 600년 전의 복장을 한 이슬람 전사가 특유의 초승달 모양 검을 들고 눈앞에 서 있다.
진우, ...!
전사, 진우와 눈이 마주치자 다시 검을 치켜들고..

도망갈 새도 없이 바로 진우에게 돌진하더니 진우의 두개골을 박살낼 기세로 검을 휘두르고 바람 가르는 소리와 함께 전사의 검 끝이 눈앞에 다가오는 순간, 진우, 피하려다 넘어지며 고개를 확 돌리는
훽...! 소리가 들리고..
진우, 눈을 뜨면.. 돌바닥에 뚝뚝 떨어지는 피가 보인다.
고개를 들자, 눈앞에 당당하게 서 있는 전사의 검에 진우의 것이 틀림없는 붉은 피가 묻어 있고..
이때 진우의 눈빛으로 빠르게 줌인 하면, 동공에 낀 렌즈가 그제야 보인다.
렌즈의 초미세 회로로 빨려 들어가는 듯한 효과와 함께,
비로소 렌즈를 통해 보는 진우의 시선으로,
생명력을 뜻하는 빨간 바가 순식간에 줄어들며 0이 되고,
눈앞에 그래픽 글자가 뜬다.
〈치명적 일격을 당했습니다 -100〉
진우, 표정. 이어서
〈당신은 나사르 왕국의 전사에게 죽었습니다〉
〈로그아웃 됩니다〉
글자가 뜨더니 바로 눈앞에 있던 전사, 순식간에 사라진다.
바닥에 떨어지던 핏방울도 사라지고 모든 그래픽 효과가 사라지는.
진우의 눈에 낀 렌즈도 순간 옅은 네온 빛을 내더니 빛은 바로 사라지고.
진우, 잠시 멍해서 앉아 있다가..
잠시 후 감탄과 흥분의 미소가 도는... 이때,

양주　(E) 뭡니까..?

진우　봤어..?

진우의 귀에 꽂혀 있던 무선 이어폰을 통해 들리는 소리.

양주　(E) 봤어요, 대박인데요..!

씬/25　서울 / 진우의 회사 연구센터 (아침)

IT 회사 특유의 개방적이고 밝은 연구실 일각.
대부분 출근 안 한, 자리 대부분 비어 있고 유리벽으로 된 좀 더 안쪽 작은 밀실 같은 보안 연구실에 양주가 앉아 있는.
양주, 30대 중반의 너드 스타일의 연구팀장.
양주가 보고 있는 모니터 화면, 진우가 낀 렌즈와 연결시켜놓아 진우의 시선과 똑같이 보고 있는.

양주 (누가 들을까 봐 낮게 얘기하며) 어떻게 저럴 수가 있죠..? 제가 본 AR 중에 최곤데요! 실사랑 구분이 안 되는데요!

자막 - AR (Augment Reality : 증강현실)

씬/26 그라나다 / 광장 (밤) + 서울 / 진우의 회사 연구센터 (아침)

양주 모니터로 보기엔 완벽한데 직접 해보시면 어떠세요? 느낌이..
진우 너무 순식간에 당해서.. (하다) 어쨌든 진짜 죽는다고 생각했으니까.
양주 하~ (감탄하는) 저도 가서 직접 보고 싶네요 진짜..
아니 왜 데모를 굳이 그라나다를 배경으로 만든 거죠? 서울이면 좋잖아요?
진우 (눈에 있던 렌즈를 빼며) 렌즈는 어때?
양주 (모니터 흘끔 보며) 아직 괜찮아요. 많이 뜨거우세요?
진우 쪼금..

눈에 끼었던 렌즈를 불편해하며 뺀다.
렌즈, 시력 교정용 렌즈처럼 보이나 자세히 보면 둘레에 초미세 회로가 박힌 스마트 렌즈고..

양주 (흥분해 서성거리며) 게임을 스마트 렌즈가 못 따라가겠는데요! 장난 아니네요 진짜! 와 이거 넉넉잡아 1년이면 출시 가능하겠는데요, 아니, 근데 저걸 진짜 혼자 만들었을까요? 어후 대단하네요 진짜 씨! 천재든지 미친놈이든지,

둘 다든지, 도대체 누구예요?

진우　　나도 미치도록 알고 싶다 그게 누군지.

빠른 회상 몽타주 펑 들어가고..

씬/27 회상 몽타주

C#1　　바르셀로나 / 호텔 스위트룸 침실 (밤)

스탠드 불빛 아래 침탁 위의 핸드폰이 진동으로 울리고 있다.
깊이 잠들었던 진우, 눈을 겨우 뜨며 바로 보지도 않고 핸드폰을 집어 드는
자막 - 4시간 전 스페인 바르셀로나

진우　　여보세요.
세주　　(E) 저.. 혹시.. 유진우...
진우　　(? 낯선 목소리이자 그제야 핸드폰을 다시 보면)

스페인 국가 번호가 붙은 모르는 번호가 떠 있다.

세주　　(E) 유진우씨.. 핸드폰 아네요..?
진우　　네. 전데요. 누구시죠?

C#2　　바르셀로나 / 기차역사 앞 + 호텔 스위트룸 침실 (밤)

1씬 프롤로그의 C#2의 앞 상황.
기차역의 분주한 풍경 사이로 공중전화 부스에서 전화를 하는 세주가 보인다.

세주　　(진우가 막상 전화를 받자 당황한 듯) 아... 안녕하세요.. 대표님.. 아니 박사님..

진우　(두서없는 말투에, ?)

세주　아니.. 제가 뭐라고 불러야 돼요..?

진우　뭐든 상관없습니다. 근데 누구..

세주　(불쑥) 제가 차형석.. 대표를 만났거든요, 여기 와서,

진우　(난데없는 소리에 ?)

세주　차형석 대표님.. 아시죠..? 친구시잖아요..

진우　(정색) 근데요..? (제대로 일어나 앉는)

세주　저한테 100억을 준다는 거예요.

진우　네?

세주　100억이요, (초조하고 두서없고, 머리 헝클며, 계속 누가 오나 불안하게 두리번거리며) 100억 좋죠, 근데 나쁜 사람이에요 너무.., 그래서 안 하려고요 하 씨.. 원래 첨부터 선생님한테 연락하려고 했었거든요, 기사를 봤어요, 바르셀로나에 오신다고,

진우　(답답해 말 막으며) 잠깐 잠깐만요, 나 지금 이해를 못하겠는데, 전화한 용건이 뭡니까? 내 번호는 어떻게 알았고

세주　지금 메일을 보냈는데 좀 봐주세요.

진우　나한테 메일을 보냈다고요?

세주　그 사람한테 팔기 싫은데, 하 씨 근데 내일까지 결정을 해야 돼서, (하다 멀리 뭔가를 보고 놀라는 ?!!, 다급히) 그라나다에서 만나요, 보니따 호스텔에서 기다리면 갈게요, 가끔 묵는 곳인데 (!! 눈빛에 공포가)

진우　이봐요 당신 프로그래머예요? 좀 차분히 얘기할 수 없어요? 이름이 뭐고 대체 누구고 개발하고 있는 게 뭔지 좀 순서대로 (하다 대답 없자) 여보세요?

수화기만 덜렁거리고.. 어느새 세주는 사라지고 없는

진우　(E) 여보세요..?

C#3　**바르셀로나 / 호텔 스위트룸 침실 (밤)**

진우　안 들려요? 여보세요. (말이 없자 끊으며) 나 원.. (다시 전화를 걸어본다)

전화 안 받고 스페인어로 안내방송만 나오는.
진우, 포기하고 핸드폰 놓고 스탠드 불 끄려다가 멈칫...
조금 전 세주의 말이 계속 맴도는

세주 (E) 차형석 대표.. 아시죠? 친구시잖아요..
세주 (E) 저한테 100억을 준다는 거예요.
세주 (E) 100억 좋죠, 근데 나쁜 사람이에요 너무..
진우 (아무래도 심상치 않은 직감에 핸드폰을 도로 여는)

조금 전 보낸 읽지 않은 새 이메일이 있다.
〈Recuerdoes de la Alhambra〉라는 제목으로.
진우, 제목을 눌러 보더니 잠시 후, 벌떡 일어나는

C#4 바르셀로나 / 호텔 스위트룸 거실 (밤)

진우, 소파에 앉아 노트북을 뚫어지게 들여다보다가

진우 (갑자기 내뱉는) 빌어먹을...!

진우, 바로 핸드폰을 건다.
〈A〉라는 이니셜만 전화에 뜨고 신호음 가더니

C#5 정보원의 은신처 (밤)

유럽 어느 도시. 위치를 알 수 없는 공간. 정보원, 핸드폰을 받는 모습에

정보원 네 대표님.

C#6 바르셀로나 / 호텔 스위트룸 거실 (밤)

진우 (다급히) 오랜만입니다. 부탁할 게 있어서요.

차형석이 아직 바르셀로나에 있나요?

정보원 (E) 차대표요?

C#7 스페인 / 차 안 + 거리 (밤)

도시를 확인할 수 없는 옛 도심 거리.
고색창연한 건물들 사이로 빠져나가는 세단.
양복 차림의 형석, 뒷좌석에 깊숙이 앉아 누군가와 통화하고 있다.

정보원 (E) 잘 모르겠습니다. 공식 일정은 그저께 다 끝나서요.

C#8 바르셀로나 / 호텔 스위트룸 거실 (밤)

진우 여기 와서 그동안 뭐했는지 좀 알아봐줘요.
어디서 누굴 만났는지, 24시간 다 체크해주고요,
그리고 사람 하나 신원 좀 조사해줘요. 남자고, 프로그래머고, 메일 주소만 있고, 차형석과 바르셀로나에서 접촉했다, 그게 전부예요.

정보원 (E) 중요한 문제인가 보죠?

진우 (침실로 들어가며) 최소 100조는 달린 문제로 보여요. 지금 예상치는.

정보원 (E) 100조 원이요?

C#9 바르셀로나 / 호텔 스위트룸 침실 (밤)

진우, 급히 트렁크에 옷을 던져 넣으며

진우 그러니까 빨리 움직여줘요. 차형석한테 뺏기게 생겼으니까.

정보원 (E) 알겠습니다. 계속 바르셀로나에 계십니까?

진우 난 지금 그라나다로 갑니다. 물건을 눈으로 확인해야 해서. (트렁크 닫는)

씬/28 그라나다 / 광장 (밤) + 서울 / 연구센터 (아침)

회상에서 펑 돌아오고

양주　근데 왜 더 이상 연락이 없죠? 차대표 쪽으로 가는 거 아닙니까?

진우　지금 비행기를 탔을 수도 있고.
(초조해하지 않으려 애써) 그 새끼한테는 안 판다고 했으니까 믿어봐야지.

렌즈를 다시 끼는...

진우　(일어나며) 어차피 여기 지금 밤이고 당장 할 수 있는 것도 없어.
날 샐 때까진 레벨 업이나 해보자고. 계속 하다 보면 문제점이 보이겠지.

양주　네.

진우　박이사는?

양주　아직이요. (하다 저쪽에 오는 선호를 보고) 어~ 저기 오시네요.

진우의 동료이자 경영 이사인 선호, 급히 오고 있는

진우　(E) 상황 자세히 설명해줘. 둘 빼곤 기밀이야. 모니터링 계속 해주고.

양주　네 대표님. (끊는)

선호　(들어오며) 뭔 일이야? 유대표가 그라나다에 갔다며? 왜?

양주　밤새 대박 건수가 생겼습니다~ 이사님. 저거 보시죠..!

선호　(? 모니터를 보는) 뭔데?

양주　AR 게임인데요, 이거 보면 다른 AR은 다 쓰레기로 보여요.

선호　(?)

씬/29　그라나다 / 광장 (밤)

진우, 렌즈를 도로 끼우고.. 눈을 지그시 감는다. 로그인 과정.
3초 정도 지나며 뜨자..
렌즈에 네온 빛이 짧게 들어오면서. 렌즈 시선으로..

〈2번째 로그인 하셨습니다〉
생명력의 붉은 바는 다시 꽉 차 있고.
〈1492년의 그라나다에 오신 걸 환영합니다〉
튜토리얼 메시지가 입체적으로 연달아 뜬다.
눈앞에 알함브라 궁전의 전투 삽화들이 지나가며.
〈그라나다는 지금 나사르 왕국과 아라곤 왕국의 전투가 한창입니다〉
〈아군도 적군도 없습니다 당신은 무조건 살아남아 전사로 거듭나야 합니다〉
진우, 허공에 손짓으로 튜토리얼 화면들을 스킵 하는
화면 다음으로 넘어가는
〈금화는 퀘스트를 수행하여 얻을 수 있습니다〉
〈퀘스트는 마을 곳곳에 숨어 있습니다〉
진우, 다시 쭉쭉 스킵 하고
〈무기가 없습니다 무기부터 갖춰야 합니다〉
〈레벨 1에게는 기본 무기가 주어집니다〉
〈무기를 찾으러 떠나세요〉
이어서 간단한 그라나다 구도심의 지도가 펼쳐지더니, 검 그림 아이콘이 한 지점에서 반짝거리고.
바로 내비게이션처럼 실제 광장 화면에 화살표가 그래픽으로 뜬다.
진우, ...!
〈현재 위치로부터 230m〉
진우, 실사 화면에 중첩된 내비게이션 화살표를 따라 걸음을 옮긴다.

씬/30 그라나다 / 골목길 (밤)

화살표, 좁은 골목마다 빠르게 우회전, 좌회전을 알려주고.
아까 지나쳤던 길로 되돌아오고 있는 진우.
환하게 불 밝힌 타파스 빠 앞에서 화살표가 안쪽으로 들어가라고 가리키고.
진우, 문을 열고 들어가는

씬/31 그라나다 / 타파스 빠 (밤)

취객들로 왁자한 빠.
스페인 사람들과 관광객들이 섞여서 타파스 먹으며 와인과 맥주 마시며 시끄럽게 떠들고 빠에 앉아 축구 보는 사람들도 있고... 음악 소리까지 시끄러운.
진우가 들어오자 웨이터가 접시 들고 가다가

웨이터 (부르는, 영어) 어서 오세요. 여기 자리 있어요
진우 (기다리라는 손짓하며 화살표 방향으로 직진하는)
웨이터 (?? 영어) 아.. 화장실부터? 화장실 그쪽 맞아요.

화살표를 따라 복도로 향하는. 화살표, 남자 화장실 문 앞에서 사라진다.
진우, 문을 열고 들어가는.

씬/32 그라나다 / 타파스 빠 화장실 (밤)

취객이 소변기 앞에 서서 흥얼거리고 있는.
내비게이션 화면은 사라졌으나 아무것도 보이질 않고.
진우, 두리번거리다가 벽에 어울리지 않는 쇠고리 하나가 붙어 있는 걸 발견한다. 진우, 그리 가서 손으로 가상의 쇠고리를 잡는.
덜컥 소리가 나고 진우, 쇠고리를 죽 잡아당기자 덜컥 하는 소리와 함께..
갑자기 화장실 공간 가운데 공중에 철검 하나가 나타난다.
공중에 붕 떠 있는 상태로.
진우, ...!!!
공중에 떠 있는 철검의 옆으로 설명 메시지가 뜬다.
〈녹슨 철검 : 공격력 50 내구력 50〉
천천히 다가가 손으로 칼자루를 잡아보는.
취객, 진우가 허공에 대고 손짓하는 걸 보며, ???
철검, 철컥 하는 소리와 함께 진우의 손에 꽉 잡힌다.

공중에서 끌어내리자 실제로 끌어내려지고. 진우, ...!!

씬/33 서울 / 진우의 회사 연구센터 (아침)

진우 시선을 따라 검을 보고 있는 선호와 양주.
세면대 거울에 선 진우를 통해 검을 잡은 진우의 모습이 완벽하게 보인다.

양주 보세요. 죽이지 않습니까?
선호 (심각해서) 잡은 감각이 어때?

모니터 속의 진우, 미소를 지으며

진우 (미소) 손에 착 감기는데.
선호/양주 (!)

씬/34 그라나다 / 타파스 빠 화장실 (밤)

진우, 손목 스냅으로 검을 움직여본다.
자유자재로 휙휙 검이 움직이고..
〈레벨 1이 사용할 수 있는 유일한 무기입니다〉
〈무기를 업그레이드하려면 레벨을 올리세요〉
취객, 진우가 허공에 대고 도대체 뭘 하는지 모르겠는

취객 (스페인어) 어이, 어이, 당신 혼자 뭐해?
진우 (대답 없이 검을 들고 나가는)
취객 (스페인어) 취했구만 저놈.

씬/35 그라나다 / 타파스 빠 (밤)

진우가 검을 들고 나오지만 그 누구도 보지도 못하고 관심도 없고.

웨이터 (진우를 보고, 스페인어) 여기요, 여기 자리 만들어놨어요.
진우 (영어) 미안해요 다음에 올게요. (나가버린다)
웨이터 (?) 에? (황당)

씬/36 그라나다 / 광장 (밤) + 서울 / 연구센터 (아침)

(## 광장의 결투 장면에 중간중간 연구센터 리액션 교차하거나 분할되며. TV 스포츠 중계처럼)
진우, 광장으로 다시 온다. 손에 검을 쥔 채.
검을 잡고 회전을 해보고 휘둘러보고 감각을 확인한 후에..
동상이 서 있는 자리로 간다.

진우 (중얼) 여기쯤이었지..?
양주 (E) 동상에서 튀어나왔습니다.

검을 쥐고 동상을 기웃거리는데 어둠 속에서 아까 그 전사가 처음과 똑같이 검을 들고 일어난다.
바로 똑같이 소리치며 검을 치켜들고 진우를 향해 뛰어내린다.
진우, 다시 칼날을 피하며 넘어지고, 전사의 검이 똑같이 허공을 수직으로 내리꽂으며 쾅! 소리를 내며 바닥에 꽂히고..!
진우, 바로 뒤로 물러나며 일어나는.
전사, 다시 다가오며 검을 내리치는 순간, 진우, 이번에는 철검으로 막아낸다.
챙!!! 검과 검이 부딪치는 소리가 날카롭게 울리고.
검을 맞대고 버티는 둘.
진짜로 전사가 바로 눈앞에 있는 듯, 전사의 눈빛이 바로 진우의 눈앞에.

양주 저거 보세요.. 저 눈빛 보시라구요. 오금이 지리잖아요?

선호 (감탄, 몰입해서) 기가 막힌다 이거..

전사, 막강한 힘으로 확 진우를 밀어내며 떨어진다. 진우, 순간 밀려나며 비틀하는, 전사, 번개처럼 분수대에 뛰어오르고

양주/선호 (동시에) 어 피해! / 위 위에!!

진우가 순간 위치 놓친 사이 전사, 위에서 점프해서 내리꽂으며 일격하는..!
진우, 뒤늦게 올려다보지만 피하지 못하고 그대로 칼날을 맞는다.
순간 시야에 피가 확 튀고.
피가 묻은 검을 든 전사, 잔인하게 웃는 모습이 보이면서..
〈치명적 일격을 당했습니다 -100〉
〈당신은 나사르 왕국의 전사에게 죽었습니다〉
〈로그아웃 됩니다〉
다시 전사 사라진다.

진우 ..... (숨을 몰아쉬며) 이제 좀 알겠다... 어 이제 적응이 되네.
(일어나며) 다시.

진우, 바로 눈을 감았다 뜬다.
손에 다시 검이 생겨나고.
〈3번째 로그인 하셨습니다〉
검을 쥐고 기다리자 바로 또다시 동상에서 나타나며 뛰어내리는 전사.
진우, 이번엔 여유 있게 바닥에 구르며 피하고, 그다음에 검으로 막아내고, 전사가 똑같이 힘으로 밀며 분수대를 뛰어올라 점프하며 공격을 하자 그 자리를 피한다. 이번에는 진우가 기습을 하는데 전사가 쉽게 피하고.
전사가 다시 공격하자 진우, 검으로 막아내는데 철검이 갑자기 뚝 부러지는.
진우, ...!!
〈녹슨 철검이 부러졌습니다〉

진우 이런 씨..

〈무기가 없습니다〉

진우, 당황하는데 바로 전사가 와서 검을 휘두르고.

다시 피가 퍽 튀면서.

〈치명적 일격을 당했습니다 -100〉

〈당신은 나사르 왕국의 전사에게 죽었습니다〉

진우, 표정.

선호 유대표 많이 느리네. 검 스피드가 비교가...
예전에 검도도 하지 않았어?

양주 이제 40을 바라보시니까요. 체력도 꺾어지실 때죠.

진우 시끄러.

양주 제가 갔어야 되는데. 레벨 하나 넘는 데 1년 걸리겠는데요.

진우 입 닥쳐.

전투력과 오기가 상승해, 벌떡 일어나 바로 로그인 하는

〈4번째 로그인 하셨습니다〉

〈무기가 없습니다 무기를 장착하세요〉

씬/37 그라나다 / 골목길 (밤)

진우, 타파스 빠를 향해 빠르게 가는.

바로 문을 열고 들어가고.

씬/38 그라나다 / 타파스 빠 (밤)

웨이터가 맥주 나르다가 진우가 또 들어오는 걸 본다.

웨이터 (반갑게, 영어) 헤이, 다시 왔네요? 여기 이쪽..

진우 (바로 화장실로 가버리고)
웨이터 (표정)

씬/39 그라나다 / 타파스 빠 화장실 (밤)

빈 화장실.
진우, 들어와 바로 벽의 쇠고리를 잡아당긴다.
공중에 다시 검이 뜨고.
〈녹슨 철검 : 공격력 50 내구력 50〉
진우, 검을 끄집어 내려 바로 나간다.

씬/40 그라나다 / 타파스 빠 (밤)

진우가 그대로 다시 나가는

웨이터 (영어) 이봐요, 또 그냥 가?
진우 (대답도 안 하고 가고)
웨이터 (스페인어) 뭐야..? 계속 화장실만 쓰고 가?

씬/41 그라나다 / 광장 (밤) + 서울 / 연구센터 (오전)

진우, 넘어졌다가 다시 일어나는
〈14번째 로그인 하셨습니다〉
전사가 다시 동상 위에서 뛰어내린다.
공격 패턴을 익혀 익숙해진, 피하고, 막고, 물러났다가 공격, 다시 내리칠 때
철검으로 막는 대신 허리를 숙이며 피하며 막고,
옆에 주차된 차 본네트를 뛰어오르는 전사.
이질감이 전혀 없이 지형지물을 이용하는 모습에..

진우, 순간 감탄해서 멈칫. 양주와 선호도 커피 마시며 보다 말고 놀라서..
전사, 본네트에 당당하게 서서 진우를 내려다보는.

양주 봤어요? 현실 지형지물 이용하는 거..?
선호 미쳤구나 진짜..

진우가 잠시 게임 퀄리티에 넋이 빠진 사이, 전사, 다시 뛰어내려와 대치하고. 전사가 현실의 가로등 뒤로 숨으면서 진우의 검이 가로등을 내리치며 쨍 소리와 함께 다시 부러진다. 진우, ...!!! 순간 반격당해 찔리는.
〈치명적 일격을 당했습니다 -100〉
〈당신은 나사르 왕국의 전사에게 죽었습니다〉

양주/선호 아... (또 죽자 고개 돌리며) 몇 번을 죽냐..?

씬/42 타파스 빠 (새벽)

그사이 영업 끝난.
웨이터들이 의자를 테이블에 쌓으며 정리 중인데 문 두드리는 소리.
밖에 진우가 문을 두드리고 있는

웨이터 (스페인어) 저놈 또 왔어? (기막혀하며 가서 문을 열고)
(영어) 이봐요. 영업 끝났어요.
진우 (영어) 잠깐만 들어갈게요.
웨이터 (영어) 영업 끝났다고요. 이봐요 화장실을 쓸 거면 다른 데를 쓰라고. 아니 봐줬더니 왜 꼭 여기 와서 (하는데)
진우 (지갑을 꺼내 바로 지폐 뭉치를 쥐여주는)
웨이터 (?!)
진우 (영어) 1시간만 더 오픈해요. 오케이? (하고 화장실로 들어가는)
웨이터들 (표정)

씬/43 그라나다 / 골목길 (새벽)

청소부들이 청소하고 있는데 진우가 지나가는.
진우, 검을 들고 있지만 아무도 신경 안 쓰고.

씬/44 그라나다 / 광장 (아침)

완전히 동이 트고.. 차들이 많아진 도로.
아침 산책 나온 할머니, 지팡이 짚고 지나가다 뭘 보고 멈춘다.
그 옆의 벤치에 앉아 있는 할아버지 둘도 시선이 고정된 채.
진우가 분수대 근처에서 허공에 대고 팔을 휘두르고 넘어지고 자빠지고 하는 걸 구경하고 있다.
출근하던 몇몇, 모두 가다가 진우를 쳐다보며 지나가고.
진우의 시선으로...
진우는 전사와 아직도 혈전을 치르고 있는 중.
진우의 검 놀림, 훨씬 날렵해진
전사가 밀리면서 진우의 검에 팔을 베인다..! 피가 사방으로 튀는.
〈공격 성공 30〉
상대편의 생명 바가 쑥 줄어든다.

씬/45 서울 / 연구센터 (낮)

양주/선호 (몰입한) 오케이! / 좋았어!

그 소리가 유리벽 너머까지 들려 직원들 흘끔거리고..
진우가 다시 스치며 베인다.

양주/선호 아...! (안타까워)

씬/46 그라나다 / 광장 (아침) + 서울 / 연구센터 (낮)

진우, 숨을 몰아쉬고.. 전사의 여기저기도 피가 맺힌.
진우와 전사의 생명력, 거의 비슷하게 20씩 남은 상황.
마지막 한 칼에 결정되고..
거의 쓰러질 듯 지친 진우, 검을 꽉 쥐는...

진우 덤벼.. 자식아..

둘, 빙빙 돌다가 서로 달려들며 마지막 일격...!
분수대 난간에 올라가 내리치는 전사의 검을 아슬아슬하게 피하며 진우, 전사의 허리를 베며 지나가고.
진우, 표정.
마침내 전사, 뒤로 넘어지며 분수에 빠진다.
〈치명적 일격이 성공했습니다 50〉
진우, ...!!

양주/선호 (박수치며 좋아하는) 그렇지!! / 굿 잡!!

분수대 난간에 뛰어올라가 물속을 들여다보는데 전사는 더 이상 보이지 않고..
〈나사르 왕국의 전사를 해치웠습니다〉〈경험치 +30 공격력 +5 방어력 +5〉

진우 (순간 세상을 다 얻은 기분) 자식이 깝치더니...

〈레벨 2가 되었습니다〉
〈전리품을 획득하세요 전사의 열쇠〉
물에 뜬 커다란 열쇠가 보이고, 진우, 열쇠를 집어 들자.
〈전사의 열쇠를 얻었습니다 경험치 +30〉

〈열쇠로 레벨 2에 맞는 무기를 얻을 수 있습니다〉
진우, 탈진해 그대로 분수 난간에 드러눕는다.

선호 (E) 유대표, 이거 아무리 봐도 단점이 없어. 너무 중독적인 게 문제지. 야 이걸.. 뉴워드에 뺏기면..

진우 (핸드폰 배터리가 다 돼 삑 소리 나자) 배터리가 다 됐어. 들어가서 통화해 형.

선호 (E) 오케이.

진우 (끊고 나서 잠시 드러누워) ....

진우, 눈을 감고 쉬는 모습에...

진우 (NA) 미래가 눈앞에 그려졌다.
전 세계인들이 이 놀라운 마법을 즐기는 모습이..
서울에서, 북경에서, 뉴욕에서, 파리에서.
그리고 그라나다는 이제 알함브라 궁전이 아닌 마법의 도시로 유명해진다.
이곳은 전 세계 유저들의 성지가 될 것이다.
글로벌 프랜차이즈도 1호점이 가장 유명세를 타듯이.

진우, 번쩍 눈을 뜨는, 조바심이 나 벌떡 일어나 앉는다.

진우 (NA) 그 상상을 하자, 이걸 놓치게 될까 두려워 우울해질 정도였다.

씬/47 그라나다 / 호스텔 앞 (아침)

희주, 장 본 봉지 들고 스쿠터를 막 세우는데 진우가 지치고 고민스레 오는

희주 어.. (밝게) 안녕히 주무셨어요~ 산책 다녀오시나 봐요.

진우 (건성으로 대답) 네..

희주 6층부터 청소 시키려구요.

진우 그거 다행이네요. (관심 없이 들어가버리는)

희주 (...?)

진우 (NA) 그라나다에서 만나자며 그는 이 호스텔 주소를 보냈다.
자신이 가끔 묵는 곳이라며.

씬/48 그라나다 / 호스텔 계단 (아침)

진우, 걸어 올라가는데 천근만근.. 계단이 더 길게 느껴지고.

진우 (NA) 과연 여기 나타나긴 할까?
차형석과 이미 계약이 끝난 게 아닐까?

씬/49 그라나다 / 호스텔 6층 방 (아침)

진우, 핸드폰 충전기를 핸드폰에 끼우고 전원을 꽂는데 안 꽂히는.
진우, 표정. 깜빡 잊고 있었던, 다시 끼워보는데 안 되고.

진우 아 빌어먹을 진짜...!

씬/50 그라나다 / 호스텔 계단 (아침)

다시 계단을 내려오는 진우. 진짜 너무너무 힘들고..

씬/51 그라나다 / 호스텔 주방 (아침)

진우, 들어오는데 남학생1이 라면을 끓이고 있는 중이다.

남학생1 안녕하세요.
진우 네에. (대충 인사하며 오는)
남학생1 (갑자기) 아저씨.. 죄송한데 이거 잠깐 봐주실래요? 배가 너무 아파서
진우 그래요. (핸드폰 전원을 꽂는)
남학생1 1분만 더 끓이시면 돼요. (얼른 인사하고 나간다)

진우, 완전히 지쳐서 잠시 멍 때리며 서 있다.
잠시 후, 가스 불 끄려는데 이때 전화벨이 울린다.
보면 〈A〉라는 정보원의 이름이 뜬다.

진우 (!! 바로 무선 이어폰으로 받는다) 여보세요.
정보원 (E) 접니다.
진우 어떻게 됐어요?
정보원 (E) 차대표가 어제부터 모든 스케줄을 취소했습니다. 일정들이 많았는데요.
진우 (!) 그럼 지금 어디 있는 거죠?
정보원 (E) 알아보고 있는 중입니다.
진우 (낭패) 이미 계약한 거 아닌가?
정보원 (E) 아니요 그건 아닙니다. 그 친구에 대해서 알아봤는데요
진우 (!!) 뭐 찾았어요?
정보원 (E) 네. 몇 가지요. 불법을 좀 썼습니다. 메일을 해킹했는데요,

그사이 라면 졸아붙는데 진우, 등 돌리고 있어 모르고.

진우 그래서요?
정보원 (E) 중요한 거부터 빨리 말씀드릴게요. 프로그래머 이름은 정세주. 만 17세, 아직 미성년자구요.
진우 (?!) 미성년자라고..?

이때 화재경보기가 갑자기 삑 삑- 울리기 시작하는.
진우, 돌아보면 냄비에서 연기가 나기 시작하는

진우　아 이런..!
정보원　(E) 무슨 소리죠?

진우, 급히 불을 끄고 창문 여는데 화재경보기 소리 삑삑거리며 계속 요란하고

진우　밖으로 나갈게요. 얘기해요. (나가는)

씬/52 그라나다 / 호스텔 사무실 (아침)

투어 티켓들을 정리하던 희주, 삑삑 소리에 고개 드는

씬/53 그라나다 / 호스텔 로비 (아침)

진우, 나오는데 희주가 사무실에서 나온다.

희주　뭐예요?
진우　(짜증스레) 화재경보기, 연기도 별로 안 났는데 울리네요
희주　아.. 그게 되게 민감해서요. 거기 메모 붙여놨는데 (하며 뛰어 들어가고)
진우　네 말해요. 네.
정보원　(E) 네. 아직 미성년잡니다. 그래서 계약을.. (하는데 목소리 뚝뚝 끊기는)
진우　여보세요? 안 들려요. (핸드폰이 멀어 끊기는) 하 씨..

씬/54 그라나다 / 호스텔 주방 (아침)

화재경보기 계속 요란하고 희주, 봉걸레를 찾고 있는데 진우가 급히 들어오는

희주 아 시끄러.. (걸레를 들고 식탁으로 올라가는데)

진우 (핸드폰 전원 빼서 집어 들고 나가려는데 배터리 모자라 삑삑) 이런 씨 젠장...! (미치겠는, 희주에게 버럭) 그거 좀 빨리 끌 수 없어요?!

희주 (움찔) 끄고 있는데요.

진우 (너무 화가 나) 시끄러워서 통화를 할 수가 없잖아!!

희주 나가서 하시면 되잖아요?

진우 나갈 수가 없으니까 그렇지! 빨리 좀 끄라고!! 뭐해요? (하며 통화) 여보세요.

희주 (황당한)

진우 그래서요, 미성년잔데? 네? 뭐라고요? (하는데)

희주 아니 근데요 제가 그런 게 아니잖아요 선생님이 여기 계셨잖아요

진우 뭐요?

희주 (좀 화가 난) 왜 저한테 화를 내세요? 전 지금 듣고 온 건데

진우 (!! 신경줄이 터지는 순간) 다시 할게요 (전화 확 끊으며 버럭) 왜 당신한테 화를 내냐고? 당신이 이 집 주인이니까! 이 거지 같은 집 주인이 당신이니까!!

희주 네?

진우 당신은 한마디로 양심이 없어, 나도 사업하는 사람인데 말이죠, 당신 같은 얼치기 장사꾼들을 나는 가장 참을 수가 없거든, 안일하고 게으르고, 최소한 방을 빌려주고 돈을 받겠다는 의지가 있으면 뭐 하나는 내놓을 게 있어야 될 거 아냐? 뭘 내놓을 게 있어? 꼴랑 이 라면 하나? 무슨 놈의 방이 변기는 번번이 뚫어가면서 써야 되고, 방에 쥐구멍이 있질 않나 창문은 열리지도 않아서 질식사할 지경에, 빌어먹을 계단은 왜 이렇게 높고, 엘리베이터 없는 건물이 요즘 어디 있어? 아니 빌어먹을, 최소한 전원 꽂을 데는 있어야 될 거 아냐?

핸드폰 충전할 때마다 1층까지 내려와서 이 꼴을 보라고!!!

그사이 경보음은 꺼지고

희주 (식탁에 올라선 채 황당해) 그래서 제가 다른 호텔로 가시..

진우 잘 들어요 내가 지금 100조짜리 프로젝트에 관한 전화를 하고 있었는데, 이놈의 충전기가 내 방에서 안 되고, 이놈의 바보 같은 경보기가 불도 안 났는

데 울려대서 만약에 내가 이걸 놓치면, 다 당신 탓이야,

희주 (완전히 얼이 빠져) .... 아니.... 그게 왜..

진우 (다시 전화를 건다)

희주 죄송합니다.. 근데 (기막혀 눈물이 고이는) 말씀을 좀 막 하시네요.
선생님도 너무... 예의가 없으신 거 같아요.

진우 (실소) 손님에 대한 예의가 없는 집에서 예의 찾는 게 우습네요.

희주 (표정)

진우 (전화한다) 여보세요.

정보원 (E) 네 너무 시끄럽네요.

진우 아 미안해요 계속 해요.

정보원 (E) 네. 그러니까 요지는 그 프로그래머가 아직 미성년자고, 보호자 동의 없이는 차대표도 계약 못한다는 겁니다.

진우 (!) 보호자가 그럼.. 부모는요?

정보원 (E) 부모님은 돌아가셨고 누나가 보호자더라고요.

진우 누나..?

정보원 (E) 네. 정희주라는 여잔데요.
그라나다에서 보니따라는 한인 호스텔을 운영해요.

진우 (?!) 어디.. 요..?

정보원 (E) 보니따 호스텔이요. 주소 보내드리겠습니다.

진우 (표정) .....! (당황, 황당, 슬쩍.... 돌아보는)

희주, 기가 막혀서 식탁 위에 쪼그리고 앉아 울고 있다.

정보원 (E) 그라나다에 계시면 그 집에 먼저 가보시죠.
누나를 설득하는 게 더 빠를 거 같습니다. 권리가 있으니까요.

진우 ..... 그렇겠.. 네요.

정보원 (E) 누나랑 주고받은 메일 몇 개 확인했는데 누나는 아무것도 모르고 있습니다.

진우 ...... 그래요..

희주, 눈물을 닦아내며 울다가 진우와 시선이 마주치는.

희주, 너무 화가 나 온 힘을 다 쥐어짜 노려보는데..
진우, 잠시 보다... 갑자기 미소 씩...
희주, ???
상황이 어이없는 진우, 자기도 모르게 멋쩍은 웃음이 번지며..
희주, 기가 막힌 표정에.

진우 (NA) 이렇게 마법은 희주 인생에도 시작됐다.
희주는 이제 세상을 바꿀 혁신적 미래 기술의 권리를 갖게 됐다.
물론 동화 속 공주들이 늘 그렇듯, 아직 자신의 신분도 모르고 거지 같은 집에 살며 늑대에게 문을 활짝 열어주었으나.

- 제1회 끝 -

2회

씬/1　그라나다 / 호스텔 앞 (아침)

화재경보기 소리가 안에서 요란하게 울리다가 멈추는

씬/2　그라나다 / 호스텔 주방 (아침)

1회 엔딩 씬에서 이어지는..

진우　잘 들어요 내가 지금 100조 원짜리 프로젝트에 관한 전화를 하고 있었는데, 이놈의 충전기가 내 방에서 안 되고, 이놈의 바보 같은 경보기가 불도 안 났는데 울려대서 만약에 100조 원짜리를 내가 놓치면, 다 당신 탓이야,

희주　(완전히 얼이 빠져) .... 아니.... 그게 왜..

진우　(다시 전화를 건다)

희주　죄송합니다.. 근데 (기막혀 눈물이 고이는) 말씀을 좀 막 하시네요. 선생님도 너무... 예의가 없으신 거 같아요.

진우　(실소) 손님에 대한 예의가 없는 집에서 예의 찾는 게 우습네요.

희주　(표정)

진우　(전화한다) 여보세요.

정보원 (E) 네 너무 시끄럽네요.

진우 아 미안해요 계속 해요.

정보원 (E) 네. 그러니까 요지는 그 프로그래머가 아직 미성년자고, 보호자 동의 없이는 차대표도 계약 못한다는 겁니다.

진우 (!) 보호자가 그럼.. 부모는요?

정보원 (E) 부모님은 돌아가셨고 누나가 보호자더라고요.

진우 누나..?

정보원 (E) 네. 정희주라는 여잔데요. 그라나다에서 보니따라는 한인 호스텔을 운영해요.

진우 (?!) 어디.. 요..?

정보원 (E) 보니따 호스텔이요. 주소 보내드리겠습니다.

진우 (표정) .....! (당황, 황당, 슬쩍.... 돌아보는)

희주, 기가 막혀서 식탁 위에 쪼그리고 앉아 울고 있다.

정보원 (E) 그라나다에 계시면 그 집에 먼저 가보시죠. 누나를 설득하는 게 더 빠를 거 같습니다. 권리가 있으니까요.

진우 ..... 그렇겠.. 네요.

정보원 (E) 누나랑 주고받은 메일 몇 개 확인했는데 누나는 아무것도 모르고 있습니다.

진우 ...... 아.. 그래요..

희주 (진우가 자신을 쳐다보자 있는 힘껏 노려보는데)

진우 (갑자기 미소 씩)

희주 (...??)

진우 (난감한 상황, 할 말 없어 미소만)

희주 (어이없어 보는데)

이때 남학생1이 화장실에 갔다 돌아온다.

남학생1 경보기 울렸어요? 뭔 소리가..

희주 (얼른 눈물 닦아내는)

진우 다시 전화하죠. (하고 전화 끊는)

남학생1 (냄비 들여다보고) 어~ 다 탔네? 아저씨 제가 좀 봐달라고..

진우 (갑자기) 어 뭐지?

남학생1 네?

진우 뭐야..? 지금 무슨 일이 있었지? 혹시.. 자기가 라면 좀 봐달라고 했는데 내가 태운 거야? 그리고..., 화재경보기가 울렸고? 혹시 내가 시끄럽다고 막 성질도 부리고 했나?

남학생1 (??)

희주 (표정)

진우 설마... (희주를 보며 놀란 듯) 설마 그래서 지금 우는 건 아니죠? 내가 성질을 부려서? 내가 그랬을 리가, 만약에 그랬다면 사람도 아니잖아?

희주 (표정)

진우 아냐.. 그랬을 수도.. 사실 내가 단기 기억상실증이라서..

희주 (표정)

진우 (정색한 표정에, 바로 중얼) 웃자고 한 소리에 죽자고 노려보네. 안 되겠다. (웃으며 충전기 뽑아 들고 얼른 나가는)

희주 (표정)

남학생1 (??) 뭐라시는 거예요?

희주 (너무 기막힌)

씬/3 그라나다 / 호스텔 앞 (아침)

진우, 난감한 상황 도망치듯 일단 문을 열고 나오는

진우 하 나.. (어이없어) 여기가 집이면 집에서 만나자고 말을 했어야지.. 자식이..

낡은 〈보니따 호스텔〉 간판을 새삼 보고 호스텔을 올려다보는.

씬/4 회상 몽타주

C#1 뉴스 영상 - MWC 행사 자료화면

음악과 함께 MWC(Mobile World Congress : 모바일 월드 콩그레스) 로고가 떠오르며. IT 업체들의 거대한 부스들, 관람객들이 온갖 첨단 IT 기기들 구경하고 시연해보는.. 유명 인사들이 연설, 강연하는 모습들 지나가는

리포터 (스페인어, E) 세계 최고의 IT 박람회인 모바일 월드 콩그레스가 어제 바르셀로나에서 개막했습니다. 올해는 190개국에서 2300개의 기업이 참가했으며 개막 첫날 입장권이 모두 매진되며 성황을 이뤘는데요..

C#2 뉴스 영상 - 스마트 렌즈의 홍보 영상

스마트 렌즈의 구조와 원리를 설명하는 3D의 짧은 영상이 지나가며

리포터 (스페인어, E) 첫날부터 단연 주목받은 건 한국 제이원의 스마트 콘택트 렌즈였습니다. 스마트 렌즈는 혁신적인 편의성과 육안에 근접한 초고해상도를 실현시켰다는 점에서 증강현실을 일상에 구현할 가장 완벽한 디바이스로 평가받고 있는데요

C#3 뉴스 영상 - 진우의 기자회견 영상

MWC 공식 인터뷰 행사.
긴 테이블에 몇몇의 인사들이 앉아 기자들 질문에 대답 중이다.
진우, 마이크 대고 대답하는 장면에 진우의 말 스페인어 번역 자막으로 뜨고.

진우 내년 상반기 상용화를 목표로 하고 있고 올해 12월에 정식 시판에 들어갈 예정입니다.. 일정이 늦어지는 이유는 디바이스 문제가 아니라 컨텐츠 준비 시간이 필요해서라고 이해하시면 됩니다.

C#4 그라나다 / 호스텔 세주 방 (밤)

뉴스 영상, TV 화면으로 바뀌고..
방 한구석의 TV에서 스페인 뉴스가 이어지는..

리포터 (스페인어, E) 한국 제이원의 CEO 유진우씨는 스마트 렌즈가 증강현실의 대중화를 이루게 될 최초의 디바이스라 자신하며 구체적인 생산 계획을 공개했는데요..

누가 봐도 컴퓨터광의 방이 확실한, 컴퓨터와 주변기기들로 가득 찬 작은 방. 온갖 기기들과 전선들이 지저분하게 엉켜 있고 컴퓨터 관련 책들이 한쪽에 탑처럼 쌓여 있고.. 침대와 옷장은 널려 있는 옷들로 엉망진창이고..
세주, 배낭에 옷을 쑤셔 넣는 모습에..

정보원 (E) 이름은 정세주. 직업학교 졸업하고 지금은 백수고요.
만 18세 생일까지 두 달 남았습니다.

세주, 배낭을 메고 TV를 끄고 불 끄고 방을 나간다.

C#5 그라나다 / 호스텔 주방 (밤)

민주, 이어폰 꽂고 숙제하고 희주는 설거지하고 영심은 아침거리 채소들 다듬고 있는데 세주가 배낭 메고 살림집 문으로 나온다. 30대 여자 투숙객이 토스트를 굽고 있는

영심 지금 가는 거냐?
세주 네. (무뚝뚝, 바로 나가는)
민주 안녕. (손만 들어 보이고)
영심 친구하고 잘 지내고~ 연락 자주 하고 응? 응?!
세주 (대꾸 없이 나가고)
영심 어이구 니미럴.. 입에 지퍼를 채웠나.

희주 (얼른 손 닦고 따라 나가는)
투숙객 손자이신가 봐요?
영심 (한숨) 손자가 아니라 웬수요 웬수.
정보원 (E) 삼남매 중에 둘쨉니다. 할머니가 계시고요.

C#6 그라나다 / 호스텔 앞 (밤)

세주가 자전거를 타고 막 가려는데 희주가 쫓아 나와

희주 조심하고. 전화 좀 받아 알았지?
세주 (바로 출발하는)
희주 언제 와?
세주 봐서. (휭 가버리는)
희주 (뒤에 대고) 문자라도 한 번씩 해~!
정보원 (E) 친구 만나러 바르셀로나에 간다고 집을 나가서

세주의 자전거, 멀어지는 모습에..

정보원 (E) 아직까지 안 돌아오고 있는 거죠.

씬/5 그라나다 / 카페 앞 (아침)

호스텔이 보이는 곳에 위치한 노천카페.
진우, 창가 테이블에 앉아 커피 한 잔 놓고 통화 중이다.

진우 (핸드폰으로 받은 세주의 사진을 확인하며) 그럼 집 떠난 지 며칠 된 거죠?
정보원 (E) 일주일쨉니다.
진우 가족들은 걱정 안 하나?
정보원 (E) 학교도 졸업했고 남자애니까요.
메일 내용 보면 워낙에 집에서 내놓은 놈 같아요.

이때 호스텔에 배낭을 멘 젊은 남자가 와서 초인종 누르자 진우, ..?!
세주인가 하고 얼른 보는데 문이 열리고 희주가 내다보자 진우, 얼른 다른 테이블의 손님들 사이로 몸을 숨기며 지켜보는.
희주와 이야기하는 손님, 세주가 아니고.

진우 (도로 앉으며) 누나는 어떤 여자죠?
정보원 (E) 자세한 건 모르겠지만 부모님 돌아가시고 누나가 호스텔을 맡아서 하고 있고요.

씬/6 몽타주

C#1 그라나다 / 호스텔 주방 (아침)

영심과 희주, 국 푸고 반찬 갖다 놓고 바쁘다.
여대생1, 2가 이미 앉아 있고 남대생2가 들어오는

희주 민주야~ 학교 늦어 얼른 나와~
정보원 (E) 하는 일이 많더라구요 호스텔에서 밥도 팔고요

C#2 그라나다 / 알바이신 지구 전망대 (밤)

희주, 헤드셋을 끼고 여덟 명 정도의 젊은 자유 여행객들과 스페인인 로컬 가이드와 함께 유적 앞에 서서 설명 중이다. 여행객들, 목에 수신기를 걸고 알함브라의 아름다운 야경이 보이는 전망대 앞에서 희주의 설명을 듣고 있는

희주 보통 알함브라 궁전을 예쁜 정원이 있는 건물 하나로 착각하시는데 보시는 것처럼 요새와 성벽을 포함한 커다란 성입니다. 원래는 요새로 쓰이다가 13세기부터 주변의 세비야와 꼬르도바에서 카톨릭에 밀려난 이슬람인들이 그라나다로 모여들기 시작했는데요..

정보원 (E) 투어 가이드도 하고

C#3 그라나다 / 호스텔 사무실 (밤)

희주, 책상 앞에서 스페인어 사전 뒤적여가며 서류 번역하고 있다.

정보원 (E) 번역 일도 합니다.

C#4 그라나다 / 기타 공방 작업실 (낮)

전통 있는 클래식 기타 공방. 손때 묻은 도구들이 벽에 다닥다닥 붙어 있고 작업 중인 기타들이 여기저기.. 60대의 스페인 기타 장인이 커다란 테이블에서 작업 중이고 다른 책상에서는 상범이 셸락 작업 중이다. 희주, 앞치마를 두르고 커다란 나무판들을 나르는 모습에..

정보원 (E) 아, 수제 기타 공방에서도 일하고요.

씬/7 그라나다 / 카페 (아침)

진우 무슨 하는 일이 그렇게 많죠?
정보원 (E) 살림이 넉넉하진 않겠죠. 식구 중에 돈 벌 사람이 그 누나밖에 없을 겁니다. 할머니에 미성년 동생들뿐이니까요.
진우 ......

희주, 남자와 얘기하고 문을 열어주는.
남자, 호스텔로 들어가고..

진우 (그 모습 지켜보며) 차형석은 아직 식구들하고 접촉 안 한 게 확실하죠?
정보원 (E) 네. 미성년자인지도 모르는 거 같습니다.
진우 말 안 했겠죠 어린앤 줄 알면 얕볼까 봐. 나한테도 말 안 했으니까.

(하고) 또 정보가 있어요?

정보원 (E) 현재는 여기까집니다. 계속 알아보겠습니다.

진우 수고해요. 나도 들어가서 분위기 좀 살펴봐야겠네요. (전화 끊으며 일어나는)

씬/8 그라나다 / 호스텔 주방 (아침)

문을 살짝 열어보는 진우.
6씬 C#1에서 이어지는 상황.
희주, 영심이 국 푸고 밥 푸느라 바쁘고.
민주와 여대생1, 2, 남대생2가 아침 먹고 있다.

정보원 (E) 친할머니, 누나, 여동생이랑 같이 삽니다.

진우, 영심, 희주, 민주를 눈으로 슥 확인하고..

진우 (활기차게 들어가며) 좋은 아침입니다.

희주 (힐끔)

대학생들 안녕하세요.

진우 네 안녕하세요. (미소 띠우며 들어오다 희주와 눈이 마주치는)

희주 (꼴도 보기 싫은, 바로 외면하며 국 푸고)

진우 .... (외면받자 민주에게 아는 척) 안녕.

민주 (쿨한, 핸드폰 보며 밥 먹다 힐끔) 안녕하세요.

영심 누구시지?

진우 저 어제 새벽에 들어왔습니다. 601호에.

영심 아 6층 손님이시구만~ (하고) 아침 드시게?

진우 네. 여기 그냥 먹고 돈 내면 됩니까?

영심 그럼 그럼. 아무 데나 앉아요.

진우 네에. (앉으며) 아침 메뉴가..

영심 그냥 주는 대로 먹는 겨. 메뉴가 어디 있어. (수저 가져다주고)

진우 아 네. (전혀 까탈스럽지 않은, 사람 좋은 미소로) 좋네요. 고를 필요 없어서. 고르는 것도 사실 꽤 피곤하거든요.

영심 그래서 내가 메뉴를 단일화한 거유~ 댁 같은 양반들 편하라고.

진우 (웃으며) 감사합니다. 안 그래도 제가 선택 장애가 있어서요.

희주 (진우의 상냥함이 어이없는, 같잖다는 듯 흘기며 밥과 국을 진우에게 갖다주는)

진우 야.. 홍합미역국~ 맛있겠는데요~

영심 우리 손녀딸 특기유 그게.

진우 그래요? (희주에게 눈 맞추며) 잘 먹을게요.

희주 (대답 없이 툭 놓고 가고)

진우 ...... (멋쩍은 미소, 수저 드는)

남대생2 어제 오셨어요?

진우 네. 새벽에요.

남대생2 근데.. 왜 어디서 뵌 거 같죠?

진우 나를요?

남대생2 네. 되게 낯이 익은데요.

여대생1 어 나도.

진우 (시치미) 글쎄.. 여행지에서 스쳤나?

남대생2 어디서 오시는 길인데요?

진우 바르셀로나요.

남대생2 그럼 아닌데.. (갸웃)

영심 (먼저 앉아서 부르는) 희주야 얼른 와 앉아.

희주 네... (하고 자기 밥을 들고 오자)

진우 여기 비었는데. (얼른 자기 옆자리 의자 빼주는데)

희주 (빙 돌아 가장 멀리 떨어져 가서 앉는다)

진우 ......

여대생1 (말 거는) 아저씨 바르셀로나는 어때요? 모레 갈 건데.

진우 글쎄.. 난 출장 온 거라서 별로 본 게 없어서.

남대생2 기차 타고 오셨어요?

진우 아뇨 비행기.

대학생들 우리도 비행기 타고 가자 기차는 너무 오래 걸려 / 가는 재미가 있잖아 / 지

금 예약해도 안 될걸? / 자리 없어 / (대학생들, 진우 옆에서 관심도 없는 소리 한참 떠드는데)

영심　근데 세주는 왜 전화를 안 받냐? 전화가 안 돼.

희주　핸드폰이 깨졌대요.

진우　(그 소리에 귀가 번쩍)

영심　연락 왔어?

희주　네. 어제 공중전화로 했더라구요.

진우　(표정)

영심　으이구.. 핸드폰은 또 왜 깨먹었대? (하고) 언제 온대?

희주　오늘 온대요.

진우　(?! 대학생들 옆에서 떠드는 소리에 잘 안 들리는, 그쪽 얘기를 들으려고 최대한 티 안 나게 몸을 기울여 귀 쫑긋)

희주　어제 밤에 야간열차 탄다고요. 픽업하러 간댔더니 오지 말래.

진우　(!)

영심　야간열차면 몇 시 도착이냐?

희주　8시요.

진우　(벽시계 보면 이미 7시 반이 넘은) ....! (바로 수저 내려놓고) 잘 먹었습니다.

희주　(힐끔)

영심　(?) 뭘 먹어? 이제 숟가락 들어놓고

진우　(일어나며) 아.. 제가 약속이 있었는데 깜빡했네요. (유로화 동전을 꺼내는) 돈은 지금 드리면 되나요?

영심　되긴 되는데.. 먹질 않고?

희주　(자존심 상해 툭,) 되게 맛없으신가 봐요.

진우　(얼른 웃으며) 아니요, 너무 맛있는데 시간이 없어서, 야.. 나도 아쉽네요. (동전을 자리에 놓고 학생들에게) 맛있게 먹어요. 먼저 가보겠습니다 (바로 나가는)

영심　아니 뭐 저렇게 급해 갑자기?

희주　..... (너무너무 자존심 상하는, 진우가 놓고 간 동전을 째려보는)

씬/9　그라나다 / 골목길 (아침)

타파스 빠 앞에서 웨이터가 막 퇴근하며 오토바이에 타다가
진우가 걸어오는 걸 보고

웨이터 (반갑게, 영어) 헤이 좋은 아침~
진우 (힐끔, 영어) 좋은 아침
웨이터 (영어) 오늘도 밤에 우리 빠에 와요. 화장실 마음껏 써도 돼요.
진우 (영어) 이젠 안 가요. 내가 이제 거기 갈 레벨이 아니거든 (바삐 지나가는)
웨이터 (???)

씬/10 그라나다 / 거리 (아침)

진우, 대로변으로 나와 택시를 찾는데 택시 안 보이는.. 이때

정훈 (E) 대표님~!!
진우 (소리에 돌아보면)

맞은편 길가에 정훈이 고급차를 막 주차구역에 세우고 내리며 부르는

정훈 (손 흔들고 애교 떨며) 대표님~ 저 왔습니다~
진우 (보고 바로 그리 건너가는)
정훈 (차에서 짐을 내리며, 안 혼나려고 넉살) 저 진~짜 빨리 왔죠? 새벽 첫 비행기로 날아왔습니다~ 와 아침도 못 먹고 진짜~ 차 이걸로 렌트했는데 괜찮으세요?
진우 차 키 내놔.
정훈 (?) 어디 가시게요?? 제가 운전할게요.
진우 (차 키를 받고 호스텔 키를 넘겨주며) 됐고, 너는 할 일이 있어. 들어가서 짐 풀고 꽃다발 좀 주문해. (하며 운전석에 바로 타는)
정훈 꽃다발이요? (바로 습관대로 수첩을 꺼내 적을 준비) 어디로 보냅니까?
진우 나 묵는 호스텔 주소로. 주인 아가씨 앞으로 보내.

정훈 (쓰다가 멈칫)

진우 이름은 정희주야. 내 명함 넣어서.. (하는데)

정훈 (탄식하듯) 아.. 이제야 이해가 가네요...
오밤중에 왜 혼자 그라나다까지 오셨나 했더니..

진우 (안전벨트 매며) 뭐?

정훈 근데 대표님.. 설마 잊으신 건 아니죠..?

진우 뭘.

정훈 대표님 지금 소송 중이십니다. 아직 이혼서류에 도장도 안 찍으셨거든요.
여자는 당분간 좀 자제를..

진우 (생각하기도 싫은 일을 상기시키자 눈빛 변하며) 이 자식이..

정훈 (얼른) 소송에 불리할 일은 아예 하지 마시라는 거죠~
여기도 한국 사람들 많이 와요. 보는 눈 많습니다~

진우 (참으며 시동 거는) 회사에 중요한 파트너가 될 여자라 그런다. 미남계라도 써야 될 상황이라.

정훈 미남계요? (하더니) 그럼 제가 해야죠?

진우 (흘끔) 니가 미남이야?

정훈 제가 낫죠.

진우 (어이없는 듯) 야.. 생각을 해봐. 우리 둘 중에 꼭 누군가 미남계를 써야 된다면 누가 먹히겠어? 응? 우리 둘 중에 말이야.

정훈 어쨌든 대표님은 아직 법적 유부남이시라니까요.
싱글이고 한 살이라도 어린 제가 하는 게 낫죠.

진우 (짜증) 싱글이고 뭐고 넌 미남이 아니잖아..!

정훈 왜요? 저희 엄마는 제가 상계동 꽃미남이라는데요.

진우 (정색하며) 정훈아. 인류 역사상 인종과 문화권을 망라하고 단 한 번도 너 같은 스타일이 미남으로 인정받은 적은 없다. (강조) 인류 역사상 단 한 번도.
어머니께 말씀드려. 모성애도 역사를 부정할 순 없다고.

정훈 (재수 없는) 아.. 이래서 대표님이 적이 많으신 거예요.

진우 (들은 척도 안 하고 출발하려다 문득 정훈의 가방이 시선에) 그게 니 가방이야?

정훈 네.

진우 (실소) 엄청 크네. 고생하겠다? (하고 바로 붕 떠나버리는)

정훈 네? (??)

씬/11 그라나다 / 호스텔 로비 (오전)

컷 튀어 정훈, 계단 위를 당황해 올려다보며
물걸레질하는 스페인 청소부에게

정훈 엘리베이터, 웨얼 이즈 엘리베이터?
청소부 (스페인인, 물걸레 들고 가며 고개 젓는) 노 노 노 엘리베이터.
정훈 (놀라) 노 엘리베이터? 엘리베이터가 없어?
청소부 노 노.
정훈 (표정, 커다란 자기 짐가방을 보고..)

씬/12 그라나다 / 도로 (오전)

빠른 속도로 기차역을 향해 달리는 진우의 차.

씬/13 그라나다 / 렌터카 안 (오전)

진우, 내비게이션 따라 운전하며 통화 중이다.

진우 어제 야간열차 타기 직전에 나한테 전화한 거였어 공중전화로.
핸드폰은 고장 났고. 그래서 연락이 끊긴 거야.

씬/14 서울 / 연구센터 (오후) + 그라나다 / 렌터카 안 (오전)

선호, 서성거리며 통화 중이다.

밖에는 여전히 직원들 근무 중이고 방에는 선호와 양주만 있고,

선호　(안도하며) 아... 다행이다. 난 또 그새 마음 변해서 형석이한테 도로 간 줄 알았지. 오긴 오는구나.

진우　지금 기차역으로 가고 있어. 먼저 만나서 얘기하려고.
집에서 만나면 될 일도 안 되게 생겨서.

선호　왜?

진우　걔 누나가 나를 미워해.

선호　(?) 아니 미워하고 말고 할 시간이나 있었어? 간 지 몇 시간이나 됐다고?

진우　(피식) 인생에 도움 될 조언 몇 마디 해줬더니 삐졌어. 울더라고?

선호　조언 몇 마디..? 야 니 조언은 말이 조언이지 그냥 면전에 대고 스트레이트로 막 까대는 거잖아? 초면부터 까댄 거냐? 참 대단하다..

이때 옆에서 치킨박스 뜯고 있던 양주가 끼어드는

양주　(선호의 핸드폰에 대고) 대표님 오늘은 레벨 업 안 하세요?

선호　(한심) 지금 레벨 업이 문제야?

양주　저 벌써 중독됐나 봐요 또 보고 싶어 죽겠습니다~

진우　내가 그렇게 멋있었어?

양주　아뇨 대표님 아작 나는 모습이 압권이죠.
그게 엄청난 카타르시스가 몰려오더라구요~

진우　무시하지 마라. 나 이제 레벨 2다.

양주　그러니까 빨리 한 판 뛰시죠. 새 검 찾아야죠~

진우　기다려. 정세주부터 해결하고.
뭐가 맘에 안 들어서 100억 준다는 차형석을 걷어찼는지 들어보고.

씬/15　그라나다 / 야간열차 침대칸 (오전)

1회 프롤로그 C#9와 같은 장면.
불편한 자세로 웅크린 채 어설프게 잠이 든 세주.

다른 침대의 둘은 이미 내리고 이어폰 낀 남자만 자고 있다.
이때 벨이 울리며 안내방송이 나온다.

안내 (스페인어, E) 승객 여러분, 이 열차는 약 10분 후에 그라나다에 도착합니다. 그라나다에서 내리실 분은 미리 준비해주시기 바랍니다.

세주 (그 소리에 눈을 퍼뜩 뜨는)

안내 (영어로 반복, E) 승객 여러분, 이 열차는 약 10분 후에 그라나다에 도착합니다. 그라나다에서 내리실 분은 미리 준비해주시기 바랍니다.

세주 (맞은편의 남자를 깨우는, 스페인어) 일어나요. 그라나다 다 왔어요.

남자 (이어폰을 낀 채 자다 눈을 겨우 뜨는, 알겠다고 손짓하더니 다시 뒤척거리며 등 돌리고 자고)

세주, 안경을 티셔츠로 닦아 다시 끼고 주섬주섬 배낭을 꺼내는데 이때 갑자기 창밖에 번개가 번쩍하더니 요란한 천둥소리가.. 세주, ...?!!

씬/16 평원 (오전)

1회 프롤로그 C#10과 같은 장면.
강렬한 번갯불과 함께 달리는 열차에 빗줄기가 퍼붓는

씬/17 야간열차 침대칸 (오전)

1회 프롤로그 C#11과 같은 장면.
비가 쏟아지는 창밖을 보며 공포에 질리는 세주 눈빛에..

씬/18 그라나다 / 기차역 앞 (오전)

대조적으로 화창한 푸른 하늘.

진우, 주차하고 기차역 건물로 급히 들어가는

씬/19 그라나다 / 기차역사 (오전)

진우, 급히 와서 전광판을 보는데 바르셀로나발 기차 표시 옆에 막 도착 불이 깜빡인다. 진우, ...! 바로 출구로 간다.

씬/20 그라나다 / 기차역 플랫폼 (오전)

1회 프롤로그 C#14와 같은 장면.
기차가 천천히 플랫폼으로 들어와 끼익 소리를 내며 선다.
잠시 후 문이 열리고 사람들 하나 둘 내리는

씬/21 그라나다 / 기차역사 (오전)

사람들이 짐을 들고 나오는데 그 앞에서 세주를 시선으로 찾는 진우.
동양인 남자들이 몇몇 나오자 그때마다 진우, 반색하는데 자세히 보면 세주가 아니고..
디졸브로 사람들 거의 다 나온. 띄엄띄엄 몇이 나오고.
진우, ...?? 서 있던 역무원에게 가서

진우 (영어) 여기 나오는 다른 출구가 있습니까?
역무원 (고개 젓고)
진우 (표정)

씬/22 그라나다 / 기차역 플랫폼 (오전)

진우, 확인하러 들어오면 마지막 남은 몇이 나가고 있다.
세주와 같은 칸에 있던 이어폰 낀 남자, 제일 늦게 내려 진우를 스쳐 지나가고.. 기차가 다시 천천히 출발하는.

씬/23 그라나다 / 야간열차 침대칸 (오전)

세주의 배낭만 달랑 남아 있는 빈 침대칸.
창밖으로 세주를 찾는 진우의 모습이 스쳐 지나가며..

씬/24 그라나다 / 기차역 플랫폼 (오전)

기차는 떠나가고 세주는 흔적도 없다.
진우, 난감한.. 이때 핸드폰이 울리고.

진우 (전화 받는) 여보세요.
선호 (E) 어떻게 됐어?
진우 예감이 안 좋아..
선호 (E) 안 나타났어?
진우 예감이 아주 안 좋은데..

씬/25 그라나다 / 호스텔 601호 (오전)

정훈, 여행 가방은 한쪽에 놓고 핸드폰으로 꽃집 검색 중인데 노크 소리.

정훈 네.
희주 (E) 저기.. 저.. 주인인데요..
정훈 (진우가 말한 그 주인이자, !) 아 네. 들어오세요.

문이 열리고 희주가 들어오는

희주　(모르는 사람이자 당황) 어.. 여기 손님..
정훈　나가셨어요. (희주를 살피며 싹싹하게) 안녕하세요 전 지금 온 일행인데요, (지갑의 명함을 찾으며) 여기 엑스트라 베드 하나 넣어주실 수 있죠?
희주　(그 말에) 여기 더 묵으시게요?
정훈　일단 그럴 거 같은데요. 나간다는 말을 안 하셔서
희주　안 되는데요. 방 빼셔야 되는데요.
정훈　네?
희주　손님이 하루치만 내셨거든요. 그리고 이거.. (지폐를 주는)
정훈　(?) 뭡니까? (얼결에 받는)
희주　어제 숙박비에요. 환불해드리는 거예요.
정훈　환불이요?
희주　네. 그냥 전해드리면 아실 거예요.
그리고 체크아웃은 11시거든요. 꼭 지켜주세요.
정훈　(황당, 무슨 상황인지) 아니 저기.. (이때 핸드폰 울리자 보고) 어, 잠시만요!
희주　(나가려다 돌아보는)
정훈　잠시만요. (하고 받는) 여보세요.
진우　(E) 너 어디 있어?
정훈　방인데요.

씬/26 그라나다 / 기차역 플랫폼 + 호스텔 601호 (오전)

진우, 여전히 시선으로는 세주를 찾으며

진우　너 아래층에 내려가서 정희주씨한테 살짝 좀 물어봐. 남동생 혹시 연락 있는지.. (하는데)
정훈　여기 같이 계세요.
진우　(?) 누구? 정희주씨가 거기 있다고?
정훈　네. 환불해준다고 돈을 주시는데요..

진우 환불?

정훈 바꿔드릴게요. (희주에게 전화 주는) 통화 좀 하시죠. 전 자초지종을 몰라서요.

희주 ...... (내키지 않으나 받는, 도도하게) 네.

진우 (친절하게) 여보세요. 환불은 필요 없습니다. 왜..

희주 (사무적으로, 따박따박) 아녜요 환불해드려야죠. 문제가 너무 많은데 그 돈을 받으면 제가 양심이 너무 없는 사람이잖아요. 일행분께 돈 드렸습니다. 그리고 아까 아침도 안 드신 거나 다름없어서 그 돈도 안 받을게요. 받으면 양심이 없는 게 될까 봐.

진우 (웃으며) 저기..

희주 그리고 오늘부터 이 방 수리해야 돼서요. 창문도 고쳐야 되고 전기선도 다시 봐야 되고 쥐도 잡고 할 게 많아서 방은 꼭 빼주셔야 돼요.

진우 (웃으며 무마하려는) 아직도 화 많이 났나 본데 아침 일은 미안해요. 내가 좀 욱하는 게 있는데..

희주 아녜요 화난 거 아녜요. 말씀이 다 사실이니까요. 맞는 말씀이세요. 그래서 저도 사실만 말씀드릴게요. 집이 거지 같은 건 맞는데요, 제가 양심이 없는 사람은 아니에요. 집은 거지 같지만, 양심은 남아 있어요. 그건 알아주셨으면 좋겠어요. 그래서 환불해드립니다. 그럼 안녕히 가세요. (정훈에게 핸드폰 주려는데)

진우 잠깐! 잠깐만요!

희주 .... (하는 수 없이 다시 받는)

진우 (웃으며) 나도 좀 말을 합시다, 뭐 말을 못하게 혼자서만

희주 (그 말에 발끈, 쏘는) 그건 손님 특기시잖아요? 사람 말도 못하게 혼자서,

진우 뭐요?

희주 제가 뭘 말하기도 전에 혼자 다다다다, 다 하셨잖아요? 하고 싶은 말 다!
저를, 양심도 없고 예의도 없는 사람 취급하셨죠? (참으려다 다시 북받쳐 울컥) 제가 그렇게 양심 없는 사람은 아니거든요! 그래서 처음부터 다른 호텔로 가시라고 했잖아요 6층이라 힘드실 거라고도 했구요! 청소도 안 됐으니까 다른 데로 가시는 게 낫겠다고! 전 분명히 다 말씀드렸어요! 근데 괜찮다고 하셨잖아요 손님이!! 본인이 괜찮다고 해놓고 왜 사람을 사기꾼 취급하세요? 그리고요 전 게으르지 않아요! 적어도 제가 손님보단 부지런하게 살걸

요! 제 인생을 뭘 안다고 그렇게 단정 지으세요?

정훈　(놀라 뻥)

진우　(마음은 급한데 뭐라 할 수도 없고, 참으며 듣고 있다가) 그건..

희주　(일단 터지자 말이 막 나오는) 그리고 그 돈 받으세요, 솔직히 손님도 그 돈 필요하시잖아요? 있죠, 짝퉁 신발에 짝퉁 시계 차고 짝퉁 가방 끌고서 스크래치 난다고 유난 떨고, 굳이 이런 데 와서 싱글 룸 찾고, 고객 서비스 찾고, 100조짜리 프로젝트 운운하면 있어 보일 줄 아세요? 더 없어 보이거든요! 솔직히 나이도 있으신 거 같은데 그 허세가 좀 불쌍하시네요!

정훈　(놀라서 입 벌린 채)

진우　......

희주　(흥분해 얼굴 빨개져서, 눈물 한 방울 얼른 닦고)

진우　...... 아까는 몰랐는데 말 잘하네요.

희주　저도 지금 알았어요 제가 말 잘하는지!

진우　(농담) 내 시계가 짝퉁 같아요?

희주　(격하게 받는) 네 30유로짜리요 가판에서도 안 팔려서 떨이로 넘긴 거요!

진우　그건 충격인데요.

희주　모르셨다니 더 놀랍네요. 그럼 안녕히 가세요 (하고 정훈에게 핸드폰을 주는) 여기요.

정훈　(질려서 얼른) 아... 네... (받는)

희주　그럼 11시까지 체크아웃 꼭 해주세요. (인사하고 문 쾅 닫고 나간다)

정훈, 너무 놀라 뻥하니 서 있다가 희주가 나가자

정훈　(받는, 심장이 벌렁벌렁) 대표님..? 아.. 뭡니까..? 너무 충격인데요..

진우　(손목시계를 보며) 내가 이 시계를 그 돈 주고 산 게 더 충격이다.

정훈　근데.. 미남계는 아주 택도 없겠는데요?

진우　(짜증) 아래층에 가면 막내 여동생이 있거든? 걔한테 좀 물어봐. 차라리 걔가 쿨해.

정훈　뭘 물어보면 됩니까?

씬/27 그라나다 / 호스텔 로비 (오전)

민주, 가방 메고 학교 가는 차림으로 나가는데 정훈이 계단 내려오다

정훈 안녕.
민주 (돌아보고) 안녕하세요.
정훈 (후다닥 내려오며) 니가 민주니?
민주 네. 왜요?

씬/28 그라나다 / 기차역 앞 + 호스텔 로비 (오전)

진우, 역 앞에 나와 계속 세주를 찾고 있는데 핸드폰이 다시 울리고.

진우 (바로 받는) 뭐래?
정훈 그 오빠는 연락 없고요, 오늘 안 오면 내일 오려니 하던데요.
진우 (어이없어) 아니 그 집은 장남한테 아무도 관심이 없어?
어떻게 나보다도 관심이 없어?
정훈 이 집 일상인가 봐요. 온다 그래놓고 안 오고 늘 연락 끊기고 그랬다는데요.
진우 ..... (답답해 한숨)
정훈 이제 어떡하죠..? 짐 빼요?
진우 놔둬. 지금 그리 갈 테니까.. (하는데)

이때 뒤에서

수경 (E) 어머!
진우 (한국말에 무심코 시선 돌리다, 표정)

수경, 차에서 내려 건물로 가다가 진우와 눈이 마주치고.
수경, 30대 초반으로 수진의 여동생.

진우　(.....!)
수경　(놀라) 어머 안녕하세요..!
진우　(표정)
수경　어떻게 여기서 봬요? (진우에게 오는데)
수진　(E) 수경아 같이 가~
진우　(표정)

진우의 귀에 들려온 너무나도 익숙한 목소리.
수경의 뒤로, 차로 데려다준 기사와 인사하고 이리 오는 수진이 보이고.

진우　(.....!)
수경　(뒤를 돌아보며 얼른 낮게) 언니..!
수진　같이 가자고 (하다 진우를 발견하고 멈칫, !!)
진우　(표정)
수진　(너무 당황한)
진우　......
정훈　(E) 여보세요..? 대표님?
진우　(낮게) 다시 전화할게. (전화 끊고는 비로소 표정 관리하며 수경에게 가는) 오랜만이야. 잘 지냈어? (악수를 청하는)
수경　네~ 어머 신기해요 서울에서도 한 번 못 뵀는데 어떻게 여기서 만나요?
진우　그러게. (하는데 시선은 수진에게)

수진, 어쩔 수 없이 오는.
둘, 직접 보는 게 몇 년 만인지..

수진　(어색한 눈인사와 미소)
진우　(어색한 미소) 오랜만이야.
수진　네.. 진짜.. 여긴 어쩐 일이에요..?
진우　회사 일 때문에. (하다 멈칫, 수진의 부른 배가 그제야 시선에) ....!
수진　(시선 의식하고, 당황) 아... 좀 많이 불렀죠..?
진우　(생각지도 못했다, 표정)

수진 표 많이 나요..?

진우 (믿을 수 없는 기분, 멍해지는) 난 몰랐네.. 지금 알았어.

수진 아 그래요...? (어색, 당황) 난 들은 줄..

진우 (시니컬) 아무도 나한테 안 알려주던데.

수진/수경 (표정)

진우 예정일이 언제야..?

수진 12월.. 이요.

진우 그래..? 축하해. (하는데 전혀 축하하지 않는 표정)

수진 ... 뭐.. (하다) 네. (어색하게 미소, 축하받는 것도 불편하고)

수경 (어색함 깨려고 수선스레) 그래서 차로 가려고 했는데 언니가 굳이 기차 타보자고 해서요~ 어휴 임산부가 수선이죠~

진우 어딜 가..?

수경 세비야요. 기차로 두 시간이면 가더라구요. 당일치기로 다녀오려구요.

진우 자매끼리 여행 중인가 보지?

수진 아니요... 그이 출장에 따라왔는데.. 갑자기 그라나다로 올 일이 생겼다고 해서.

진우 (...?!)

수경 예정도 없이 갑자기 왔잖아요~ 그냥 바르셀로나에 있을까 하다가 언니도 저도 그라나다는 안 와봐서 같이 따라왔죠~

진우 여기 언제 왔는데?

수경 어제 아침에요.

진우 (....!)

수진 근데.. (머뭇거리며) 괜찮아요..?

진우 뭐가?

수진 기사가 떠서..

진우 (표정)

수진 좀.. 놀랐어요

진우 (순간 할 말 없고 무안하고 조롱받는 기분, 시니컬 농담) 놀랐어? 성공했네. 사람들 놀래키는 게 목적이었는데. 이혼이 처음이나 어렵지 두 번짼 쉽더라고.

수진 (표정)

진우	1년 살았으면 충분한 거 아냐? 지겹잖아? 넌 안 지겨운가 보지?

수진	..... (당황해 미소조차 어색하게 굳어서)

진우	.....

수경	(어색한 공기가 참을 수 없게 커지자 얼른) 저기 저희 기차 시간이 다 돼서요 ~

진우	(그 말이 자신도 반가운, 바로) 어 들어가봐. (미소) 반가웠어. 관광 잘 하고.

수경	네 네~ 언제 가세요?

진우	모르겠어 아직. 일이 안 끝나서.

수경	한국에서 함 봬요.

진우	그러자.

수경	(인사하고 어색하게 굳은 수진을 데리고 함께 건물로 들어가는)

진우	...... (둘의 뒷모습을 보며)

씬/29 그라나다 / 기차역사 (오전)

수진과 수경, 건물로 들어오며

수경	(뒤를 힐끔거리는) 놀래라 갑자기 만나서 깜짝 놀랬네.
나 3년 만에 처음 보는 거야 언니~

수진	(갑작스런 재회에 심란한)

수경	근데 형부 하나도 안 변했다. 똑같아.

수진	.....

씬/30 그라나다 / 기차역 앞 (오전)

진우, 갑자기 방향 잃은 사람처럼 그 자리에 한참을 서 있다가..
퍼뜩, 주머니에서 렌즈 케이스를 꺼낸다.

씬/31 서울 / 연구센터 (오후)

치킨 뜯으며 모니터 앞에 앉아 있던 양주, 진우의 렌즈와 연결된 모니터가 밝아지며 〈27번째 로그인 하셨습니다〉 하며 화면이 뜨자

양주 어? (의자를 휭 밀어 그리 가는) 안 하신다더니~

선호 (한쪽에서 심각하게 메시지 보내다가 그 소리에 돌아보고) 뭐야... 정세주는 안 찾고 이 와중에 뭔 게임..?

씬/32 그라나다 / 기차역 앞 (오전)

렌즈를 낀 진우의 손에 어느새 녹슨 철검이 생겨난다.
지나가는 사람들, 전혀 모르고..
카메라, 진우의 동공으로 쑥 빨려 들어가는 효과와 함께.
진우의 눈앞에 안내 메시지들이 주르륵 연이어 뜬다.
〈zinu님은 이제 레벨 2입니다〉
〈전사의 열쇠로 새로운 무기를 획득하세요〉
〈마을을 둘러보세요〉
진우, 빠르게 손짓으로 메시지들을 스킵 하는데
이때 갑자기 새로운 메시지가 뜬다.
〈새로운 유저가 있습니다〉
진우, ...!! 이 메시지를 예상했던.

씬/33 서울 / 연구센터 (오후)

양주와 선호가 보는 모니터에도 똑같은 화면이..
〈새로운 유저가 있습니다〉

선호 새로운 유저?

양주 누가 서버에 접속했나 본데요?

선호 (?!) 누가?

씬/34 그라나다 / 기차역 주차장 (오전)

진우, 주차해놓은 차에 바로 탄다.
진우가 차에 앉자 들고 있던 검, 저절로 사라지고.

씬/35 그라나다 / 렌터카 안 (오전)

운전석에 앉은 진우의 시선에..
〈새로운 유저를 추적하시겠습니까?〉
바로 진우의 눈앞에 그라나다 지도가 뜬다.
지도를 펼쳐서 확대하면 유저가 있는 곳이 점으로 깜빡거리고.
진우, 위치 표시를 누르자, 내비게이션이 뜬다.
〈유저 있는 곳 : 현재 위치에서 5.5km 사크로몬테 지구〉
진우, 바로 시동 걸고 굉음을 내며 출발한다.

씬/36 서울 / 연구센터 (오후)

둘, 모니터를 지켜보며

양주 정세주 아녜요? 정세주겠죠?

선호 그라나다에 왔는데 집에 안 오고 뭐해?

양주 프로그래머라면 게임부터 테스트하는 게 본능이죠~ 게임이 자식이나 마찬가진데. 문제가 없나 잘 돌아가나 살펴보고, 새 아이디어가 생각났을 수도 있구요

씬/37 그라나다 / 거리 (오전)

구도심의 언덕길을 따라 빠르게 올라가는 진우의 차 컷컷.

씬/38 그라나다 / 렌터카 안 (오전) + 서울 / 연구센터 (오후)

좁은 거리들을 꺾고 빠져나갈 때마다 위치 표시 줄어들고.
〈유저 있는 곳 : 현재 위치에서 1.0km〉
〈유저 있는 곳 : 현재 위치에서 800m〉
〈유저 있는 곳 : 현재 위치에서 300m〉
〈유저 있는 곳 : 현재 위치에서 200m〉
이제 저 멀리 모퉁이만 돌면 보일 듯한..!
진우, 속도를 내다가 눈앞의 뭔가를 발견하고 끼익 소리와 함께 급정거를 한다.
차 바로 앞 길바닥에 사람의 시신이 보이는..

선호/양주 (깜짝 놀라) 아 씨 뭐야! / 놀래라..!

진우, 창문을 열고 내려다보면 타이어 바로 아래에 15세기 스페인 병사의 시신 2구가 처참하게 뒹굴고 있다. 검을 쥔 병사의 잘린 팔 한쪽이 따로 나뒹굴고.. 가짜라고는 믿을 수 없을 만큼 리얼한 이미지로..
모퉁이 너머에서는 칼과 칼이 부딪치는 소리가 챙챙 들려온다..
〈유저 있는 곳 : 현재 위치에서 30m〉
진우, 천천히 차를 몰아 모퉁이를 돌아가는

씬/39 그라나다 / 좁은 광장 (오전) + 서울 / 연구센터 (오후)

형석이 남은 스페인 병사 하나와 대결 중이다.
둘의 머리에 각각의 생명 바가 떠 있고, 병사의 생명 바는 거의 바닥이 난.

몇 번의 합 끝에 마침내 형석이 병사의 배를 가르는..!
병사, 괴로운 신음과 함께 입에서 피를 토하며 바닥에 쿵 쓰러진다.
숨차 헐떡거리며 쓰러뜨린 병사를 내려다보는 형석의 동공으로 쓱 들어가는 효과와 함께.
〈치명적 일격이 성공했습니다 300〉
〈아라곤 왕국의 정찰대를 모두 해치웠습니다〉〈경험치 +150 공격력 +10 방어력 +5〉
형석의 얼굴에 승리의 미소가 떠오르는, 이마의 땀을 닦는데
이때 시선에 새로 뜨는 메시지.
〈새로운 유저를 발견했습니다〉

형석 (..?? 뭔가 하고 돌아보고는 ...??!)

진우의 차가 서 있고 진우가 창문을 열고 내다보고 있다.

형석 (.....!!)
진우 ....
형석 (진우가 나타날 줄 생각지도 못했던, 당황하는 기색이 역력한)
양주 (모니터를 보며) 어라? 차형석 대표네요?
선호 (...!)

진우, 차 문을 열고 내리자 녹슨 철검이 손에 다시 생겨나고.
형석의 눈에도 진우의 검이 보이고..
각자의 시선에 똑같은 메시지가 뜬다.
〈새로운 유저를 발견했습니다〉
〈새로운 유저를 발견했습니다〉

형석 (표정)
진우 (표정)
진우 (NA) 이 자식이 바로 차형석이다.
내 친구이자 내 회사의 공동 창업자.

지금은 친구도 동료도 아니지만.

둘의 시선에 이어서 동시에 뜨는 메시지.
〈유저와 인사를 나누세요〉
〈유저와 관계를 맺으면 경험치가 상승합니다〉

형석 (뒤늦게 표정 관리하며) 이게 누구야..?

진우 .....

형석 난 정말 깜짝 놀랐네. 갑자기 새 유저가 나타났다고 떠서.
야... 이건 정말 생각도 못했는데?

진우 ......

형석 (여유로운 척 웃는) 어떻게 알았어..? 이건 나만 아는 게임인 줄 알았는데.

진우 이 바닥에 비밀이 어디 있어? 차형석이 알면 나도 아는 거지.

형석 ...... (웃으며) 유대표. 이번 건 끼어들 생각 마. 게임 끝났어.

진우 끝났다고?

형석 이미 끝났어.

진우 어젯밤에 나한테 전화가 왔던데. 차형석이랑은 도저히 계약 못하겠다고.

형석 (...?!)

진우 (비웃는) 끝나지 않은 것도 알지만 일단 속는 셈 치고, 그럼 그다음에 벌어질 일을 내가 알려줄게. 뉴워드가 혹시 운이 좋아 이걸 사더라도 어차피 결국 우리랑 손을 잡아야 하잖아? (렌즈 가리키며) 이 렌즈는 우리 거니까. 근데, 뉴워드는 영원히 스마트 렌즈는 사용할 수 없어. 내가 반대할 거니까.
그러니까 몇백, 몇천억을 들여 이걸 사서 개발해도, 헛돈 날리는 거라는 것만 확실히 알고 있으면 돼.

형석 .....

진우 결국엔 우리가 손잡게 될 거라고 낙관적으로 계산하고 있을 거 같아서 미리 알려주는 거야.

형석 제이원 홀딩스가 유진우 개인 회사는 아니지.

진우 그렇지만 내가 작정하면 못 막을 것도 없지.

형석 대표가, 회사 이익은 생각 안 하나?

진우 (실소) 회사 이익보다 중요한 예외도 있지.

너는 내 인생의 예외야. 잘 알 텐데?

형석 ......

진우 넌 죽을 때까지 예외야.

형석 (표정)

진우 그러니까 헛된 희망 품지 말고 헛된 돈 쓰지 말고, 가서 와이프나 챙기는 게 낫지 않겠어? 만삭의 아내를 여기까지 데려와선 혼자 기차 타게 놔두고 뭐 하는 거야?

형석 ....!

진우 .....

둘의 눈빛에서 동시에 불꽃이 튄다.

진우 (NA) 나는 저 자식과 인생에 여섯 번쯤 대결했고,
지금까지 전적은 3승 3패쯤 된다.
그중에 가장 고통스런 패배는,
내 아내를 뺏긴 것이다.

노려보는 둘의 시선에 동시에 메시지 뜬다.
〈유저끼리는 동맹을 맺거나 적이 될 수 있습니다〉
〈동맹을 맺으시겠습니까?〉
둘, 동시에 검으로 허공에 X표를 긋는다. 붉은 X표가 허공에 뜨고.
진우, 표정.
형석, 표정.
〈동맹을 서로 거절하셨습니다〉
〈이제부터는 적으로 간주됩니다〉
진우, 표정.
형석, 표정.
〈적과는 언제든 결투를 할 수 있습니다〉
〈결투에서 승리하면 경험치가 증가합니다〉
두 사람의 밖으로 싸움판처럼 커다란 원이 그래픽으로 생겨나고.
동시에 상대편의 정보가 뜬다.

〈Dr.Cha : 레벨 4 생명력 400 공격력 390 방어력 400 수도사의 검 장착〉
〈zinu : 레벨 2 생명력 150 공격력 114 방어력 134 녹슨 철검 장착〉

형석 붙어볼까?

진우 .....

형석 (검을 쥐고 자세를 취하며) 나도 아직 못해봤는데. 진짜 유저들끼리 결투. 이게 이렇게 기회가 오네.

진우 (검을 자기도 모르게 꽉 쥐는)

양주와 선호, 지켜보고 있다가

양주 아 씨.. 차대표 검이 훨 좋은데요? 레벨도 높고. 그러니까 빨리 검부터 찾으시래니까..

선호 재 또.. 폭주하는 거 아냐..? (지켜보다 전화를 거는)

진우의 핸드폰이 주머니에서 울리는..

진우 (이어폰 낀 채 핸드폰 받는, 낮게) 여보세요.

선호 (E) 유대표 하지 마. 하지 마라.

진우 (낮게) 왜.

선호 지금이 결투할 때냐? 저쪽도 정세주를 아직 못 잡은 건 확인했으니까 된 거야, 빨리 헤어져.

형석 (들어오라고 검을 들고 손짓하는)

진우 저 자식이 자꾸 도발을 하는데..?

선호 유치하게 굴지 말고 자제하라고~

진우 나 원래 유치한 놈이야. 몰랐어..? (검을 꽉 쥐는)

선호 얌마!

양주 (옆에서 핸드폰에 대고) 이거 무조건 지는 게임입니다 하지 마세요~

진우 저 새끼 운동신경 짱인 거 내가 아는데.

양주 대표님 게임은 운동신경이 아니라 아이템 싸움이에요~ 검부터 상대가 안 됩니다~ 저 칼에 스치기만 해도 사망일걸요~

진우 ......

양주 흑역사 나온다니까요~

형석 안 오면 내가 가? (검을 겨누며 다가오는)

진우 (순간 검을 꽉 쥐는 듯하더니)

형석의 시선으로, 갑자기 진우의 손에 든 검 사라진다.

〈zinu님이 게임을 나가셨습니다〉

진우, 감았던 눈을 뜨는.

형석 뭐야.. 도망가는 거야?

진우 레벨이 다른데 붙자는 건 양아치 짓이지.

형석 (비웃으며 검을 든 손을 내리는)

진우 기다려. 연락할 테니까. (하고 돌아서 도로 차에 타는)

형석 언제까지 여기 있을 건데?

진우 (대답 없이 바로 차를 빼는)

형석 (웃으며 뒤에 대고) 꼭 한번 붙어보자고! 연락해! 살살 할 테니까!

진우 (형석을 힐끔 보며 바로 끽 소리 내며 출발하는)

형석, 진우의 차가 사라지자..

형석 (호기롭게 미소 짓다가 바로 표정 굳으며 어디론가 핸드폰 건다) 여보세요. 어떻게 된 거야? 유진우가 게임에 들어왔는데.. (너무 화가 나 버럭) 그걸 나한테 물으면 어떡해 새끼야?! (화를 가라앉히려 애쓰며) 그 자식이 진우한테도 접촉했나 본데. 알아봐 어디까지 진행된 건지.

씬/40 그라나다 / 렌터카 안 (오전)

진우, 왔던 길을 다시 빠르게 돌아가는 모습에

진우 (NA) 3년 전부터 인생의 목표가 단순해졌다.

차형석이 원하는 건, 내가 뺏는다.
그 자식이 간절하게 원할수록, 반드시 뺏는다.
그러니까..

씬/41 회상 - 바르셀로나 / 기차역사 앞 + 호텔 스위트룸 침실 (밤)

1회 27씬 C#2 中

세주 제가 차형석.. 대표를 만났거든요, 여기 와서,
진우 (난데없는 소리에 ?)
세주 차형석 대표님.. 아시죠..? 친구시잖아요..
진우 (정색) 근데요..? (제대로 일어나 앉는)
진우 (NA) 그 애가 차형석 이름을 내뱉은 순간에 사실은 이미 결정된 거다.
내가 이 게임을 반드시 차지해야 하는 이유.

씬/42 그라나다 / 렌터카 안 (오전)

진우, 빠르게 운전하며 핸드폰을 집어 들어 걸려는데 핸드폰이 울린다.
정보원의 〈A〉 이니셜이 뜨자

진우 (..!! 바로 받는) 여보세요. 지금 차형석이 (하다 뭔가 듣고) 특허..? 아직 확인 못했는데 (하다 ...!) 그래요..?

진우, 통화를 하며 뭔가 새로운 정보를 듣는 표정에..

진우 (NA) 이번은 우리의 7번째 대결이고..
7번째는 무조건 내가 이긴다. 반드시, 무슨 수를 써서라도.

씬/43 그라나다 / 호스텔 로비 (오전)

정훈, 계단에 앉아 전화 기다리는데 전화벨 울리는.

정훈　(바로 받는, 낮게) 네 대표님.

진우　(E) 정희주씨 지금 어디 있어?

정훈　주방에요. 친구가 와 있어요. (하다) 지금 바로요?

씬/44 그라나다 / 호스텔 주방 (오전)

희주, 냉장고에서 음료수 꺼내 상범에게 주며 이야기하는

상범　(이미 열 받은) 아니 뭐 그런 진상이 있냐? 야 그거 주인이 여자고 어리다고 얕보고 그런 거야~ 너 또 어버버하고 울기만 했지?

희주　(자기도 따서 마시며) 아니야 이번엔 나도 했어.

상범　뭐라고?

희주　그냥 넘어갈려 그랬는데 도저히 안 되겠는 거야, 너무 화가 나서 진짜~ 그래서 환불해주고 나가달라고 했어.

상범　니가? 진짜?

희주　어~ 진짜로 했어 좀 아까.

상범　뭐라고 했는데?

희주　몰라 기억도 안 나. 나오는 대로 막 지껄였어, 너무 화가 나니까 말이 막 튀어 나오더라?

상범　그랬더니 뭐래?

희주　나보고 말 잘한대.

상범　그리고?

희주　그리고.. 별말 없이 가만 듣더라구..? 막 깽판 칠 줄 알았는데.

상범　그래서 그런 놈들은 똑같이 해줘야 된다니까.
겁먹고 물러나면 점점 더 막 나간다고.

희주　(생각해보니 이상한) 근데 진짜 신기할 정도로 그냥 듣고만 있더라..?

아침엔 그렇게 성질을 부리더니..?

상범 기죽은 거지. 알겠지? 앞으로도 그렇게 하면 돼. 맨날 찍소리도 못하고 뒤에서 찔찔 짜지 말고.

희주 아.. 내가 뭘 또 맨날 찔찔..

이때 노크 소리와 함께 정훈이 문을 벌컥 여는

정훈 여기 계시네요.

희주 네.. 지금 가시게요..?

정훈 아니요 그게 아니고.. (와서 급히 명함을 내미는) 아까 명함을 드리려고 했는데 경황이 없어서 못 드렸죠. 안녕하세요 서정훈이라고 합니다.

희주 (?) 아 네..?

상범 (??)

정훈 일단 좀 받으시죠.

희주 (??) 아 네.. (뭔가 하고 보는)

〈제이원 홀딩스 비서팀 팀장 서정훈〉 쓰여 있는

상범 (옆에서 들여다보고) 제이원 홀딩스..? 거기 엄청 큰 투자회사 아닌가요?

희주 (??)

정훈 어~ 아시네요? 네 저희 회사가 이 분야에선 대한민국 넘버원입니다.

상범 알죠. 뉴스에 많이 나오잖아요.

희주 (? 의아하게) 근데... 이걸 왜..

정훈 저희 대표님이 정희주씨를 뵙고 얘기를 좀 나누고 싶어 하셔서요.

희주/상범 (??) 저를요? / (??)

정훈 네.

희주 (난데없는 소리에) 대표님이 왜 저를.. 대표님이 누구신데요?

정훈 601호 그분이요.

희주 네?

정훈 (민망하게 웃으며) 짝퉁 신발.. 짝퉁 시계 차신.. 그분이 제 보스십니다.

희주 네에? (?? 이해를 못하고)

상범 혹시.. 지금 유진우 대표 말씀하시는 거예요?

정훈 어~ 아시네요?

상범 (놀라) 진짜 유진우요? 유진우씨가 여기 601호에 묵고 있다고요?
(더 놀라며 희주에게) 야 니가 말한 그 사람이 유진우였어?

희주 (이해도 못하고, 어안이 벙벙해서)

씬/45 그라나다 / 카페 앞 (오전)

희주와 상범이 커피 시켜놓고 야외 테이블에 앉아 있다.
상범은 계속 인터넷으로 진우에 대해 검색 중이고.. 희주는 혼자 괴로운..

희주 짝퉁 얘기만 안 했어도.. 그 얘기만 안 했어도 괜찮은데.. (하다) 아.. 할머니 때문이야~ 할머니가 짝퉁으로 도배를 했다고 해서~ 어쩐지 난 처음부터 다 명품 같았다구.. 내가 첨에 잘못 본 게 아니었어~

상범 제발 한국 뉴스도 좀 보고 살아. 넌 뉴스를 안 보더라.

희주 (중얼) 한국에 갈 일도 없는데 봐서 뭐해..

상범 (검색하다) 그래 맞아~ 이 사람 부인이 고유라였어.

희주 고유라가 누군데..?

상범 배우 고유라 몰라? 엄청 이쁜데 (하며 기사 사진 보여주는) 어 근데 이혼하네?

희주 (들여다보며) 이혼했다고?

상범 아니 이혼한다고. 고유라가 이혼 소송 걸었네..? 이 사람 두 번째 결혼일 텐데 또 이혼하네.

희주 뭐야.. 뭐 헐리웃 스타야..? (그건 관심 없고) 근데 오빠.. 왜 나를 만나자고 할까..? 설마 기분 나쁘다고 고소하고.. 그런 건 아니겠지..? (상상하니 화나는) 아니 그럼 재벌이 너무 찌질한 거 아니야?

이때 차가 끽 서는 소리에 희주, 돌아보는
맞은편 길가에 차를 세우고 진우가 막 내리다가 눈 마주치는.
희주, 움찔.

진우, 씩 미소 지으며 아는 척하고 바로 길을 건넌다.

상범 (신기한) 진짜 유진우네.. 와 신기하다~ (하고) 고소할 분위기는 전혀 아닌데?

희주 (표정)

진우가 희주 쪽으로 오는. 희주와 상범, 일어나고
진우와 희주, 아침과는 달리 둘 다 최대한 공손, 상냥한 태도로

진우 미안합니다, 늦었죠?

희주 아니에요~ 저도 좀 전에 왔습니다..

진우 일단 우리 악수부터 하죠 (손을 내미는)

희주 (?)

진우 (웃으며) 화해의 악수.

희주 아.. 네.. (어색, 뻘쭘하게 손을 내밀고)

진우 (악수하며) 아침엔 정말 미안했습니다. 내가 스트레스 받는 일이 좀 있어서요. 화 풀어요.

희주 (얼른) 아녜요 제가 죄송하죠. 화나실 만한 일인데요..

진우 그래도 예의가 없었죠.

희주 아녜요 예의는 뭐 저도.. 없었어서.. (우물쭈물) 제가 뉴스를 잘 안 봐서요.. 유명하신 분인 줄 모르고... 아깐 제가 말도 안 되는 소릴..

진우 (시계 눈짓으로 가리키며) 이 시계가 짝퉁은 아닙니다.

희주 (얼른) 네 그럼요, 그렇겠죠~ (오버) 역시 가까이서 보니까 다르네요~

진우 (웃으며) 어쨌든 아침 일은 좀 잊어줬으면 좋겠는데.
내가 원래 그 정도로 인격 파탄은 아니거든요.

희주 네 저도 제발 잊어주세요. 제가 원래 화를 못 내는 성격이거든요 진짜로..

진우 그럼 서로 쪽팔린 기억이니까 우리 패스할까요?

희주 (얼른) 네, 네 패스..

진우 그럼 역시 단기 기억상실증으로?

희주 네? (하다) 아, 기억상실, 네 좋아요.

진우 그럼 아침 일은 지금부터 서로 까먹는 겁니다.

희주　네 전 이미.. (하다 용기 내 농담) 아침에 무슨 일이 있었죠..?
진우　(웃음을 터뜨리는, 긴 악수를 풀고) 앉으시죠.
희주　네..

둘, 급조된 어색한 화해 후에 비로소 앉는

진우　(그제야 상범을 발견하고) 근데..
상범　(인사하며) 안녕하세요. 김상범이라고 합니다.
희주　친한 오빠에요.
진우　네.. 반가워요.
상범　얘가 좀 많이 어리버리해서요,
무슨 말씀이신지는 모르지만 같이 들으려고 나왔습니다.
진우　(바로) 그건 곤란한데요.
상범/희주　네? / (...?)
진우　(직전까지 농담하던 태도와 달리 단호하게) 둘이서만 할 얘기라서요.
자리 좀 피해줬으면 좋겠는데요.
상범　아.. 저한테도 하셔도 됩니다. 저는 가족이나 다름없는 사이라서요
진우　다름없는 사이면 가족은 아니신 거잖아요.
희주/상범　(표정) / 네..?
진우　제가 제일 안 믿는 게 뭐뭐.. 같은, 뭐뭐나 다름없는, 이런 말입니다. 가족도 믿기 힘든 세상인데요. 내가 누군지 아니까 아마 나에 대해서 벌써 검색해 봤을 거 같아서 말인데요, 나는 두 번을 결혼했는데 두 번 다 깨졌습니다. 첫 번째 결혼은 내가 가장 믿던 친구랑 내 아내가 배신을 때려서요. 두 번째 결혼은 겨우 1년 살았는데 위자료로 내 재산의 절반을 요구하고 있어요. 그 여자는 돈에 완전히 미쳤죠. 아마 결혼 기간보다 이혼 소송이 더 오래 걸릴 거 같아요.
희주/상범　(너무 아무렇지 않게 이야기를 하자 당황스런)
진우　기분 나쁘게 들리겠지만 이게 현실이라서요. 난 가족 같은, 이라든지 내 분신이나 다름없는 친구, 이런 관계 절대 안 믿습니다. 희주씨도 지금은 안 믿는 게 안전하고요. 왜냐면, 난 지금 희주씨 인생이 크게 달라질 수도 있는 이야기를 하려고 하는데 상황이 변하면 관계도 변할 수 있거든요. 특히 돈에

관해서는요.
그래서 이 이야기는 정희주씨하고만 할 겁니다.

희주　(표정)

상범　...... (무안한, 할 말 없어 일어나는) 공방에 가 있을게.

진우　(미소) 고마워요,

상범　(바로 가버리고)

희주, 말리지도 못하고 벙쪄 보고 있다가..

희주　(겁먹어) 무슨.. 말씀을 하시려고..

진우　절차를 건너뛰는 거 같긴 한데 시간이 없어서 바로 본론으로 들어갈게요.

희주　(??)

진우　내가 누군지는 이제 잘 알죠? 나는 투자하는 사람입니다.
좋은 물건을 사서 돈 들여 키워서 비싸게 파는 게 내 일이죠.

희주　(표정)

진우　근데 내가 왜 그라나다에 와 있는지 알아요? 앞으로 1년 안에 그라나다는 알함브라 궁전보다 다른 걸로 훨씬 더 유명해질 거거든요.

희주　(?) 뭘로요..?

진우　마법.

희주　(??) 마법이요..?

진우　네 마법. 그라나다는 앞으로 마법의 도시로 유명해질 겁니다. 사람들이 마법에 홀려서 벌떼처럼 몰려들 거예요. 그것도 단기 여행이 아니라 한 달씩 장기 체류하는 사람들이요. 돈 많고 시간 많은 부자들도 지중해 섬이 아니라 여기로 올 거구요. 왜냐면 그런 부류들은 재밌는 거라면 미치거든요, 아끼지 않고 돈을 쏟아붓죠. 그러니까 미리 팁을 주는데 당장 빌어먹을 엘리베이터부터 설치해요.

희주　(표정)

진우　쥐구멍 없애고 창문 고치는 정도 말고, 완전히 싹 다 뜯어고치라는 거예요 처음부터 끝까지. 아, 차라리 그딴 거 팔아버리고 호텔을 하나 사도 되겠네. 그래, 괜찮은 호텔을 하나 사버려요.

희주　(어이없어) 네에?

진우 어쨌든 1년 후에는 이 도시에 정말 방이 모자라서 난리가 날 테니까.
난 전문가니까 내가 투자하라고 하면 믿고 하면 돼요.
호텔을 사서 지배인을 두고 편하게 하고 싶은 일을 하며 사는 인생도 좋죠.
희주씨는 꿈이 뭐예요? 돈만 있으면 꼭 하고 싶었던 일 없어요?

희주 잠깐만요, 잠깐만요, 아니.. (정신없이 듣다가 기가 막혀) 호텔이라뇨?
제가 무슨 수로 호텔을 사요? 돈이 없어서 수리도 못하는데요.
솔직히 지금 그 거지 같은 집도 다 빚이에요.

진우 돈이 곧 생기겠죠.

희주 돈이 어디서 생겨요?

진우 누가 줄지도 모르죠.

희주 누가요?

진우 누구겠어요?

희주 (.....?)

진우 (씩 미소)

희주 (설마, 표정에)

진우 (NA) 이것이.. 내가 처음 그라나다에 왔던 날의 일이다.

F.O - F.I

씬/46 그라나다 / 평원 (낮)

구름 한 점 없는 푸른 하늘.
끝없이 펼쳐진 올리브 나무 숲 사이로 열차가 동서를 가로지른다.
(## 바르셀로나-그라나다행이 아니라 세비야-그라나다행 열차라서 세주가 가던 방향과 반대편입니다)

씬/47 그라나다 / 열차 객실 (낮)

사람들이 드문드문 앉아 있는 객실.

큰 배낭을 옆에 둔 여행자들이 몇몇, 대부분 조용히 이어폰 끼고 책을 읽거나 자고 있고. 그중 창가에 혼자 앉아 있는 진우가 보인다.

진우 (NA) 벌써 1년 전 일이다.

1년 전과는 다른 분위기, 배낭 여행객처럼 보이는 진우, 지치고 피곤한 얼굴, 구겨진 티셔츠에 흙이 잔뜩 묻은 운동화. 운동화 위로 발목에 피가 맺혀 있는 게 보이는.
창밖을 보며 1년 전의 회상에 잠겨 있는데 이때 안내방송이 나온다.

안내 (E, 스페인어) 승객 여러분 이 열차는 10분 후에 그라나다에 도착합니다.
(E, 이어서 영어) 승객 여러분 이 열차는 10분 후에 그라나다에 도착합니다.
진우 (그 소리에 퍼뜩, 긴장의 빛이)

안내 스크린에도 〈GRANADA〉 글자가 크게 뜬다.
진우, 주변을 둘러보더니 바로 옆에 뒀던 작은 배낭을 들고 일어난다.
복도로 걸어가는 진우, 왼쪽 다리를 심하게 저는 게 보이고. (## 발목의 상처 때문으로 착각하도록)

씬/48 그라나다 / 열차 객실 밖 (낮)

진우가 객실을 나와 화장실 문을 열려는데 누가 사용 중이고.
초조하게 기다리며 양쪽 객차를 두리번거리고..
이때 갑자기 밖에서 요란한 천둥소리가 들려온다.
진우, ...! 급히 절뚝거리며 가서 창밖을 내다보면 조금 전까지 구름 한 점 없던 맑았던 하늘에 먹구름이 빠르게 몰려오는 게 보인다.
1회 프롤로그와 똑같은 상황으로 흘러가는..

씬/49 그라나다 / 평원 (낮)

먹구름은 순식간에 빠르게 다가오며,
평원을 가르는 강렬한 번갯불이 번쩍거리고, 이어서 무너질 듯 요란한 천둥 소리와 함께 달리는 열차에 빗줄기가 퍼붓는다.

씬/50 그라나다 / 열차 객실 밖 (낮)

창밖을 보고 마음 다급해진 진우, 화장실에서 남자 꼬마가 나오자 거의 밀치듯이 바로 화장실로 들어가 문을 닫는다. 철컥 문을 잠그는 소리.

씬/51 그라나다 / 열차 화장실 (낮)

세면대 거울 앞에 서 있는 진우. 철컥철컥 소리.
카메라 아래를 비추면 진우의 손에는 어느새 최신형 권총이.
세면대 위에는 또 다른 권총과 탄창들도 여럿이다. 방탄조끼를 이미 갖춰 입고.
익숙한 동작으로 급히 탄창을 장전하는 진우, 문득 거울에 비친 자신을 본다.
새삼 변한 자신이 낯설고 생경하게 느껴지고..
밖에선 천둥소리와 철컹거리는 기차 소음이 시끄러운데 그 소리에 섞여 기타 선율이 작게 흘러나온다. 〈알함브라 궁전의 추억〉이고.
진우, ...!!
기타 소리가 신호라도 되는 듯이 권총을 양손에 쥐고 문의 잠금쇠를 철컥 여는

씬/52 그라나다 / 열차 객실 밖 (낮)

진우, 나오자마자 객실을 향해 빠르게 가며 총을 겨누는

조금 전까지 다리를 절던 진우, 멀쩡하게 걷고 있고.
기타 소리는 마치 배경음악처럼 점점 더 커지는

씬/53 그라나다 / 열차 객실 (낮)

자동문이 열리면서 진우가 들어오자마자 반대편 객차에서 검은 복면을 쓴 사내(테러 요원처럼 보인다)가 뛰어 들어오고, 주저 없이 서로 총을 탕 탕! 쏘는
객실에 앉아 있던 승객들, 놀라 비명을 지르며 몸을 숙이고..!
총구에서 불꽃이 번쩍하며 총탄 날아가며 총격전이 펼쳐지는데 반대편 객차에서도 튀어나오는 사내, 진우, 왼손으로 바로 반대편을 향해 총을 쏘고..!
적의 총탄이 벽에 맞으며 파편이 튀고, 스친 탄환에 피가 튀는데 눈도 깜빡 안 하고 날렵한 자세로 양손에 권총을 들고 난사하는 진우.
객차 안, 창문에 파편이 박히고 깨지고 물건들 부서지며 아수라장이 되며..

씬/54 그라나다 / 평원 (낮)

달리는 열차의 창밖으로 유리에 피가 튀고, 깨지고 총격전이 이어지는 모습이 보인다. 기차, 빗속을 뚫고 지나가고..

진우 (NA) 1년 전.. 내가 희주에게 말했던 미래 예측은 어떻게 됐을까?

씬/55 그라나다 / 열차 객실 (낮)

계속해서 끊임없이 나타나는 적들에게 총을 난사하던 진우, 이때 어디선가 날아온 총탄이 진우의 어깨를 관통하고, 퍽 둔탁한 소리와 함께 진우, 충격으로 뒤로 밀려나고. 이어서 다시 날아오는 총탄에 팔이 스치면서 총을 떨어뜨리고 바닥에 넘어진다. 등진 유리문에는 피가 튀고..

고통으로 숨을 몰아쉬고, 피가 흐르고 뭉개진 진우의 팔의 상처에 지금이 게임 속 상황이 아니라는 걸 알 수 있고..
다시 연달아 날아오는 총탄을 피해 바닥에 떨어진 총을 다시 집어 드는 진우. 엉망이 된 손을 떨며 마지막 사력을 다해 총탄을 쏘는..
총구에서 불꽃이 번쩍하며...

진우 (NA) 반쯤은 맞았고.. 반은 완전히 틀렸다.

- 제2회 끝 -

3회

씬/1 그라나다 / 그라나다 전경 (낮)

멀리 웅장한 시에라네바다 산맥의 눈 덮인 봉우리들을 배경으로, 좁은 골짜기를 사이에 두고 왼쪽으로는 하얀 주택들이 언덕을 따라 빽빽이 솟은 옛 이슬람 지구 알바이신이, 그리고 계곡 오른편에는 높이 솟은 절벽에 자리 잡은 붉은빛의 웅장한 알함브라 성채까지. 성곽 안쪽으로는 개미떼처럼 줄지어 다니며 사진 찍고 구경하는 관광객들이 보이고.. 카메라, 알함브라를 지나 알바이신의 언덕길로 향하고..

씬/2 그라나다 / 알바이신 지구 누에바 거리 (낮)

이국적인 아랍 상점들이 다닥다닥 모여 있는 깔데레리아 누에바 거리.
호객하는 장사꾼들과 기묘한 아랍풍 음악, 북아프리카에서 건너온 기념품과 화려한 염색 천들, 가죽 가방들을 구경하는 관광객들로 북적거리는 좁은 쇼핑 거리. 그 사이를 지나가는 진우가 보인다. 진우, 다른 쇼핑객들과 달리 황급히 빠져나가느라 정신없고..

씬/3 그라나다 / 알바이신 지구 골목길 (낮)

진우, 골목들이 교차하는 모퉁이 벽 뒤에 숨어서 밖을 살피고 있다.
이마에 땀이 맺혀 있고 목과 귓가에는 긁혀서 피가 맺힌 상처가 여기저기.
고개 살짝 내밀고 살피면, 쇼핑 거리와 달리 온통 하얗게 칠해진 높은 주택 담장들 사이로 골목은 한적하고... 행인 한 명 지나가는..

양주 (E) 왜 안 가세요?
진우 뭐 나올 거 같아서..

그제야 진우의 아래를 비추면 손에 검을 들고 있다.
녹슨 철검이 아니라 제법 멀쩡해 보이는 검이고.

진우 게임 패턴이 이제 좀 보이는데 이쯤 되면 꼭 뭐가 하나씩 나오더라고.

씬/4 서울 / 연구센터 (밤) + 그라나다 / 알바이신 골목길 (낮)

깊은 밤. 양주 혼자 남아 있다. 밖의 사무실은 텅 비어 있고.
양주, 샌드위치 먹으며 헤드셋 끼고 모니터 앞에 편하게 발 뻗고 앉아 보는

양주 그래도 일단 가보시죠.
진우 (안 나가고 탐색하는) ....
양주 가세요 고고고!
진우 (어이없어) 내가 니 아바타냐..?
이게 팀장 주제에 사장한테 자꾸 가라 마라 명령이야?
양주 길이 거기밖에 없잖아요. 어차피 지나가야 되는 길 아네요?
진우 지나가다 개죽음당할까 봐 그러는 거 아냐 지금~
양주 개죽음당하면 다시 로그인 하면 되죠. 돈 드는 것도 아닌데요
진우 (짜증) 얌마 이게 방구석에 앉아서 하는 게임이랑 같은 줄 알아? 너 와서 한 번 해봐 얼마나 빡센지...! 내가 오늘 새벽에 여기 와서 지금까지 잠 한숨 못

자고 라면 하나 먹고 마흔다섯 번을 죽었다. 나보고 얼마나 더 죽으라는 거냐?

양주 (과자 와작와작 먹으며 불구경하듯) 대표님. 게임이 원래 다 그래요~ 처음엔 무조건 몸빵 하는 거예요. 돈도 없고 능력치도 안 되는데 노가다 뛰어야죠. 차대표님도 이틀 동안 죽어라 몸빵 해서 레벨 4까지 올라갔을걸요.

진우 (어이없어 웃으며) 그래서..?

양주 네?

진우 그래서 차형석도 했는데 너는 왜 꿍시렁거리냐는 거냐?
야.. 이게 나를 은근 멕이네..? 너 지금 사장을 멕이냐?

양주 에이.. 대표님 당 떨어지셔서 예민해지셨네요.
주스라도 사 드시고 다시 뛰시죠.

진우 시끄러. (하고 결국 나가는)

진우, 결국 모퉁이에서 나와 한적한 골목길로 들어서는..
주변을 살피나 게임 캐릭터는 나타나지 않고..
진우, 발걸음을 옮기는데 이때 뒤에서 핑...! 소리와 함께 화살이 진우의 귓가를 스치며 지나간다. 진우, ...?!!

양주 (E) 어 화살!!

화살, 그대로 돌바닥에 떨어지고..
진우, 빠르게 살피는데 적은 보이지 않고... 진우, 위를 올려다보면..
건물 지붕에 스페인 궁사가 활을 들고 앉아 있다.
진우, ...!!
이어서 건물 지붕과 테라스에 궁사들이 연달아 하나씩 나타난다.
순식간에 여섯이 나타나고..
〈아라곤 왕국의 궁병 부대 : 공격력 500 방어력 100 사거리 130m〉

진우 (허탈) 내가 이럴 줄 알았어..

궁사들 일제히 진우를 향해 활을 겨누는....

〈대응할 장거리 무기와 방어구가 없습니다 도망치세요!〉

진우 이런 씨.. (바로 뛰어 도망친다)
양주 (입만 살아서 외치는) 달려요 달려...!!

피할 곳도 없는 좁고 긴 골목길.
진우, 전속력으로 뛰는데 궁사들 차례로 화살을 날리고.
핑 핑..!! 날카로운 바람 가르는 소리와 함께 화살들이 뒤에서 날아온다.
화살, 진우를 따라가며 아슬아슬하게 바닥을 튕기고, 가로수에 박히고, 옆구리를 스쳐 지나가면서..
이때 골목 맨 끝 테라스에서 궁사가 또 하나 나타난다.

양주 (E) 어 앞에도 있어요! 정면..!
진우 (!!)

정면으로 쏜살같이 날아오는 화살을 피하려는데 화살, 어깨를 뚫고 지나가면서 생명력의 빨간 바가 훅 줄어든다.
진우, 피하려다 중심 잃으며 바닥에 넘어지고.
〈아라곤 왕국 궁병 부대의 화살에 맞았습니다 -40〉

양주 (E) 일어나세요 아직 안 죽었어요!
진우 (일어나려다 사방을 둘러보고 ....!)

앞뒤 사방에서 7명의 궁사가 동시에 넘어진 진우를 향해 활을 겨누고..
진우가 일어날 새도 없이 동시에 화살을 날린다.
7개의 화살이 동시에 진우를 향해 사방에서 빠르게 날아오고..

진우 젠장.. (포기하고 찡그리며 고개를 돌리는)
양주 (흥분해서 일어나 보다) 에이... (도로 털썩 앉으며 과자 먹는)

진우, 바닥에 시선 돌리고 포기하고 앉아 있는데 죽었다는 메시지 안 뜨고...

진우, ...??
진우, 고개를 슬쩍 들어 보고 ...??!!
날아오던 사방의 화살들이 공중에 그대로 멈춰 있는.
궁사들도 화살 날린 직후 자세 그대로 멈춰 있고.
화살들은 모두 진우를 향해 날아오다 허공에 멈춘 채.

진우 (표정)
양주 (놀라) 어 뭐죠?

기적같이 화살들이 모두 멈춘 상황에서..
작은 버퍼링 표시가 눈앞에 뜬다.
〈서버와의 연결이 좋지 않습니다〉
〈잠시만 기다려주세요〉

양주 와 씨 버퍼링!
진우 (...!)
양주 대표님 튀세요 지금이 기회예요! 고고!
진우 (바로 일어나 바람같이 뛰는)

진우, 자리를 벗어나자마자 버퍼링 표시 사라지며
화살들 바람 가르는 소리와 함께 다시 빠르게 날아오고...!
진우가 넘어져 있던 지점에 화살들 동시에 날아와 떨어진다.
궁사들이 다시 진우를 향해 활을 겨냥하는 사이에 진우, 바람같이 뛰어 골목길을 벗어나고..
〈아라곤 왕국 궁병 부대를 따돌리는 데 성공했습니다〉
진우, 숨을 헐떡거리며 돌아보면 테라스와 지붕의 병사들 하나씩 사라진다.
〈경험치 +30 공격력 +5 방어력 +5〉

양주 와우 랙 걸려서 살았네요~ 랙의 축복!! (박수치는)
진우 하... (땀 닦아내며 다음 골목으로 향하는)

씬/5 그라나다 / 카페 알카사바 앞 (낮)

진우, 모퉁이 돌아 막 들어서는데 이때 갑자기 번개가 번쩍하더니 요란한 천둥소리가 울린다. 진우, 하늘을 올려다보는데 이어서 바로 비가 쏟아지고..
진우, 반사적으로 튀어 바로 앞 건물의 차양 아래로 뛰어 들어간다.
비는 순식간에 억수같이 퍼붓고. 요란한 번개와 천둥소리 귓가를 때리는.

진우 무슨 비가 갑자기.. (하며 머리를 털려다가 멈칫)

행인이 핸드폰으로 통화하며 아무렇지 않게 빗속을 지나가고 있다.
진우, ...? 손을 뻗어 내밀어보면 빗방울 손바닥에 떨어지지 않고..
눈을 감았다 뜨자..
동시에 사라지는 빗줄기. 번개와 천둥소리도 순식간에 사라지고.
진우, 다시 눈을 감았다 뜬다.
〈46번째 로그인 하셨습니다〉
동시에 다시 요란한 비와 귓가를 때리는 천둥 번개 시작되고..
진우, 감탄해 다시 비를 보는..

양주 (E) 비도 게임 효과예요..? 와.. 전 진짜 비 오는 줄..

이때 진우의 눈앞에 새 메시지가 뜬다.
〈카페 알카사바에 오셨습니다〉
진우, 돌아보면 차양 아래 〈Cafeteria Alcazava〉 간판이 붙어 있는.

양주 (E) 어 찾았네요! 카페 알카사바.

〈카페 알카사바에 입장하시겠습니까?〉
진우, 바로 문을 열고 들어가는

씬/6　그라나다 / 카페 알카사바 (낮) + 서울 / 연구센터 (밤)

진우, 검을 들고 들어오는.
창밖으로는 비가 계속 쏟아지고 천둥 번개 효과와 함께..

양주　(E) 아.. 이 카페는 항상 비 오는 설정이구나. 분위기 죽이는데요.

진우, 시선으로 가게 안을 천천히 둘러본다.
100년도 넘어 보이는 역사 깊은 카페. 어둑하고 고풍스런 분위기.
한가로운 낮 시간이라 손님 거의 없고..
몇몇이 띄엄띄엄 앉아 커피와 추러스를 먹거나 노트북 보고 있는..
〈카페 알카사바에 오셨습니다〉
〈카페 알카사바는 유저들의 공간입니다〉
〈유저들은 이곳에서 정보를 교환하고 동맹을 모을 수 있습니다〉
〈유저들은 이곳에서 서로의 무기와 장비를 사고팔 수 있습니다〉
진우, 메시지를 하나씩 넘기는
〈유저들은 이곳에서 퀘스트를 받을 수도 있습니다〉
동시에 빈 테이블에 검을 찬 험상궂은 인상의 근육질 사내 셋이 나타난다.
바로 옆 테이블에서 노트북 보는 손님과 대조적으로, 몇백 년 전의 술병과 술잔으로 술 마시며...

진우　(표정)
양주　NPC네요.

자막 - NPC (Non-player Character : 유저에게 퀘스트나 아이템을 제공하는 가상 캐릭터)

진우　저 캐릭터들은 다 어디서 따왔을까? 만든 건 아닐 테고.
양주　영화 동영상에서 샘플링 한 거 아닐까요? 헐리웃 역사극 같은 거요.
진우　......
양주　말 한번 걸어보세요. 퀘스트 줄지도 몰라요.

자막 - 퀘스트 (Quest : 유저에게 주어지는 임무. 수행을 마치면 보상이나 아이템이 주어진다)

진우　말 걸었다간 칼부터 날아올 인상인데.
양주　오른쪽 놈이 그나마 착해 보이는데요.

진우, 사내들이 앉아 있는 테이블로 다가가는..
옆 테이블의 노트북 보던 남자, 진우가 옆에 와서 허공을 보며 서자 흘끔.
진우의 눈에는 술 마시는 사내 셋이 보이고..
사내들, 자기들끼리 스페인어로 왁자하게 떠들며 술 마시고 웃고..
〈새로운 캐릭터를 발견했습니다〉
〈말라가의 해적들 : 공격력 500 방어력 300〉

양주　(E) 해적이네. 말 걸어보세요.
진우　뭐라고.
양주　(E) 그냥 안녕. 해보세요.
진우　한국어로? 아님 스페인어?
양주　(E) 아무거나 일단 해보세요.
진우　.... 어이, 안녕.

해적들 셋, 동시에 멈추고 진우를 살벌한 눈빛으로 쳐다보는

진우　야.. 인상들 봐라..

해적1, 갑자기 술잔 쾅 내려놓는다.

진우　(움찔하며 뒷걸음질) 왜 이래 얘?

해적1, 스페인어로 뭐라 버럭 소리치자 메시지 뜨는
〈꺼져 애송이야! 당장 죽고 싶지 않으면!〉

진우 어쭈..? 이게 왜 보자마자 욕이야?

해적들, 진우에게 시선 거두고 다시 건배하며 술을 거칠게 마시는..
〈당신은 무시당했습니다 레벨 5 이상이 되어야 대화할 수 있습니다〉
〈레벨 업 후에 다시 대화를 시도하세요〉
이어서 해적들의 이미지, 스르륵 사라진다.

진우 (실소) 상대도 안 해주네.
양주 레벨이 낮아서 퀘스트를 못 받네요. 나중에 다시 만나세요.

진우, 옆 테이블 노트북 보던 남자가 자꾸 흘끔거리자 무마하는 미소와 눈짓 하고 반대편으로 간다.

양주 그냥 나가세요. 여긴 유저들 공간이라 지금은 올 필요 없겠어요. 나중에 출시를 해야 유저들이 북적거리겠죠
진우 (빈자리에 앉으며) 알겠는데 진짜로 당 떨어져서 뭐 좀 먹고 가야겠다. (하며 웨이터를 부르는, 영어) 여기 메뉴판 좀 줘요.
웨이터 (바로 메뉴판을 주고 지나가는)
진우 (진 빠져서 메뉴판 펼치는데)
양주 (E) 대표님 추러스 시키세요. 추러스 맛있을 거 같아요.
진우 (지긋지긋) 야.. 이제 먹는 것도 명령이냐? 끊어 이제. 니 목소리 지겨워.

양주, 핸드폰으로 카페 알카사바 관련 블로그 읽으면서

양주 지금 검색 중인데 카페 알카사바는 추러스로 유명하대요.
진우 (힐끔, 손님들 다 추러스를 시킨 게 그제야 눈에 들어오는)
양주 추러스 맛집까지 와서 굳이 추러스를 안 먹을 이유는?
진우 아 나.. (짜증내면서도 메뉴판에서 추러스를 찾는) 어떻게 시켜야 돼?
양주 (블로그 보며) 추러스랑 초콜렛 하나를 시키세요. 핫초코에 추러스를 찍어 먹는 거네요. 이야~ 맛있겠다~ 그리고 대표님 추러스는요 다섯 개가 한 세트..

진우　　(도저히 못 참고) 알았으니까 좀 끊어. 먹을 때라도 조용히 먹자.

양주　　(E) 여보세요? 대표니

진우　　(핸드폰 꺼내 뚝 끊어버리는)

조용해지자 살 것 같은, 진우, 한숨 돌리며 메뉴를 천천히 뒤적이는.
밖에서는 가상의 천둥 번개와 빗소리 계속 요란하고..
이때 뒤에서 갑자기 기타 선율이 시작된다.
진우, 메뉴판 뒤적거리다가 멈칫, 돌아보고 표정.
아까는 분명히 아무도 없었던 빠의 구석 자리에 한 젊은 여자가 앉아 클래식 기타를 연주하고 있다.
〈알함브라 궁전의 추억〉의 감미롭고 애잔한 선율, 밖의 빗소리와 함께 카페 안을 순식간에 묘한 분위기로 만들고..
진우, ...?
검고 긴 생머리에 공연에서나 입을 법한 몸에 딱 붙는 긴 원피스를 입은 언뜻 집시처럼 보이는 여자, 고개 약간 떨구고 연주에 몰입해..
현란한 손놀림은 누가 봐도 프로의 솜씨고..
어디서 본 듯한 얼굴이다. 진우, 일어나 그쪽으로 가는..
다가가던 진우, 멈칫하는.
깊이 파인 원피스, 길고 화려한 귀걸이에 붉은 입술. 연주에 열중해 내리깐 눈매, 희주다.
진우, ...?!

진우　　(황당해) 정희주씨...? (하는데)

〈새로운 캐릭터를 만났습니다〉
진우, ...!
〈엠마 27세 카페 알카사바의 기타리스트〉

진우　　...... (잠시 보다 조심스레 말을 건네보는) 안녕 엠마..?

기타를 치던 희주, 진우가 말을 걸자 내리깔았던 시선, 멈칫.

진우, ...!
희주, 연주하며 천천히 고개를 들고 진우를 바라본다.
진우, 표정.
크고 검은 눈동자로 진우를 응시하더니..
마치 살아 있는 희주처럼 부드러운 미소를 띠며..
진우, 홀린 듯한 표정에..

씬/7 회상 몽타주

C#1 서울 / 경연장 (낮)

〈알함브라 궁전의 추억〉 연주 계속 이어지면서..
교복 입은 중학생 희주, 무대에서 클래식 기타를 연주하고 있다.
심사위원들 앞에 앉아 있고, 그 뒤로 학부모들이 지켜보는.
긴장한 희주의 부모와 영심도 있고.

진우 (NA) 희주가 그라나다에 오게 된 건 기타 때문이었다.

어린 희주, 엠마와 똑같은 포즈로 몰입해 연주하고..
떨며 지켜보는 희주 아버지, 묶은 긴 머리에 수염까지, 보기에도 범상치 않은.

C#2 서울 / 미사리 카페 (밤)

밴드 공연 중인. 보컬 뒤에 혼자 삘 받아 연주에 심취한 희주 아버지 모습에..

진우 (NA) 별 볼 일 없는 기타리스트였던 희주의 아버지는

C#3 서울 / 경연장 (낮)

시상식. 심사위원이 트로피와 꽃다발을 희주에게 주는
희주 부모와 영심, 좋아 박수치는데 희주 아버지는 유난히 감격해서 계속 눈물 닦으며..

진우　(NA) 자신보다 나은 딸의 재능에 지나치게 흥분했다.

C#4　서울 / 중국집 룸 (낮)

조금 전 탄 경연대회 트로피와 꽃다발이 놓여 있고.
희주 부모, 영심, 어린 민주와 세주가 전부 둘러앉아 중국요리 먹고 있다.
세주는 초등학생, 민주는 3살 정도로 희주모가 안고 밥 먹이는.

희주부　(벌컥) 스페인에 가자.
일동　(??)
희주부　엄마 우리 스페인으로 가서 살아요!
영심　너는 뭔 뚱딴지같은 소리냐? 밥 먹다 말고?
희주부　엄마 애는 크게 될 애예요. 내가 보면 알아요. 난 알아요!
희주모　여보... (뭐라 하려는데)
희주부　여보 우리가 뒷바라지해줘야 돼! 지금이 적기야 더 늦으면 안 된다고! 희주는 여기서 썩을 애가 아냐 더 큰물에서 키워야 돼. 내 결론이 그래, 스페인으로 가자! 엄마 클래식 기타는 스페인이 최고예요!
일동　(표정)
영심　아니 거기 가서 우린 뭘 해? 뭘 먹고사냐?
희주부　가면 방법이 없겠어요? 뭘 해도 지금만 못할까? 애들 미래만 보고 가자고요! (하고 희주에게) 희주야 너도 가고 싶지? 스페인 국립음악원!
어린희주　(상기되는 표정에)

C#5　그라나다 / 공항 앞 (낮)

뒤로 비행기 이륙하는 모습이 바로 보이는 아주 작은 공항 청사 앞.

이민 가방 잔뜩 끌고 낯선 표정으로 서 있는 희주의 가족들.
강렬한 햇빛이 너무 눈부셔 모두 눈도 제대로 못 뜨고.

진우　(NA) 전 재산을 팔아 그라나다에 온 게 12년 전.

C#6　**그라나다 / 호스텔 앞 (아침)**

〈보니따 호스텔〉 간판을 직접 현관에 달고 있는 희주 아버지.
새 간판, 이때는 반짝반짝 빛이 나는.

진우　(NA) 그러나 희망으로 반짝거렸던 건 이민 첫해뿐.

C#7　**그라나다 / 국립음악원 교실 (낮)**

선생님 앞에서 기타를 연주하는 학생과 지켜보는 기타반 학생들 여럿.
기막히게 기타를 연주하는 동급생을 지켜보는 희주, 완전히 기가 죽은..

진우　(NA) 희주는 오자마자 자신이 천재가 아님을 깨달았고

C#8　**그라나다 / 호스텔 주방 (밤)**

산더미 같은 설거지를 하고 있는 희주모.
갑자기 현기증을 느끼더니 비틀.. 접시를 깨며 쓰러지는..

영심　(식탁 치우다가 놀라) 너 왜 그러냐? 아니 얘? (쫓아가 일으키는) 정신 차려! 얘가 왜 이래!
진우　(NA) 희주의 엄마는 1년 만에 쓰러졌다.

C#9　**그라나다 / 공원묘지 (낮)**

희주부, 아내의 묘비 앞에 널브러져 앉아 팩소주를 마시며 울고 있는

진우 (NA) 아내 없인 아무것도 아닌 남자였던 아버지는..

C#10 그라나다 / 도로 (새벽)

이른 새벽. 밴을 몰고 가고 있는 희주부.
졸음을 참으며 운전하다가 깜빡 눈을 감는..
이어서 헤드라이트 확 다가오며..

C#11 그라나다 / 공원묘지 (낮)

희주모 묘비 옆에 희주부의 묘비가 하나 더 생긴..
희주, 그 앞에 서 있고.

진우 (NA) 몇 년을 술만 마시다 아내를 따라갔다.

C#12 그라나다 / 호스텔 희주 방 (아침)

희주, 7살 정도 된 민주에게 옷을 입히는 컷.
양말 신겨주는 컷. 가방 챙겨주는 컷.

진우 (NA) 가장이 된 희주는 학교도 그만두고 일했다.

C#13 그라나다 / 호스텔 앞 (아침)

희주, 초등학생 세주와 민주를 양손에 붙들고 학교 데려다주러 뛰는
'빨리 걸어 빨리' 버팅기는 아이들 재촉하면서

C#14 그라나다 / 호스텔 도미토리 방 (낮)

희주, 청소부와 함께 시트 잡아 빼고 청소하느라 바쁜.

C#15　그라나다 / 호스텔 옥상 (낮)

영심과 함께 커다란 시트들을 빨랫줄에 펴서 널고 있는 희주.

C#16　그라나다 / 광장 (낮)

깃발을 들고 일일투어 관광객들을 인솔하는 희주.

희주　저 따라오세요~ 이제 이동하시겠습니다~

진우　(NA) 희주는 정말 열심히 일했다. 단 하루도 쉬지 않았다.

C#17　그라나다 / 호스텔 사무실 (밤)

희주, 책상에 앉아 지폐들을 세어가며 계산기 두드리고 있는

진우　(NA) 신기한 건, 그런데도 빚만 늘어간다는 사실이었다.

이번 달도 여지없이 적자고.
희주, 계산기 툭, 놓고 머리 헝클며 한숨..
더 이상 생각하기 싫어 소파에 벌렁 기대며 TV 켜는..
문득 TV 위, 벽에 걸린 옛 가족사진이 시선에 들어오고..
갑자기 돌아가신 부모님이 너무 그립다.. 눈물이 핑 돌고..

진우　(NA) 꿈은 멀어지고.. 생계만이 남았다.
희주의 인생은 앞으로도 별반 달라질 일 없어 보였다.
갑자기 마법이라도 일어나지 않는 한.

1회 프롤로그 C#16으로 이어지는..
그대로 잠이 들었던 희주, 초인종 소리에 퍼뜩 깨는.

C#18 그라나다 / 호스텔 앞 (밤)

1회 프롤로그 C#18 中
희주가 문을 열자 진우가 트렁크를 끌고 서 있고

희주 (....?)
진우 (씩 미소)
희주 (표정에)
진우 (NA) 바로 그즈음에 내가 찾아간 것이다.

씬/8 그라나다 / 카페 앞 (오전)

2회 45씬에서 이어지는 장면.
상범, 공방을 향해 걸어가다 멈추고 돌아보는.
멀리 카페 야외 테이블에 앉아 이야기 중인 진우와 얼빠져 듣고 있는 희주가 보인다.
상범, 영 기분 안 좋고 찜찜해서 보다가.. 고개 저으며 다시 걸어가는
한편 카페 앞.

희주 (생각지도 못한 제안에 놀라) 네에..?
진우 .....
희주 호스텔을.. 사시겠다고요..?
진우 네.
희주 (설마 하며) 저희 집이요..? 보니따 호스텔 말씀이세요?
진우 네. 보니따 호스텔을 나한테 팔죠. 좋은 값에 살 테니까.
희주 (벙찐) 아니...
진우 (이때 희주 뒤를 보고 손짓하는)
희주 (? 따라 돌아보면)

정훈이 서류를 들고 뛰어오고 있다.

진우　그새 좀 알아봤는데 호스텔을 팔려고 내놓은 지 2년이 넘었던데요. 근데 안 팔리고 있고요. 담보대출만 해마다 늘고 있죠. 대출이 시세 반이 넘고요.

희주　(?!)

정훈　(서류를 건네주는) 여기 있습니다. (하고 카페 안쪽 자리로 들어가는)

진우　(받아서 바로 주머니에서 펜을 꺼내 밑에 대표 이름에 서명을 하며) 사실 원래는 전혀 그럴 생각이 없었는데 오늘 아침에 갑자기 생각이 바꼈어요. 그래서 매매 계약서를 만들어 오라고 했어요. 난 원래 삘 꽂히면 바로 고 하는 성격이라서요. (사인하고 계약서를 희주 앞에 놔주는)

희주　(벙쪄서 들여다보는)

스페인어와 한국어로 쓰인 매매 계약서.
집 주소와 매도인 매수인(제이원 홀딩스)의 주소와 회사 도장 등이 이미 다 찍혀 있는. 금액과 희주의 사인만 비어 있다.

희주　(계약서 보며 너무 황당해서) 아니 이걸.. 아니 언제 이걸...

진우　들어봐요. 내가 재밌는 제안을 할 테니까.

희주　(?)

진우　(계약서의 금액란을 가리키며) 여기 금액 부분은 비워놨어요 보이죠? 희주씨가 지금 당장 이 계약서에 사인을 해주면, 내가 여기 100억 원을 적을게요.

희주　(??!! 너무 놀라) 네에...??!

진우　단, 지금 바로 계약하는 조건으로 100억 원이에요.
사인만 하면 전액 현금으로 희주씨 계좌로 바로 쏠 겁니다.

희주　(너무 놀라 말이 잘 안 나오는) 아니..

진우　대신에 희주씨 결정이 10분 늦어질 때마다 가격은 10억씩 내려가요.

희주　(??) 네..??

진우　(핸드폰 시계 보여주며) 지금이 8시 55분이니까.. 9시부터 시작하죠.
희주씨가 9시 10분에 사인을 하면 10억이 깎여서 90억이 되는 거예요.

희주　(이건 또 무슨 소린지) 그게 뭐..

진우　9시 20분에 사인하면 80억이 되고요. 10시면 얼마겠어요? 60분 지났으니까 40억이겠죠? 10시 반이 되면 10억. 시세가 10억이니까 앞으로 1시간 30분 안에 희주씨가 결정을 안 하면 이 계약서는 의미 없는 거죠.

희주 (표정)

진우 또 하나, 이 자리에서 일어나 가면 협상 결렬입니다.
그러니까 이 계약서는 바로 이 자리에서 딱 1시간 30분 동안만 유효해요.

희주 (표정)

진우 내 말 이해돼요?
간단해요. 희주씨는 돈을 많이 받고 싶으면 최대한 빨리 결정을 하면 돼요.

희주 아니.. (머리를 흔들며) 아니 잠시만요..! 저기 잠시만요!

진우 네 말해요.

희주 (혼돈) 그게.. 전 도무지 이해가.. 왜 이 집을 100억이나 주신다는 건지..
얼마나 거지 같은지 잘 아시면서..

진우 사업하다 보면 돈보다 타이밍이 훨씬 더 중요할 때가 있죠. 100억은 희주씨한텐 큰돈이겠지만 회사 입장에서는 엄청나게 큰돈은 아니고요. 근데 우리한테 시간은 10분도 소중하거든요. 난 지금 돈하고 시간을 바꾸자는 겁니다.

희주 (표정)

진우 왜 그렇게 타이밍이 중요한지는 말 안 합니다. 사업상 비밀이라서요.

희주 ..... (무슨 뜻인지 이해도 안 가고 판단도 안 가고, 괜히 또 계약서만 어지럽게 들여다보며)

진우 (압박하는) 제안이 마음에 안 들면 바로 일어나 가도 돼요.
그럼 나는 지금 당장 살 수 있는 다른 건물을 알아볼 거니까.

희주 (그 말에는 움찔) 아니요..!

진우 그럼. 사인할래요? (펜을 꺼내 희주 앞에 놔주는)

희주 .....!

진우 할 거면 최대한 빨리 하는 게 서로 윈윈이겠죠.

희주 .... (그 말에 조급해져 펜을 드는)

진우 (여유로운 태도로 지켜보는데)

희주 (진우를 흘끔 보고, 계약서를 봤다가 다시 흘끔 보고) 근데 정말 유진우 대표님 맞으세요?

진우 네?

희주 혹시 얼굴만 같은 건.. 저희 아빠가 비슷한 사기를 당하신 적 있어서

진우　(바로 여권 꺼내 희주 앞에 놓는)
희주　(여권 얼른 펼쳐 보고.. 다시 얼굴을 힐끔 보고 아무리 봐도 맞고) .....
진우　검색하면 내 영상이 수백 개는 뜰 텐데요.
희주　(한숨, 다시 펜을 잡고 잠시 망설이더니 갑자기 벌떡 일어난다)
진우　(?)
희주　(발걸음을 옮기자)
진우　(?? 생각지 못한 상황에 당황, 팔을 잡는) 가게요?
희주　아뇨 (카페 안의 화장실을 가리키며) 화장실은 가도 돼죠..? 통화 좀 하려고..
진우　아.. 네. (놀란 자신이 우스워 실소, 팔을 놓는)
희주　식구들하고 상의를 해야 돼서요. 저흰 그 집이 전 재산이라서 이거 팔면 개털이거든요. 제가 혼자 결정하기는..
진우　마음대로 해요. (시계 보고) 어쨌든 곧 9시네요. 시작합니다.
희주　(!! 마음 급해 계약서 들고 후다닥 카페 안으로 들어가는)

정훈, 희주가 화장실 가자 바로 슬그머니 오며

정훈　어떻게 될까요?
진우　저능아가 아니라면 30분 내로 사인하겠지.
정훈　근데 그 집을 왜 사세요?
진우　(힐끔)
정훈　그 돈 주고 살 집이 아니잖아요? 뭐 장점이라곤 없던데.
진우　장점이라곤 없는 집을 내가 왜 사겠냐?
정훈　그러니까요. 왜 사세요?

회상 펑 들어가는

씬/9　회상 몽타주

C#1　그라나다 / 렌터카 안 (오전)

2회 42씬과 같은 장면.
진우, 빠르게 운전하며 막 핸드폰을 집어 걸려는데 핸드폰이 울린다.
정보원의 〈A〉 이니셜이 뜨자

진우　(...!! 바로 받는) 여보세요. 지금 차형석이 (하다) 특허..? 아직 확인 못했는데
정보원　(E) 정세주가 게임 관련 특허들을 전부 자기 명의가 아니라 가족법인 명의로 등록했더라구요.
진우　(?!) 그래요..?
정보원　(E) 네. 정세주 이름으론 없어서 혹시나 검색해보니까 나왔습니다.
그 법인이 보니따 호스텔입니다.
진우　(!!) 그럼.. 내가 그 호스텔을 사버리면 게임 끝이라는 말이잖아요?
정보원　(E) 네. 정세주 동의도 필요 없습니다. 게임 라이센스, 핵심 기술 특허 3개가 전부 다 등록되어 있습니다. 법인 소유자는 정희주씨고요.
진우　깔끔하네. 아주 좋은데요. (승리를 예견하는 미소가 떠오르는)

C#2　서울 / 선호의 사무실 (낮) + 그라나다 / 렌터카 안 (오전)

선호, 서성거리며 진우와 통화 중이다.
〈경영전략 이사 박선호〉 책상 위에 명패 있고.
진우는 신호등 앞에 신호 걸려 차 멈춘 채 통화하는
둘, 빠르게 치고받으며 대화 중인

선호　오케이, 그건 좋은데 그럼 정세주는?
진우　정세주나 게임 얘긴 하지 말자고.
그 얘기가 일단 나오면 동생 올 때까지 무조건 기다리지 않겠어?
선호　그렇겠지. 근데 정세주는 언제 올지 모르고 연락도 지금 안 되니까
진우　나중에 걔가 오면 추가 조건 들어주면 되는 거고.
지금은 무조건 사고 봐야 돼. 시간 끌면 승산 없어.
선호　얼마를 던지게? 너무 많아도 의심할 거고 너무 적으면 쉽게 안 팔 텐데.
진우　일단 돈을 크게 부르고 깎아내리면서 쫓기게 만들려고. 깊이 생각하면 의심할 만한 상황이거든. 돈과 시간으로 압박해서, 생각할 틈을 안 주고, 최대한

빨리 후려친다.

선호 오케이.

진우 오케이 지금 간다. (신호 바뀌자마자 빠르게 튀어 나가는)

씬/10 그라나다 / 카페 여자 화장실 (오전)

웨이트리스 둘이 서서 수다 떨다가 희주가 들어오자 '올라' 인사하는.
희주, '올라' 하고는 변기가 있는 칸으로 들어가서 문 잠그고

희주 (중얼중얼) 침착해 정희주.. 침착하자.. 흥분하면 안 돼.. 실수하지 말고 침착하게.. (심호흡하며 전화 거는)

씬/11 그라나다 / 시장 (오전)

시끌시끌한 시장. 영심, 바구니 들고 야채 고르고 있다.

영심 이거 왜 이렇게 올랐어~ 하나만 더 줘~ 무이 까로~ 무이 까로~

주인이 스페인어로 안 된다고 하고 야채 하나 들고 실랑이하는 동안
바구니 안의 영심 핸드폰이 울리는. 〈큰손녀〉 뜨는데 못 듣고

씬/12 그라나다 / 카페 여자 화장실 칸 (오전)

희주 (계속 안 받자 끊으며) 아 왜 안 받아.. 어딜 가신 거야..

희주, 다시 전화를 거는. 〈세주〉 뜨는데 신호음 가더니 바로 안내 음성이..

희주 (뒤늦게) 아 참..! 얘 핸드폰 깨먹었댔지? 아 씨.. (점점 조급한, 머리 헝크는)

씬/13 그라나다 / 중학교 교정 (오전)

민주, 체육복 입고 체육 수업 중이다.
다른 스페인 아이들과 함께 교사 호루라기 소리에 맞춰 뛰고 있는.
(## 교실 수업 중이어도 됩니다. 상황 되는 대로)

씬/14 그라나다 / 카페 여자 화장실 (오전)

희주 (전화 끊으며 멘붕) 수업 중인가..? 다 안 받으면 어떡해..? 어떡하지..? (겁나는) 내 맘대로 집 팔아도 되는 거야..? 정말...?

이때 문자 벨소리 띵 나는.
희주, 움찔하며 문자 확인하면 진우의 목소리와 함께.
〈지금 막 10억 날아갔습니다.〉
희주, ...!!! 시계 보면 9시 10분인.

씬/15 그라나다 / 카페 앞 (오전)

진우, 커피 마시며 문자 보내는
〈혹시 모르고 있을까 봐요.〉

씬/16 그라나다 / 카페 여자 화장실 (오전)

희주 (기막힌) 아니 뭐.. 10분이 이렇게 빨라? (심장이 벌렁거리고, 급히 전화번호 찾으며) 괜찮아.. 아직 괜찮아.. 그래도 90억이잖아..? 100억이나 90억이나.. 무조건 노나는 거야..

씬/17 그라나다 / 부동산 중개업소 (오전)

렌트와 매매 전단이 잔뜩 붙어 있는 중개업소.
사무실 전화벨이 울리는데 여사장이 느리적거리며 전화를 받는

여사장 (수다스런 스페인어) 네 알함브라 중개소입니다. 어 희주~ 오랜만이야~ 안 그래도 전화하려고 했었는데~ 희주~ 자기 집 1만 유로만 더 깎아서 내놓자~ 요즘 시세가 너무 떨어져서 안 내리면 절대 안 팔려~ (하다) 개발? 무슨 개발?

씬/18 그라나다 / 카페 여자 화장실 칸 (오전)

희주 (스페인어) 혹시 우리 동네 개발 계획 있어요? 갑자기 땅값이 10배 뛸 일 같은 거..

씬/19 그라나다 / 부동산 중개업소 (오전)

여사장 (스페인어) 개발은 무슨 개발이야. 여긴 앞으로 10년 내에 땅값 뛸 일 없어. 내가 장담한다니까. 아 그보다 있지 나 서프라이즈 소식 있어~ (엄청 호들갑) 나 디에고랑 결혼해~~!!

씬/20 그라나다 / 카페 여자 화장실 칸 (오전)

희주 (스페인어) 정말? 와 축하해요 엘레나~ (건성, 오버하며 급히 축하하고) 그럼 지금 많이 준다고 하면 팔아도 되는 건지.. (하다) ..... 엘레나? (계속 떠드는 소리, 초조하고) 엘레나 나도 프로포즈 얘기 듣고 싶은데 내가 좀 급해서..

(하는데 문자 띵 오는, ?? 보면)

진우의 문자. 〈20분 지났어요.〉

희주 (!!! 심장 터질 것 같은, 스페인어) 엘레나 나중에 들을게요! (확 끊고) 미쳤나 봐.. 미쳤어 시간이 막 가.. 어떡해..? (식은땀이 나는, 손톱을 물어뜯으며 다시 전화를 거는)

씬/21 그라나다 / 기타 공방 작업실 (오전)

클래식 음악이 작게 흐르고 있는 조용한 작업실.
상범, 기타 판을 놓고 정교한 작업 중이다.
조심스럽게 온 신경을 다해 작은 조각들을 붙이고 있는..
한쪽에 둔 핸드폰, 〈정희주〉 뜨는데 무음으로 해놓아 못 듣고..

씬/22 그라나다 / 카페 여자 화장실 칸 (오전)

희주 (상범도 안 받자 절망하며 전화 끊는) 왜 이래..? 아니 다들 왜 이래..?

핸드폰 시계를 보면 9시 25분이다.

희주 (!! 시간에 쫓기자 약간 멍해지는) 말도 안 돼.. 또 5분 지났어..? 어떡해..? (이때 핸드폰이 울린다. 희주, 깜짝 놀라며 보면 〈민주〉 뜨고. !!! 반가워 바로 받는) 여보세요 민주야!

씬/23 그라나다 / 중학교 교정 일각 (오전)

민주, 체육복 입고 한쪽에서 통화 중이다.

민주　전화했었어? 왜? (하다) 집을 팔아? 진짜? 그걸 누가 산대 바본가? (하다) 진짜? 그 아저씨가? 대박! (하고) 그래서 팔았어?

씬/24 그라나다 / 카페 여자 화장실 칸 + 중학교 교정 일각 (오전)

희주　(머리 헝클며) 아니 아직.. 너무 중요한 일인데 내 맘대로 사인할 수가 없잖니. 근데 할머니도 통화가 안 되고 세주도 없고..

민주　(말 끊는) 아직 안 팔았어?! 몇 분 지났는데?

희주　25분..

민주　(버럭) 그럼 벌써 20억을 날린 거야?! 팔아야지 왜 안 팔아!

희주　민주야. 니가 어려서 뭘 모르는데 이런 건 신중하게 결정해야

민주　(방방 뛰며) 언니 븅딱아! 100억을 준다는데 뭔 신중이야!! 100억이라며!!

희주　(!! 정신이 번쩍 드는) 그렇지? 언니도 그렇게 생각했어, 알았어! (바로 끊는)

희주, 결심하자 후련해져서 나가려고 잠금쇠를 잡아당기는데 안 열리는

희주　(??, 다시 해보는데 꽉 끼어 꼼짝도 안 하는) 어..? (마구 흔들어보는데 꼼짝도 안 하고) 왜 이래..? (스페인어) 밖에 누구 없어요? 문이 잠겼어요!

화장실 칸 밖. 웨이트리스들 나가고 아무도 없다.
희주, 스페인어로 사람 찾으며 문 두드리는 소리만.

희주　(다시 흔들어봐도 안 되고) 왜 이래 진짜..! (핸드폰 보면 9시 29분이고) .....!!! 안 돼 안 돼... (변기에 발을 딛고 올라가 밖을 내다보려고 한다. 어렵게 발을 딛고 올라가다가 미끌 하는) 어..! (안 넘어지려고 버둥거리다 손에 쥔 핸드폰 떨어뜨리고, ...!!!)

핸드폰, 변기로 퐁 빠진다. 희주, 표정.

씬/25 그라나다 / 카페 앞 (오전)

커피 마시며 희주가 나오길 기다리고 있는 진우.
시계 보면 9시 30분이 넘은.

정훈 (옆에서 핸드폰 보며) 고민을 꽤 오래 하네요. 돈 아깝지 않나.
진우 ......

디졸브로..
웨이터가 진우의 커피를 다시 채워주고 가고.
정훈은 떨어진 곳에서 통화하고 있다.
시계 보면 9시 50분이 넘은.. 희주는 나올 기미도 없고..
진우, 더 이상 느긋할 수가 없어 짜증 섞인 한숨.
디졸브로...
정훈이 통화하고 다시 와서

정훈 어 아직도 안 나왔어요? 10시 넘었는데
진우 (계획대로 안 되자 마침내 멘붕) 진짜 저능아야? 뭐하는 거야 도대체?
정훈 (퍼뜩) 대표님.. 혹시 지금 차대표랑 통화 중인 건..
진우 (!!) 전화 좀 걸어봐.
정훈 (전화를 거는. 신호음이 가고 잠시 들으며) 안 받는데요.
진우 (!! 바로 벌떡 일어나 들어가는)

씬/26 그라나다 / 카페 안 (오전)

웨이터가 커피 들고 오는데 진우가 급히 들어와

진우 (웨이터에게 영어) 혹시 화장실에 다른 문이 있어요? 밖으로 나가는 문?
웨이터 (못 알아듣고 영어 못한다고 스페인어로)

진우　(바로 화장실로 뛰어가는)

씬/27 그라나다 / 카페 여자 화장실 앞 (오전)

진우, 뛰어와 문을 노크하는

진우　정희주씨? (답이 없자) 나 들어갑니다. (바로 문을 여는)

씬/28 그라나다 / 카페 여자 화장실 (오전)

진우, 들어오는데 희주는 안 보이고 문을 발로 차는 소리만 쾅쾅..
진우, ...?? 뭔가 하고 다가가는...
문짝을 발로 차는 요란한 소리와 함께 화장실 문짝이 흔들리더니..
쾅!! 요란한 소리와 함께 화장실 문짝이 떨어져 나가는,
진우, 놀라 기겁하며 뒤로 풀쩍 물러나는데 안에서 발로 차던 희주도 균형을 잃으면서 같이 튕겨 나오고...!!
희주, 비명을 지르며 그대로 넘어져 바닥에 이마를 쿵 부딪치고..
진우, ??!!
문짝 부서지며 우당탕탕 난리가 나고 나서 겨우 조용해지는

진우　(황당)
희주　(기절한)
진우　정희주씨..? (대답 안 하자 가까이 와 들여다보는) 정희주씨? (흔들어보고)
정훈　(따라와 들여다봤다가 놀라) 어! 뭡니까?
진우　사람들 좀 불러와. 기절했어.
정훈　(당황) 어 네.. (하다) 근데 왜 문짝이..
진우　내가 아냐? 빨리 가!
정훈　네!! (사라지고)
진우　정희주씨? (일으켜 안고 볼을 두드려보는) 정신 차려봐요,

희주　(얼핏 눈을 뜨는, 이마는 이미 빨갛게 부어올라)

진우　(!) 괜찮아요? 내 말 들려요?

희주　(힘없이) 몇 시예요...?

진우　네?

희주　지금 몇 시예요..?

진우　(황당, 시계 보고) 10시 13분.

희주　(표정)

진우　괜찮냐고요? 문짝을 왜 부수고

희주　(망연자실) 그럼.. 73분 지났으니까 70억 날아간 거예요?

진우　(표정)

희주　(너무 허탈해) 기막혀.. (울음이 터질 것 같은)

진우　머리는 괜찮아요? 일어날 수 있겠어요?

희주　3분만 빼주시면 안 돼요...?

진우　네?

희주　제발 3분만요.. 문이 잠겨서 못 나온 건데.. (울먹이는)

진우　(표정)

희주　뭐 에누리도 없어요..? 재벌이시라면서.. 치사하게..

진우　(어이없어 농담) 딱 3분만 빼주면 되겠어요?

희주　네... 감사합니다.. (하더니 도로 까무룩 정신을 잃는)

진우　정희주씨..? (볼을 톡톡 두드려보는)

희주　(이미 정신 잃고)

씬/29 그라나다 / 병원 치료실 (낮)

디졸브로. 이마에 커다란 반창고를 붙이고 침대에 기대 누워 있는 희주. 정훈이 희주 앞에 계약서를 들고 서서

정훈　대표님은 기다리시다가 바쁜 일이 있어서 먼저 가셨습니다. 아까 화장실에서 계약한다고 하셨다고..

희주　... 네에...

정훈 (계약서를 눈앞에 내미는) 사인 전에 계약서 다시 확인해보시겠어요?
희주 (정신 덜 들어 뻥한 표정으로 계약서를 보자)
정훈 아직 어지러우시면 좀 이따 (계약서 치우려 하자)
희주 아뇨 괜찮아요 저 괜찮아요..! (얼른 일어나 앉아 계약서를 빼앗아 보는)
정훈 금액은 대표님이 써넣으셨습니다.

희주, ...! 시선 바로 금액으로 향하는.
진우가 이미 숫자를 적어 써놓은
10,000,000,000.

희주 (0이 너무 많아 헷갈려 중얼 읽는) 일 십 백 천 만 십만 백만.. 천만.. 억.. 십억.. (하다 하나 더 있자 떨며) 백억...??!
정훈 문 잠긴 건 사고라서 시간 초과한 건 다 빼시겠다고.
희주 (....! 말이 안 나오고)
정훈 사인하시겠어요? (펜을 주는)
희주 .....! (펜을 받고)
정훈 누워 계신 동안에 저희끼리 서류 절차는 이미 끝냈습니다.
사인만 하시면 바로 입금될 겁니다.
희주 (표정)
정훈 (웃으며) 하시죠 이제.
희주 .... (떨며 사인을 하는)
정훈 여기도.. 여기도 해주시고요.. (서류 여기저기 가리키는)

계약서 여러 장에 제이원 홀딩스 도장 옆에 희주의 사인이 연달아..

정훈 네 됐습니다. (하고 계약서 한 부를 주는) 한 부 가지시고요.
희주 ......
정훈 부자 되신 거 축하드립니다. (웃으며) 어후 저도 너무 부럽네요.
희주 (얼떨떨)
정훈 밑에 약정 보셨죠? 지금 파셔도 거주 유예기간이 6개월이나 있으니까 다른 집 알아보시고 정리하시는 데 문제없을 겁니다.

희주　(귀에 들어오지도 않는) 네에..

정훈　좀 더 누워 계세요. 뇌가 약간 부었다고 하더라구요.
전 이거 팩스 좀 보내야 돼서.

희주　네에...

정훈　아, 핸드폰은 수리해서 갖다 놨습니다. (침탁 가리키며) 이제 될 거예요.

희주　(건성으로 보고) 고맙습니다..

정훈　(계약서 들고 나가고)

희주　..... (얼떨떨해 있다가 계약서를 다시 보는데 믿을 수가 없고) 100억....?
(갑자기 손이 달달 떨리는) 어머 나 왜 이래..?

이때 침탁 위의 핸드폰이 울리자 희주, 얼른 보면 〈할머니〉 뜨고.

희주　(받는) 여보세요 할머니..?

씬/30 그라나다 / 호스텔 주방 + 병원 치료실 (낮)

장을 잔뜩 보고 와 식탁에 장바구니 내려놓으며 전화하는 영심.

영심　왜 핸드폰을 꺼놨어 전화해놓고. 너 아까 전화 엄청 했지?

희주　네.. 근데.. (어디서부터 얘기해야 될지 모르겠다) 할머니 좀 이따가 얘기할게요.

영심　왜? 무슨 일 있냐?

희주　좀 이따가요.. 확실하게 들어오면.. (하는데 문자 벨소리 나자) ...!! 잠깐..

희주, 확인하면 한국은행에서 온 입금 메시지고..!
희주, 심장은 쿵쾅거리고 손은 덜덜 떨리며.. 아래의 입금된 숫자를 확인한다.
〈10,000,000,000원이 입금되었습니다〉 희주, ...!!!!

영심　(E) 여보세요 희주야?

희주　......

영심 (E) 너 듣고 있는 겨?

희주 (벌떡 일어나 뛰쳐나가는)

씬/31 그라나다 / 병원 대기실 (낮)

작은 동네 병원 대기실. 희주가 계약서와 핸드폰 들고 치료실에서 뛰어나오는

간호사 (스페인어) 어 희주씨 가면 안 돼요~ 선생님 곧 오실 건데~

희주 (스페인어) 다시 올게요! (바람같이 튀어 나가는)

씬/32 그라나다 / 병원 앞 (낮)

희주, 병원에서 튀어나와 흥분해 뛰어가며

희주 (통화하는) 할머니! 나 지금 가요, 가서 보여줄게 할머니..!
좀 전에 무슨 일이 있었는지 상상도 못할 거예요!

씬/33 그라나다 / 호스텔 주방 (낮)

영심 (야채를 냉장고에 넣으며) 무슨 일이 있었는데? (하다) 어?

씬/34 그라나다 / 거리 (낮)

희주 할머니 우리 부자 됐어요! 진짜야 우리 진짜 부자 됐어! 그냥 부자 아니고 완전 부자!! 우리 이제 돈 걱정 안 하고 살아도 돼 할머니! 우리 진짜 부자라니까!!
(기쁨의 눈물이 볼을 타고 흐르고)

희주, 통화하며 멀어지는 모습에...

진우　(NA) 그라나다에 온 후 12년 동안 희주에게 좋은 일은 하나도 없었다.
그런 희주 인생에 마침내 오늘, 마법이 일어났다.

씬/35　그라나다 / 카페 알카사바 앞 (낮)

진우　(NA) 그리고..

희주, 흥분해 뛰어가다 너무 힘들어 카페 앞에서 잠시 헐떡거리며 쉬는..
심장 터질 것 같아 부여잡으며 다시 걸어가다가 뭔가를 보고 멈칫. 도로 뒷걸음질 치며 보면, 창 너머 카페 안에 서 있는 진우가 보인다. 희주, 표정.

씬/36　그라나다 / 카페 알카사바 (낮)

3회 6씬에서 이어지는.
카페 안은 여전히 천둥 번개와 빗소리가 요란하고..
〈알함브라 궁전의 추억〉 기타를 연주하는 희주를 앞에 두고 서 있는 진우.

진우　(잠시 지켜보다 조심스레 말을 건네보는) 안녕... 엠마..?

기타를 치던 희주, 진우가 말을 걸자 내리깔았던 시선, 멈칫.
진우, ...!
희주, 연주하며 천천히 고개를 들고 진우를 바라본다.
크고 검은 눈동자로 진우를 응시하더니..
마치 살아 있는 희주처럼 부드러운 미소를 띠며..
진우, 표정..
〈레벨 5 이상이 되어야 대화할 수 있습니다〉

〈레벨 업 후에 다시 대화를 시도하세요〉
진우, ...!
미소 짓던 희주, 눈앞에서 순식간에 스르륵 사라지고.. 기타 선율도 사라지는.
진우, 홀린 듯한 기분으로 희주가 앉아 있던 허공에서 시선을 못 떼는데

희주 (E) 대표님...!

진우, 소리에 돌아보면 이마에 커다란 반창고 붙이고, 오래 누워 있어 머리는 눌리고 뛰어오며 산발되고 눈물 자국까지, 엠마와 대조적인 모습의 희주가 막 문을 열고 들어온다.

진우 (....!)

희주 (숨을 헐떡거리며) 지나가는데 여기 계셔서

진우 (희주가 사라지면서 진짜 희주가 동시에 나타나자 순간 멍한 기분으로)

희주 (가까이 와서 아직도 가쁜 숨을 몰아쉬며) 여기서 뭐하세요?

진우 ...... (그 말엔 대답 없이) 이마는 괜찮아요?

희주 (밝게) 네 괜찮아요 아무렇지도 않아요~ (하고) 그리고... 지금 입금됐어요! 확인했어요..!

진우 그래요? 축하해요.

희주 네.. 아 진짜.. 너무 감사합니다.. (진심을 담아) 너무 감사드려요 정말.. 전 처음에 100억 애기하실 때 또 농담하시는 줄 알았거든요.. 근데 진짜로.. (울컥) 어떻게 감사를 드려야 될지.. 그 돈을 정말 다 받아도 되는지도 모르겠고..

진우 (농담) 에누리 달라면서요. 재벌이 치사하다면서.

희주 (당황, 손을 마구 내저으며) 아니 그건 진짜, 그냥 아쉬워서 막 던져본 말이었구요, 정말 다 주실 줄은..

진우 고마워할 거 없어요. 그만한 가치가 있어서 그 돈 주고 사는 거니까.
난 장사꾼이라 쓸데없는 선심은 절대 안 씁니다.

희주 (그 말에 더 감동) 아녜요...! 말도 안 되는 선심이신 거 알아요! 누가 그딴 집을 그 돈을 주고 산다고

진우 (너무 감사하자 난처한, 얼른 딴소리) 근데 희주씨 기타 쳐요?

희주 (멈칫, ?)

진우 클래식 기타 잘하죠?

희주 (어리둥절) 그걸.. 어떻게 아세요? 저 기타 관둔 지 오래됐는데..?

진우 왜 관뒀어요? 듣기 좋던데요.

희주 (?!)

진우 (씩 미소)

희주 제가 연주하는 걸 보셨어요...? 어디서요...?

이때 창밖으로 빗속을 어슬렁거리며 상대를 찾고 있는 검을 든 이슬람 전사가 하나 보인다.

진우 (전사 발견하고, ...!) 내가 말했잖아요. 여긴 이제 마법의 도시가 될 거라고.

희주 (???)

진우 이제 돈도 생겼는데 계속 하지 그래요?
그리고 솔직히 기타 연주할 때가 지금보단 훨 매력 있던데.

희주 (....!)

진우 (전사가 멀어지자 바로 나가며) 미안한데 먼저 갈게요, 내가 지금 좀 바빠서

희주 (뻥해서 보다 퍼뜩) 저기...!

진우 (나가다가 돌아보자)

희주 (진심으로) 제가 저녁이라도 사드리고 싶은데요.. 정말요 꼭..! 혹시 시간 괜찮으세요?

진우 저녁이요. (손목시계 보며) 일이 일찍 끝나면 연락하죠.
내가 오늘 안으로 꼭 조져야 될 인간이 있어서요.

희주 네...? 조져.. (말하다 움찔)

진우 (웃으며) 조져버리고 연락할게요. (문 닫고 나가 전사가 간 방향으로 뛰어 사라지는)

희주 (표정)

씬/37 그라나다 / 카페 알카사바 앞 (낮)

비가 쏟아지는 거리.

진우가 전사를 쫓아 멀어지자 천둥소리 멈추고 빗줄기도 순식간에 사라지는.
희주가 나오자 이미 날씨 화창하고..
희주, 진우가 사라진 방향을 멍하니 보며 서서..

진우 (NA) 이날 희주 인생에 시작된 마법은 오직 돈뿐만은 아니었다.

씬/38 그라나다 / 알함브라 궁전의 야경 (밤)

씬/39 그라나다 / 렌트 아파트 테라스 (밤)

알함브라 궁전의 아름다운 야경이 한눈에 보이는 테라스.
수진이 잠옷 위에 가디건을 걸치고 야경을 내다보고 있다.
상념에 잠겨 하염없이 바라보다가 문득 한기를 느끼고.. 들어가는

씬/40 그라나다 / 렌트 아파트 침실 (밤)

고급 렌트 아파트의 침실. 수진, 테라스 문 닫고 들어오는데 침대 비어 있고..

씬/41 그라나다 / 렌트 아파트 거실 (밤)

형석, 소파에 앉아 꼼짝도 안 하고 뭔가 생각 중이다.
빈 와인 잔을 든 채 골몰해서..

수진 안 자요?
형석 ..... (힐끔)
수진 (오며) 무슨 일 있어요? 아까부터 말도 안 하고..
형석 아니야. 전화 기다리고 있는 거야. (다정한 미소와 눈빛, 와인 잔 놓고 수진의

손을 잡으며) 전화 올 데가 있어서.

수진 뭐.. 일이 잘 안 풀려요?

형석 아니.. (하고) 일찍 자지? 기차 많이 타서 피곤할 텐데.

수진 아까 졸았는데도 피곤하긴 해. (수경 방을 보며) 수경인 곯아떨어졌나 봐요.

형석 그러니까. 쉬어. (손을 어루만지고 놓는)

수진 먼저 잘게요. (들어가는데)

형석 (퍼뜩) 아 참.. 여기서 진우 만났지?

수진 (?!! 놀라서 순간 멈칫) ....?

형석 ......

수진 (돌아보며) 그걸 어떻게..

형석 아까 물어본다는 게 깜빡했어. 어디서 만났어?

수진 (당황) 아침에.. 기차역에서요. 근데 어떻게..

형석 그 자식이 무슨 얘길 해?

수진 (표정)

형석 ......

수진 무슨.. 얘기라고 할 것도 없어요. (자기도 모르게 변명 조가 되는) 수경이가 먼저 보고 인사하는 바람에, 안부 묻고.. 뭐 일 땜에 왔다고 하던데. 그리고 기차 시간 다 돼서 우린 바로 들어갔어요.

형석 안부 말고 뭐 다른 말은 안 해?

수진 다른 말이요..?

형석 다른 말 한 거 없어..?

수진 (방어적으로 날카롭게) 무슨 말이요? 지금 무슨 뜻으로 묻는 거예요? 우연히 만났어요 너무 우연히. 안부 말고 무슨 할 말이 더 있어요 그 사람하고?

형석 ...... (잠시 보다 뒤늦게 웃으며) 수진아 오해하는 거 같은데 난 그런 뜻으로 물은 게 아냐. 또 제이원이랑 경쟁 붙게 생겼거든 지금.

수진 (....! 무안해지는)

형석 진우 옆에 누구 없었어?

수진 없었어요..

형석 왜 기차역에 왔는지는..

수진 몰라요. 안 물어봐서..

형석 (이때 핸드폰이 울리자 바로 보더니) 알았어. 얼른 자. (눈 찡긋하며 핸드폰 들고 한쪽으로 가는) 여보세요. 응. 말해.

수진 (표정)

씬/42 바르셀로나 / 마르꼬의 아파트 복도 (밤)

고양이 한 마리가 어슬렁거리는 습기 차고 어둑한 복도.
관리가 거의 안 되는 듯 복도와 벽은 더럽고 그래피티로 어지러운..
현관문 하나가 살짝 열려 있고.. 자물쇠는 억지로 뜯어낸 게 보이고.

직원1 (E) 지금 집에 왔습니다.

씬/43 그라나다 / 렌트 아파트 거실 (밤)

형석 그런데..? 없어..?

씬/44 바르셀로나 / 마르꼬의 아파트 (밤)

스튜디오형의 작은 아파트. 낡고 좁고 더럽기 그지없고. 철제 침대 하나에 여러 대의 고성능 컴퓨터와 어지럽게 얽힌 전선들, 서버들로 벽 한쪽이 가득 찬. 먹다 만 캔들과 음료수 병들이 나뒹굴고.. 직원 둘이 방 안을 둘러보고 있다.

직원1 문을 뜯고 들어왔는데 없습니다. 핸드폰도 꺼져 있구요.
며칠 안 들어온 거 같아요.

직원2, 그사이 열린 창문 아래를 내려다보면..
음산하고 더러운 유흥가 골목길이 부감으로 보인다.
아래층에서는 클럽에서 울리는 음악 소리 요란하고.

직원1 정말 뒤통수 맞았나 본데요. 어떡하죠?

씬/45 그라나다 / 렌트 아파트 거실 (밤)

형석 (날이 선) 야 이 자식아 정확하게 말을 해..! 주어가 누구야?
누가 뒤통수를 맞았다는 거야? 마르꼬야 우리야?

직원1 (E) 사실.. 잘 모르겠습니다. 마르꼬만 상대했지 그놈은 정보가 없어서

형석 (패배의 불길한 직감이 점점 더 뚜렷해지는. 초조함은 이제 분노로 바뀌고)
도대체 아는 게 뭐냐 니들은...?

이때 핸드폰에 캐치콜이 울리고. 형석, 보면 〈유진우〉 이름이 뜬다.

형석 (...!) 뭐라도 찾아내고 다시 연락해. (끊어버리고)

핸드폰에 뜬 〈유진우〉 이름을 노려보는..
잠시 고민하다 전화를 건다. 신호음이 가더니 진우가 받는

진우 (E) 여보세요.

형석 ......

진우 (E) 통화 중이더라구. 바쁜가 봐?

형석 무슨 일이야?

진우 (E) 우리 이제 붙어야지? 난 준비됐는데.

형석 (....!)

진우 (E) 꼭 연락하라면서?

형석 (표정)

씬/46 그라나다 / 렌트 아파트 침실 (밤)

스탠드 불 하나 켜놓고 자려고 노력 중인 수진.
뒤척거리며 생각에 빠져 있다가 현관문 닫히는 소리가 철컥 들리자, 고개 드는

씬/47 그라나다 / 렌트 아파트 거실 (밤)

수진이 나오는데 형석이 없다. 수진, ...?

씬/48 그라나다 / 렌트 아파트 건물 앞 + 렌트 아파트 테라스 (밤)

형석, 건물 현관문을 나와 어둠 속을 걸어가는데
핸드폰이 울리자.. 보고 받는.

형석 여보세요. 안 잤어?
수진 (E) 어딜 가요 이 시간에?

형석, 올려다보면 수진이 침실 테라스에서 내려다보며 통화하는

형석 먼저 자. 잠깐 만날 사람이 있어서.
수진 누구를요..?
형석 몰라도 돼. (핸드폰 끊는)
수진 여보세요? (전화 끊기고, 내려다보면)
형석 (수진을 향해 손을 흔들어 보이고 바로 빠르게 어둠 속으로 사라진다)
수진 ......

씬/49 그라나다 / 거리 (밤)

왁자한 술집이 늘어선 거리를 지나가는 형석.

걸어가는 형석의 손에 어느새 수도사의 검이 있다..
조금의 머뭇거림도 없이 복잡한 골목골목을 지나는 컷컷..

씬/50 그라나다 / 공원 (밤)

형석이 오래된 나무들이 우거진 공원으로 들어와 숲을 지나치는..
공원의 맨 구석, 아무도 오지 않을 듯한 나무가 우거진 빈터로 온다.
인적도 없고 가로등 하나 달랑 있는 외지고 어둑한 공간.
진우, 지쳐서 건물 계단에 앉아 쉬고 있다가 기척에 고개를 든다.
팔과 목 여기저기 밴드를 붙이고.. 낮보다도 더 지친 기색.
렌즈 낀 진우와 형석의 눈빛 교차하면서
〈적이 나타났습니다〉
〈적이 나타났습니다〉
동시에 커다란 원이 그래픽으로 생겨난다.
형석은 이미 검을 들고 있고.. 그러나 앉아 있는 진우의 손에는 검이 없다.

형석 ......
진우 (씩 미소) 왔어?
형석 ....
진우 야.. 하루 만에 레벨 두 단계 올리려니까 진짜 죽겠더라고.
(힘들게 일어나며) 이게 사람 할 짓이 아니던데.

진우가 일어나자 비로소 진우의 손에 검이 차르륵 생겨난다.
녹슨 철검도 아니고 앞에서 들고 있던 검도 아닌, 멋진 문양이 새겨진 단단해 보이는 검.

형석 ......!
진우 이거 어때? 새로 장만했는데. (공중에 휘둘러 보여주는)

진우가 검을 공중에 휘두르자 형석의 시선에 검의 정보가 뜬다.

〈적의 무기 : 암살자의 검 공격력 300 내구력 280〉

진우 (웃으며) 나 이 검 찾다가 분수에 몇 번을 빠졌는지 몰라.

형석 ...... (무표정, 원 안으로 천천히 들어온다)

두 사람의 시선에 각각의 정보가 뜬다.

〈Dr.Cha : 레벨 4 생명력 400 공격력 390 방어력 400 수도사의 검 장착〉

〈zinu : 레벨 4 생명력 400 공격력 380 방어력 400 암살자의 검 장착〉

형석 ...... (어느새 비등해진 진우의 스펙을 확인하고)

진우 늦게 전화해서 미안한데 내가 오늘밖에 시간이 없어.
내일 아침 비행기로 서울 갈 거라서.

형석 ....!

진우 내가 일정이 좀 바빠. 그러니까 빨리 끝내자고. (검을 세워 잡고 자세 취하는)

형석 .....

진우 덤벼.

형석 (그러나 검을 들 생각도 안 하고) 일이 잘 풀린 모양이지? 떠나는 거 보니까.

진우 (씩 미소) 뭘 물어? 이미 알면서.

형석 (표정)

진우 내 전화 받았을 때 이미 예감했을 거 아냐? 나한테 물먹은 거.
그래서 하루 사이에 안색이 그렇게 망가진 거 아냐?

형석 ......

진우 (계속 싱글거리며 도발하는, 이걸 하고 싶어서 종일 그 개고생을 했다)
그래서 속 좀 쓰릴 거 같아서 만회할 기회를 주려고 전화한 거야.
현실에선 졌어도 게임에선 이길 수도 있으니까. 그게 게임 하는 맛 아닌가?
현실 도피, 현실 부정, 루저도 영웅이 되는 세상.
내가 지금 너한테 그 기회를 주겠다고.

형석 ....

진우 아까 내가 뭐랬어? 쓸데없이 헛고생 말고 와이프나 챙기랬잖아. 이 좋은 데까지 와서 푹 쉬며 관광이나 하지 괜한 삽질하느라 무슨 고생...

형석, 더 못 참고 진우의 말이 끝나기도 전에 바로 검을 들고 뛰어드는.
진우, ...! 형석의 검이 바람을 가르면서 지나가고 진우, 겨우 피하고.
다시 공격하면서 검과 검이 부딪치고..!
거의 대등한 수준, 몇 번 이리저리 합을 하다가 마지막 공격에서 서로에게 스치듯 상처를 입히며 둘, 놀라 확 떨어지는...
〈공격 성공 20〉
〈공격 성공 20〉
생명력 둘 다 -20씩 줄어든다.
상처를 입은 각자의 팔과 다리에서 피가 나고..
몇 합 만에 벌써 숨이 차고..
둘, 헐떡거리며 서로 노려보며 원의 가장자리에서 탐색하는..

형석　...... 우리가 단둘이 만난 게 얼마 만이지? 몇 년 됐지?
가끔 행사장에서나 지나치고..

진우　(숨을 고르다) ...?

형석　나중에 만나면 꼭 해주고 싶은 말이 있었는데 이렇게 기회가 왔네.
넌 아직도 내가 수진이를 뺏었다고 생각하는 거 같은데 아니, 아니야.
걔는 너무 불행해하고 있었어. 너 때문에.

진우　(표정)

형석　그래서 내가 걔를 구해준 거야 마음이 아파서.
더 같이 살면 수진이가 진짜 어떻게 될까 걱정이 돼서.

진우　(.....!)

형석　니가 우리를 원망하는 거 아는데, 이젠 너도 현실을 직시해야 하지 않겠냐?
니 두 번째 결혼 꼴을 보면 애초에 누가 잘못이었는지 이제는 사람들도 알지 않을까?

진우　(표정)

형석　실패를 하면 가슴 깊은 반성이 있었어야지. 그렇게 남 탓만 하니까 또 실패하는 거야. 이번에야말로 니가 문제라는 걸 인정 안 하면 세 번째 네 번째 결혼도 보나마나 아니겠어?

진우　......

형석 (차가운 조소가 입가에) ......

진우 하... (죽여버리고 싶은 걸 누르며, 길게 한숨) 이래서 니가 개새끼라는 거야.

형석 (표정)

진우 세상의 배신자들은 다 너랑 똑같은 말을 한 거 아냐? 왕을 등 뒤에서 찌른 놈들 다 너처럼 말했어. 백성을 위해서 그랬다고. 지금 니가 하는 그 변명이 니가 진짜 배신자라는 증거지. 배신자들은 원래 졸렬한 변명에 골몰하거든. 왜냐, 까보면 진짜로 더럽게 졸렬하니까.

형석 ......!

진우 넌 회사를 개판으로 만들었을 때도 그렇게 변명했었잖아?
더 비전 있는 회사로 만들고 싶다고, 근데 내가 문제라서 갈라선다고.
그래서, 니 회사가 얼마나 더 비전이 있냐? 제이원이랑 도대체 뭐가 달라?
니가 왕 노릇 하는 거 말고 니가 데리고 나간 애들한테 어떤 비전을 보여줬어?

형석 (표정)

진우 너는 항상 개떡 같은 변명이 너무 많아. 내가 그래서 널 개새끼라는 거야, 덤벼 이 개새끼야..! (다시 검을 치켜올리며 꽉 쥐고)

둘, 눈빛에 불꽃이 튀며 다시 붙고..
검을 서로 맞대며 한번 날카롭게 붙었다가 확 떨어지고..
숨을 헐떡거리고... 땀이 뚝뚝 흘러내리며..
진우의 핸드폰이 울리는데 진우, 받을 생각도 안 하고..
핸드폰, 울리다가 꺼지는..

진우 (숨을 몰아쉬며) 아.. 니 그 개떡 같은 변명 말고 내가 진짜 그럴듯한 변명거리를 대줄까? 너는 니 아버지한테 맺힌 한을 나한테 푼 거야. 가장 비열하고 더티한 방법으로. 대단한 사랑인 척 모두를 속여가면서.

형석 (....!!)

진우 그걸 변명이라고 했으면 내가 최소한 납득은 해줬을 텐데

형석, 그 순간 바로 달려들어 진짜로 진우의 멱살을 잡는..!
진우, ..!! 반사적으로 형석의 멱살을 잡고..

둘, 이성을 잃고 곧 주먹으로 칠 듯 몸싸움을 하는데....!

이때 요란한 경고 소리와 함께 눈앞이 붉은색으로 바뀌며

〈직접 신체 접촉은 반칙입니다 경험치와 레벨이 하락합니다〉

〈유저의 생명력과 경험치가 줄어듭니다〉

서로 멱살 잡은 둘의 생명 바와 경험치가 동시에 빠르게 줄어든다.

〈Dr.Cha님의 레벨이 1 하락합니다 현재 레벨 3〉

〈zinu님의 레벨이 1 하락합니다 현재 레벨 3〉

진우, ...! 형석, ...!

진우, 형석, 순간 동시에 손을 떼며 떨어지는.

생명 바, 빠르게 줄어들다가 멈추고, 경고등 멈추고 다시 검이 생겨나고..

진우, 다시 검을 잡고 먼저 달려드는데

형석, 아슬아슬하게 피하면서 반격에 성공하고..!

〈공격 성공 50〉

진우의 생명력 −30이 또 줄어들고.. 이제 거의 바닥인.

형석이 바로 다시 공격하는데 진우, 아슬아슬 피하며 반격하자 형석, 피하려다 발 헛디디며 중심을 잃는,

진우, 기회를 놓치지 않고 바로 형석을 베어버리고..!

형석의 복부에서 피가 확 솟구치는...! 피가 진우의 얼굴에도 튀고..

솟구치는 피를 보자 순간 아드레날린이 폭발하는 기분,

진우, 바로 다시 한 번 더 찌르고..!

뒷걸음질 치다 벤치에 몰린 형석, 다시 가차 없이 검으로 그어버리는..!

형석의 피가 사방으로 튀면서... 형석의 생명 바 마침내 바닥이 난다.

〈치명적 일격이 성공했습니다 300〉

〈YOU WIN / 승리했습니다〉

진우, ...!!

〈적의 경험치를 획득했습니다〉

〈경험치 +200 공격력 +30 방어력 +30〉

피투성이가 된 형석, 힘 빠져 벤치에 털썩 주저앉고.. 그런 형석을 내려다보며 말로 표현할 수 없는 카타르시스가.. 온몸에 전율이 이는 걸 느끼며..

이때 진우의 핸드폰이 다시 울려댄다.

진우 (받는) 여보세요.

정훈 (E) 대표님 왜 안 오세요?! 보딩 시간 다 됐는데!

진우 (! 바로 시선 돌리며) 지금 가. (바로 통화하며 숲을 지나 사라지고)

어둠 속에 나무 아래 홀로 남은 피투성이의 형석, 그대로 허탈한 듯 앉아서...

씬/51 서울 / 연구센터 (새벽)

밤샘한 양주, 구석의 침대에서 혼자 코 골며 자고 있는데 핸드폰이 울려대는.

양주 (비몽사몽, 눈도 못 뜨며 받는) 여보세요..

진우 (E) 최양주, 봤어?

양주 에..? 뭐를요..?

씬/52 그라나다 / 거리 (밤) + 서울 / 연구센터 (새벽)

진우, 대로변으로 나가며 통화 중이다.

진우 내가 차형석 밟아버리는 거, 안 봤어?

양주 못 봤는데요..? (눈 커지는) 이겼어요?

진우 하.. 자식이 종일 떠들어대더니 중요한 순간엔 안 봐?

양주 대표님 여기 지금 새벽 6십니다. (일어나며) 근데 진짜 이기셨어요?

진우 (후련한) 완벽하게.

진우, 서 있는 택시에 바로 탄다.

씬/53 그라나다 / 공항 청사 앞 (밤)

택시가 와서 끽 서고, 진우, 택시에서 내리자마자 바로 뛰어 들어가는

씬/54 그라나다 / 공항 청사 (밤)

진우가 뛰어오는데 정훈과 희주가 게이트 앞에 서 있다.

정훈 (발견하고) 어 대표님!!
희주 (두리번거리다 보고, ...!)
정훈 아 진짜 왜 이제 오세요! 보딩 다 끝나가요~
진우 (후다닥 와서) 티켓.
정훈 (바로 여권과 티켓 주고)
희주 짐은 미리 부쳤어요, 바로 뛰셔야 돼요~
진우 희주씨도 나왔어요?
희주 인사드리려구요 뵐 시간이 없을 거 같아서
진우 (그제야 퍼뜩) 아 참 저녁..! 우리 저녁 먹기로 했었는데.
희주 연락 없으셔서 바쁘신 줄 알고 전화 안 드렸어요
진우 아 이런 미안해요. 일이 생각보다 더 오래 걸려서
희주 아녜요 일은 잘 보셨어요? 누구를 조.. (차마 더 말 못하고) 한다고..
진우 했죠. 완전히 조져버렸죠 (씩 미소)
희주 아.. 네.. (어색하게 웃는) 잘됐네요.
공항직원 (게이트 앞에 서서 빨리 들어가라고 재촉하는)
정훈 빨리 들어가세요 뛰셔야 된다니까요~
진우 간다. (정훈에게 낮게) 정세주 오면 바로 연락해.
정훈 알겠습니다. (하고) 호텔 도착하시면 전화 주십쇼!
진우 (게이트 들어가며) 희주씨 잘 지내요! 기타는 꼭 계속 하고요!
희주 (표정. 뭐라 대답하기도 전에)
진우 (손짓하고 사라져버리는)
정훈 휴.... (안도의 한숨)
희주 ...... (갑자기 난데없이 나타나 인생을 바꿔놓고 갑자기 사라져버린 진우. 인사도 제대로 못하고 헤어지자 허무하고)

정훈 가시죠.

희주 ..... 이제는 여기 안 오세요?

정훈 글쎄요.. 상황 따라 다른데 대표님이 직접 오실 일은 없을 겁니다. (하고 앞서 가는)

희주 ......

씬/55 그라나다 / 이륙하는 비행기 인서트 (밤)

씬/56 바르셀로나 / 특급호텔 스위트룸 거실 (밤)

디졸브로. 트렁크 끌고 문을 열고 들어오는 진우.
불이 들어오며 우아하고 넓은 거실 풍경이 보이자 비로소 마음 편해지는.
진우, 긴 한숨을 내쉬며 겉옷을 던지고 냉장고에서 바로 탄산수 꺼내 마시는..

씬/57 바르셀로나 / 특급호텔 스위트룸 침실 (밤 - 아침)

샤워하고 가운 입고 머리 털며 나오는 진우.
몸이 땅으로 꺼질 듯 피곤하다.. 핸드폰을 집어 들며 침대에 털썩 눕고..
〈도착했다.〉〈피곤해 죽을 거 같으니까 내일 통화하자.〉
진우, 문자를 겨우 보내고는 핸드폰 침탁에 툭 놓는..
잠시 후, 정훈의 답장이 오는
〈네. 푹 쉬세요. 내일 8시에 모닝콜 하겠습니다.〉
진우, 확인도 안 하고 그대로 눈을 감는..
디졸브로..
핸드폰 벨이 울리고 있다. 커튼 사이로 햇살이 쏟아지고..
그대로 쓰러져 잠이 들어버린 진우, 핸드폰 소리도 못 듣고.
핸드폰, 꺼졌다가 다시 울린다. 진우, 뒤척거리다가 눈을 뜨는데 핸드폰 다시

꺼지는. 진우, 핸드폰 열어보면 〈서정훈〉 부재중 전화가 여러 통 떠 있는. 시계 보면 아침 7시가 안 된

씬/58 바르셀로나 / 특급호텔 스위트룸 거실 (아침)

진우, 탄산수 꺼내 마시며 전화를 건다. 신호음이 가더니 정훈이 받는다.

정훈　(E) 여보세요 대표님?
진우　왜 모닝콜을 벌써 해? 11시 비행기 아냐?
정훈　(E) 대표님 일이 생겼습니다..!
진우　(멈칫) 무슨 일? (하다) 정세주 연락 왔어?

씬/59 그라나다 / 공원 앞 + 바르셀로나 / 특급호텔 스위트룸 거실 (아침)

정훈, 아침 운동 나온 차림으로 머리는 부스스해서, 멘붕 된 표정으로 뭔가를 보며 통화 중이다.

정훈　아뇨 그게 아니고요, 차형석 대표가요..
진우　(바로 찡그리며) 그 자식이 또 뭐..?

정훈의 눈앞에 구급차와 경찰차가 불을 밝히며 떠나고..
다른 경찰차는 아직 남아 그 앞에서 무전 하는 경찰도 있고.
출근하던 사람들 쳐다보고 웅성거리고.

정훈　차형석 대표가 돌아가셨어요..!
진우　(...?!) 뭐.. 라고..?
정훈　차대표가 죽었다고요.
진우　(너무 갑작스런 말에, 순간 멍해지는) ...... 왜.. 죽어..?

정훈　(머리 헝클며) 저도 잘 모르겠습니다 아침 산책 나왔다가요.. 하 씨 뭔 일인지.. 새벽에 공원에서 발견됐다는데요

진우　(표정)

씬/60 회상 - 그라나다 / 공원 (새벽) + 바르셀로나 / 특급호텔 스위트룸 거실 (아침)

안개가 깔린 새벽.
이어폰 끼고 조깅하던 남자가 지나가다가 뭔가를 보고 멈칫한다.
남자의 시선을 따라가면..
진우가 마지막 본 모습 그대로, 그러나 대신 피도 검도 없이 깔끔한 모습으로 벤치에 앉아 있는 형석이 있다.
꼼짝도 안 하는 모습이 뭔가 기괴한..
조깅하던 남자의 시선으로, 가까이 다가가면..
눈을 뜬 채로 그대로 차갑게 굳은 형석, 다가와도 미동조차 없다.
동공은 이미 빛을 잃었고 입은 약간 벌어진 채로..

정훈　(E) 발견했을 때 이미 사망한 후였대요,
벤치에 앉아서 눈도 뜬 채로요.

진우　.....?!

진우의 표정과 가면 같은 형석의 주검, 교차되며.

- 제3회 끝 -

4회

씬/1 그라나다 / 렌트 아파트 건물 앞 (새벽)

오토바이 한 대가 밤의 적막을 깨며 골목길을 지나가는

씬/2 그라나다 / 렌트 아파트 침실 (새벽)

뒤척거리다 겨우 잠이 들었던 수진, 밖에서 나는 오토바이 소리에 퍼뜩 잠에서 깬다. 오토바이 소리는 멀어지고..
수진, 침대 옆이 아직도 비어 있자 몸을 일으키는. 시계, 4시가 넘었고.

씬/3 그라나다 / 렌트 아파트 거실 (새벽)

수진 나와 보면 불 켜진 거실은 텅 비어 있다.
형석이 나가기 전 그대로 탁자에 빈 와인 잔과 와인 병이 놓여 있고.
수진, 바로 핸드폰을 거는데 신호음만 가고 안 받는

씬/4 그라나다 / 렌트 아파트 테라스 (새벽)

가디건을 걸치고 아래를 형석이 오나 살피며 전화를 거는 수진.
음산한 골목길은 어둠에 잠겨 있고.

씬/5 그라나다 / 렌트 아파트 거실 (새벽)

수경이 이야기 소리에 자다 깨서 자기 방에서 나온다.
수진이 현관 앞에서 30대의 남비서와 이야기 중이다.

수진 연락 없어요. 김비서 전화도 안 받죠?
형석비서 네. 술집이 시끄러워서 못 들으시는 거 같습니다.
수진 술집들도 다 문 닫을 시간이잖아요 이제?
형석비서 .....
수진 메시지도 안 보는 게 이상해요. 누구를 만나는지 정말 몰라요?
형석비서 죄송합니다. 제가 체크를 했어야 했는데.. (하고) 더 찾아보겠습니다. 너무 걱정 마시고 눈 좀 붙이시죠. (하고 도로 나간다)
수진 .....
수경 (눈 비비며 오는) 형부 언제 나가셨어? 난 주무시는 줄 알았는데.
수진 (이상하게 직감이 안 좋은, 초조해진다)

수진의 표정에서 회상 펑 들어가는

씬/6 회상 몽타주

C#1 그라나다 / 렌트 아파트 거실 (3회 41씬 中)

형석 아 참.. 여기서 진우 만났지?
수진 (?!! 순간 놀라서 멈칫)

C#2

형석　그 자식이 무슨 얘길 해?

수진　(표정)

C#3

형석　안부 말고 뭐 다른 말은 안 해?

수진　다른 말이요..?

형석　다른 말 한 거 없어..?

C#4　그라나다 / 기차역 앞 (2회 28씬 中)

진우　이혼이 처음이나 어렵지 두 번짼 쉽더라고.

수진　(표정)

진우　1년 살았으면 충분한 거 아냐? 지겹잖아? 넌 안 지겨운가 보지?

수진　..... (당황해 미소조차 어색하게 굳어서)

C#5　그라나다 / 렌트 아파트 거실 (3회 41씬 中)

수진　(방어적으로 날카롭게) 무슨 말이요? 지금 무슨 뜻으로 묻는 거예요? 우연히 만났어요 너무 우연히. 안부 말고 무슨 할 말이 더 있어요 그 사람하고?

수진의 태도에는 트라우마가 된 공포가 배어 있고.

형석　(뒤늦게 웃으며) 수진아 오해하는 거 같은데 난 그런 뜻으로 물은 게 아냐.

C#6　서울 / 형석 수진의 집 거실 (새벽)

미소 뒤에 바로 이어지며 형석, 와인 병을 벽에 내던지는 짧은 컷.

와인 병 산산조각 박살 나며 사방에 흩어지고 수진, 비명을 지르는

C#7 서울 / 병준의 연구실 (낮)

형석 (격렬하게 흥분해, 의자에 앉아 있는 병준에게 버럭거리는) 다시는 여기 안 옵니다..! 알아들으셨어요?! 다신 안 와요! 누가 아버지를 내 아버지라고 생각하겠어요?! 진우가 죽어야 그때나.. (하다 마는, 더 말을 잇는 게 스스로 치욕적인) 손자 볼 생각은 하지도 마세요! (뒤에 있던 수진의 팔을 잡고 거칠게 끌고 나가는) 나와!

수진 왜 이래요? (당황해 팔 잡혀 끌려 나가며 뒤를 돌아보면)

병준 ...... (돌아서는 아들을 보는 시선은 냉정하기 그지없고)

C#8 서울 / 수진의 병원 앞 (밤)

3년 전. 비가 쏟아지는 밤.
퇴근 차림의 수진, 우산을 쓰고.. 진우는 비를 그대로 맞으며 서서.

진우 ......

수진 ...... (변명할 말도 없고 시선을 회피하는, 눈물이 볼을 타고 흘러내리고)

진우 (냉소) 니가 왜 울어..? 울어야 될 사람은 나 아냐?

C#9 서울 / 형석 수진의 집 거실 (C#6에서 이어지는 상황)

도우미가 깨진 병 조각들을 빗자루로 치우고 있다.
그 뒤로 소파에 앉아 술에 취해 흐느끼는 형석.
형석을 내려다보는 수진의 시선으로..

형석 (눈물에 젖어) 수진아 오해하면 안 돼.. 너한테 화를 낸 게 아냐..
(수진의 손을 잡으며) 날 이해해줘야 돼... 세상에 내 편은 너밖에 없어..

C#10 그라나다 / 렌트 아파트 건물 앞 + 렌트 아파트 테라스 (3회 48씬 中)

형석　(골목길에 서서 올려다보며) 먼저 자. 잠깐 만날 사람이 있어서

수진　누구를요..?

형석　몰라도 돼. (핸드폰 끊는)

수진　여보세요? (이미 전화 끊기고)

빠르게 어둠 속으로 사라지는 형석의 마지막 모습을 내려다보는

씬/7　그라나다 / 렌트 아파트 거실 (새벽)

회상에서 돌아오며..

수진　(잊고 싶은 기억이 꼬리에 꼬리를 물고 떠오르며 불안감에 휩싸이는)

수경　(물 마시며) 벌써 다섯 시네. 취해서 어디 길바닥에서 주무시는 거 아냐? 나도 나가서 찾아볼까?

수진　수경아.. 너 그 사람 전화번호 아직 갖고 있지?

수경　그 사람? 누구?

수진　.....

수경　형부..? 진우 형부?

수진　(날카롭게) 누가 형부야? 너 왜 아까부터 자꾸 형부라 그래?

수경　(얼른 변명) 그러니까 말야, 유진우씨, 아.. 습관이 돼서. 근데 왜?

수진　아무래도 둘이 만나고 있는 거 같아서.

수경　둘이 왜 만나? 둘이 만나서 한잔할 사이가 아니잖아?

수진　혹시 모르니까 번호 좀 알려줘.

수경　(핸드폰 찾으며) 번호를 몰라..?

수진　(차갑게) 지워버렸어.

수경　(힐끔)

씬/8　그라나다 / 공원 (새벽)

3회 엔딩 씬에서 이어지는..
조깅하던 남자, 겁먹어 머뭇거리며 벤치에 앉아 있는 형석에게 간다.
남자, 미동도 없이 굳은 형석을 살펴보다

남자 (스페인어) 이봐요...? 괜찮아요?
형석 (대답 없고)
남자 (스페인어) 이봐요..? (하며 슬쩍 툭 건드리자)
형석 (그대로 스르르 옆으로 기울어지더니 쿵 넘어진다)
남자 어..!! 어...!!! (놀라 비명 지르며 뒤로 물러나는)

F.O - F.I

씬/9 그라나다 / 그라나다 전경 (새벽 - 아침)

어둠이 걷히고 동이 트며 그라나다의 평화로운 아침 풍경이 펼쳐지는..
성당의 종루에서 종소리가 울려 퍼지고..

씬/10 그라나다 / 호스텔 희주 방 (아침)

침대와 책상, 옷장 등 필요한 것만 있는 소박한 희주의 방.
벽에는 희주가 기타 연주하던 시절 사진이 걸려 있고.
희주 깊이 잠들어 있는데 영심이 잠옷 바람으로 문을 벌컥 열고 들어오는

영심 희주야..!
희주 ......
영심 (등짝을 두드리며) 희주야 희주야!! 야 돈 있나 확인 좀 해봐
희주 (깨며) 에?
영심 돈 통장에 있나 확인해보라고~ 돈이 다 빠져나간 꿈을 꿨어 내가 지금~

희주　(비몽사몽) 있겠죠 은행에 있는 돈이 어딜 가..

영심　확인해봐 좀~ 꿈에서 통장에 빵 원 남았더라니까~ 사기당한 거 아닌가 겁나 죽겠다 야~

희주　뭔 사기.. 그렇게 유명한 사람인데 무슨..

영심　속을 만하니까 사기지 안 속으면 사기여?

희주　....? (눈을 번쩍, 잠이 깨자 갑자기 자기도 불안해지며 벌떡 일어난다)

영심　얼른 통장 찍어봐.

희주　(핸드폰 집으며) 말이 안 돼.. 왜 돈을 넣었다 빼가?

영심　아 글쎄 찍어보라고~

희주　(핸드폰으로 홈뱅킹 하는)

영심　....... (긴장해서)

희주　(확인하느라 뚫어져라) ....!

영심　없어? 없구나 없어졌지?!! 빵 원이지?! (침대에 털썩) 아이구 내가 그럴 줄..

희주　있어요.

영심　(표정)

희주　100억 그대로 다 있어요.

영심　아유유유.. (심장 떨리는 숨을 내쉬며 침대에 털썩)

희주　할머니 땜에 나까지 쫄았잖아~ 나 정말 할머니 땜에 미치겠어~

영심　어디 봐.

희주　봐요. (보여주며) 일 십 백 천 만 십만 백만 천만 억.. 십억.. 백억..!

영심　아유 아유 아유.. (또 좋아하는) 이게 꿈이냐 생시냐.. 난 봐도 봐도 안 믿긴다~

희주　꿈 아니라니까 할머니~ 우리 진짜 부자 됐다니까~

영심　희주야~ 아유 고생했다 너 진짜 그동안 고생했어~ (끌어안고)

희주　할머니~ (둘, 끌어안고 아침부터 격하게 감격하고)

씬/11　그라나다 / 호스텔 주방 (아침)

남학생1, 2가 라면 끓이고 있는데 희주가 가방 들고 나오는 희주 라면 먹어요?

남학생1/2 네에..

희주 냉장고 안에 고기도 있어요. 등심. 그거도 구워 먹어요. 서비스니까~

남학생1/2 네? / 진짜요?

희주 진짜~ 다 먹어도 돼요. 아 참~ (과자와 캔 음식들을 넣어놓은 서랍 열며) 여기 간식거리도 많아요. (다 내놓는) 그리고 냉장고에 맥주랑 저기 와인도 먹어도 돼요. 다 서비스니까.

남학생1 (놀라) 진짜요?!

희주 진짜요~ 내가 오늘 좀 기분 좋은 날이라서~ 많이들 먹어요~

남학생1/2 와 대박~ / 고맙습니다 누나~

씬/12 그라나다 / 희주의 차 안 (아침)

희주의 낡은 차, 신호등 앞에 서는.
희주, 운전하며 이어폰으로 통화 중이다.
민주는 옆에 앉아 핸드폰 SNS 자기 프로필 사진에 왕관을 그려 넣고 '신상 재벌녀'라고 이름을 바꾸고 있는

희주 죄송합니다. 다음 달 예약은 안 받아서요. 그게 아니라 저희 호스텔이 이번 달 예약까지만 받고 영업 종료해서요. 네 이제 영업 못해요 집을 팔아서요~ (사과하는데 즐거운) 네에 죄송합니다~ (전화 끊자마자) 민주야 우리 차 살까?

민주 차?

희주 이 차 너무 낡았잖아. 밴 하나 살까?

민주 밴은 비싸잖아?

희주 비싸봤자 통장에 있는 돈 100분의 1이면 사는데?

민주 진짜?

희주 밴 정도는 껌 값이지~

민주 껌 값이면 사야지.

희주 (주먹을 내밀며) 콜?

민주 (주먹 부딪치며) 콜.

희주 (즐거운) 세주 오면 전시장 가봐야겠다~ (경쾌한 음악 볼륨을 높이는)

씬/13 그라나다 / 중학교 앞 (아침)

아이들 등교 중이다. 민주, 차에서 내리고

희주 뛰어 늦겠다~

민주 안녕. (뛰어 들어가는)

희주 (손 흔들며) 공부 열심히 해~

씬/14 그라나다 / 거리 (아침)

차를 세워놓고 공방으로 걸어가는 희주.
늘 지나던 거리, 그러나 오늘따라 온 세상이 아름답게 보이고.
아는 주민이 지나가자 '올라' 밝게 인사하며 기분 좋게 걸어가던 희주.
싱싱한 꽃들이 가득한 꽃집에 멈춰 서는.

씬/15 그라나다 / 꽃집 (아침)

희주, 꽃을 종류별로 고르고 있는

희주 (스페인어) 이것도 열 송이. 이건 다섯 송이. 이것도 한 다발 주세요.

남주인 (스페인어) 희주 오늘 무슨 날이야? 왜 이렇게 많이 사?

희주 (웃으며, 스페인어) 그냥 예뻐서요. (안 하려고 했으나 못 참고 살짝 자랑) 제가 이제 이 정도 살 형편은 되거든요~

씬/16 그라나다 / 기타 공방 앞 (오전)

〈Construccion de Guitarras〉 간판이 붙어 있는 낡은 공방 건물.
희주, 커다란 꽃다발을 안고 와 열쇠로 문을 따는

씬/17 그라나다 / 기타 공방 (오전)

유명한 클래식 기타리스트들의 사진이 잔뜩 붙어 있는 오래된 공방.
작은 유리 진열대에 수제 기타들이 놓여 있고 벽에도 다양한 기타가 걸려 있다.
희주, 작은 공병에 꽃을 담아 여기저기 놓고 있는

씬/18 그라나다 / 기타 공방 작업실 (오전)

꽃을 풍성하게 꽂은 화병을 각자의 작업대에 하나씩 놓고는 흐뭇한.
둘러보던 시선에 문득 작업이 거의 다 끝난 기타가 눈에 들어오며..
진우가 공항에서 했던 인사가 퍼뜩 떠오른다.

진우 (E) 희주씨 잘 지내요! 기타는 꼭 계속 하고요!
희주 (표정에)

〈회상 인서트 - 그라나다 / 카페 알카사바 (3회 36씬 中)〉

C#1

진우 근데 희주씨 기타 쳐요?
희주 네...?
진우 클래식 기타 잘하죠?
희주 (어리둥절) 그걸.. 어떻게 아세요? 저 기타 관둔 지 오래됐는데..?

진우 왜 관뒀어요? 듣기 좋던데요.

C#2

진우 이제 돈도 생겼는데 계속 하지 그래요?
그리고 솔직히 기타 연주할 때가 지금보단 훨 매력 있던데.

회상에서 돌아오며

희주 (중얼) 진짜 어디서 봤지..? 내가 연주하는 걸..? (잠시 잊고 있던 진우의 생각으로 이어지며)

컷 튀면 희주, 자리에 앉아 핸드폰으로 〈유진우〉 검색해서 들여다보고 있다.
진우의 사진들을 하나씩 넘겨보는..
이때 누군가 들어오며 문에 달린 풍경이 울린다.

희주 (상범인 줄 알고 계속 핸드폰 보며) 오빠 왔어?

누가 들어오는 소리는 나는데 대답이 없자 고개를 드는.

씬/19 그라나다 / 기타 공방 (오전)

희주 (나오며 스페인어) 어서 오세요 (하다 ?!) 어머!!

진우가 둘러보고 있다가 돌아보는

희주 (...!!)
진우 맞게 왔네요.
희주 여기 어떻게 (놀라 급히 나오다가 카운터에 부딪치며 핸드폰 툭 떨어뜨리고)
!

핸드폰, 진우 발치로 굴러 떨어진다. 액정에 진우 사진이 크게 떠 있는

진우 (흘끔)

희주 (?!!)

진우 ...... (주워서 희주에게 주는)

희주 어... 네. (얼른 핸드폰 집어 확 끄는)

진우 사진발이 안 받죠? 실물이 나은데 내가

희주 네, 그러니까요, 빙고, (어색하게 웃으며) 실물이 훨 나으세요 와 진짜.. (얼버무리는데 너무 쪽팔리고)

진우 호스텔에 들렀더니 공방에 갔다고 하더라고요.
기타를 연주만 하는 게 아니라 만들기도 하나 봐요?

희주 네.. 배우고 있어요. 근데 여기 어떻게 오셨어요?

진우 (밖에 서 있는 택시를 가리키며) 택시 타고요.

희주 그게 아니라 그라나다에 어떻게 또.. 전 벌써 서울로 가신 줄 알았거든요.
어제 서비서님이 대표님은 여기 올 일 없으시다고

진우 그랬는데 다시 올 일이 생겨서요.

희주 네에.. (그저 반가운) 잘됐다. 어제 그냥 가셔서 좀 섭섭했거든요~
할머니도 엄청 서운해하셨어요 대접도 못했다고

진우 (말 끊으며) 바빠요?

희주 (?)

진우 지금 일해야 돼요?

희주 아니요.. 바쁜 건 아녜요 그냥 제 작업하는 거라

진우 그럼 나랑 어디 좀 가줄래요?

희주 (?) 어디를요..?

진우 희주씨 도움이 필요해서요.

희주 (?)

씬/20 그라나다 / 기타 공방 앞 (오전)

스쿠터 타고 오는 상범.
택시가 공방 앞에 서 있는 게 보인다. 이어서 진우와 희주가 공방에서 나오는

상범 (?)
진우/희주 (바로 택시를 타는)
상범 어... 쟤 어디 가?

상범이 스쿠터로 택시를 쫓아가려는데 택시 바로 떠나버리는
상범, 쫓아가다 포기하고 스쿠터 세우고 헬멧을 벗으며

상범 (택시가 사라지는 걸 보며) 뭐야.. 저 사람 아직도 안 갔어? (기분 안 좋고)

씬/21 그라나다 / 택시 안 (오전)

진우가 앞에 타고 희주, 뒤에 타고 가고 있는

희주 (뜻밖의 재회에 즐거운) 근데 무슨 일이신데요? 제가 도울 일이..
진우 통역해줄 사람이 필요해서요.
희주 스페인어 통역이요? 그건 제 전공인데~ 저 잘 찾아오셨네요~
진우 오늘 수고비는 서비서가 나중에..
희주 (얼른) 아녜요 됐어요~ 무슨 수고비를 주세요~
진우 일은 일이죠.
희주 (여유만만) 됐어요 진짜~ 저도 이제 돈 많거든요~ 이제 푼돈 받곤 일 안 해요~
진우 (힐끔 돌아보는)
희주 그냥 하루 봉사 활동해드릴게요~
진우 (표정)
희주 (정색하고 보자) 저.. 지금 농담한 건데요.
진우 농담이죠? 놀랬네요 하루 만에 사람이 너무 변해서.
50유로 벌자고 창문도 안 열리는 방을 팔던 사람 맞나 해서.

희주 (무안해서 딴청) 근데 왜 다시 오신 거예요? 무슨 일로

진우 누가 죽어서요.

희주 네..?

진우 .....

희주 (놀라) 어머.. 누가요?

진우 아는 사람이요.

희주 (표정)

씬/22 그라나다 / 렌트 아파트 건물 앞 (오전)

택시가 와서 건물 앞에 서는.

진우 (먼저 나가며 희주에게) 기사한테 좀 기다려달라고 말해줄래요? 10분 내로 내려온다고.

희주 (?) 네에.. (스페인어로 기사에게 이야기하는)

진우, 그사이 현관 층수를 확인하고 초인종을 누른다.
희주가 뒤늦게 택시에서 내리고.

수경 (영어, E) 누구세요?

진우 수경이니? 나야.

수경 (E) 형부?

희주 (...?)

바로 징 소리와 함께 문이 열린다.

진우 들어가죠.

희주 (...?)

씬/23 그라나다 / 렌트 아파트 엘리베이터 (오전)

희주와 진우, 엘리베이터를 타고 올라가는

희주 그럼 돌아가신 분이 지금 여기 댁에..
진우 아니요. 그 친구는 병원에 있고 여긴 와이프랑 처제가 있어요. 가족여행 왔다가 아침에 사고를 당해서요..
희주 네에.. (하다) 네? (의아한) 근데 좀 전에 대표님한테 형부라고..
진우 ..... 예전에는 그랬죠. 지금은 아닌데. 그 친구가 입버릇을 못 고치네요.
희주 (??)
진우 (설명하기 불편한, 머쓱한 미소)
희주 (혼란스러운)

씬/24 그라나다 / 렌트 아파트 현관 (오전)

엘리베이터에서 내린 진우와 희주. 현관으로 오며

진우 (초인종 누르며) 와이프가 임신 중인데 아침에 소식 듣고 쓰러졌답니다. 왕진을 불렀는데 의사랑 말도 잘 안 통하고 여자들끼리 불안하겠죠. 비서는 지금 사고 수습하느라 정신 없구요. 희주씨가 옆에 좀 있어주면 좋을 거 같아요.
희주 네에..

문이 벌컥 열리며 수경이 내다보는
수경, 하도 울어서 눈이 퉁퉁 부어서 손수건을 들고..

수경 (....!) 오셨어요..? (하는데 갑자기 참았던 울음이 터지고)
진우 (표정)
희주 (표정)

씬/25 그라나다 / 렌트 아파트 거실 (오전)

진우와 희주가 들어오는.

수경 (눈물 닦으며) 들어오세요.

진우 이쪽은 정희주씨. 현지 교포시니까 뭐든 도움 주실 거야

희주 안녕하세요 (조심스레 인사하는)

수경 (희주에게 목례하고 울며) 어떻게 이런 일이 있어요.? 정말 어이가 없어요.. 어제 멀쩡하게 여기 계신 거 보고 먼저 잠들었는데..

진우 집에선... 아셔?

수경 남동생한테 전화했어요.. 엄마한텐 직접 말을 못하겠어서.. 소식 듣고 벌써 드러누우셨대요..

진우 언니는..?

수경 방에요..

씬/26 그라나다 / 렌트 아파트 침실 (오전)

수경을 따라 진우가 들어온다.
커튼 쳐놓은 어둑한 침실. 침대에 잠이 든 수진이 누워 있고..

진우 왜 아무도 없어?

수경 (훌쩍이며 목소리 낮춰) 간호사는 약 가지러 갔어요. 뭐라고 계속 하는데 알아들을 수가 있어야죠. 영어 잘 되는 의사를 불러달랬더니.. (한숨)

진우 (침대 앞에 와 물끄러미 수진을 내려다보는)

수진 (핏기 없이 창백한 얼굴로 잠들어 있고)

진우 입원하는 게 낫지 않겠어..?

수경 아침에 갑자기 혈압이 높아져서 놀랐는데 지금은 괜찮아요.
의사도 집에서 쉬는 게 낫다고 해서요.

진우 ...... (뭐라 표현하기 힘든 복잡한 기분으로 수진을 보고)

수경 (한숨) 언니 땜에 병원에 아직 가보지도 못했어요..

진우 내가 지금 가보려고.

수경 병원에요..?

진우 응. 가서 보고 연락할게. (돌아서는)

수경 (불안한) 벌써 가세요..?

진우 밑에 택시가 기다리고 있어.

씬/27 그라나다 / 렌트 아파트 거실 (오전)

희주가 어색하게 둘러보며 서 있는데 진우가 나온다.

진우 여기 혼자 있어도 괜찮겠어요?

희주 네. 걱정 마세요.

진우 직원들이 바르셀로나에서 오고 있다니까 그때까지만 같이 있어주면 돼요. 나는 병원에 가봐야 돼서요.

희주 어느 병원인데요?

진우 산 까를로스 병원이었나. (핸드폰 꺼내며) 이름이 기억이 안 나네

희주 거기 맞을 거예요. 그라나다에서 제일 큰 병원이거든요. 여기서 10분이면 가요.

이때 수경이 방에서 나온다.

진우 (수경에게) 힘들겠지만 고생해. 뭐든 희주씨한테 물어보고.

수경 네... 고마워요.. 와주셔서.

진우 (희주에게 수고해달라고 눈짓하고 현관문 여는)

희주 (걱정 말라는 제스처 살짝 하고)

진우 (막 나가려는데)

수진 (E) 그이랑 무슨 얘길 했어요..?

진우 (? 돌아보고)

희주 (? 돌아보고)

수진, 창백한 낯빛에 헝클어진 머리로 가운 걸친 채 나와 벽을 잡고 서서.

진우 (표정)

수경 언니..? 언제 깼어?

수진 어젯밤에 그이랑 만났잖아요? 당신이 전화해서 불러냈잖아요.. 맞죠..?

진우 (표정)

수진 무슨 말을 했어요..? 무슨 말을 했길래.. 그 사람이 죽어요?

진우 (표정)

희주 (....?)

수경 언니 왜 이래? 뭔 소리야 지금?

수진 느낌이 이상했어.. 어제 기차역에서 만났을 때.. 안 좋은 일이 생길 거 같았다구..! (눈물이 쏟아지는) 속이 시원하죠 지금..? 이렇게 되길 바랬죠..? 그동안 얼마나 바랬을까..!

진우 (표정)

희주 (표정)

수경 언니..!! 들어가 얼른 (끌고 들어가려는데)

수진 (수경 손을 뿌리치며) 무슨 말을 했어요? 죽기 전에 무슨 얘길 했어요? 할 말이 있으면 차라리 나한테 하지, 왜 그 사람을 불러냈어요?

수경 그만해!! 왜 이래 언니 진짜 돌았어? (끌고 들어가고)

수진 (항변하듯 외치면서, 울부짖음처럼) 그 사람도 괴로워했어요, 당신하고 늘 화해하고 싶어 했어! 자주 울고, 술 마시고, 우리도 즐겁기만 한 건 아니었다구요..!

진우 ......

희주 (너무 놀라서)

씬/28 그라나다 / 렌트 아파트 침실 (오전)

수경이 수진을 끌어다 침대에 억지로 눕히며

수경 언니 왜 이래 진짜!! 왜 도와주러 온 사람한테 화풀이야!!

수진 (흐느껴 울고)

씬/29 그라나다 / 렌트 아파트 거실 (오전)

희주는 너무 놀라서 뻥해서 서서..
진우, 잠시 그대로 서 있다가 뒤늦게 희주를 의식하고..

진우 (힐끔)
희주 (움찔)
진우 ......
희주 (뭐라 말을 해야 할지 몰라)
진우 (불쑥) 희주씨 남자친구 있어요?
희주 네...?
진우 그 오빠라는 사람하고, 결혼해요?
희주 아니요.. (고개 마구 젓는) 절대 남친 아녜요 그냥 친한 오빠고 저 남친 없어요
진우 남친 있어도 웬만하면 결혼하지 마요.
희주 (표정)
진우 (실소) 내가 두 번이나 해봐서 아는데, 결혼 그거 엿 같거든요.
희주 (표정)
진우 수고 좀 해줘요. 연락할게요. (나가는)
희주 (표정)

씬/30 그라나다 / 렌트 아파트 테라스 (오전)

희주, 테라스 문을 조심스럽게 열고 나와 내려다본다.
진우가 택시에 타는 모습이 보이고.. 택시, 바로 출발하는..
희주, 멀어지는 택시를 보다 뒤늦게 어제 들은 말이 떠오르고.

〈회상 인서트 - 그라나다 / 카페 (2회 45씬 中)〉

진우　내가 누군지 아니까 아마 나에 대해서 벌써 검색해봤을 거 같아서 말인데요, 나는 두 번을 결혼했는데 두 번 다 깨졌습니다. 첫 번째 결혼은 내가 가장 믿던 친구랑 내 아내가 배신을 때려서요.

희주, 그제야 안의 수진이 누구이고 누가 죽었는지를 깨닫고..!
희주, 새삼 놀라 집 안을 돌아보는..

씬/31 그라나다 / 렌트 아파트 거실 (오전)

희주가 심란해서 테라스에서 들어오는데 수경이 방에서 나온다.

수경　유진우씨는.. 가셨어요?
희주　네..
수경　저.. 간호사한테 전화 좀 해주실래요..? 간 지 꽤 됐는데 안 와서요
희주　네에. 번호 있으세요?
수경　여기요.. (전화번호 적힌 메모를 주는)
희주　(가방에서 핸드폰을 꺼내며 싹싹하게) 죽이나 미음을 좀 만들까요?
수경　죽이요..?
희주　저희 할머니가 죽 맛있게 만드시거든요. 금방 가져다주실 텐데.
수경　여기서 다 같이 사시나 봐요.
희주　네. 저희 집이 한식당도 하니까 뭐든지 말씀하세요. 다 만들어드릴 수 있어요.
수경　고맙습니다. 죽.. 좋을 거 같아요. 아기 때문에라도 뭘 먹이긴 해야 돼서.
희주　네에. (미소, 전화를 거는)

씬/32 그라나다 / 도로 (오전)

병원으로 향하는 택시.

씬/33 그라나다 / 택시 안 (오전)

진우, 창밖을 보며 깊은 상념에 빠져 있고..

택시 (스페인어) 다 왔습니다.

진우 (그 말에 퍼뜩 보면 종합병원 입구로 들어서는)

씬/34 그라나다 / 종합병원 건물 현관 (오전)

정훈, 현관 앞에서 머리 헝클며 통화하고 있다가 택시가 서고 진우가 내리자

정훈 대표님...!! (핸드폰 끊으며 후다닥 오는)

씬/35 그라나다 / 병원 복도 (오전)

정훈의 이야기를 들으며 함께 걸어오는 진우.

정훈 (주절주절) 영사관에서 좀 전에 사람이 나왔어요. 어후 아깐 진짜 멘붕이었습니다~ 아침에 너무 일찍 깨서 할 일이 없어 산책을 나갔는데 공원 앞에 구급차랑 경찰차가 깔려 있는 거예요~

씬/36 회상 - 그라나다 / 공원 (아침)

운동하러 나온 시민들이 웅성거리며 구경하고 있는데 정훈이 그 틈으로 들여다보는. 폴리스 라인을 치고 있는 경찰.

구급대가 침대에 형석의 시신을 눕히는 모습이 경찰 사이로 보이고.

정훈 (E) 뭔가 하고 들여다봤더니.. 아는 얼굴이잖아요..
정훈 어? (깜짝 놀라는) 어 씨 뭐야?? (뛰어드는)
경찰들 (스페인어로 막으며) 이봐요, 뭐야?
정훈 (뿌리치며) 잠깐만! 비켜봐요! 내가 아는 사람 같은데!

씬/37 그라나다 / 병원 복도 (오전)

정훈 여권도 없어서 제가 신원확인을 해줬다니까요. 뉴워드에도 제가 연락하고~ (머리 헝클며) 아.. 인생이 너무 허무한 거 같아요 대표님. 어떻게 이렇게 허무하게 가요? 외상도 하나도 없고 지갑도 그대로고.. 경찰은 벌써 돌연사라고 단정 짓더라구요.. 심장마비나 뇌출혈이겠죠..? 하 씨 건강이 최곱니다 진짜..
진우 ..... 차형석은 어디 있어?
정훈 안치실에요.
진우 (표정)

씬/38 그라나다 / 시체 안치실 (오전)

진우의 앞에 형석의 시신이 누워 있는 침대가 있고.
병원 직원이 천을 들어 얼굴을 확인시켜주는.
핏기 없이 차갑게 굳은 눈감은 형석의 얼굴이 눈앞에..
진우, 묵묵히 내려다보는.
바로 어제, 분노하며 거칠게 달려들던 장면이 지나가며..
지금 이 순간이 비현실적으로 느껴진다.
가면 같은 형석의 얼굴을 낯선 듯 뚫어지게 한참을 들여다보는.

씬/39 그라나다 / 시체 안치실 앞 (오전)

진우, 안치실에서 나오는데 정훈과 영사관 직원이 이야기하며 기다리고 있다가

정훈　대표님.

진우　(보자)

정훈　여기.. 영사님이십니다.

영사관　(와서) 안녕하세요 김정욱입니다. 대표님 뵙게 돼서 영광입니다.

진우　고생하십니다. (악수하는)

영사관　바쁘실 텐데 와주셔서 감사합니다. (하고 조심스레) 저기.. 고인 핸드폰에 대표님이 마지막 통화기록으로 남아 있으셔서요 경찰이 몇 가지 묻고 싶은 모양인데 괜찮으신지.

진우　.....

영사관　(얼른) 아, 어떤 의심을 하는 건 전혀 아닙니다. 부검을 해봐야 확실하겠지만 타살 가능성은 거의 없어 보인다고. 다만 조서를 써야 하니까 뭐라도 알고 싶다고 저한테 부탁을 해서요. 고인이 댁에서 전화를 받고 나가셨다고 하길래.. 혹시나 만나셨나 하고..

진우　(듣다) 네 만났습니다.

정훈　(몰랐다가) 네?

영사관　아..! 만나셨어요..?

진우　어젯밤에 공원에서 만났습니다. 공항 가기 직전에요.

영사관/정훈　(!!)

진우　진술이 필요하면 하죠. 누구한테 얘기하면 됩니까?

씬/40　서울 / 선호의 사무실 (저녁) + 그라나다 / 광장 (낮)

선호, 통화 중이고 양주, 약간 얼빠진 얼굴로 소파에 앉아 있다.

선호　같이 있었다는 얘기는 할 필요 없었던 거 아냐? 괜히 연루될까 봐 걱정인데.

광장에 있는 레스토랑 야외 테이블에 앉아 있는 진우.

손도 안 댄 음식들이 놓여 있고 커피 잔 있는.

진우　말 안 해도 결국 알게 될 일인데 미리 말하는 게 나아.
안 그럼 괜히 의심받을걸.

선호　(한숨) 쓸데없는 기사라도 나갈까 봐 그러지. 그동안 니들 갖고 루머가 보통 많았냐? 이제 좀 잠잠해졌나 했더니..

진우　.....

선호　어쨌든 성의는 보였으니까 됐어. 너는 빨리 귀국하는 게 낫겠다.
늦어도 내일 아침이면 여기도 기사 뜰 텐데 그 전에 넌 서울에 와 있는 게 좋아. 바로 비행기 타라.

진우　좀 더 있다가.

선호　왜?

진우　......

선호　니가 계속 있으면 모양새가 이상해진다니까? 수진씨한테도 좋을 거 없어.
하필이면 셋이 그라나다에서 모인 거 자체가 가십거리로 딱인데

진우　알아서 할게. (전화 끊는)

선호　여보세요? (전화 끊고 착잡해 긴 한숨과 함께 머리 감싸는) 하.. 뭐 이런 일이..

양주　(혼자 생각에 빠져 있다가 중얼) 근데 어떻게 타이밍이 그렇게 기가 막히죠...?

선호　(? 돌아보는)

양주　대표님이 완전히 밟아버렸다고 했거든요.

선호　뭐..?

양주　새벽에 전화했었어요 대표님이. 차대표를 밟아버렸다고요.
아주 신이 나셨더라구요

선호　(표정) 그래서..?

양주　혹시... 게임 하다 진짜 주먹이라도 쓰신 건 아니겠죠...?
그럼 과실치사나 폭행치사가 될 수도 있잖아요..?

선호　최팀장. 지금 말을 막 해?

양주　아니 그냥 그 말이 걸려서요. 밟아버렸다는 말이..

선호　(표정)

씬/41 그라나다 / 광장 (낮)

진우는 골똘하게 아까 들었던 말을 떠올리고 있다.

영사관 (E) 아 참. 근데 아까 의사가 이상한 말을 하더라구요.
진우 (표정에)

씬/42 회상 - 그라나다 / 종합병원 현관 (낮)

영사관 직원과 진우가 나와 차가 오길 기다리며 이야기 중이다.

진우 이상한 말이요?
영사관 심장 문제나 뇌혈관이 아니라 직접 사인이 과다출혈일지 모른다고
진우 (멈칫) 과다출혈...?
영사관 네. 사체에 혈액량이 절대적으로 부족하다고요. 피가 다 빠져나간 거 같다고 하더라구요. 이상하죠 외상은 전혀 없는데요.
진우 (...?!)
영사관 모르죠. 자세히 살펴보면 주삿바늘 자국이라도 발견될지. 그럼 이건 살인사건이 되거든요. 가능성은 희박하지만. 그래서 빨리 정밀부검을 해야 될 거 같습니다.
진우 (표정)

씬/43 그라나다 / 광장 (낮)

진우, 그 말이 계속 마음에 걸리는데 이때 어디선가 기타 선율이 들려오는.
돌아보면 거리의 악사가 〈알함브라 궁전의 추억〉을 연주하는.
희주가 카페 알카사바에서 연주했던 그 곡.

진우, 잠시 멍하니 그걸 보고 있는데 정훈이 통화하고 온다.

정훈　(앉으며) 이사님이 대표님 빨리 귀국시키라고 성화신데요. 저녁 비행기 티켓 끊을까요?

진우　.....

정훈　제 생각에도 가시는 게 나을 거 같은데요.

진우　(그 말엔 대답 없이) 저게 뭐지?

정훈　네?

진우　저 곡 말이야. 저 기타 곡 제목이 뭐였더라?

정훈　저거요? 저거 그거잖아요.. (잠시 생각 안 났다가) 아 알함브라 궁전의 추억..! (하고는 감상적이 되는) 아.. 역시 그라나다에 오니까 저걸 라이브로 듣네요. 안 그래도 오늘 심란한데 더 심란해지는데요.

진우　저게 제목이 알함브라 궁전의 추억이었어?

정훈　모르셨어요?

진우　그걸 꼭 알아야 돼?

정훈　알함브라는 기본이죠~ 중학교 때 기타 한 번씩 다 만져보잖아요? 초짜들은 로망스, 고수는 알함브라 궁전의 추억이죠. 알함브라를 연주한다, 그럼 일단 쫌 먹어주는 거거든요. (기타 연주 흉내 내며) 이거요 트레몰로 주법, 이게 어려운 거거든요..

진우　야 그거 하지 마라. 머저리 같아.

정훈　아 그래.. (갑자기 일어나 주머니에서 동전들을 꺼내는) 거리의 예술가한테 후원이라도 해야겠다.

진우　니가 언제부터 예술에 돈을 냈어? 넌 오로지 불법 다운로드잖아.

정훈　오늘 저 노래가 제 가슴을 후려치잖아요. 아 허무한 인생.. (하며 가는)

진우　......

정훈이 악사의 기타 케이스에 동전을 몇 개 넣고 감상하는 동안..
진우, 그새 다시 아까 하던 생각에 골몰해서..

영사관　(E) 직접 사인이 과다출혈일지도 모른다고.

진우　.... (아까부터 계속 그 말만이 뇌리에 맴돌고 있다)

연주가 끝나고 정훈, 박수치고 돌아오는데 자리에 이미 진우가 없다.
정훈, ...?? 두리번거리는

씬/44 그라나다 / 공원 (낮)

사람들이 많은 잔디밭을 지나고 있는 진우..
나무가 빽빽이 우거진 숲길을 지나가고..
형석과 결투를 했던 그 외진 장소로 온다.
아직 조사가 안 끝나 벤치 주변으로 폴리스 라인이 쳐져 있고.
진우, 결투를 했던 공간과.. 벤치를 물끄러미 보다가..
주머니에서 렌즈 케이스를 꺼낸다.
렌즈를 눈에 끼우는 컷.
이어서 눈을 감았다 뜨면.
〈58번째 로그인 하셨습니다〉
〈레벨 3입니다〉
이어서 비어 있던 벤치에 스르륵 형석이 나타난다.
진우, ...!
진우가 마지막 봤던 그 모습 그대로, 온몸이 피투성이가 되어 지치고 허탈한 듯한 자세로 벤치에 고개를 약간 숙이고 앉아 있는 형석.
주변에는 형석이 흘린 피가 흥건하고.
형석의 머리 위에는 회색으로 변한 생명 바가 떠 있다.

영사관 (E) 피가 다 빠져나간 거 같다고 하더라구요. 이상하죠. 외상도 하나 없는데요.
진우 (표정)

게임 속 이미지의 형석은 과다출혈로 사망한 게 분명할 정도로 피투성이고.
아까 안치실에서 봤던, 가면을 쓴 것 같은 창백한 모습이 아니라 이게 진짜로 리얼한 형석의 주검처럼 보인다.

진우, 자기도 모르게 폴리스 라인을 넘어 벤치로 다가가 형석의 이미지에 손을 대본다. 그러나 손은 허공을 가르고..
시신의 이미지는 눈에 보이나 만져지지는 않고.
진우, 표정.
이미지에 가까이 가자 설명 메시지가 뜬다.
〈Dr.Cha님의 시신〉
〈12시간 전 당신이 해치웠습니다〉
진우, 표정.

수진 (E) 무슨 말을 했어요..? 무슨 말을 했길래.. 그 사람이 죽어요?
진우 (표정에)

〈회상 인서트〉

C#1 그라나다 / 렌트 아파트 거실 (4회 27씬 中)

수진 (눈물이 쏟아지는) 속이 시원하죠 지금..? 이렇게 되길 바랬죠..? 그동안 얼마나 바랬을까..!

C#2

수진 (뿌리치며) 무슨 말을 했어요? 죽기 전에 무슨 얘길 했어요? 할 말이 있으면 차라리 나한테 하지, 왜 그 사람을 불러냈어요?

C#3 그라나다 / 공원 (3회 50씬 中)

진우 내 전화 받았을 때 이미 예감했을 거 아냐? 나한테 물먹은 거.
그래서 하루 사이에 안색이 그렇게 망가진 거 아냐?

C#4

진우 지금 니가 하는 그 변명이 니가 진짜 배신자라는 증거지. 배신자들은 원래 졸렬한 변명에 골몰하거든. 왜냐, 까보면 진짜로 더럽게 졸렬하니까.

C#5

진우 아.. 니 그 개떡 같은 변명 말고 내가 진짜 그럴듯한 변명거리를 대줄까? 너는 니 아버지한테 맺힌 한을 나한테 푼 거야. 가장 비열하고 더티한 방법으로. 대단한 사랑인 척 모두를 속여가면서.

C#6

진우가 형석에게 연속 세 번 공격에 성공하던 마지막 순간들이 지나간다.
형석, 피하려다 발 헛디디며 중심을 잃는,
진우, 기회를 놓치지 않고 바로 형석을 베어버리고..!
형석의 복부에서 피가 확 솟구치는...! 피가 진우의 얼굴에도 튀고..
진우, 바로 다시 한 번 더 찌르고..!
뒷걸음질 치다 벤치에 몰린 형석, 다시 가차 없이 검으로 그어버리는..!
형석의 피가 사방으로 튀면서... 형석의 생명 바 마침내 바닥이 난다.
피투성이가 된 형석, 힘 빠져 벤치에 그대로 주저앉고.

회상에서 돌아오는 진우.
어제의 독설들과, 형석의 피가 솟구치는 순간 느꼈던 그 카타르시스와 전율이 그대로 온몸으로 다시 느껴지며.. 다시 어젯밤으로 돌아간 듯한.
진우, 순간 자신이 정말 살인을 하기라도 한 거 같은 섬찟한 기분에 휩싸여..
이때 바스락거리는 소리에 흠칫, 돌아보면 강아지를 끌고 산책하던 여자가 폴리스 라인 안에 들어가 있는 진우를 보고 겁먹은 표정.
힐끔거리며 바로 강아지를 끌고 오던 길로 얼른 돌아가버리고.
진우, 그제야 현실로 돌아오며 폴리스 라인 밖으로 빠져나온다.
괴상한 기분을 떨치려 하며 발걸음을 옮기는데 이때 갑자기 메시지가 뜬다.
〈적이 나타났습니다〉
진우, ...?
무슨 의미인지 모르겠는, 눈앞에는 아무것도 없고..

진우, 뒤를 돌아보면 벤치에 앉아 있던 형석의 이미지, 사라지고 없는.
진우, ...?!
순간 자기도 모르게 소름이 오싹 끼치며..
빈 벤치를 당황해 보다가 다시 뒤를 돌아본 순간, ...!!!
피투성이 형석이 피 묻은 수도사의 검을 들고 진우 앞에 서 있는.
진우, ...?!!!
〈적이 나타났습니다〉 다시 메시지가 뜬다.
형석의 머리 위에는 다시 붉은 생명 바가 뚜렷하고..!
형석, 진우가 무슨 판단을 할 새도 없이 검을 치켜들고 달려드는.
진우, !!! 엄청난 공포에 휩싸이며 본능적으로 손에 쥐고 있던 암살자의 검으로 머리부터 허리까지 확 그어버리는...!!
덤벼들던 형석, 멈칫하며 멈추고.
〈치명적 일격이 성공했습니다 300〉
형석, 생명 바 단번에 바닥나더니 그대로 바닥에 털썩 쓰러진다.
진우, ...!!
〈YOU WIN / 승리했습니다〉
〈적의 경험치를 획득했습니다〉
〈경험치 +200 공격력 +30 방어력 +30〉
〈레벨 4가 되었습니다〉
이전과 똑같은 메시지가 다시 뜬다.
진우, 표정.
바닥에 엎어진 형석의 주검 이미지, 잠시 후 스르륵 사라진다.
진우, 표정.
이마에는 어느새 공포로 인한 식은땀이 맺혀 있고..

씬/45 서울 / 제이원 사옥 복도 (저녁)

양주, 연구센터로 가고 있는데 여직원이 커피 들고 오다가

여직원1 (후다닥 와서) 최팀장님! 찌라시 보셨어요?

양주 뭔 찌라시?

여직원1 차형석 대표가 스페인에서 돌아가셨대요! 급사!

양주 (놀라) 그게 벌써 찌라시가 떴어?

여직원1 (그 말에 놀라) 어 진짜예요? 어머 진짜구나!

양주 어.. (당황)

여직원1 왜 죽었대요? 정말 급사가 맞아요?

양주 (핸드폰 울리자 꺼내며) 소문 내지 마. 뭐 좋은 일이라고 (하며 받는) 여보세요.

여직원1 벌써 찌라시 쫙 돌고 있는데요? (양주가 전화 받자 후다닥 사무실로 들어가는)

양주 (찜찜하게 보며) 네 대표님. (하다) 네?

씬/46 그라나다 / 공원 (낮) + 서울 / 제이원 사옥 복도 (저녁)

진우, 빈터에서 나와 숲길을 지나가며 통화하는

진우 유저 데이터를 갖고 자동 프로그래밍이 가능해?

양주 네?

진우 죽은 유저 이미지가 갑자기 NPC로 기능이 변한 거 같은데 그게 가능하냐고?

양주 모르겠는데요...? 유저가 NPC가 됐다고요? 유저는 유저죠 어떻게..

진우 좀 알아봐. 원래 게임에 설정된 건지.
아니면 지금 정세주가 어디서 장난질을 하고 있는 건지.

씬/47 그라나다 / 공원 앞 (낮)

공원을 나온 진우, 택시를 잡으려고 대로변으로 가는데
핸드폰이 울린다. 보면, 모르는 국제전화번호가 뜨고.

진우 .....? (받는, 영어) 여보세요.

기차역 (스페인 억양이 강한 영어 E) 여보세요. 여기는 그라나다역인데요

진우 (? 영어) 그런데요?

기차역 (영어, E) 혹시 어제 기차에 짐을 놓고 내리지 않으셨어요?

진우 (영어) 아니요. 기차는 탄 적이 없는데요.

기차역 (영어, E) 분실물 배낭에서 이 전화번호가 나와서 연락드려봤습니다.

진우 ....? (하다 퍼뜩) 어디서 오는 기차죠?

기차역 (영어, E) 바르셀로나발 그라나다행이요.

진우 (...?!)

씬/48 회상 - 그라나다 / 야간열차 침대칸 (2회 23씬 中)

세주의 배낭만 달랑 남아 있는 빈 침대칸.
창밖으로 세주를 찾는 진우의 모습이 스쳐 지나가며..

씬/49 그라나다 / 공원 앞 (낮)

진우 (....! 세주의 것임을 깨닫고, 영어) 네 맞아요. 지금 찾으러 가죠. 어디로 가면 되죠?

디졸브로..

씬/50 그라나다 / 호스텔 주방 + 기타 공방 작업실 (밤)

상범 (E) 점심까지 챙겨줬으면 된 거 아냐? 뭘 죽을 또 만들어?

희주, 핸드폰 스피커로 해놓고 옆에 두고 냄비에 죽을 쑤면서 통화 중이다.

희주 밥 챙길 상황이 아니잖아. 내일 아침에 갖다주려고.

상범, 기타 판에 셸락 작업하면서 통화 중이다.

상범 생판 모르는 사람을 뭘 그렇게 챙기냐고.
희주 안됐잖아. 임신까지 했는데 남편이 죽고. 난 너무 안됐던데.
상범 난 그 사람 좀 이상하다.
희주 누구?
상범 유진우. 전 부인의 남편이 죽었는데 거기를 왜 챙겨? 너까지 끼워서?
희주 뭐가 이상해? 갑자기 사고를 당했는데 마침 여기 있었잖아. 소식을 들었으면 와보는 게 예의 아니야?
상범 그건 그 사람 예의고 너를 거기 왜 끼우냐고.
집 팔고 샀으면 끝난 거지 니가 그 사람 비서도 아니고.
희주 왜 이렇게 삐딱해?
상범 내가 삐딱해?
희주 어 되게 삐딱해 오늘.
상범 (붓 내려놓고) 야 그래 솔직히 말해서 나 유진우 그 인간 마음에 안 든다. 재벌이면 재벌답게 특급호텔 가서 쭉쭉빵빵이랑 놀든지. 왜 엄한 니 앞에 나타나서 자꾸 기웃거리냐고? 왜 하필 그 많은 집 놔두고 너희 집을 사고 왜 하필 통역을 너한테 부탁해? 찝쩍거리자는 의도지 그게 뭐냐고?
희주 아니.. (짜증나 뭐라 하려는데)
진우 (E) 찝쩍거리자는 의도는 없는데요.
희주 (?!)
상범 (?!)
진우 (어느새 들어와서 뒤에서) 기웃거리는 건.. 인정하죠. 내가 지금 또 와서 기웃거리고 있으니까.
희주 끊어! (끊는)
상범 (놀라 경직)
희주 언제 오셨어요?
진우 노크했는데 못 듣던데요. (하고) 그 친구 지금 쫓아오는 거 아녜요?
내가 또 찝쩍거릴까 봐.

희주 아녜요~ (얼른 변명) 저 오빠가 말투가 원래 그래요. 원래 틱틱대는 사람이고 말만 저렇지 허당이에요~

진우 (들고 있던 종이 백을 희주에게 주는) 이거 갖다주라던데.

희주 아.. (들여다보고 빈 그릇 꺼내며) 아파트에 들렀다 오시는 거예요?

진우 네. 죽까지 만들 필요는 없었는데. 고마워요.

희주 아녜요~ 그분은 좀 괜찮으세요?

진우 나아지겠죠. (하고) 희주씨. 내가 또 찝찍거려서 미안한데

희주 (질색) 아 진짜 왜 그러세요~

진우 (웃으며) PC 좀 쓸 수 있어요? 급하게 처리할 일이 있어서.

희주 (...?)

씬/51 그라나다 / 호스텔 사무실 (밤)

희주, 불을 켜며 들어오고 진우, 따라 들어오는

희주 들어오세요. (데스크탑 켜는)

진우 이거 사양이 어떻게 돼요?

희주 사양은 잘.. 제가 컴맹이라서요.

진우 (바로 대충 훑어보며) 이걸로는 안 되는데. 이거보다 고성능 없어요?

희주 고성능... (생각난) 아! 제 남동생 컴퓨터가 꽤 좋은 건데

진우 (그 말을 기다렸던) 그거 좀 쓸 수 있어요?

씬/52 그라나다 / 호스텔 주방 (밤)

희주, 다시 들어와 살림집으로 향하는. 진우가 따라가고

진우 식구들은요?

희주 집에 있어요.

진우 (떠보는) 남동생도...?

희주　아니요. 남동생은 아직 안 왔어요. 오늘은 올 줄 알았는데 오늘도 안 오네요.

진우　연락도 없어요?

희주　네. 원래 걔가 이런 식이에요. 어디서 뭐하는지 모르겠어요. 우리 집 팔렸다는 소식 들으면 제일 좋아할 텐데. 게다가 대표님이 사셨다는 거 알면 진짜 방방 뛸걸요~

진우　.....

희주　(버튼 키를 누르다 멈칫, 갑자기 집에 들이려니 걱정스런) 집이 좀 지저분한데..

진우　깔끔할 거라는 기대가 있진 않아요.

희주　하하.. (민망하게 웃으며 문을 여는) 들어오세요.

진우　.....

씬/53　그라나다 / 호스텔 살림집 거실 (밤)

희주와 진우가 들어오는데 영심, TV로 한국 드라마 보고 있다.
민주는 바닥에 앉아 숙제하고 있고.

희주　할머니..!

영심　(TV 보며) 벌써 다 했냐? 그거 뭉근하게 오래 끓여야 되는데.

희주　할머니 대표님 오셨어요~

영심　(? 돌아보고)

민주　(? 돌아보고)

진우　(들어오며) 안녕하세요.

영심　아이구! (벌떡 일어나는) 아이구 이 양반아~ 사람 놀래게 갑자기 나타나요~

진우　죄송합니다 밤늦게. 제가 컴퓨터를 좀 빌려 쓰려고요

영심　아유 반가워라~ (손을 잡고 흔들며) 이 양반 진짜.. (감격에 겨운 표정으로) 내가 한번 좀 안아드려도 될까?

진우　네..?

영심　(와락 끌어안는)

진우　(움찔)

희주 (표정)

영심 고마워요! 너무너무 감사해 내가 진짜, 이 은혜를 어떻게 갚아!! (진우를 숨이 차도록 끌어안고 흔들며) 늘그막에 내가 이게 웬 횡재인지 모르겠어~ 평생 고생했다고 하늘이 돕나~ 아니 아무리 돈이 많아도 그렇지 사람이 어떻게 이렇게 통이 커요~~

진우 (불편, 난감, 어색) 고마워하실 필요 없습니다, 살 만한 집이라서

영심 (안고 흔들며) 아유 몰라요 난 그냥 무조건 고맙다구~ 꿈인가 생신가 싶어~

희주 (옆에서 떼어내는) 할머니~ 바쁜 일 있으시대요.

민주 (보고 있다가) 아저씨 설거지 시켜서 죄송해요. 대박 유명한 줄 몰랐어요.

진우 괜찮아 몰라도 돼.

민주 근데 아저씨 고유라랑 왜 이혼하세요? 나 고유라 좋은데.

진우 (표정)

희주/영심 (표정)

진우 (실소) 너 좀 세다. 훅 치고 들어오는구나.

희주 (민망해 얼른 세주 방 문을 열며) 이 방이에요.

진우 네. (하고) 제가 일이 좀 급해서요

영심 아유 그래요 그래. 볼일 봐요 얼른~ 뭐 커피라도 줄까?

진우 아닙니다.

희주와 진우가 방으로 들어가자마자

영심 (바로 민주의 등짝을 때리는) 쓸데없는 소릴 하고 있어 너는~ 거기서 그 얘기가 왜 나와?

민주 아! 아!

씬/54 그라나다 / 호스텔 세주 방 (밤)

세주가 나갈 때 그대로. 지저분하기 짝이 없는 방.

희주 (불을 켜고 들어와 자기도 보고 당황하며) 얘가 어떻게 이렇게 해놓고 갔어..

진우　(획 방을 빠르게 둘러보는)

희주　한번 보실래요? 이건 쓸 만한지.. (책상 위의 데스크탑을 가리키는)

진우　(바로 와서 켜는)

희주　제 동생이 게임광이라서 PC는 좋은 거 쓰거든요.

진우　(모른 척) 그래요? (하고) 네. 이거면 되겠네요.

희주　아 다행이다~

진우　아 참, 핸드폰 좀 빌릴 수 있어요?

희주　핸드폰이요?

진우　내 건 배터리가 없어서.

희주　아 네 쓰세요. (자기 핸드폰 꺼내는)

진우　고마워요. (핸드폰을 보고) 암호가 있네요.

희주　아 참. (얼른 핸드폰 잠금 해제하고 주는)

진우　...... (너무 쉽게 주자 받으며) 너무 보안 생각 안 하고 남한테 막 주는 거 아녜요?

희주　(웃으며) 보안할 것도 없어요 전.

진우　내가 다 볼 수도 있는데?

희주　보세요. 뭐가 있어야죠.

진우　(농담처럼) 알겠어요. 보라면 다 보죠.

희주　(농담이라고 생각하고 웃는)

진우　..... (핸드폰을 누르는)

희주　(쳐다보고 있자)

진우　(곤란한 듯 씩 미소) 회사 기밀이 있어서.

희주　아~ 네~ (얼른) 통화하세요. 저는 나가 있을게요. (하고 나간다)

진우　고마워요.

희주가 문 닫고 나가자 진우, 바로 핸드폰 내리고 가서 문을 살짝 잠근다.
핸드폰 문자 목록 확인하고 세주와 주고받은 문자 내용들을 훑는..
문자 내역들을 바로 캡처하고 자기 핸드폰으로 전송한다.
진우, 캡처한 사진들을 전송하는 동안 한 손으로는 책상 위에 어질러진 노트와 메모들을 살펴보는 모습에..

씬/55 회상 몽타주

C#1 그라나다 / 기차역 사무실 (낮)

여직원에게 세주의 배낭을 건네받는 진우.

여직원 (영어) 배낭 안에 메모가 있었어요.

진우의 전화번호와 이메일 주소가 적힌 메모를 주는

여직원 (영어) 이걸 보고 연락드렸어요. (구겨진 기차 티켓을 보여주며) 다른 도시까지 갔다가 이 티켓 때문에 우리 역으로 돌아왔고요.

진우 (기차 티켓을 받아서 확인하는)

C#2 그라나다 / 기차역 화장실 (낮)

진우, 배낭을 뒤져 물건을 다 꺼내고 있다.
티셔츠 몇 장과 청바지와 똘똘 말린 양말과 속옷들이 나오고.
핸드폰 충전기와 별거 없는 작은 수첩. 안경집. 음료수와 이어폰.
그 외엔 아무것도 없다.

C#3 서울 / 선호의 사무실 (밤) + 그라나다 / 기차역 화장실 (낮)

선호 그럼 기차를 타긴 탔다는 거잖아? 근데 어디로 갔어?

진우 (세주의 짐들을 다시 배낭에 넣으며 통화 중인) 기차를 탔지만 그라나다에 내리진 않았어.

선호 내렸겠지. 내렸는데 집에 안 온 거 아냐?

진우 아니. 내가 그 시간에 기차역에서 지키고 있었잖아. 안 내렸어.

선호 그럼 그 전에 내린 건가..? 왜..? (하다) 혹시 누구한테 쫓긴 건가..?

진우 쫓겨..? 누구한테..?

C#4 바르셀로나 / 기차역 플랫폼 (1회 프롤로그 C#3 中)

세주, 급해서 뛰어오다가 넘어지는..
연신 뒤를 돌아보며 급히 기차에 올라타고.

C#5 그라나다 / 병원 복도 (4회 37씬과 같은 동선)

진우 뉴워드에선 누가 있어?

정훈 김민성이라고 비서팀 한 명밖에 없어요. 하필 어제 차대표가 직원들 다 바르셀로나로 보냈대요.

진우 왜?

정훈 이유는 모르겠습니다.

C#6 바르셀로나 / 호텔 스위트룸 침실 + 기차역사 앞 (1회 27씬 C#2 中)

세주 저한테 100억을 준다는 거예요.

진우 네?

세주 100억이요, (초조하고 두서없고, 머리 헝클며, 계속 누가 오나 불안하게 두리번거리며) 100억 좋죠, 근데 나쁜 사람이에요 너무.. 그래서 안 하려고요 하 씨..

C#7

세주 (다급히) 그라나다에 만나요, 보니따 호스텔에서 기다리면 갈게요, 가끔 묵는 곳인데 (!! 눈빛에 공포가)

C#8

진우 여보세요?

수화기만 덜렁거리고.. 어느새 세주는 사라지고 없는

진우　(E) 여보세요?

C#9　그라나다 / 종합병원 현관 (4회 42씬 中)

영사관　모르죠 자세히 살펴보면 주삿바늘 자국이라도 발견될지. 그럼 이건 살인사건이 되거든요. 가능성은 희박하지만.

회상 평 끝나고.

씬/56　그라나다 / 호스텔 세주 방 (밤)

노트를 뒤적거리며 단서를 찾던 진우, 〈Marco〉라는 이름과 전화번호, 바르셀로나의 주소가 적힌 메모를 발견한다. 진우, 바로 자기 핸드폰으로 사진 찍고...
그사이 부팅이 끝나자 진우, 바로 의자에 앉아 하드를 통째로 복사해 전송하기 시작하는... (## 빠르게 전문가로 작업하는 컷 필요)

씬/57　그라나다 / 호스텔 살림집 거실 (밤)

희주, 지저분한 물건들 치우느라 분주하고 영심은 소파에 앉아 드라마 보는. 민주는 자러 가고 없고.

영심　(기다리다 하품하는) 오래도 하네. 무슨 일인데 그러냐?
희주　뭐 중요한 회사일인가 봐요.
영심　아유 나오면 얘기 좀 할라 그랬더니..
희주　할머니 자고 내일 얘기해요.
영심　내일이 어딨어? 또 갈 거 아냐?
희주　오늘 여기서 주무신대. 아까 비서가 짐 올려다 놨어요.

영심　왜? 좋은 호텔 놔두고?

희주　몰라 여기가 편하대.

영심　(일어나며) 거 참 희한한 양반이네.. 이 집이 뭐가 그렇게 좋다고. 참 취향도 가지가지다. (방으로 들어가며) 그럼 낼 아침상이나 잘 차려줘야겠네.

희주　네. 주무세요~

컷 튀어 희주, 지저분한 물건들 대충 다 치워놓은.

희주　(중얼중얼) 다 버려야 돼 이거. 이사 가기 전에 싹 정리해야겠다.

진우　(E) 희주씨.

희주　(돌아보며) 네에~

씬/58 그라나다 / 호스텔 세주 방 (밤)

진우, 작업 진행 중인 상태에서 모니터만 끄는.
바로 희주가 들어오는.

희주　끝나셨어요?

진우　네. (핸드폰을 주는) 잘 썼어요.

희주　네에. (아무 의심 없이 받는)

진우　그리고 앞으로는 핸드폰 함부로 남한테 주면 안 돼요.

희주　네에. 근데 괜찮아요.

진우　무식하면 용감하다고. 나중에 후회해요.

희주　네?

진우　눈 뜨고 당한다고요. 세상이 얼마나 무서운 줄 알아요?

희주　네.. (하다 배시시 미소) 고맙습니다~

진우　뭐가요?

희주　걱정해주셔서요.

진우　(표정)

희주　(진심으로 보이는 신뢰의 눈빛)

진우 (해맑은 눈빛이 너무 부담스런) .... (실소) 큰일 났네 이 아가씨.
희주 네..?
진우 나 너무 믿지 마요. 나 별로 좋은 사람 아네요.
희주 (표정)
진우 나중에 나 미워할까 봐 걱정되네요. 잘 자요. (하고 먼저 나가는)
희주 (....?)

씬/59 그라나다 / 호스텔 로비 (밤)

진우, 주방에서 나오면서 바로 전화를 거는

씬/60 유럽 / 은신처 (밤)

정보원이 전화를 받는

정보원 네 대표님.

씬/61 그라나다 / 호스텔 계단 (밤)

계단 올라가면서 통화하는 진우.

진우 지금 바르셀로나 주소 하나 보낼 테니까 좀 알아봐줘요.
마르꼬란 이름으로 돼 있는데 누군지 확인 좀 해줘요.
정보원 (E) 무슨 일이 또 있습니까?
진우 정세주가 없어졌어요. 안 오는 게 아니라 오다가 사라진 거 같은데 어디로 갔는지, 왜 사라졌는지 모르겠어요. 차형석은 세주 말고 다른 루트로 접촉한 거 같은데 그 루트가 누군지 좀 알아봐요.
정보원 (E) 차대표 사망이 게임하고 관련 있다는 말씀이세요?

씬/62 그라나다 / 호스텔 601호 앞 (밤)

진우, 계단 올라와 열쇠로 문을 따며

진우 모르겠어요 나도. 지금 온통 뒤죽박죽인데..
차형석이 100억을 던졌는데도 협상이 결렬된 이유부터 알아야겠어요.
그게 문제라면 정세주한테도 문제가 생겼다는 거니까.

들어가며 문 쾅 닫힌다.

씬/63 그라나다 / 알함브라 궁전의 야경 (밤)

씬/64 그라나다 / 호스텔 601호 (밤)

깊은 밤. 불을 끄고 침대에 누워 있는 진우.
그러나 잠이 오지 않는다. 눈을 뜨고 천장을 보며 누워서..
아까 선호와의 통화를 떠올리고 있다.

선호 (E) 우리가 너무 성급하게 계약한 거 아니냐..?
정세주 올 때까지 기다릴걸.
진우 ......
선호 (E) 뭔가 느낌이 좋지가 않다.

진우도 같은 생각을 하고 있다.
종일 온갖 복잡한 생각들과 감정들이 꼬이고 엉켜서 답이 안 나오고..
이때 침탁 위의 핸드폰이 울리며 적막을 깨는.
진우, 핸드폰 집어 보고 표정 변하는. 〈차교수님〉 뜬다.

진우 (받기가 망설여지는) ..... (잠시 보다 일어나 앉아 스탠드 켜며 받는) 여보세요.

병준 (잠긴 목소리, E) 진우냐..?

진우 네 교수님.

병준 (E) 너 지금 거기 있다면서.

진우 네. 어디세요..?

씬/65 서울 / 모범택시 안 (아침) + 그라나다 / 호스텔 601호 (밤)

여행 차림의 병준, 뒷자리에 앉아 통화 중이다.
반백의 머리, 안경 쓴 날카로운 눈매와 깔끔한 옷매무새.
예민하고 꼬장꼬장한 학자의 전형 같은 얼굴.

병준 공항에 가는 길이다. 아침 비행기야.

진우 ..... (위로의 말도 하기 어려운) 혼자 오십니까..?

병준 혼자 간다. 그 여자는 필요도 없어. (시니컬) 아마 지금 속으로 좋아하고 있을지도 모르지. 계산기 열심히 두드리고 있을 거다 아마.

진우 ......

병준 ..... 형석이는.. 봤어..?

진우 네..

병준 어떻디..?

진우 (말을 전하기 너무 어려운) 겉보기엔.. 깨끗했습니다..
부검을 해봐야만 사인을 알 수 있을 거 같아요.

병준 바보 같은 놈..! (목이 메어서 순간 말을 못 잇고)

진우 ......

병준 와인을 두 병이나 비우고 나갔다더라. 이틀을 잠도 안 잤고. 곧 애 아빠가 될 놈이.. 어떻게 술은 점점 더 늘고.. 술 먹고 날 찾아와 행패도 부렸었다 최근에.

진우 ......

병준 (뱉는) 끝까지 마음에 안 드는 놈..

진우 ......

병준 (감정 누르며) 너는 언제까지 거기 있을 거냐?

진우 오실 때까지 있을게요.

병준 .... 그래 고맙다. 가서 보자.

진우 조심해 오십시오. (끊고)

진우, 병준의 잠긴 목소리를 듣자 다시 근원 모를 죄책감이 몰려오고...
긴 한숨을 내쉬고 잠시 그대로 침대에 앉아 있는데..
이때 갑자기 창밖에 번갯불이 번쩍하더니 찢어질 듯한 천둥소리가..
진우, 고개를 드는. 바로 비가 쏟아지는 소리 밖에서 들려오고..
창문 밖으로 쏟아지는 빗줄기가 보인다.
진우, 침대에서 일어나 창가로 가는데 갑자기 어디선가 기타 선율이.
진우, ...?
〈알함브라 궁전의 추억〉의 선율이 들려온다.
진우, 귀를 기울이나 어디서 나는 소리인지 모르겠는.
창문을 열어보려 하나 창문 손잡이는 여전히 없고..
요란한 빗소리와 천둥소리에 섞여 기타 소리는 점점 더 뚜렷하게 들리는데.
이때 밖에서 노크 소리.

진우 누구세요...?

대답이 없다. 다시 짧은 노크 소리.

진우 희주씨?

대답이 없자 진우, 문으로 향한다.
진우, 문을 벌컥 열고 표정.

씬/66 그라나다 / 호스텔 601호 앞 + 601호 (밤)

불 꺼진 어둑한 복도.
어둠 속에 검은 실루엣이 서 있고.
희주가 아니라 남자라는 것만이 확실한..

진우　(?) 누구... (하다 ...!!)

남자의 손에 긴 검이 쥐어져 있는 게 그제야 보이고..!
바로 눈앞에 뜨는 메시지.
〈적이 나타났습니다〉
진우, ...?!!
순간 번갯불이 번쩍하며 뚜렷하게 보이는 남자, 피투성이의 형석이다.
진우, ...!!
공원에서 본 그 피투성이 형석이 여전히 수도사의 검을 들고 문 앞에 서 있다.
진우, 아까처럼 놀라진 않고 바로 침탁으로 가서 핸드폰을 들어 전화를 거는. 형석의 가상 이미지, 검을 들고 문 안으로 들어온다.
신호음이 가다가 양주가 받는다.

양주　(E) 여보세요.
진우　(들어오는 형석을 보며) 지금 모니터 켜고 확인 좀 해봐.

씬/67　서울 / 양주의 차 안 (아침)

양주　(출근길 운전 중인) 네? 뭐를요? 저 지금 운전 중인데요.

씬/68　그라나다 / 호스텔 601호 (밤)

형석, 진우에게 다가오는데 진우는 통화 중이다.

진우 지금 다시 나타났다고. 어떻게 저게 자유자재로 가능한지 (하는데)

형석의 이미지, 진우에게 다가와 바로 칼을 휘두르는.
진우, 피하지도 않고 그대로 서서 통화하는데 검의 날 끝이 진우의 왼팔을 스치며 지나간다. 진우, ...?!!!
진우, 순간 엄청난 통증을 느끼며 순간 왼팔을 잡는..!
왼쪽 팔에 느껴지는 엄청난 고통에 놀라며...!! 붉은 피가 배어나오고....
그동안 수없이 게임 속에서 공격을 당했지만 이런 고통을 느껴본 적은 없었다.
진우, 자기 상처를 보면서도 믿을 수가 없는데

양주 (E) 여보세요 대표님? 듣고 계세요?
진우 빌어먹을... 뭐야.. 이거..?
양주 (E) 네? 뭐가요?

형석이 다시 다가오며 검을 치켜든다.
진우, 급히 뒤로 피하는데 칼끝이 이번에는 배를 확 그으며 지나가는.
진우, ...!!!!
진우, 핸드폰을 놓치며 핸드폰 바닥에 떨어지고.
셔츠가 찢어지면서 붉은 피가 솟는..!

씬/69 서울 / 양주의 차 안 (아침)

양주 (핸드폰 바닥에 떨어지는 요란한 소리가 나자) 여보세요? 대표님?

씬/70 그라나다 / 호스텔 601호 (밤)

진우의 눈앞에 뜨는 메시지.
〈적의 공격에 당했습니다 -100〉

진우의 붉은 생명 바가 줄어들고..
진우, 복부의 타는 듯한 고통으로 숨을 쉴 수가 없어 비틀거리는..
손으로 찔린 곳을 만져보자.. 손은 바로 붉은 피로 흠뻑 젖어..
이때 형석, 다시 다가오자 진우, 뒤로 물러나는..
형석이 다시 검을 휘두르는 찰나, 진우, 겨우 빠져나가며 문으로 도망간다.

씬/71 그라나다 / 호스텔 601호 앞 + 601호 (밤)

비틀거리며 문을 나온 진우. 계단으로 내려가는데 고통으로 제대로 걸을 수가 없고.. 이때 형석, 바로 검을 들고 방을 나오는..
계단을 내려가던 진우, 형석이 나오는 걸 보고, ...!!!
바닥에 떨어진 핸드폰에서는 양주가 혼자 외치고 있고..

양주 (E) 대표님..? 대표님 듣고 계세요?

창밖에는 여전히 번개와 천둥과 폭우가 요란하고.
〈알함브라 궁전의 추억〉, 기타 선율은 더욱 커지며.

씬/72 그라나다 / 호스텔 아래층 (밤)

떠밀리듯이 계단을 넘어지듯 내려온 진우, 벽에 기대는데
형석, 바람같이 따라 내려와 다시 검을 휘두르고..!!
진우, 그제야 팔을 뻗어 검으로 막는다.
챙 소리와 함께 위기를 모면한 진우, 그러나 고통 때문에 버틸 수가 없고...!
형석이 힘으로 밀어붙이자 진우, 난간 쪽으로 밀리기 시작하는..
진퇴양난의 상황, 난간을 등진 채 검을 간신히 붙잡고 대치하는데 형석의 검, 공중에서 눈앞에 날아오는..!
검을 막으며 뒤로 물러나던 진우, 힘에서 밀리고...
피투성이가 된 형석의 증오에 찬 눈빛을 눈앞에 대면하는 순간,

씬/73 그라나다 / 호스텔 사무실 (밤)

희주, 혼자 사무실 정리 중이다.
내친김에 열띠게 청소하고 있는

희주 이것도 버리고 갈 거.. 이것도..

사무실은 빗소리도 천둥소리도 기타 선율도 전혀 들리지 않고 조용하다.
이때 책상 위 핸드폰이 울리는. 시계 이미 새벽 1시가 넘었고.

희주 (? 너무 늦은 전화에 의아한 표정으로 가서 받는) 올라. (하다) 아 네 보니따 호스텔 맞는데요. (하다 생각지 못한 대답을 들은 듯) 네..?

씬/74 그라나다 / 호스텔 로비 (밤)

불 꺼진 어둑한 로비. 계단의 작은 불만 켜져 있고.
희주, 핸드폰을 들고 사무실에서 나와 계단 위를 올려다보면 맨 위층에서 불빛이 새어 나오는 게 보이고.

희주 (중얼) 안 주무시나..?

씬/75 그라나다 / 호스텔 계단 (밤)

희주, 핸드폰 들고 어둑한 계단을 올라가고 있다.
모두 잠든 듯, 방마다 조용하고.
희주가 4층까지 막 오르는데 위층에서 뭔가 부딪치는 소리가 들리는 듯하자 멈칫..? 위에서 거친 숨소리가 들리고.. 방문 열려 불빛이 새어나오고..

희주, 뭔가.. 싶어 올려다보는 순간, 무언가 위에서 떨어지는. 희주, ...??!!
희주, 그게 무엇인지 인지할 새도 없이 계단의 어두운 빈 공간 사이로 뭔가가 희주의 눈앞을 지나쳐 빠르게 떨어지고.. 희주, ...?!!
이어서 텅..! 텅...! 난간에 부딪치는 소리가 나더니 쿵.. 둔탁한 소리가 멀리서.. 이어서 적막이 도는.
희주 ....!! 너무 놀라서 얼어붙은 듯 서 있다가..
겁먹어 주춤거리며 난간에 다가간다. 난간 아래를 떨며 내려다보는 희주.
멀리 1층 로비에 쓰러져 있는 누군가의 모습이 보인다.

희주 (떨리는 목소리로 위를 보며) .... 대표님..?
진우 (대답이 없고)
희주 (다시 내려다보며 ....!!)

- 제4회 끝 -

5회

씬/1 그라나다 / 호스텔 살림집 거실 (밤)

희주, 아까 치우던 버리는 물건들을 끈으로 묶고 있다.

씬/2 그라나다 / 호스텔 로비 (밤)

불 꺼진 어둑한 로비.
희주, 끈으로 묶은 쓰레기들을 낑낑거리며 들고 나와 현관 앞에 내려놓는

희주 (손 털며 사무실 보고 중얼) 저 방도 버릴 게 산더민데..
(하다 문득 계단 위를 올려다보고) ...... (뭔가 생각난, 손뼉 치며) 아 참..! (핑계거리가 생긴, 후다닥 들어간다)

씬/3 그라나다 / 호스텔 영심 민주 방 (밤)

희주가 문을 빼꼼 열어보면 영심은 자고 있고
민주, 침대에 누워 핸드폰 게임 하고 있다.

희주　(들어오며) 안 자니?

민주　왜 들어와?

희주　(옷장 문을 열고) 6층에 이불 좀 갖다주려고. 생각해보니까 그 방에 얇은 홑이불밖에 없더라구.

민주　오늘 하나도 안 추운데?

희주　꼭대기 방은 은근 추워 (하며 이불을 꺼낸다)

민주　추우면 아저씨가 달라고 하지

희주　내려오기 귀찮아서 그냥 떨면서 잘 거 같아서. (이불 들고 나가는)

민주　와 언니 대박 친절하다~

희주　(돌아보는) 어?

민주　완전 너무 친절해. 처음 봐 이런 모습.

희주　(무안한) ... 얘 뭐래..?

민주　(게임 하고)

씬/4　그라나다 / 호스텔 살림집 거실 (밤)

희주　(이불 들고 나와 뻘쭘해서) 쪼끄만 게..

씬/5　그라나다 / 호스텔 로비 (밤)

희주, 이불을 들고 계단을 올라가다가 멈칫.

희주　(막상 민주 말이 신경 쓰이는, 중얼) 너무 푼수 떠나..? 괜히 깨우는 거 아냐..? (잠시 망설이다가 갑자기 발걸음 돌리는) 그래 이건 좀 오버야 오버. (내려가는)

씬/6　그라나다 / 호스텔 사무실 (밤)

4회 73씬과 같은 장면
희주, 이불은 소파에 놔두고 내친김에 열띠게 청소하고 있는

희주 이것도 버리고 갈 거... 이것도..

이때 책상 위의 핸드폰이 울리는.
희주, ? 돌아보면 시계는 이미 새벽 1시가 넘었고.

희주 (? 너무 늦은 전화에 의아한 표정으로 받는) 올라.
유라 (E) 거기가 보니따 호스텔이에요?
희주 (한국 사람이자 바로) 아 네 맞는데요.
유라 (E) 유진우씨 거기 있죠?
희주 네..?
유라 (E) 유진우씨 거기 묵지 않아요?
희주 아.. 네.. (??) 근데 누구..
유라 (E) 좀 바꿔줘요.
희주 지금이요?
유라 (E) 네. 그 인간이 전화를 안 받아서요. 내 번호 차단시켜놨나 봐 더럽고 치사해서 진짜..
희주 네...?

씬/7 바르셀로나 / 촬영지 일각 + 그라나다 / 호스텔 사무실 (밤)

많이 취한 유라, 비틀거리며 통화 중이다.
유라, 눈에 띄게 화려한 차림의 미인으로 화보 촬영 차림이고.
멀리에 사진 촬영 중인 스태프들이 보이고 로드가 유라를 찾아온다.

로드 (오며) 누나 다들 기다려요.
유라 (시니컬) 비서도 내 전화를 안 받아. 그 건방진 자식 진짜.. 작살을 내야 되는데..

로드　지금 누구랑 통화하는 거예요?

유라　유진우 바꾸라고요 얼른~

희주　(취한 목소리라는 걸 깨닫고) 근데.. 주무실 텐데요. 너무 늦은 시간이라..

유라　그래서 어쩌라고? 자면 깨워요.

희주　(말투가 뭔가 짜증나는) 근데.. 저기 누구신데

유라　나 유진우씨 와이프니까 바꾸라고요.

희주　(..?!)

유라　내 말 안 들려? 한국말 몰라요? 내 남편 좀 바꿔달라는데 말이 많아요?

희주　(표정) 아.. 네.. 잠시만요.. (끊고는) ..... (당황스러워 잠시) ......

씬/8　그라나다 / 호스텔 로비 (밤)

4회 74씬에서 이어지는..
불 꺼진 어두운 로비. 계단의 작은 불만 켜져 있고.
희주, 핸드폰 들고 나와 계단 위를 올려다보면 맨 위층에서 새어 나오는 약한 불빛이 보이고.

희주　(중얼) 안 주무시나..? (하다 손에 쥔 핸드폰 보고 중얼) 그럼 이 여자가 고유라야..? (하다) 근데 말하는 게 왜 이래..? TV에선 안 그렇더니..?

기분 안 좋은, 내키지 않는 발걸음으로 계단 올라가는

씬/9　그라나다 / 호스텔 계단 (밤)

희주가 어두운 계단을 올라가는 컷컷.
투숙객들 모두 잠든 듯, 층마다 조용하고.
4회 75씬으로 이어지는
희주가 4층을 지나가는데 위에서 뭔가 난간에 부딪치는 소리가 들리자 멈칫..?

바로 위에서 거친 숨소리가 들리고..
희주, ?? 뭔가... 싫어 난간 위를 올려다보려는데 이때 뭔가 확 떨어지는.
희주가 그게 뭔지 인지할 새도 없이 계단의 뚫린 빈 공간 사이로 뭔가가 희주의 눈앞을 지나쳐 빠르게 떨어지고.. 희주, ...?!!
이어서 텅..! 텅...! 난간에 세게 부딪치는 소리가 나더니 쿵.. 바닥에 떨어지는 둔탁한 소리가 멀리서 울려 퍼지는.. 이어서 기분 나쁜 적막이...
희주, 너무 놀라서 얼어붙은 듯 서 있다가.. 겁먹어 주춤거리며 난간에 다가간다. 난간 아래를 내려다보면, 까마득히 먼 1층 로비에 쓰러져 있는 누군가의 검은 실루엣이 보인다. 사람인 걸 깨닫고 너무 놀라 숨이 멎을 것 같은..

희주 (떨리는 목소리로 위를 보며) .... 대표님...?

위에서는 대답이 없고.
희주, 어쩔 줄을 모르겠는, 계단을 내려가려다가 멈칫, 황급히 도로 올라가는

씬/10 그라나다 / 호스텔 601호 앞 + 601호 (밤)

희주, 급히 올라오는데 방문은 열려 있고.. 복도엔 아무도 없다.

희주 (대답하길 기대하며 불러보는) 대표님? 안에 계세요?

두려움에 떨며 들여다보는데 방은 텅 비어 있고 핸드폰만 바닥에 떨어져 있다.
희주, ...!! 설마.. 하며 다시 난간으로 가서 내려다보는.
진우임이 틀림없는 검은 실루엣은 꼼짝도 안 하고..
희주, 난간을 잡은 손이 달달 떨리기 시작하는

씬/11 그라나다 / 호스텔 계단 (밤)

희주, 난간을 붙잡고 두려움에 떨며 내려가는 컷컷.
손에 쥔 핸드폰이 울리는데 귀에는 들리지도 않고.
계단이 이토록 길게 느껴질 수가 없는..

씬/12 그라나다 / 호스텔 로비 (밤)

희주, 1층으로 내려오다가 멈칫.
박살 나 계단에 떨어진 진우의 시계가 먼저 눈에 들어오고.. 희주, ...!!
진우는 어둠 속에 꼼짝도 않고 희주를 등지고 웅크린 채.

희주 (다가가서 확인하기가 너무 두려운) ...... 대표님..?

진우는 대답이 없고.
희주, 떨며 다가가 어둠에 묻혀 잘 보이지 않는 얼굴을 확인한다.
확인하기 두려웠던 얼굴은 진우가 맞고. (칼에 베인 쪽은 웅크리고 있어 안 보이는 자세. 피도 확인되지 않는)
희주, ...!!!

씬/13 그라나다 / 호스텔 도미토리 방 (밤)

남학생1, 2, 3 코 골며 자고 있는데 문을 마구 두드리는 소리.
이어서 희주, 문을 확 열고 들어오며 불을 켜는.

희주 (버럭) 좀 나와봐요!!!
남학생들 (자다가 깨서 눈부셔 찌푸리며) 왜요? / 뭐예요?
희주 손님이 다쳤어요! 여기 누가 의대 다닌댔잖아요?!
남학생2 (일어나며) 저요. 어디를 다쳐요?
희주 (울음이 터지는) 위에서 떨어졌어요..! 제발 빨리요..!!

남학생들 (!!! 벌떡 일어나는)

씬/14 그라나다 / 호스텔 로비 (밤)

영심이 자다 깨서 주방에서 나온다.

영심 왜 이렇게 시끄럽냐..? (하다 광경을 보고 놀라) 뭐냐? 어?

남학생2가 진우, 심장을 강하게 누르며 심폐소생술 하고 그 주위를 희주와 투숙객들이 둥그렇게 둘러싸고 있다. 여학생들, 계단에 주르르 서서 웅성거리며 겁먹어 내려다보고 있고.

영심 (!! 기겁해서) 그거 누구냐? 누가 쓰러진 겨?! (허둥지둥 오는)

씬/15 그라나다 / 골목길 (밤) + 서울 / 양주의 차 안 (아침)

정훈, 밤길을 걸어오고 있는데 핸드폰이 울리자 받는다.

정훈 네 팀장님.
양주 (E) 정훈씨?
정훈 네 안녕하세요 웬일이세요?

양주, 여전히 운전 중이다.

양주 (불안해서) 지금 대표님이랑 같이 있어요?
정훈 아뇨. 숙소 가는 길입니다. 대표님은 주무실 텐데요.
양주 빨리 좀 가봐요! 하 씨 대표님 무슨 일 생긴 거 같은데..!
정훈 (?) 무슨 일이요...?

이때 사이렌 소리에 정훈, 앞을 보면 구급차가 불을 밝히며 달려오는
정훈, 길가로 피하자 구급차 쏜살같이 달려 지나가고..
정훈, ...?? 뭔가 하고 보다 설마 하며...!

씬/16 그라나다 / 도로 (밤)

사이렌을 울리며 밤길을 달리는 구급차 모습에

앵커 (E) 다음 소식입니다. 기업인 차형석씨가 숨졌습니다.

씬/17 뉴스 영상 (아침)

C#1 뉴스 화면으로 이어지는

앵커 스페인 한국 대사관은 IT 기업 뉴워드 소프트의 대표 차형석씨가 현지 시간으로 어제 오전 6시경 스페인 남부 관광도시 그라나다의 한 공원에서 숨진 채 발견됐다고 확인했습니다.

C#2 형석의 기자회견 영상 등 자료화면이 지나가며

앵커 (E) 차씨는 바르셀로나에서 열린 월드 모바일 콩그레스에 참석한 후 가족과 함께 그라나다 여행 중에 숨진 채 발견된 것으로 알려졌으며 정확한 사인은 현재 조사 중이라고 현지 경찰은 밝혔습니다. 현지 경찰은 차씨가 공원에서 발견 당시 이미 숨을 거둔 상태였으며 눈에 띄는 타살 흔적이나 자살 징후는 없으며 정확한 사건 경위를 조사 중이라고 밝혔습니다.

C#3 제이원 그룹명이 지나가고 진우와 형석이 함께 인터뷰하는 사진이 지나가며..

앵커 (E) 차씨는 IT 투자기업 제이원 홀딩스의 공동 창업자로 대중에게도 잘 알

려진 기업인입니다. 지난 2004년 박사과정 중에 현 제이원 대표 유진우씨와 회사를 설립, 우리나라 벤처 2세대 성공신화를 대표했던 인물로서 2014년 제이원의 경영권 문제가 불거지며 갈등 끝에 독립, 뉴워드 소프트를 세웠고 AR 컨텐츠 개발에 주력하며 전투적 행보를 이어오고 있었습니다. 한편 뉴워드 소프트 측은 차씨의 갑작스러운 사망에 모든 일정을 취소하고 애도를 표했습니다.

씬/18 서울 / 선호의 사무실 (아침)

선호, 소파에 앉아 무거운 기분으로 뉴스를 지켜보다 핸드폰을 거는.
신호음이 가다가 정훈이 받는다

정훈 (목소리 이상한, E) 네 이사님.

선호 난데, 유대표 아직 출발 안 했지? (한숨) 여기 벌써 뉴스 뜨는데 앞으로 한참 시끄러울 거 같다. 유대표 이름 계속 나오는데 (하다) 뭐..? (듣다 놀라) 무슨 소리 하는 거야 너 지금..?!

씬/19 그라나다 / 구급차 안 (밤)

진우의 시선으로.
진우, 찌르는 듯한 고통에 눈을 퍼뜩 뜨면, 구급대원이 커다란 주사를 찔러 넣고 있다. 그 옆에 앉아 애태우며 지켜보던 희주, 진우가 눈을 뜨자

희주 (!!) 정신 드세요?!

진우 .....

희주 저 보이세요? 어떻게 된 거예요?! 거기서 왜 떨어지셨어요..?!

진우 (간신히 말하는) 비가.. 와요..?

희주 네?

진우 좀 전에... 비 왔어요..?

희주　(영문 몰라) 비.. 아니요..?

진우　..... 희주씨가 기타 친 거.. 아니죠..?

희주　기타요...?

진우　알함브라 궁전의 추억..

희주　(무슨 소린지) 무슨 말씀이세요 그게..?

구급대원　(산소마스크를 갖다 대며 희주에게 스페인어) 그만. 말 시키지 마세요.

희주　(! 얼른 떨어지고)

진우　(다시 의식 잃고)

씬/20　그라나다 / 병원 복도 (밤)

진우, 다시 눈을 뜨면 이동 침대에 누워 실려 가고 있다.
침대를 끄는 간호사들과 의사들이 보이고.. 뒤늦게 온 정훈이 '대표님..!' 사색이 되어 부르며 따라오고.
다시 정신 잃는.

씬/21　그라나다 / 병원 수술실 (밤)

다시 눈을 떴을 땐 수술실의 커다란 조명이 시선에.
수술복을 입고 장갑 끼며 준비하는 의사들의 모습이 보이다가..
다시 의식을 잃으며 암전되는

씬/22　그라나다 / 병원 입원실 (밤 - 새벽 - 낮)

마취에서 깨며 눈을 뜨는.
영심이 들여다보고 있다가 보고 '야 깼다 깼어!!' 부르는..
간호사가 바로 와서 들여다보고 달려온 정훈과 희주도 시야에 들어오는.
걱정스레 들여다보는 셋을 보며 다시 정신 잃고..

다시 눈을 떴을 때는 정훈과 영사관, 경찰1이 모여 서서 낮은 목소리로 심각하게 이야기하는 모습이 보인다.

영사관 (경찰의 말을 들으며 동시통역) 투신 가능성은 없냐고 묻는데요..
정훈 말도 안 됩니다! 대표님이 투신을 왜요?
영사관 난간이 높아서 일부러 떨어지기도 힘들다고..

쑥덕거리는 모습을 보며 다시 의식을 잃는..
다시 눈을 떴을 땐 새벽녘이다.
정훈이 머리를 감싸고 소파에 앉아 있는 모습이 흐릿하게 보이는.
머리 감싸고 고개 숙인 정훈, 울고 있는 듯 보인다.
그 모습 보며 다시 잠이 들고..
누군가 이마에 손을 얹는 걸 느끼고 다시 눈을 떴을 땐 병준이 와 있다.
진우를 물끄러미 내려다보고 있고. 뒤에 정훈과 형석의 비서가 서 있다.

병준 조금 전에 왔다. 좀 어떠냐..?
진우 (뭔가 말하고 싶은데 말이 안 나오고)
병준 (많은 감정이 담긴 긴 한숨을 내쉬고)
진우 ......
병준 (위로하듯 손을 잡아주며) 내 아들 좀 보고 다시 오마. 아직 그놈 얼굴도 못 봤다.
진우 ....

병준, 돌아서 나가고 형석 비서와 정훈이 따라가는.
병준의 뒷모습을 보며 진우, 다시 의식 흐릿해지고.. 혼미한 꿈에 빠져드는.

씬/23 진우의 꿈

C#1 서울 / 진우의 사무실 (낮)

짝! 소리와 함께 병준이 형석의 따귀를 올려붙이는.
책상 앞에 앉아 있던 진우, 창가에 서 있던 선호, 놀라서 쳐다보고.
4년 전. 넷, 회사 분리에 대해 격하게 회의하던 중에 일어난 일.
순간 놀라 정적이 흐르고..

형석 (눈빛 불타오르며) 지금.. 뭐..
병준 (반대편 빰을 다시 갈기고)
진우/선호 (...!)
병준 등신 같은 놈...!
형석 (표정)
진우 (표정)
선호 (너무 놀라 버벅거리며) 아 그.. 교수님..
병준 내가 니 애비면 아들 편 들어줘야 된다는 의무가 있냐?
신도 나한테 그런 의무는 안 주셨다. 내가 왜 회사 망하는 길을 따라가?
형석 (표정)
진우 ......
형석 (동료들 앞에서 아버지에게 빰 맞은 수치심을 견디기 힘든) .... 아버지는..
(표정이 기묘하게 일그러지며 돌아서서 바로 나가는)
선호 (당황해) 형석아..?
병준 (차갑게) 나가는 건 너다. 지금 여기서 분명히 해.
형석 (나가다 멈칫)
병준 회사는 니가 나가는 거야 알겠어? 배신자는 너다.
진우 (표정)
선호 (표정)
형석 ..... (천천히 돌아보고 병준을.. 이어서 선호를, 그리고 진우를 보는, 쏘아보는 눈빛은 분노와 모멸감이 섞여 타오르고) .... (문 쾅 닫으며 나가는)

C#2 서울 / 수진의 병원 앞 (밤)

4회 6씬 C#8에서 이어지는 장면.
비가 쏟아지는 밤. 우산을 쓴 수진과 비를 맞으며 서 있는 진우.

수진 ...... (변명할 말도 없고 시선을 회피하는, 눈물이 볼을 타고 흘러내리고)
진우 (냉소) 니가 왜 울어..? 울어야 될 사람은 나 아냐...?
수진 .....

그사이 차 한 대가 빗길을 미끄러지듯이 와서 둘의 옆에 서는.

형석 (E) 여기 웬일이야?
수진 ....!
진우 (돌아보고)

형석, 우산을 쓰고 운전석에서 나오며

형석 무슨 볼일이 또 남았어? (강조) 내 와이프한테?
진우 (표정)
수진 (흔들리는 시선)
형석 (미소 짓고 있으나 눈빛은 차갑게 불타오르고) 아.. 아직 못 들었나? 우리 지난주에 혼인 신고했어.
진우 (....! 그 말이 순간 비수처럼 심장에 꽂히고)
형석 (피식) 아버지는 잘 계시지? (하고) 수진아 타.
진우 (순간 자기도 모르게 주먹을 꽉 쥐고 형석에게 가려는 찰나)

진우의 핸드폰이 울린다. 진우, 멈칫.
컷 튀어 빗속을 사라지는 형석의 차를 보고 망연자실 서 있는..
이때 짧게 경적 빵 울리며 선호의 차가 와서 서는.

선호 (창문 열고) 유대표!
진우 ..... (돌아보고)

C#3 서울 / 선호의 차 안 (밤)

선호, 운전하고 흠뻑 젖은 진우, 옆에 타고 있는

선호 (휴지를 건네주며) 우산도 안 쓰고 왜 비를 다 맞고 서 있어?
진우 (앞만 보며) 형이 전화 안 했으면 사고 칠 뻔했어.
선호 (....?)
진우 (자조적인) 손에 칼이 있었으면 찔러버렸을지도 몰라.
선호 (표정)

C#4 그라나다 / 공원 (밤)

3회 50씬 中
검으로 형석을 소원대로 마음껏 찌르고 베며 피가 튀는 짧은 컷컷.

C#5 그라나다 / 호스텔 아래층 (밤)

4회 72씬 中
형석이 힘으로 밀어붙이자 진우, 난간 쪽으로 몰리기 시작하는..
진퇴양난의 상황, 난간을 등지고 검을 간신히 잡고 대치하는데 형석의 검이 공중에서 눈앞에 날아오는..!
검을 막으며 뒤로 물러나던 진우, 힘에서 밀리며 상체가 점점 난간 밖으로 기울어지고....!
피투성이가 된 형석의 증오에 찬 눈빛을 눈앞에 대면하는 순간, 진우, ...!!
결국 난간 뒤로 떨어지는...!!
낙하하는 진우의 시선에 난간에서 내려다보는 형석이 보이고..
자신의 붉은 생명 바 줄어드는..

C#6 그라나다 / 호스텔 계단 (밤)

뚫린 공간 사이로 빠르게 낙하하던 진우, 중간층의 난간에 쾅 부딪치고, 다시 반동으로 아래층 난간에 부딪치고 로비에 쿵 떨어진다. (떨어지는 순간 발목이 부서질 만한 자세로)

C#7 그라나다 / 호스텔 로비 (밤)

피투성이로 구겨지듯 바닥에 떨어진 진우, 충격으로 정신을 잃어가는 시선에..
빠르게 줄어들던 붉은 생명 바, 바닥을 치기 직전에 멈추고..
난간에서 내려다보는 형석의 실루엣이 보인다.
〈적과의 거리가 너무 멉니다〉
〈결투가 중단됩니다〉
형석의 검은 실루엣, 스르륵 사라지는...
진우, 그걸 보며 의식을 잃는..

씬/24 그라나다 / 병원 입원실 (낮)

진우, 귓가에 들려오는 천둥소리에 꿈에서 깨며 눈을 뜬다.
이마와 머리카락은 땀에 젖고 마취제와 진통제 기운에 잠시 멍해서..
낯선 입원실의 천장이 점차 또렷하게 보이고..
이때 번개가 번쩍하며 다시 천둥이 치자 반사적으로 놀라 돌아보는.
창밖에 비가 내리고 있다. 나뭇잎들이 내리는 비에 흔들리는 게 보이고.
진우, 눈으로 보면서도 저 비가 가상인지 실제인지 구분을 못하겠고.
진우, 왼팔을 들려다가 통증에 찌푸리는. 내려다보면 왼팔에 깁스가 되어 있다.
왼쪽 다리도 깁스 상태로 침대에 고정되어 있고.
반대편을 보면 링거 꽂은 오른손은 멀쩡하나 여기저기 피멍이 들어 있는.
진우, 오른손을 들어 자신의 눈을 만져보고,
렌즈가 없는 걸 확인하고서야 내리는 비가 실제라는 걸 깨닫고..
진우, 잠시 그대로 혼란스러운 기억을 더듬어보다가 침탁 위에 있는 핸드폰을 발견한다. 손을 뻗어 집으려는데 닿을 듯 말 듯.. 좀 더 손을 뻗어 핸드폰을 겨우 집는데, 몸이 기울어지면서 복부의 극심한 통증에 멈칫..!

진우 (신음하며 뱉는) 빌어먹을..

너무 아파 꼼짝도 못하고 웅크린 채 통증을 견디며 보면, 복부에 붕대가 칭칭 감겨 있다. 진우, 표정

〈회상 인서트 - 4회 68, 70씬 中〉

형석의 칼끝이 진우의 배를 확 그으며 지나가고..
셔츠가 찢어지면서 붉은 피가 솟는..!

진우, 당시의 생생한 고통이 다시 떠오르며, 상처에 감긴 붕대를 보며 혼란스러운.. 손을 살짝 대자마자 격렬한 통증이 몰려오고.. 진우, ...!

씬/25 그라나다 / 시체 안치실 (낮)

형석의 시신을 확인하고 있는 병준.
병준, 지나치게 냉정할 정도로 아무런 표정 변화도 보이지 않으나 아들의 시신을 내려다보는 눈은 서서히 붉게 충혈되며..
병준의 뒤에 서 있는 정훈과 형석 비서. 차마 민망해 시선 딴 데 보며 서 있는데 정훈의 핸드폰이 무음으로 울린다.
〈대표님〉 뜨자 정훈, ...!!

씬/26 그라나다 / 시체 안치실 앞 + 병원 입원실 (낮)

조심스럽게 문을 열고 나온 정훈, 문을 닫자마자 급히 전화를 받는

정훈 여보세요 대표님?!
진우 (잠긴 목소리) 어디야..?
정훈 (..!!) 정신 드세요? 저 여기 밑에 있습니다! (안도가 되자 원망하듯) 어떻게 된 겁니까 진짜! 주무시는 줄 알았는데 도대체 왜 갑자기 (하는데)

진우 차형석이.. 죽은 게 맞아..?

정훈 네..?

진우 확인 좀 해봐. 진짜 죽었는지..

정훈 (표정)

진우 차형석이 갑자기 방에 나타나서.. 처음엔 게임인 줄 알았는데 진짜 칼을 들고..

정훈 (당황해서) 대표님..? 저 지금 안치실에 와 있습니다. 차교수님 모시고요.

진우 (표정) 죽은 게 확실해..?

정훈 (그 말에 더 당황) 기억 안 나세요? 차대표님은 어제 아침에 돌아가신 거 맞구요. 대표님은 밤에 주무신다고 방에 올라가셨다가 갑자기 추락하신 겁니다. 새벽 1시에요. 희주씨가 발견했구요, 희주씨가 올라갔을 때 아무도 없었대요. 창문도 잠겨 있었고요, 누구한테 떠밀리신 건 아니잖아요..?

진우 (혼란스런) 잠깐만.. 그게 그럼 진짜 게임이었다고...?

정훈 네?

진우 분명히 진짜 칼에 찔렸고 상처도 남아 있는데 어떻게 그게..

정훈 대표님.. 대표님 칼에 찔린 적 없어요.

진우 (....?!)

씬/27 회상 - 그라나다 / 호스텔 로비 (밤)

뛰어내려온 남학생2, 웅크린 진우를 바로 눕히며 맥을 확인하는
불빛에 의식 잃은 진우의 모습이 비로소 드러나는.
떨어질 때는 분명히 피투성이였던 셔츠는 깨끗하고 피 한 방울 없다.

씬/28 그라나다 / 병원 입원실 + 시체 안치실 앞 (낮)

정훈 피는 없었어요 골절이 문제였죠.

진우 (더 혼란스런) 잠깐, 그럼 지금 내 배에 붕대..

정훈 떨어질 때 충격으로 장파열이 있었어요. 그래서 응급 수술했구요.

수술 자리에 붕대 감아 놓은 거예요.

진우　(.....!)

정훈　대표님.. 그 AR 게임 말씀하시는 거예요? 아까 최팀장님하고 통화했는데요

씬/29 회상 - 서울 / 제이원 사옥 일각 (오전)

양주　(혼란, 머리 마구 헝클며 서성거리며 통화하는) 게임 중이었을 거예요 아마, 나한테 전화를 해서 게임 얘기하셨다구, 그러다 갑자기 통화가 끊겼거든

씬/30 회상 - 그라나다 / 호스텔 아래층 + 601호 (밤) + 서울 / 사옥 일각 (오전)

불 환히 켜진 계단 난간.
경찰1이 난간 아래를 내려다보며 사진 찍고 있고..
아래층 계단에는 투숙객들이 우르르 고개 내밀고 올려다보고 있고.
정훈, 방으로 들어가며 통화하는

정훈　게임 중이셨다구요..? (동시에 침탁 위의 렌즈 케이스를 발견한다) ...?

양주　차대표가 자꾸 나타난다는 거예요, 차대표가 NPC로 변해서 공격한다고, 낮에도 그 얘길 하시더니 그때 또..

정훈　근데 그거 렌즈로 하는 게임 아녜요? (케이스 안에 스마트 렌즈가 들어 있다) 렌즈 여기 있는데요...?

양주　에...? (당황)

씬/31 그라나다 / 병원 입원실 + 시체 안치실 앞 (낮)

진우　.....?!

정훈　렌즈 안 끼셨습니다. 수술 전에 체크했을 때도 눈에 렌즈 없었구요.

진우 (믿기 힘든) 내가 렌즈를 안 끼고 있었다고..?

정훈 네.

진우 (표정) 자동 로그인 된 건 줄 알았는데.. 아니라고..?

정훈 (걱정스런) 기억이 하나도 안 나세요..? 술 드신 거 아니잖아요..?

진우 .... (사실을 알수록 혼돈, 판단이 안 되고)

이때 문이 열리고 병준과 형석 비서가 나오자

정훈 (보고) 대표님..? 진통제를 많이 맞으셔서 지금 멍하실 겁니다. 생각 그만하시고 누워 계세요. 바로 가겠습니다. (끊는)

병준 유대표 깼나?

정훈 (바로 가서) 네. 지금 통화했습니다.

병준 어때 보여..? 말은 제대로 해?

정훈 네. 잘.. (살짝 머뭇) 하십니다.

병준 (안도, 시니컬) 그나마 다행이라고 해야 하나. 졸지에 둘 다 잃을 뻔했는데. (하며 앞서간다)

정훈 .... (영 찜찜한)

씬/32 그라나다 / 병원 입원실 (낮)

진우, 자리에 누워 멍한 기분으로 어젯밤 기억을 떠올려보고 있다.

씬/33 회상 - 그라나다 / 호스텔 601호 화장실 (밤)

진우, 세면대에 서서 거울을 보며 렌즈를 빼서 케이스에 넣는

씬/34 회상 - 그라나다 / 호스텔 601호 (밤)

렌즈 케이스를 침탁에 놓고 스탠드 불을 끄며 눕는

씬/35 그라나다 / 병원 입원실 (낮)

진우, ...! 그제야 눕기 전에 렌즈를 뺐던 기억이 난다.
머릿속은 점점 더 혼란스럽고.. 퍼뜩 다시 창가를 보는.
밖에 내리는 비조차 갑자기 진짜인지 아닌지 의심스럽고 불안한..
이때 희주의 목소리가 들려오자 돌아보는. 문이 열리고 희주가 핸드폰 통화하며 들어온다. 민주가 핸드폰 보며 뒤따라 들어오고.

희주 (낮게) 공방은 못 가. 한참 못 갈 거 같아. 몇 주..? 아니 한 달..? 오래 걸릴 거 같아. (하다) 그럼 누가 해? 여기 가족들도 없고 비서밖에 없는데

민주 (뒤따라 들어오다 진우가 깨어 있는 걸 보고) 어? 아저씨 깼다!

희주 (?! 보고)

진우 (쳐다보고 있자)

민주 아저씨? (쪼르르 오는)

희주 (표정)

민주 아저씨 괜찮아요? 안 아파요?

진우 내가 아플 거 같아 안 아플 거 같아..?

민주 엄청 아플 거 같아요.

진우 (실소) 알면서 뭘 물어.

희주 (다가오지도 않고 머뭇거리는 표정으로 입구에 서서)

진우 (힐끔)

희주 (어색한 미소를 짓더니)

진우 (....?)

희주 ..... (갑자기) 간호사 불러올게요. (하고 바로 나가는)

진우 (....?)

민주 (옆에서 쫑알쫑알) 어제 대박 놀랐어요~ 아저씨 진짜 죽는 줄 알았거든요! 처음엔 숨도 못 쉬었는데요, 대학생 오빠가 심장을 막 눌러서 살았어요! 그 오빠가 의대 다니는데 그 오빠 없었으면 벌써 죽었을 거래요. 그거 아세요?

진우 몰라.. 그랬어..?

민주 떨어질 때 중간에 이렇게 (손짓하며) 탕 탕 탕 튕겨서 속도가 줄었대요. 그래서 산 거래요. 완전 운 좋았대요. 이렇게 탕 탕 탕 하는 바람에요!

진우 너 뭐 되게 신나는 일처럼 말한다..?

민주 그렇다구요. 머리도 안 다치고 다리랑 팔만 부러진 게 기적이래요.

진우 내가 진짜 머리 안 다친 거 맞아..?

민주 네?

진우 ...... 지금 밖에 비 오니?

민주 (?) 비 오잖아요. 아저씨 안 보여요?

진우 보여. (하고) 비 오는 게 맞다니 다행이다.

민주 (...?)

진우 (핸드폰 다시 들어 보는)

민주 아저씨 핸드폰 하면 안 돼요. 환자잖아요.

진우 괜찮아.

씬/36 그라나다 / 병원 복도 (낮)

희주, 심란해서 간호사를 부르고 다시 오는데 민주가 방에서 나오는

민주 언니.

희주 (흠칫 놀라며 보는) 왜?

민주 아저씨 지금 핸드폰 해. 핸드폰 해도 돼?

희주 뭐..?

씬/37 그라나다 / 병원 입원실 (낮)

진우, 전화 온 목록 확인하고 있는데 이때 희주가 들어오는

희주 뭐하시는 거예요?! (와서 바로 핸드폰을 뺏는)

진우　(표정)

희주　(화를 내는) 골절이 많아서 절대 움직이면 안 된댔어요! 어떻게 깨자마자 핸드폰을 하세요? (따라 들어오는 민주에게) 니가 드렸어?

민주　아니.

희주　(진우 핸드폰을 주머니에 넣는) 의사 곧 올 거예요. 제발 그냥 가만히 계세요.

진우　근데 왜 화를 내죠..?

희주　너무 어이가 없으니까요. 사람을 그렇게 놀래켜놓고.. 어떻게 한가하게.. (하는데 울컥해서 말을 못 잇고)

진우　울어요..?

희주　아뇨. (얼른 시선을 피하는)

진우　......

희주　왜 안 오지..? 얘기했는데.. (하며 도로 후다닥 나간다)

진우　(희주 나가는 걸 의심스레 보다) .... 언니 무슨 일 있었니 그사이에?

민주　아저씨를 좋아하나 봐요.

진우　(뜬금없는 소리에 힐끔) 뭐?

민주　너무 좋아해서 그러는 거 같아요.

진우　언니가 나를 좋아한다고? 우리 만난 지 이틀밖에 안 된 거 같은데?

민주　언니가 원래 금사빠에요.

진우　(어이없어) 아무리 금사빠라도 그건 심한 거 같은데.

민주　언니 아까부터 계속 혼자 훌쩍거려요. 왜냐면 아저씨가 다쳐서 너무 마음 아픈 거예요. 왜 마음 아프냐면 아저씨를 좋아하니까. 제 결론은 그래요.

진우　그건 너무 뜬금없는 결론이다. 중2병이나 가능한 결론이야.

민주　제 생각이 맞을걸요. 저 촉 되게 좋아요. (하고) 아저씨는 우리 언니 어때요?

진우　(어이없어 보는)

민주　아저씨 이제 도로 싱글 되잖아요.

진우　(실소) 넌 항상 훅 들어오는구나. 왜. 중매 서게?

민주　우리 언니가 좀 많이 아깝지만 뭐 언니가 좋아하니까요.
그리고 언니 이제 돈도 많잖아요. 아저씨랑 어울릴 거 같아요.

진우　(피식하다가 아파 찡그리며) 하 씨.. (하고) 너도 알다시피 아저씨는 아직 이혼 소송 중이고 여자라면 아주 지긋지긋하거든. 그러니까 중매 안 서도 돼.

민주 우리 언니 차인 거예요?
진우 (딴소리) 니 오빠는 집에 왔니?
민주 아뇨.
진우 연락도 없고..?
민주 없어요.
진우 ......
민주 우리 언니 마음에 안 들어요?
진우 (힐끔)
민주 왜 대답을 안 하세요?
진우 (집요하자 실소하며 뭐라 하려는데)

이때 희주가 문을 벌컥 열자, 대화 끊기는

희주 (둘이 갑자기 입을 다물자 ....??) 의사 선생님 오셨어요.

의사들과 간호사가 우르르 들어오는

의사 (다가오며, 스페인어) 일어나셨네요? 좀 어떠세요? 좀 보겠습니다.

씬/38 그라나다 / 병원 엘리베이터 앞 (낮)

병준과 정훈, 엘리베이터 앞에 서 있는

병준 왼쪽 다리는 완치가 안 된다고?
정훈 (고개 떨구고) 힘들.. 거라고 합니다.
병준 재활도 소용이 없단 말이야?
정훈 최선을 다해봐야죠. 알아보고 있습니다.
병준 ...... (한숨) 진우도 아나?
정훈 아니요 아직.. 저랑 희주씨만 들었습니다

씬/39 그라나다 / 병원 복도 (낮)

희주, 같은 생각을 하며 풀죽어 앉아 있다.
치료받는 동안 복도 의자에 앉아 기다리고 있는 희주와 민주.
민주, 옆에 앉아 핸드폰 보고 있다.

희주 (한숨 푹푹 쉬고 있다가 문득 민주를 보고) 너 이제 집에 가. 혼자 갈 수 있지?
민주 언니는 안 가?
희주 나는 있어야지. 지킬 사람이 없잖아.
민주 알았어. (일어나며) 근데 언니, 아저씨는 여자라면 지긋지긋하대.
희주 (?) 뭐..?
민주 당분간 여자는 만날 생각이 없나 봐.
희주 (난데없는 소리에) 그래서.. 어쩌라고..?
민주 그렇다고. (하고 이어폰 도로 꽂고 가는)
희주 (황당해 보는)

이때 희주의 핸드폰이 울리는. 보고 누군가 했다가 생각나, ...!

희주 (바로 받는) 여보세요..? 네 네 여기 병원인데요.

씬/40 그라나다 / 병원 입원실 (낮)

여자 간호사가 피 묻은 붕대를 갈고 새 붕대 감아 마무리하고 있다.
진우, 아파 찡그리며 참고 있는데 희주가 후다닥 들어오는.

희주 저기 대표님..
진우 (보는)
희주 제가 말씀드릴 틈이 없어서 깜빡했는데요, 어제 전화가 왔었는데 진우 누가요?

희주 부인이요.

진우 누구요?

희주 대표님 부인이요. 고유라.. 씨요.

진우 (표정)

희주 어젯밤에 호스텔 번호로 전화를 하셨더라구요

진우 호스텔로 전화를 했다구요? 어떻게 알고?

희주 그건 모르겠어요. 대표님도 서비서님도 전화를 안 받으신다고..

진우 (표정)

희주 그래서 바꿔드리려고 했는데 그때 사고가 나서요, 저도 경황이 없어서 깜빡 했다가 나중에 알려드렸거든요.

진우 내가 사고가 났다고 알려줬다고요? 그 여자한테?

희주 네... 위독하신데 알려드려야 될 거 같아서.. 부인이시니까.

진우 (표정)

희주 스페인에서 무슨 화보 촬영 중이었다고 하시더라구요..

진우 스페인에 와 있었다고요?

희주 네. 그래서 바로 오시겠다고.

진우 (당황) 여길 온다고?

희주 네..

진우 (바로) 이런 젠장..!

희주 (움찔)

진우 어디쯤 왔다는 거예요?

희주 지금 올라오신다는데요.

진우 (더 당황) 지금 온다고요? 지금 여기?

희주 (겁먹어) 네.. 병원에 도착하셨다고.

진우 (!! 마무리하고 있던 간호사에게 영어) 그만, 됐습니다. 충분해요, 고마워요 그만해요.

여간호사 (?? 스페인어로, 못 알아듣고 뭐가 불편하냐 묻는)

진우 (일어나려고 하며) 나 좀 일어날 수 없어요?

희주 (놀라) 어 왜 그러세요? 절대 움직이시면 안 돼요!

여간호사 (스페인어로 지금 뭐하시는 거냐고 막 제지하며 뭐라 하고)

진우　　얘기 좀 해줘요, 나 지금 나가야 된다고,

희주　　(어이없어) 어딜 나가요?

진우　　휠체어든 목발이든 뭐 좀 갖고 오라고 얘기 좀 해요!

희주　　(당황해) 아니..

진우　　희주씨가 책임져요. 희주씨가 그 여자 불러들였으니까.

희주　　네?

진우　　난 지금 이 꼴로도 충분히 힘든데 여기서 지옥까지 갈 순 없어요.
난 도망갈 거니까 무슨 방법이든 찾아요.

희주　　지금 농담이시죠..?

진우　　(정색) 내가 지금 농담하는 거 같아요?

희주　　(움찔) 아니요.

진우　　(손 내미는) 내 핸드폰 줘요.

희주　　(얼른 꺼내 주는)

씬/41　그라나다 / 병원 복도 (낮)

희주가 당황해서 간호사를 따라 입원실에서 나오며

희주　　(스페인어) 휠체어를 타고 잠깐 나갈 수 없어요?

여간호사　(스페인어) 안 돼요. 절대 안 됩니다.

희주　　(스페인어) 그럼 병실을 바꿔줄 순 없을까요? (따라가며) 사정이 있어서요, 지금 당장 옮겼으면 좋겠는데~

씬/42　그라나다 / 병원 입원실 (낮)

진우, 차단시켜놨던 유라의 전화번호를 찾고 있다.
전화번호 차단 해제하고 전화를 걸려고 하는데 이때 번쩍하는 번개와 함께 콰르릉 엄청나게 큰 천둥소리가 울리고...!
진우, 멈칫하며 창문을 본다.

아까부터 계속 내리고 있던 비, 달라 보이지 않고.
진우, ... 다시 핸드폰을 보는데 갑자기 기타 선율이 들려오는.
진우, 멈칫...!!
〈알함브라 궁전의 추억〉 기타 선율이 다시 들려오는..
두리번거리는데 이번에도 어디서 나는 소리인지 모르겠고...
진우, 이미 한 번 겪은 상황, 갑자기 두려움이 엄습하며...
진우, 긴장한 눈빛으로... 설마 하며....
이때 눈앞에 뜨는 메시지.
〈적이 나타났습니다〉
진우, ...??!!!
손으로 눈을 만져본다. 렌즈가 없는 게 확실하고, 그럼에도 뜨는 메시지에 진우, 공포에 휩싸이는.. 두리번거리는데 형석은 보이지 않고.
천둥 번개와 기타 소리는 점점 뚜렷해지며...
이때 입원실 문을 두드리는 짧은 노크 소리.
진우, ...!!

진우 누구세요..?

대답이 없다.
진우, 형석이 다시 왔음을 직감하며..
그러나 누워서 아무것도 할 수가 없다. 뭘 해야 할지도 모르겠는..
공포에 휩싸여 문을 보며... 긴장감은 터질 것 같은데..
다시 노크 소리 들린다.
진우, 표정.
이때 갑자기 문이 열리는. 진우, ...!!!!
희주가 나타난다.

희주 대표님.
진우 (...! 안도하려다가 다시 표정 변하는)

문을 연 희주의 뒤로 수도사의 검을 든 피투성이 형석이 보인다.

머리 위에 붉은 생명 바가 떠 있고.!

진우 (....!!!)

희주 알아봤는데요.. (막 들어서려는데)

진우 문 닫아요!

희주 네?

진우 (버럭) 문 닫으라고...!!!

희주 (움찔)

씬/43 그라나다 / 병원 복도 (낮)

희주, 놀라 반사적으로 문을 닫는다.
그 뒤로 검을 치켜들고 따라 들어가려던 형석, 멈칫하는.
희주의 바로 뒤에 서서 검을 겨누고 있는 형석.
그러나 희주의 눈에는 전혀 보이지 않고

씬/44 그라나다 / 병원 입원실 (낮)

진우 (이마에는 식은땀이 맺히고) ...... (문을 쏘아보며)

희주 (E) 대표님?

진우 .....

희주 (E) 대표님 왜 그러세요?

진우 지금 기타 소리... 들려요....?

씬/45 그라나다 / 병원 복도 (낮)

문 앞에 서 있는 희주.
희주의 시선으로 형석도 없고 기타 소리, 빗소리 천둥소리도 없고 조용한 복도.

희주　기타요...?

씬/46 그라나다 / 병원 입원실 + 병원 복도 (낮)

바로 문을 사이에 두고 기타 선율로 가득 찬 방 안.

진우　알함브라 궁전의 추억.. 안 들려요?

적막이 감도는 복도.

희주　(같은 질문을 또 하자) 아니요.. (이상해서) 그걸 왜 계속 물으세요...?

진우, 문을 뚫어지게 보며

진우　정말로 나만 들리는 거라고요..? 정말로...?
희주　네...?
진우　(자조적인) 그럼 내가 완전히 미쳤다는 건데.
희주　(표정)

이때 눈앞에 다시 메시지가 뜬다.
〈장애물로 인해 결투가 지연되고 있습니다〉
〈장애물을 피해 공간을 확보하세요〉
〈대기시간이 초과되면 결투가 중단됩니다〉
진우, ...!!!
진우의 눈앞에 60초가 카운트되기 시작하는.
60.... 59.... 58..... 57.... 초 줄어들기 시작하고..

씬/47 그라나다 / 병원 복도 + 병원 입원실 (낮)

다시 게임 속 시선으로. 복도에도 빗소리와 기타 선율 가득하고.
희주의 뒤로 형석이 검을 들고 꼼짝 않고 문을 노려보고 있다.
문이 열리길 기다리는 형석의 이미지 위로도 대기시간이 뜬다.
45..... 44..... 43..... 42....

희주 대표님..? 괜찮으신 거예요? (대답이 없자, 불안한) 좀 들어갈게요. (문을 열려는데)
진우 문 열지 말라고..!
희주 (!! 멈칫)

진우, 대기시간 초가 빠르게 줄어드는 걸 기다리면서..
36... 35.... 34....

진우 열지 마요...! 잠깐만 기다려요...!

씬/48 그라나다 / 병원 복도 (낮)

다시 희주 시선으로. 조용한 복도.

희주 (영문을 모르겠어 당황스러운, 이러지도 못하고 저러지도 못하고) 어떡해..? (답답해 정훈에게 전화를 걸려고 핸드폰을 꺼내다가 멀리 보고 ?!)

유라가 멀리서 오고 있다.
선글라스 끼고 한눈에 보기에도 연예인 같은, 눈에 띄는 차림새.
희주, ...?!

희주 어 벌써 왔어? 어떡해? (당황해 후다닥 그쪽으로 뛰어가는)
로드 (꽃다발을 들고 두리번거리며 뒤에 따라오다) 어 저 여자 한국 사람 같다.

유라　(돌아보는데)

희주　(후다닥 와서) 안녕하세요! 좀 전에 통화했던 사람인데요,

유라　아 네. (선글라스 벗으며) 병실이 그쪽이에요?

희주　(얼른) 아니요, 여기가 아니구요 제가 착각했어요~

로드　(?) 좀 전에 4층이라고

희주　그게 아침에 병실을 옮겼는데요 제가 헷갈려서, 하하. 저도 잘못 온 거예요 지금, 여기가 아닌데, 이리 오세요. 이쪽이요 엘리베이터 타야 되거든요 (허둥지둥 둘을 정신없이 등 떠밀며 가는)

유라　(얼결에 밀려 가며 ?)

입원실 앞은 비어 있고.

씬/49 그라나다 / 병원 입원실 (낮)

그사이 아무도 모르는, 진우만의 공포의 시간이 지나가고 있다.
15... 14...... 13..... 12......
숫자는 점점 줄어들고..

씬/50 그라나다 / 병원 복도 (낮)

형석, 피 묻은 검을 겨누고 문 앞에 서서..
10.... 9.... 8...

씬/51 그라나다 / 병원 입원실 (낮)

6... 5... 4....
이때 갑자기 문이 벌컥 열린다.
진우,?!!

환자복 입은 스페인 남자, 다리 하나 깁스하고 목발 짚고 이어폰으로 통화하며 들어오는

남환자　(통화하며 들어오다 진우가 누워 있자 ?) 어?
진우　(표정)
남환자　(두리번, 스페인어) 아 방을 잘못 찾았나요?
진우　(시선은 남환자의 너머를 보고 있다)

열린 문으로 형석이 검을 들고 바로 들어오는.
진우, ...!!
〈결투가 재개됩니다〉

남환자　(웃으며 스페인어) 미안합니다. 제가 옆방인데 잘못 들어왔네요 (돌아서는)
형석　(환자를 지나쳐 바로 번개처럼 검을 치켜들며 달려들고)
진우　(....!!! 급히 링거 주삿바늘을 빼려는데)

형석이 침대로 뛰어오며 검을 내리꽂는 순간,
진우, 필사적으로 몸을 돌려 피하면서...!
검, 아슬아슬하게 침대 매트에 꽂히는..!!
진우, 중심을 잃으면서 침대에서 떨어지며, 링거 거치대와 다리를 고정하고 있던 줄도 끊어지며 와장창 다 부서지는 소리..!
남환자, 나가다가 놀라 돌아보는.

남환자　(스페인어) 어? 무슨 일이에요? (목발 짚고 절뚝거리며 다가오고)

진우, 떨어지며 숨을 쉴 수가 없는 통증이..... 신음하는..

남환자　(다가와 스페인어) 괜찮아요? (손을 내밀며) 안 다쳤어요? 일어날 수 있어요?

그사이 매트에 꽂힌 검을 뽑아 드는 형석.
진우, ...!!!

진우 (!! 주삿바늘을 뽑아버리고 바로 남환자의 목발을 뺏는다)
남환자 (스페인어) 어 왜 이래요? (하며 안 뺏기려고 하다가 넘어지는)
진우 (형석을 보며 목발을 급히 짚으며 비틀거리며 일어나는)
형석 (다시 다가오며 검을 치켜드는 순간)
진우 (일어나는 손에 동시에 검이 생겨나는) !!

씬/52 그라나다 / 병원 복도 (낮)

안에서 깨고 부서지는 소리가 나다가 문이 확 열리며 진우가 목발을 짚고 튀어나오는. 손에는 검을 들고..

씬/53 그라나다 / 병원 입원실 (낮)

넘어져 아파 비명 지르는 환자를 타고 넘어 열린 문으로 뛰어가는 형석.
이때 문이 닫히고..!

씬/54 그라나다 / 병원 복도 (낮)

진우, 급히 문을 닫는데, 그 사이로 형석의 검이 쑥 나온다.
진우, ...!! 검 끝이 진우의 팔을 찌르는..!
〈적의 공격에 당했습니다 -30〉
찔린 곳에서 피가 천천히 흘러나오며 동시에 온몸에 전달되는 생생한 통증.
진우, 표정에...

진우 (NA) 죽음만큼 절망적인 순간이 있다면 바로 지금일 것이다.
내가 제정신이 아니라는 걸 스스로 인정해야 하는 순간.

칼끝을 버티며 겨우 문을 완전히 닫자
문 사이로 삐죽 나와 팔을 찌르고 있던 검의 이미지, 사라진다.
진우, ...!!!
다시 뜨는 메시지.
〈장애물로 인해 결투가 지연되고 있습니다〉
진우, ... 가쁜 숨을 몰아쉬며 상처에서 흘러나오는 피를 만져보는..
비릿한 피 냄새와 끈적한 질감은 도저히 의심할 수 없는 현실이고.

씬/55 그라나다 / 병원 입원실 (낮)

다시 문에 막힌 형석, 문 앞에 서서 나가지 못하고 서서..
진우에게 목발 다 뺏긴 남자 환자, 스페인어로 욕을 하며 일어나려고 애쓰고.

씬/56 그라나다 / 병원 복도 (낮)

진우, 아파할 새도 없이 일단 방에서 멀리 벗어나려 익숙하지 않은 목발을 짚고 절뚝거리며 멀어지는.
넘어질 때 충격으로 복부의 붕대에 피가 배어 나오고... 깁스는 일부 깨진 채.
진우가 코너를 돌아가려 할 때 문이 다시 열린다.

남환자 (아파서 기어 나와 고개를 내미는)
진우 (.....!)

형석이 다시 검을 들고 바람처럼 튀어나와 형석을 쫓는
〈결투가 재개됩니다〉
진우, ...!!!!

씬/57 그라나다 / 병원 엘리베이터 (낮)

희주가 앞에 서 있고 유라와 로드, 뒤에 서 있는
희주, 표정은 안절부절.

유라 이름이 어떻게 돼요?
희주 저, 저요? 정.. 희주라고 합니다.
유라 비서는 어디 가고 정희주씨가 병실을 지켜요?
희주 아 서비서님이요? 잠깐 나가셨어요 손님이 오셔서.
유라 손님 누구?
희주 교수님이시랬는데. 저도 잘..
유라 차병준? 그 노친네가 여기는 왜 와? 과부 된 며느리나 챙기지?
로드 (희주 들을까 봐 툭 치는)
유라 (아랑곳 않고, 시니컬한) 그렇게 요란 떨면서 결혼하더니 왜 벌써 죽어? 어이없잖아.
희주 ......

띵 소리와 함께 문이 열리고

희주 (얼른) 여기에요.
유라/로드 (함께 내리는)
희주 (상냥하게) 805호에요.
유라 같이 안 가요?
희주 저는 볼일이 좀 있어서요. 그럼.. (웃으며 문을 닫고)

희주, 문이 닫히자 얼른 4층을 도로 누르고..

희주 (난감, 중얼중얼) 어떡해.. 어떡해..?

씬/58 그라나다 / 병원 다른 입원실 (낮)

노크하고 문 열고 들어오는 로드와 뒤따라 들어오는 유라.
스페인 노인이 잠들어 있다.

유라/로드 ......? / 어?
유라 누구야..?
로드 805호랬잖아요? (문 번호 확인하며) 여기가 아닌가 본데?
유라 (황당해) 뭐야 그 기집애..? 걔도 한통속이었어?

씬/59 그라나다 / 병원 복도 + 기타 공방 (낮)

희주, 심장 떨려하며 오고 있는데 핸드폰이 울리는

희주 (받는) 여보세요.
상범 (작업하며) 어디야? 아직도 병원에 있어? (하다) 야 니가 유진우 보호자냐?
희주 오빠 나 지금 고유라 만났거든.
상범 (놀라) 어 진짜?
희주 근데 나 만나자마자 고유라한테 사기 쳤어 어떡해?
상범 사기를 왜 쳐?
희주 어떡해? 다시 만나면 내 머리채 잡을 거 같은데 (하는데)

이때 진우의 병실로 간호사가 휠체어를 끌고 들어가는 모습이 보인다.

희주 (?) 어...? 휠체어 안 된다더니...?

씬/60 그라나다 / 병원 입원실 (낮)

희주가 들어오는데 진우는 자리에 없고 여자 간호사와 남자 간호사가 스페인 남자를 휠체어에 태우고 있다. 거치대는 쓰러져 있고 뜯어진 링거 팩이 바닥에 떨어져 있고.

희주 (?? 스페인어) 무슨 일이세요? 환자는..

남환자 (휠체어 타고 신음하고, 남자 간호사가 끌고 나가는)

여간호사 (화가 나, 스페인어) 움직이면 안 된댔는데 이분 목발을 뺏어서 나갔대요.

희주 (?! 스페인어) 네에?

여간호사 (스페인어) 어디로 갔는지 몰라요? 그분 걸어 다니면 절대 안 돼요..! 재활도 힘들다는 거 들으셨죠?

희주 (표정, 두리번거리는데 진우의 핸드폰은 침대 위에 떨어져 있고) ....!

씬/61 그라나다 / 병원 건물 뒤편 (낮)

비가 쏟아지고 있는, 나무가 우거진 정원.
비가 내려 사람들은 아무도 없고.
이때 뒷문이 벌컥 열리면서 진우가 급히 도망 나오는.
그러나 목발 짚은 다리는 느리고, 형석, 바로 쫓아와 뒤에서 공격한다.
형석의 검이 도망치는 진우의 등을 길게 대각선으로 그어버리는..!
〈적의 공격에 당했습니다 -100〉
등 뒤에서 공격당하며 충격에 중심을 잃고 휘청하는...! 목발 하나는 바닥에 떨어뜨리고. 문은 활짝 열려버리고.
형석이 나온다.
진우, 도저히 역부족이다. 쏟아지는 빗속에 뒷걸음질 치며....

씬/62 그라나다 / 병원 입원실 (낮)

정훈이 문을 열고 들어오고 병준이 뒤에 들어오는

정훈 대표님.. (하다 빈 침대를 보고 당황) 어..?

병준 (따라 들어오다가) ...?

유라가 소파에 다리 꼬고 앉아 핸드폰 메시지 보내고 있다가 돌아보고.

유라 오랜만이네요 정훈씨.

정훈 (?!!)

병준 (...!)

정훈 (너무 당황) 여길 어떻게..

유라 (피식)

유라 (일어나며) 안녕하세요 교수님.

병준 (들어오며) 뜻밖의 얼굴이 있네. 여기 어떻게 왔어요?

유라 네에? 뜻밖이라뇨? 남편이 사고를 당했는데 당연히 아내가 옆에 있어야죠.

병준 ......

유라 (살짝 미소) 저희 아직 이혼 도장 안 찍었어요 교수님.
(하고) 근데 비서는 내 번호도 차단하고, 참 싸가지 없죠?

정훈 (못 들은 척) 대표님은..

유라 그러니까요. 어디 갔어요?

정훈 네?

유라 왜 시치미를 떼? 본인이 더 잘 알면서?

병준 그게 무슨 뜻인가?

유라 도망갔어요 교수님.

병준/정훈 (...??)

유라 (시니컬, 웃으며) 제가 온다고 했더니 얼마나 놀랐는지 줄행랑을 쳤나 봐요. 다른 환자 목발까지 뺏어서 달아났대요. 간호사 말이요. 얼마나 마누라가 싫으면 그 몸을 하고 도망을 쳐요? 다리가 다 부서졌다고 하던데요.

정훈 아니.. (기막혀 듣다가 전화하며 급히 나가는)

병준 ......

유라 이거 완전 블랙코미디 아네요 교수님? 저 웃어야 돼요 울어야 돼요?

병준 고유라씨 술 마셨나?

유라 (피식) 아뇨.

병준 주사 하는 게 아니곤 지금 남편 다리가 다 부서졌다는 말을 그렇게 농담하고 비꼬면서 말하면 안 되지. 혹시나 갑자기 죽으면, 위자료가 문제가 아니라

유산을 다 챙길 수 있을려나? 뭐가 더 남는 장사인가? 소송을 취하할까? 언론에는 뭐라고 할까? 그런 즐거운 상상하면서 왔는데 고작 다리만 부서져서 실망한 것처럼 보이잖나.

유라　항상 느끼는데 말씀 참 막 하세요.

병준　환자 마음을 존중해야지. 여기까지 뭐하러 찾아와?
그렇게 싫어하는 거 본인도 알면서 이건 환자를 위한 게 아니잖아.

유라　교수님. (한숨) 만날 때마다 훈장질 하시는데요, 가족은 저예요.
교수님은 오빠 가족 아니시잖아요.

병준　1년도 못 채우고 별거하는, 서류만 가족이 나을까 20년을 봐온 내가 나을까?

유라　아들하고도 연 끊고 살다 죽으니까 이제 얼굴 보러 오신 분이 저보다 낫다구요? 서류만 가족은 교수님 집안 얘기 아네요?

병준　(표정)

유라　(도로 자리에 앉으며) 불쌍한 며느리를 챙기세요 교수님. 오빠 옆에는 제가 있으니까. 자기 가족은 각자 알아서 챙기자구요. (핸드폰 보는)

병준　....... (분노의 눈빛이 번쩍하나, 참는 ..... 원래 답이 없는 여자애고)

씬/63　그라나다 / 병원 복도 (낮)

정훈이 두리번거리며 애태우며 전화하고 있는데 병준이 나온다.

병준　어떻게 된 거야?

정훈　모르겠습니다. 희주씨가 옆에 있었을 텐데 전화를 안 받아서요 (하다 뛰어가며) 좀 찾아보겠습니다!

병준　......

병준, 화를 누르며 잠시 서 있는데 이때 형석 비서가 부르는

형석비서　(E) 교수님.

병준, 돌보면 형석 비서와 영사관, 경찰1, 2가 오는
병준, 경찰들을 보며, ...?

씬/64 그라나다 / 병원 건물 뒤편 (낮)

번개가 무섭게 번쩍거리고 비가 쏟아지는 정원.
문, 활짝 열려 있고..
문 앞 계단에는 피가 빗물에 흩어지고 있다.
목발이 젖은 수풀에 띄엄띄엄 떨어져 있다.
진우, 비에 젖어 완전히 녹초가 돼서 벽에 기대서서 빗속에서 노려보고 있는 형석과 대치하고 있는.
진우와 형석의 붉은 생명 바, 줄어들어 있는데 진우가 훨씬 조금 남아 있고.
둘 다 피투성이가 되어..
형석이 다가온다.
진우, 힘없이 떨리는 손으로 검을 쥐고 대치하나 이미 전의를 상실한..
형석, 바로 공격한다...!
진우가 막아내나 싶더니 밀리면서 다시 검에 베이고..!
〈적의 공격에 당했습니다 -100〉
진우의 붉은 생명 바, 거의 바닥을 치고..
진우, 완전히 만신창이가 되어 벽에 기대며 스르륵 주저앉는다.
벽에 진우의 피가 길게 그려지고..
공원에서와 완전히 반대의 처지가 되어버린 진우와 형석.
진우, 너무 많은 피를 흘려 점차 의식은 흐릿해지고..
눈앞에 검을 들고 서 있는 형석을 보며..

진우 (NA) 그날, 그 순간에 분명히 깨달았다.
차형석의 죽음은 타살이다.
차형석은 살해당했다.
내 검에 난도질당해 과다출혈로 죽은 것이다. 지금의 나처럼.

진우의 몸에서 흘러내리는 피, 바닥을 축축하게 적시고 있다.

진우 (NA) 내가 차형석을 죽였다.
그 증명으로 나도 지금, 같은 방식으로 죽게 될 참이었다.

형석, 마지막 처단을 위해 검을 치켜드는..

진우 (NA) 우리의 죽음은 영원한 미스터리로 남게 되겠지만..
우리는 안다.
우린 서로를 죽여 복수했다. 매일 염원했던 진심대로.

형석의 칼날이 번갯불에 번쩍 빛나고..!
진우, 죽음을 직감하며 눈을 질끈 감는다.
잠시 후.
비와 기타 소리에 섞여 들려오는 귀에 익은 목소리.

희주 (E) 대표님..!

진우, 눈을 퍼뜩 뜨는.
희주가 진우의 눈앞에 있다.
진우, ...!

희주 (진우를 찾아다니느라 비에 흠뻑 젖은, 애태우고 놀라서 울 것 같고) 여기서 뭐하세요?!
진우 (표정)

희주의 뒤로 피가 묻은 검을 치켜든 형석이 서 있다.
형석, 공격할 틈을 찾는 듯 검을 든 채.
〈장애물로 인해 결투가 지연되고 있습니다〉

진우 (....!)

희주　대표님..? (진우 다리의 깁스가 다 부서진 걸 그제야 보고 깜짝 놀라) 어.. 어떡해! 이거 어떡해요? (일어나는)

형석　(희주가 일어나며 앞에 공간이 생기자 바로 검을 치켜들고 휘두르려는)

진우　(...!! 희주의 팔목을 확 잡아당기는)

희주　(?!) 어..! (힘에 확 당겨 넘어지듯 진우의 품에 안기는)

형석　(멈칫, 내리치려는 칼날 다시 멈추고)

희주가 진우의 몸을 방패처럼 감싸며 안겨 있자, 형석, 주춤거리며 검을 겨눈 채 공격 못하고.

진우　(진 빠져, 속삭이듯) 잠깐만, 그냥 있어요.

희주　왜요..?

진우　잠시만...

희주　(영문 모른 채, 진우에게 안겨 놀라고 당황해서, 일어나지도 못하고) .....

〈대기시간이 길어지면 결투가 중단됩니다〉
다시 60초 카운트다운 시작되는...
59... 58..... 57....

희주　(안긴 채) 무슨 일인데요..?

진우　제발 1분만 그대로 있어요.. 또 어디로 가지 말고..

희주　(표정)

꼼짝도 안 하고 빗속에 둘, 그러고 있는..
30.... 29... 28.... 초조한 시간은 느리게 흘러가고..
비에 흠뻑 젖어 서로의 숨소리만 들리는.
당황했던 희주, 점차 절망스런 기분으로 변해간다.

진우　(시선은 형석을 주시하며) 내가 이상하죠...?

희주　네..

진우　이해가 안 가요..?

희주 (울먹) 네..

진우 내가 미친 거 같아요...?

희주 ..... (차마 대답을 못하고)

진우 나는 내가 미친 거 같아요.

희주 (....!)

버티고 있는 진우, 그러나 정신은 점점 혼미해지고.

5... 4..... 3..... 2..... 1...

〈대기시간 초과 결투가 취소됩니다〉

동시에 천둥 번개, 기타 소리 사라지고.

눈앞에 칼끝을 겨누던 형석의 이미지도 순식간에 사라진다.

순식간에 환자복을 붉게 물들였던 핏자국들 사라지고.

계단과 벽의 핏자국들도 사라진다.

진우 ...... (긴장 풀리면서 희주를 생명줄처럼 잡고 있던 손을 놓는) 됐어요.

희주 (....! 떨어지는데)

진우 (그대로 정신 잃으며 바닥에 스르륵 쓰러지는)

희주 (...!!) 대표님?! (젖은 바닥에서 일으키려 끌어안고) 대표님?!!

씬/65 그라나다 / 병원 복도 (낮)

남자 간호사, 타월을 든 여자 간호사가 한창 얘기 중인 병준과 영사관, 경찰1의 옆을 뛰어서 지나간다. 이어서 정훈이 뛰어오며

정훈 대표님 찾았습니다! (하며 급히 뛰어가는)

병준 (굳어서 얘기 듣고 있다가 그 말에 돌아보는)

영사관 (경찰1에게 스페인어로 그 말을 전달하자)

경찰1 (! 바로 뛰어가고)

씬/66 그라나다 / 병원 건물 뒷문 앞 (낮)

경찰1, 남자 간호사, 정훈이 먼저 뛰어나가고 여자 간호사가 우산을 쓰며 뭐라 스페인어로 떠들며 빗속으로 사라지고.
병준이 그 뒤로 천천히 걸어오는.. 약간 멍해 생각에 빠져

씬/67 회상 - 그라나다 / 병원 복도 (낮)

경찰1, 병준, 영사관, 형석 비서, 이야기 중이다.

병준 지문?
영사관 네. 시신 옷깃하고 목에서 유진우 대표님 지문이 나왔답니다.
병준 (표정)
영사관 유대표님이 잠깐 멱살을 잡았다고 이미 진술을 하시긴 했습니다만.
병준 외상이 없다면서. 근데 지문 묻은 걸로 뭘 의심한다는 거요?
영사관 네 그렇죠. 근데 지금 추가로 고인 사망 추정시간이 대표님하고 헤어진 전후라는 1차 조사결과가 나와서요.
병준 (표정)
영사관 갑자기 6층에서 떨어지신 것도 사고라기엔 잘 납득이 가지 않고요
병준 그래서.. 그래서 지금 뭐요?
영사관 네...?
병준 (날카롭게 쏘아붙이는) 지금 내 아들을, 내 아들의 친구가 죽였을지도 모른다는 말을 하려는 거요 지금?!
형석비서 (당황) 교수님, 김영사님 말씀은 그게 아니고
영사관 (당황) 그럴 리가 없죠. 어떻게 그럴 수가 있겠습니까!
그치만, 경찰 입장에선 정황상 의심을 배제하고 갈 수도 없는 상황이라서,
추가 조사가 필요하다는 말씀을 드리려고..

씬/68 그라나다 / 병원 건물 뒤편 앞 (낮)

병준, 열린 문으로 나와 처마 밑에 서서 내다보는.
빗속을 뚫고 남자 간호사가 진우를 업고 급히 오는. 여자 간호사가 커다란 타월로 정훈을 덮고, 정훈이 우산을 옆에서 씌우면서.
병준, 표정.
다들 비에 젖어서 입구로 뛰어 들어오는.

정훈 (속상한) 비를 맞고 넘어져 계셨답니다.
병준 (표정)
남간호사 (진우를 업고 급히 지나가려는데)
병준 (팔에 손을 얹으며) 진우야.
진우 (그 소리에 눈을 뜨고)
병준 (표정)
진우 ...... (반쯤 희미한 정신으로 병준을 보고)
병준 (안타까운) 너.. 무슨 일이냐...?
진우 ..... 죄송합니다.
병준 (.....!)
진우 (다시 의식 잃고)

남자 간호사, 진우를 업고 바로 지나가고 다들 그 뒤를 다급히 따라가는.
병준, 의미를 알 수 없는 진우의 사과가.. 기이하고 불길한 직감으로 와닿는.
병준, 표정에...

씬/69 그라나다 / 병원 건물 뒤편 (낮)

빗속에 희주, 오들오들 떨며 서 있고.. 경찰2, 진우가 떨어뜨린 목발을 집어 들고. 경찰1, 희주 옆에서 주변 둘러보며

경찰2 (스페인어) 발견했을 때 저 사람 여기서 뭐하고 있었어요?
희주 (추위와 두려움에 떨며, 스페인어) 잘... 모르겠어요 저도.. (눈물이 고이는)

하루 사이에 너무 변해버린 진우 때문에 마음이 찢어질 것 같다.
빗속에 망연자실 서 있는 희주 모습에서..

진우 (NA) 같이 미쳐야만 이해할 수 있는 일이 있다.

디졸브로..

씬/70 회상 몽타주

C#1 평원 (1회 프롤로그 C#8 中)

기적을 울리며 밤의 평원을 가로지르는 열차.

C#2 야간열차 침대칸 (1회 프롤로그 C#7 中)

세주, 웅크려 앉아 창밖을 보고 있는

진우 (NA) 정세주. 그 애가 왜 안 오는지 이제 이해가 간다.

C#3 바르셀로나 / 기차역사 앞 (1회 프롤로그 C#1 中)

세주, 전화하다가 다가오는 뭔가를 보고 ?!! 놀라는 모습에

C#4 바르셀로나 / 기차역 플랫폼 (1회 프롤로그 C#3 中)

세주, 급히 뛰어오다가 넘어지는

C#5 야간열차 침대칸 (1회 프롤로그 C#9 中)

세주, 안경을 닦아 끼고 주섬주섬 배낭을 꺼내는데 이때 갑자기 창밖에 번개가 번쩍하더니 요란한 천둥소리가.. 세주, ...??!

진우 (NA) 세주가 뭘 두려워했는지도 알 거 같았다.

C#6 그라나다 / 평원 (1회 프롤로그 C#10 中)

조금 전까지 맑았던 하늘에 갑자기 먹구름이 순식간에 빠르게 다가오며..
평원을 가르는 강렬한 번갯불이 번쩍거리고, 이어서 무너질 듯 요란한 천둥소리와 함께 열차에 빗줄기가 퍼붓는다.

C#7 야간열차 침대칸 (1회 프롤로그 C#11 中)

창밖을 내다보며 다시 겁에 질리는 세주, 급히 배낭을 꺼내는.
이때 어디선가 갑자기 〈알함브라 궁전의 추억〉 기타 선율이...
세주, ...?!!
어디에서 들리는 건지 알 수도 없는 기타 선율, 점점 커지고 세주, 공포에 질려 도망가려고 문을 확 여는데 이때 누가 밖에 서 있다. 세주, ...!!!!

진우 (NA) 세주도 나처럼 쫓기고 있었을지 모른다.
그 애 눈에만 보이는 누군가에게.

바로 탕!! 권총을 쏘는 누군가의 손.
이어서 탕 탕 탕!!! 여러 번의 불꽃이 총구에서 연달아...

C#8 평원 (1회 프롤로그 C#12 中)

세주가 탄 침대칸의 유리창, 탄환에 깨지고 선명한 붉은 피가 퍽 흩뿌려지며..

진우 (NA) 세주는 그때 죽었을까..?

C#9 그라나다 / 기차역 플랫폼 (2회 22, 24씬 中)

진우, 플랫폼에 들어와 세주를 찾고 있다.
세주와 같은 칸에 있던 이어폰 낀 남자, 제일 늦게 내려 진우를 스쳐 지나가고.
기차가 천천히 출발하는

진우 (NA) 아니면..

기차는 떠나가고.. 세주는 흔적도 없다.
진우, 난감한데.. 이때 카메라 쭉 뒤로 빠지면..
진우의 앞에, 피투성이가 된 세주가 바닥에 쓰러져 있다.
세주의 머리 위에 생명 바 거의 바닥이나 남아 있는 붉은 선은 뚜렷하고.
진우, 세주를 전혀 못 알아보고 찾는 모습에.

- 제5회 끝 -

6회

씬/1 그라나다 / 호스텔 앞 (낮)

비가 부슬부슬 내리고 있는 골목길.
희주, 우산을 쓰고 걸어오고 있다.
젖은 옷과 머리는 아직 채 마르지 않아 오한에 떨며.

씬/2 그라나다 / 호스텔 주방 (낮)

희주가 들어오는데 영심, 상 치우고 있다가 보고

영심 아이구 왔구나!
희주 네..
영심 상 치우고 나두 병원 가볼라는 참이었는데~ 깨어났다면서?
희주 네..
영심 아이구 다행이다 다행이야~ 나는 또 식물인간이라도 되는 거 아닌가 하고 얼마나 맘을 졸였는지~ 아니 어떻게 이 집 사자마자 바로 여기서 사고가 나냐고 그래? 그 돈을 받고 마가 낀 집을 팔았나 싶어서 얼마나 맘이 찜찜한지 내가.. 그래도 다리만 부러지고 정신은 멀쩡하다니까 한시름 놨다 야.. (희주,

말없이 살림집으로 들어가자) 밥 먹어야지? 지금 먹을래?

희주　좀 씻고요. (하며 들어가는)

영심　근데 왜 다 젖었냐? 우산 안 쓰고 왔어?

씬/3　그라나다 / 호스텔 희주 방 (낮)

희주, 완전히 지쳐 힘 빠져서 갈아입을 옷을 꺼내고 있는데 영심이 들여다본다.

영심　근데 너 왜 왔냐? 병실 안 지키고?

희주　......

영심　거기 지킬 사람도 없다며?

희주　(옷 꺼내며) 있어요. 부인이 왔어요.

영심　부인? 그이가 부인이 어딨어? 이혼했다며?

희주　아직.. 정식 이혼한 건 아니래요.

영심　그래? 난 벌써 했다는 줄 알았지. 다행이네 식구가 누구라도 와서. (하고 도로 나가며) 얼른 씻고 나와.

희주　..... 네.

희주, 영심이 나가자 옷 챙겨 들고 나가려다 멈칫.
유라 생각에 기분 나빠져, 한숨 푹 쉬고.
회상 펑 들어가는..

씬/4　회상 - 그라나다 / 병원 입원실 (낮)

혼자 소파에 앉아서 핸드폰 보고 있는 유라.
너무 오래 아무도 안 오자 문득 고개를 든다.

유라　뭐야 진짜..? (벌떡 일어나는)

씬/5 회상 - 그라나다 / 병원 복도 (낮)

유라, 나오는데 이때 남자 간호사가 비에 젖어 정신 잃은 진우를 업고 급히 오는. 간호사들과 정훈이 옆에 따라붙고.

유라 (?) 뭐예요..?

정훈 비켜주세요! (유라를 지나쳐 문을 확 열고)

유라 (놀라서)

씬/6 회상 - 그라나다 / 병원 입원실 (낮)

모두 달라붙어 진우를 침대에 내려놓고, 간호사들이 타월로 물기를 급히 닦고

유라 (놀라 뒤늦게 들어오는)

정훈 (애가 타 깨우며) 대표님, 대표님 정신 차리세요!

유라 (생각했던 상태가 아니자) 오빠 왜 이래요..?

씬/7 회상 - 그라나다 / 병원 복도 (낮)

흠뻑 젖은 희주, 멍해서 입원실 쪽으로 걸어오는데 유라의 목소리가 들려온다.
한쪽에서 낮게 통화하고 있는 유라가 보인다.

유라 (심각하게 통화 중인) 다리만 부러진 게 아닌가 봐. 떨어질 때 머리도 다쳤나 봐. 이상하다니까 헛소리를 하고. 진짜 머리가 이상해진 거면 이제 어떡해?

희주 (....!)

유라　소송 취하해야 하는 거 아냐? 상황이 좀 웃겨졌잖아? (하다) 옆에 있으라구? 내 스케줄은? (서성거리며 통화하다 멈칫, 희주를 발견하고 순간 당황)

희주　......

유라　(희주 보며) 다시 할게. (끊는다)

희주　(뭐라 표현할 수는 없으나 화가 치미는. 유라를 못 본 척 외면하며 입원실로 들어가려는데)

유라　어딜 들어가요?

희주　(돌아보는) 네..?

유라　정희주씨랬죠? (다가오며) 만나자마자 나한테 거짓말하고 말이야.

희주　(표정)

유라　돈 받고 하는 짓이에요? 얼마나 받았어요? 서정훈이 시켜요? 그 양아치 비서가? 정희주씨 돈 몇 푼 욕심내다 다쳐요. 괜히 끼어들지 말고 이제 집에 가요.

정훈　(뒤에서 통화하며 오다 보는)

희주　(화를 참으며) 지금 무슨 말씀이신지..

유라　(정색) 꺼지라고 너 이제.

희주　(....!)

유라　나한테 얼굴 완전히 찍혔다 너. 또 한 번 수작 부려봐.

희주　(표정)

정훈　(끼어드는) 사모님, 말씀 좀 가려 하시죠. 고생하고 도와주신 분한테 왜 막말을 하고..

유라　(정훈 정강이를 확 까는)

정훈　아..!!

희주　(?!!)

유라　니가 제일 문제야. (하고 문 열고 들어가버리는)

희주　(유라 들어가자 바로) 괜찮으세요?

정훈　(아파하며) 신경 쓰지 마세요. 원래 저래요.

희주　(너무 화나고 기막혀) 아니 어떻게..

정훈　이런 말 하면 안 되지만요, 어차피 희주씨도 봤으니까, (하더니) 한마디로 미친년입니다.

희주　(....!)

정훈　전 세상에서 저 여자가 제일 싫습니다. (하고) 집에 가 계세요. 희주씨도 감기 걸리겠어요. 여기 있어봤자 괜히 봉변당합니다. 나중에 연락드릴게요.

희주　(표정)

씬/8　회상 - 그라나다 / 병원 입원실 (낮)

진우, 열이 끓어 땀에 젖어 잠들어 있고 간호사가 체온을 재고 수액 갈아 끼우고 있다. 유라, 팔짱 끼고 묘한 표정으로 진우를 내려다보고 있는

진우　(체온계가 닿자 그 결에 눈을 뜨는)

유라　(....!) 오빠?

진우　(정신 들어 보고)

유라　나 왔어. (미소)

진우　(표정)

유라　우리 되게 오랜만이다. 그치..?

진우　(표정)

이때 정훈이 문 열고 들어오자

진우　정훈아. 이거 설마 꿈이지..?

유라　(표정)

진우　꿈이라고 제발 말해주라.

정훈　(한숨) 꿈 아닙니다.

진우　빌어먹을.. (눈을 감아버리는)

유라　(표정) 하, (기막혀서 실소)

진우　......

유라　말하는 거 보니까 멀쩡하네. 난 또 머리 크게 다친 줄 알았잖아?

정훈　촬영 있다면서 안 가세요? 이제 가셔야죠. 다들 기다리고 있을 텐데

유라　니가 내 촬영 걱정해주고 있니 지금?

정훈　스탭들 생각도 하셔야죠. 다녀오시죠 얼른. 제가 있으니까 걱정 마시구요.

유라 니가 있으니까 걱정인 거야. 니가 옆에 붙어 있는 게 제일 걱정이라고. 얘 지금 무슨 소릴 하는 거야?

진우 ...... (듣기 싫어 눈 감은 채)

이때 갑자기 요란한 천둥소리에 진우, 퍼뜩 눈을 뜬다.
창밖에 다시 번쩍거리며 번개가 치고...!
진우, 이제 이미 익숙해진 전조에 눈빛, 불안하게 흔들리는데..
여지없이 〈알함브라 궁전의 추억〉 기타 선율이 시작된다.
진우, ...!! 표정에

씬/9 그라나다 / 구시가지 전경 (밤)

비 그치고 깊은 밤이 된

씬/10 그라나다 / 호스텔 희주 방 (밤)

희주, 침대에 누워 잠 못 들고 뒤척이고 있다.

〈회상 인서트〉

C#1 그라나다 / 병원 건물 뒤편 (5회 64씬 中)

진우 (희주의 팔목을 확 잡아당기는)

희주 (?!) 어..! (힘에 확 당겨 넘어지듯 진우의 품에 안기는)

진우 (진 빠져, 속삭이듯) 잠깐만, 그냥 있어요.

희주 왜요..?

진우 잠시만...

C#2

진우 내가 미친 거 같아요...?

희주 ..... (차마 대답을 못하고)

진우 나는 내가 미친 거 같아요.

희주 (....!)

뒤척거리던 희주, 답답해 속 터질 거 같아 벌떡 일어나는

씬/11 그라나다 / 호스텔 주방 (밤)

찬장에서 와인을 찾고 있는 희주.
먹다 남은 와인 병을 찾아 컵에 한가득 붓는다.
막 마시려는데 이때 밖에서 문 두드리는 소리.
희주 ....?

씬/12 그라나다 / 호스텔 로비 (밤)

다시 문을 두드리는 소리에 희주, 바로 가서

희주 누구세요..? (빗장을 여는)

씬/13 그라나다 / 호스텔 앞 (밤)

희주, 문을 열고 표정.
목발을 짚고 환자복 입은, 열에 들뜨고 지친 표정의 진우가 서 있는

희주 ...?!

진우 안 잤어요..?

희주 (너무 놀라) 대표님...?! 여기 어떻게 (하다 뒤에 렌터카를 발견하는)

불 켜진 채, 운전석 문도 열려 있고.

희주 운전해서 오신 거예요?! 혼자서요?

진우 오른발은 멀쩡하니까

희주 (...!!)

진우 희주씨가 책임지라고 했죠 내가?

희주 네...?

진우 그 여자 끌어들인 책임지랬잖아요. 근데 책임은 안 지고 날 거기 버려두고 집에 와 있어요?

희주 (....! 당황) 아니.. 전 제가 있어봤자 도움이 안 될 거 같아서 (하다) 근데 정말로 부인 땜에 도망치셨다고요?

진우 내 짐 좀 챙겨줄래요?

희주 짐이요?

진우 (계속 불안하게 시선은 주변을 경계하며) 위에 내 물건 남은 거 있죠..? 어디 렌즈 케이스가 있을 거예요. 그거 좀 갖다줄래요? 난 올라갈 수가 없어서,

희주 그거 땜에 오셨어요? 갖다달라고 하심 되죠 왜 여기까지...!

진우 거기 누워 있어봤자 죽을 일밖에 없어서.

희주 (표정)

진우 죽기는 싫고, 그 여자도 싫고, 뭐가 더 싫은지 모르겠지만 어쨌든 거기 더 있을 순 없어서 (초조한, 시선은 계속 불안하게 주변을 살피며) 좀 서둘러줄래요?

희주 (진우의 행동도 눈빛도 도저히 정상으로는 보이지 않고. 결국) 잠시만요. (하고 문을 열며) 들어오세요.

진우 아니 차에서 기다릴게요. (도로 차로 가는)

희주 왜요? 들어오세요 추워요.

진우 차가 더 안전해요.

희주 (....?)

씬/14 그라나다 / 호스텔 로비 (밤)

희주, 현관문을 열어놓고 들어와 바로 계단으로 올라간다.
계단을 올라가며 핸드폰을 거는. 신호음이 가다가 정훈이 받는다.

희주 (작게) 여보세요? 서비서님 전데요. 대표님이 여기 오셨거든요

씬/15 그라나다 / 병원 건물 뒤편 + 호스텔 계단 (밤)

낮의 그 자리 주변에서 진우를 찾아 헤매고 있던 정훈, 전화를 받으며 놀라
뒤로 손전등 들고 찾아다니는 간호사가 보이고.

정훈 거기를 가셨다고요?
희주 네. 어떻게 된 거예요?
정훈 (기가 막혀서) 주무시길래 잠깐 밑에 내려간 사이에 또 없어지신 겁니다..!
병원 어디 계신 줄 알고 지금 찾고 있었는데..! 거길 어떻게 가셨죠?
희주 (올라가며) 직접 운전하고 오셨어요.
정훈 하 이런... 진짜... (맥 빠지고 허탈해 머리 헝클며 주저앉는)

씬/16 그라나다 / 호스텔 601호 + 병원 건물 뒤편 (밤)

희주, 문 따고 들어오며

희주 짐을 챙겨달라는데 어떡하죠..?
정훈 지금 그리 갈게요. (하고) 아, 그리고.. 대표님이 이상한 소리 하셔도 좀 맞춰
주세요. 의사가 스트레스성 피해망상 증세라고 해서요.
희주 (!) 피해망상이요..?
정훈 환각이 보이고 환청이 들리고요.
죽은 사람이 자꾸 유령처럼 칼을 들고 나타난다는 겁니다.

희주　(...!) 어제 돌아가신.. 그분 유령이요..?

정훈　(한숨) 네. 아까도 희주씨 가고 한 번 발작을 하셔서요

씬/17　회상 - 그라나다 / 병원 입원실 (낮)

6회 8씬에서 이어지는 상황.
정훈과 유라, 입씨름하다 와장창하는 소리와 간호사 비명 소리에 돌아보는
진우, 형석을 피하다 침대에서 떨어진
정훈, '대표님?!! 왜 그러세요?!!' 뛰어오고 간호사, 급히 일으키려 하며..
유라, 너무 놀라서 그 광경을 보고..

씬/18　그라나다 / 병원 건물 뒤편 + 호스텔 601호 (밤)

정훈　안정제 맞고 겨우 진정된 거거든요. 한참 주무시길래 안심했더니.. 하 씨..

희주　(기막힌) 그럼.. 앞으로 계속 환각이 보인단 말이에요?

정훈　모르겠습니다. 급성으로 온 건 며칠 푹 쉬면 나아질 수도 있다고 해서..

희주　(표정)

정훈　그니까 대표님이 무슨 소릴 하셔도 그러려니 맞춰주세요.
자꾸 뭐라고 자극하면 더 악화된답니다.

희주　네.. 그럴게요.

정훈　지금 갈게요.

희주　네.. (전화 끊고) .....

희주, 어쩔 줄을 몰라 한숨 내쉬는데 시선에 침탁 위의 렌즈 케이스가 들어오는

씬/19　그라나다 / 렌터카 안 (밤)

호스텔 앞에 세워져 있는 렌터카.
진우, 목발을 옆 좌석에 놓고 운전석에 타고 희주를 기다리고 있는.
꼼짝도 않고 앉아 있는데 시선은 계속 불안하게 흔들리고..
이때 멀리서 번갯불이 번쩍하더니 천둥소리가 우르르..
진우, ...!! 또 시작이다.
비가 창밖으로 쏟아지기 시작한다. 진우, 차창을 내려 손을 뻗어보는.
손바닥에 떨어지는 빗방울은 없고.
진우, 바로 창문을 닫는데
이어서 〈알함브라 궁전의 추억〉 기타 선율이 시작되고.
이제는 이미 익숙해진 공포의 전조.
이어서 눈앞에 메시지가 뜬다.
〈적이 나타났습니다〉
차의 전면 창으로, 쏟아지는 빗속에 형석의 이미지가 스르르 나타난다.
진우, ...!
형석, 피 묻은 검을 든 채 어둠 속에서 다가오고..
진우, 응시하며 잠금 버튼을 누르는.
달칵 소리와 함께 차 문 잠기고.

씬/20 그라나다 / 호스텔 로비 (밤)

진우의 가방과 옷가지를 챙겨 들고 내려오는 희주.

씬/21 그라나다 / 호스텔 앞 (밤)

희주, 나오면 진우, 차 안에 앉아 있는 모습이 보이고.

희주 대표님 (하고 운전석 문을 열려는데 문이 잠겨 있는) 대표님, (창문을 두드리는)

진우 (기다리라고 손짓하는)

희주 .....?

진우 (앞만 보며 꼼짝도 않고)

희주 (또 환영을 보는 듯 보이자) ..... (더 재촉 안 하고 서 있는)

진우의 시선으로. 정면에 빗속에 검을 들고 노려보고 있는 형석이 보이고..
침묵 속에 시간이 지나가길 기다리는 진우. 이마엔 식은땀이 맺혀 있고.
스르륵 사라진다. 비도 동시에 사라지고.
희주, 걱정과 불안을 감추며 서 있는데 진우, 갑자기 창문을 내리는

진우 렌즈 찾았어요..?

희주 (얼른 내미는) 네.. 이거 맞죠..?

진우 (받는) 고마워요.

희주 그리고 옷 좀 걸치세요 추워요 (하며 겉옷을 내미려는데)

진우 (바로 창문을 올리는)

희주 (표정)

씬/22 그라나다 / 렌터카 안 (밤)

렌즈를 끼는 진우.
양쪽 다 끼고 눈을 감았다 뜨자.
렌즈 살짝 빛을 내며.
〈59번째 로그인 하셨습니다〉
〈현재 레벨 4입니다〉
진우, 바로 손으로 마을 지도를 찾아 펼치는.
게임 스팟 아이콘들이 여기저기 반짝거리는데 뭔가 찾는

씬/23 그라나다 / 호스텔 앞 (밤)

희주, 진우가 뭘 하는지 모르겠다.

걱정스레 서서 기다리는데 갑자기 시동이 걸리자

희주 (놀라 창문을 막 두드리는) 대표님 대표님?!!

진우 (막 출발하려다 보고)

희주 대표님 잠시만요!!

진우 (창문을 내리고)

희주 (놀라) 어디 가세요? 제가 운전할게요!

진우 괜찮아요. (창문 올리는데)

희주 (올라가는 창문에 손을 넣어 필사적으로 붙잡는) 잠깐만요!! 잠깐만!!

진우 (창문 올리다가 멈추고)

희주 (창문 붙잡고 우기듯) 내리세요! 제가 운전한다구요! 그 몸으로 어딜 가게요?
문 좀 열어주세요! 여기 길도 모르시잖아요?

진우 알아요. (바로 출발하려는) 잘 자요.

희주 (!!! 애가 타 버럭) 어떻게 잘 자요 이 와중에!! 지금 장난해요?!

진우 (멈칫, 보고)

희주 (참다못해 마구 터지는) 그게 인사에요?! 사람 엿 먹이는 거죠! 이러고 가면 어떻게 잠을 자냐구요 걱정이 돼서!! 사람 말도 어지간히 안 들어요 진짜! 옆에서 지켜보니까 대표님 비서가 너무 불쌍해요. 세상에서 제일 극한직업이에요! 연봉이라도 많이 챙겨줘야지 대표님 같은 상사 모시다 제 명에 죽겠어요?! 다리 부러진 환자가 운전을 한다고 설치는데 어떻게 잠을 자냐구요! 안정제도 맞았다면서요! 약 기운에 운전하다 사고 난다구요! 제정신이세요 진짜?!

진우 ......

희주 (흥분해 다다다 하고 숨 가빠)

진우 (자조적인) 제정신 아니죠. 내가 미쳤다고 했잖아요.

희주 (....!)

진우 희주씨도 병 있어요?

희주 네..?

진우 화가 나야만 말문 터지는 병 있나 봐요. 매번 그러네. 화낼 때 보면 래퍼 해도 될 실력인데.

희주 (기막혀) 저 지금 심각하게 말하는 거예요. 그리고요, 집 계약 그거 취소했으면 좋겠어요, 그 돈 필요 없으니까 도로 가져가세요 제발. 도대체 왜 내 인생에 갑자기 나타나서 사람 롤러코스터를 태우세요? 난데없이 100억을 통장에 넣어주질 않나, 거기까진 좋았죠, 딱 하루 진짜 끝내주게 좋았어요, 근데 이게 뭐예요? 우리 집에서 떨어져서 다치고, 지금 또 운전하고 가다 사고 나서 죽으면요? 그럼 전 어떻게 살라고 이래요? 뭐 이딴 식으로 사람을 괴롭히냐구요 진짜! (울컥)

진우 ......

희주 저 돈 없어도 지금까지 잘 살았거든요? 그 돈 10분의 1만 있어도 우리 식구 평생 행복하게 살 수 있어요, 그러니까 사람 부담 지우지 말고 차라리 그냥 계약 해지해주세요! 그럼 맘 편하게 보내드릴게요!

진우 내 맘대로 해지 못해요. 회사 대 계약이라.

희주 그럼 이 문 열어주면 되겠네요!

진우 ...... (버튼 누르자 차 문 달칵 열리는)

희주 (...!)

진우 (농담처럼 말하나 진심인) 같이 가주면 나는 좋죠. 혼자는 무서웠는데.

희주 제가 운전할게요...!

진우 옆에 타요. 그걸로 충분해요.

희주 (표정)

씬/24 그라나다 / 골목길 (밤)

골목을 빠르게 빠져나가는 렌터카.

씬/25 그라나다 / 렌터카 안 (밤)

낯빛은 창백하고 이마에 땀이 맺히고, 정상으로 보이지 않는데도 골목골목을 빠르게 빠져나가는 진우를 보며 희주, 겁을 먹고 희주 어디로 가세요? 길은 알고 가는 거예요?

진우 알아요.

희주 어떻게 아세요 내비도 없이..?

렌즈 낀 진우의 시선으로.
게임 속 내비게이션이 위치를 계속 알려주고 있다.

씬/26 그라나다 / 골동품 가게 앞 (밤)

진우의 차, 한적한 거리의 골동품 상점 앞에 끽 선다.

희주 (영문 몰라) 여기요..?

진우 (문을 열고 옆에 둔 목발을 가져가는)

희주 (! 얼른 벨트 풀고 쫓아 나가는데)

진우 (자기가 목발 짚어 일어나 골동품 가게로 가는)

희주 (....?)

옛 물건들을 전시해놓은 고풍스런 골동품점.
진열대에 불만 켜져 있고 가게는 문 닫은.
진우, 목발을 짚고 와 문을 열어보려는데 잠겨 있고.

희주 (오며) 문 닫았어요 대표님. 거기 7시면 문 닫아요.

진우 아는 가게에요?

희주 그럼요. 이 동네는 서로 다 알아요.

진우 (주인 전화번호가 문 앞에 붙어 있자) 주인한테 전화 좀 걸어줄래요?

희주 (?) 골동품을 사시게요..?

진우 네. 급한 일이니까 문 좀 열어달라고 해줘요.

희주 지금 사시겠다고요?

진우 네. 지금 당장.

희주 ..... (이해 안 가지만 일단 맞춰주는) 잠시만요. (전화를 거는)

진우, 기다리면서 초조, 불안한 시선으로 주변 살피는.
갑자기 형석이 또 어디서 나타날지 모르겠고..
희주, 전화를 거는데 신호음만 가고 안 받는

진우　안 받아요?
희주　못 듣나 봐요. 아마 술집에 있을 거예요. 이 아저씨 가게 문 닫고 항상 새벽까지 술 마시거든요.
진우　(그 말에 바로 목발을 들어 출입문 유리를 깨는)

와장창 소리와 함께 유리 박살이 나며 산산조각 흩어지고..!

희주　(?!!) 뭐하는 거예요?!
진우　(열린 유리 사이로 손을 집어넣어 문을 따는)
희주　왜 이러세요? 이거 무단침입이에요!
진우　주인한테 설명 좀 해줘요, 시간이 없어서 (문 열고 바로 들어가는)
희주　(...!!)

씬/27 그라나다 / 골동품 가게 (밤)

진우, 목발을 짚고 들어온다.
어둠 속에 좁은 카운터가 있고 옛 갑옷이 전시되어 있다. 그 안으로 공간이 보이자 들어가는
넓은 방으로 들어서자, 카피한 옛날 갑옷이나 방패 같은 무기들과 도자기들, 각종 기념품들이 어둠 속에 진열되어 있다. 진우, 두리번거리는데 이때

주인　(스페인어, 자막) 어이, 자네 누군가에게 쫓기고 있군!

진우, 돌아보면 비어 있던 공간에 가상의 카운터가 생겨나며 주변 환해지는.
주인 남자의 NPC가 나타난다.

진우 (...!)

주인 (스페인어, 자막) 그라나다 최고의 무기점 아르마스에 잘 찾아왔네. 내가 자네에게 필요한 뭔가를 줄 수도 있을 거 같은데. 골라보겠나? (벽을 가리키는)

흰 벽에 갑자기 환하게 빛이 생겨나며 온갖 종류의 무기들이 스르륵 나타나는. 순식간에 벽면 가득, 화려한 무기들로 가득 차고.
15세기의 장검, 단검, 활, 창, 등등이 쭉 진열되어 있고.
진우, ...! 던질 수 있는 무기들이 진열된 쪽으로 향한다.
가장 먼저 눈에 들어오는 화려한 긴 창을 잡자, 메시지 뜨는
〈음유시인의 비창 : 공격력 3600 내구력 1500 레벨 45 이상〉
〈레벨이 낮아 구입할 수 없습니다〉
〈레벨을 높이시거나 퀘스트를 수행해 금화를 모으세요〉
진우, ...! 바로 다른 창을 집으려 하자
〈영웅의 단창 : 공격력 3300 내구력 2500 레벨 40 이상〉
〈레벨이 낮아 구입할 수 없습니다〉

주인 (스페인어, 자막) 이봐. 주제 파악을 하고 좀 싼 걸 골라보게나.

진우 빌어먹을... (아래쪽 값싸 보이는 무기 쪽으로 시선 돌리는)

씬/28 그라나다 / 골동품 가게 앞 (밤)

희주, 안절부절못해서 전화하고 있다. 연신 가게 안을 살피며.
방으로 들어간 진우가 뭘 하는지 모르겠고.

주인 (스페인어, E) 여보세요.

희주 (스페인어) 여보세요, 아저씨 저 희주에요. 지금 어디 계세요? 그게 일이 좀 생겨서요. 제 손님이 실수로 아저씨 가게 문을 깨뜨려서요..

씬/29 그라나다 / 골동품 가게 (밤)

진우, 단검들이 죽 진열된 곳에 서 있는
첫 번째 단검을 집자
〈얼음의 단검 : 공격력 720 내구력 550 레벨 10 이상〉
〈레벨이 낮아 구입할 수 없습니다〉
진우, 포기하고 가장 구석의 곧 부러질 것 같은 낡은 단검을 집자
〈바람의 단검 : 공격력 140 내구력 150 레벨 3 이상〉 〈구입하시겠습니까?〉
진우, ...!! 집어 들자 단도가 손에 쥐어지는.
〈바람의 단검을 구입했습니다〉

주인　(스페인어, 자막) 잘 골랐네. 자네 같은 초보는 그거라도 꽤 유용할걸세.

진우, 투척류 무기들이 진열된 쪽을 살피는.
〈어린 궁수의 활 : 공격력 550 사거리 150m 레벨 6 이상〉
〈레벨이 낮아 구입할 수 없습니다〉
이것도 살 형편이 안 되는 진우, 두리번거리다가 맨 아래 칸.
4개 한 세트인 작은 표창을 발견한다.
〈요정의 칼날 : 공격력 50 사거리 50m 칼날 4/4 금화 10개〉
〈금화 10개로 구입하시겠습니까?〉
진우, ...! 바로 집어 드는.
표창이 손에 나타나고
〈요정의 칼날을 구입했습니다 금화 0〉
진우, 표창을 어떻게 써야 할지 몰라 만지작거리자
〈연습 모드 : 목표물을 향해 던져보세요〉
어둠 속 허공에 과녁 이미지가 스르륵 생겨나는.
진우, ...!
표창을 조준해서 던져보는.
표창, 날아가나 과녁을 한참 벗어나 떨어지고.
이어서 다시 던지나 어림도 없다.

씬/30 그라나다 / 골동품 가게 앞 (밤)

희주 (스페인어) 그럼 여기서 기다릴게요. (끊고 들어가는)

씬/31 그라나다 / 골동품 가게 앞 + 골동품 가게 (밤)

희주가 방을 들여다보는데 진우, 진우가 어둠 속에서 뭔가 허공에 던지는 동작을 하고 있고.

희주 대표님.. 뭐하세요..?
진우 연습.
희주 무슨 연습이요...?
진우 표창 던지기요. 잘 안 되네.
희주 (표정. 뭐라고 대꾸를 해야 할지 모르겠는) ..... (입구 카운터 쪽으로 나와 다시 전화를 거는) 네 서비서님 어디세요..?

씬/32 그라나다 / 골동품 가게 (밤)

진우, 초조하게 연습 계속 해보는데 표창이 마침내 과녁 중앙 부근에 맞고.
〈연습 모드 : 명중〉
진우, ...! 겨우 감이 좀 잡히는. 다시 던지려는데 이때.
갑자기 밖에서 번쩍하는 번개와 함께 다시 천둥소리.
진우, ...!
이어서 바로 익숙한 기타 소리, 동시에 형석의 이미지, 문밖에서 나타나고.
진우, ...!!
〈적이 나타났습니다〉
〈연습 모드 해제 결투가 시작됩니다〉
진우, 급히 뒤를 돌아보며 도망칠 방향을 찾는.

가게 안쪽으로 문이 보이고.
진우, ...! 다시 돌아보는.
형석, 깨진 유리문 사이로 바로 들어온다.
진우, 표창을 바로 집어 들자 형석의 심장에 과녁이 생겨나고.
첫 번째 표창을 던지나 벗어나고.
형석, 다가오는
진우, 목발 짚고 뒤로 물러나며 두 번째 표창 다시 던지나 벗어나고..!
진우, 세 번째 표창을 다시 급히 던지는데 형석의 팔에 맞는.
〈명중! 5〉
진우, ...!!
형석, 잠시 멈칫한다. 표창이 팔에 꽂힌 채, 다시 다가오는
진우, 네 번째 표창을 던지는데 형석의 가슴에 맞는다.
피가 픽 튀면서...!
〈명중! 30〉
뒤로 밀려나며 멈칫하는 형석. 생명 바 쭉 줄어들고..
진우, ...!! 다시 급히 던지려는데 표창 없고.
〈요정의 칼날을 다 썼습니다 암살자의 검을 장착합니다〉
손에 저절로 검이 생겨나는
진우, ...!!
형석이 다시 오자 진우, 바로 뒷문으로 향하는. 형석, 빠르게 다가가고..!

씬/33 그라나다 / 골동품 가게 앞 (밤)

희주 네 일단 이리 오세요. 지도 보내드릴게요. (끊고 지도 찾는데)

안에서 쿵 문 닫는 소리에, 희주 멈칫, 돌아보는.
희주, 들어가보려는데 이때 가게 주인이 헐레벌떡 온다.
주인, NPC 주인과 똑같이 생긴

주인 (스페인어) 뭐가 어떻게 됐다는 거야?

희주 (돌아보고, 스페인어) 어 아저씨~

주인 (와서 보고 호들갑, 스페인어) 세상에 이게 뭐야? 누가 이런 짓을 해?

씬/34 그라나다 / 골동품 가게 사무실 (밤)

어둠 속 좁은 공간에 들어온 진우.

〈장애물로 인해 결투가 지연되고 있습니다〉

진우, 검을 도로 집어넣는 동작하자,

〈무기를 교체합니다 바람의 단검〉

손에 단검이 생겨난다.

진우, 단검을 꽉 쥐고 문 바로 옆의 벽에 등을 지고 선다.

눈앞에는 카운트다운 숫자가 다시 생겨나고..

59..... 58...... 57..... 56....

진우, 손을 뻗어 문손잡이를 조심스레 잡고 돌리면서 확 열어젖히는.

〈결투가 재개됩니다〉

동시에 형석이 들어오고 순간, 진우 바로 형석의 뒷목에 단검을 꽂는.

〈치명적 일격이 성공했습니다 140〉

형석의 목에서 피가 솟구치며...!

진우, 필사의 힘으로 단검을 잡고 버티는... 형석의 생명 바 쭉 줄어들고.

진우, 단검을 꽂은 채 형석을 밀어붙이고, 형석을 벽에 몰아붙이는.

솟구치는 피는 진우의 얼굴까지 튀고..!

단검을 꽂은 채 형석을 벽에 밀치고 떨어지는 진우.

〈단검을 썼습니다〉

〈무기를 교체합니다 암살자의 검〉

진우의 손에 다시 장검이 생겨나자 형석이 자세를 갖추기도 전에 바로 검으로 그어버리려다 멈칫....!!!

형석의 눈빛, 이제는 도저히 가상 이미지로는 보이질 않고..

진우, 순간 망설이며..

형석이 그사이 자세를 잡으려 하자, 진우, 결국 확 그어버린다.

〈치명적 일격이 성공했습니다 300〉

〈YOU WIN / 승리했습니다〉
〈적의 경험치를 획득했습니다〉
〈경험치 +200 공격력 +30 방어력 +30〉
〈레벨 5가 되었습니다〉
진우, 숨을 헐떡거리며 내려다보는..
단도가 꽂힌 채 죽은 형석의 이미지 바닥에 남아 있다.
바닥에는 흥건하게 피가 고이고..
진우가 시신에 가까이 가자, 메시지가 뜬다.
〈Dr.Cha님의 시신입니다〉
〈당신이 1분 전에 해치웠습니다〉
처음에 결투에서 이겼을 때와 같은 통쾌한 기분이 아니다.
실제로 형석을 죽인 것 같은 기분, 소름 끼치는 오한이 드는..
비릿한 피 냄새가 방 안에 진동하는 것 같은 착각마저 들고.

진우　(NA) 또다시 차형석을 죽였다.

이때 희주가 문을 열고 들어오는. 밖의 불빛에 방이 환해지고.
동시에 형석의 이미지 스르륵 사라진다. 빗소리도 천둥소리도 기타 소리도, 바닥의 흥건한 피와 진우 손의 피도 사라지고.

희주　대표님..?
진우　...... (보는)
희주　주인아저씨 오셨어요. 뭐 사신다면서요..?
진우　..... (영혼이 빠져나간 듯한 표정) 희주씨가 골라줘요.
희주　제가요..? 어떤 걸루요..?
진우　아무거나 상관없어요.
희주　(표정)

씬/35 그라나다 / 골동품 가게 앞 (밤)

희주가 방금 산 커다란 박스를 들고 주인과 이야기하고 있고.
희주가 아픈 환자라고 진우를 보며 설명을 하고 주인이 진우, 힐끔거리고.
진우, 세워져 있는 차의 조수석에 늘어져 앉아 있다.
잠시 후, 인사하고 희주가 차로 오는

씬/36 그라나다 / 렌터카 안 (밤)

희주, 상자를 뒤에 싣고 운전석에 앉는 동안,
진우는 미동도 없이 앞만 보고..

희주 (걱정돼) 병원으로 가야겠어요. 안색이 너무 안 좋으세요.
진우 (앞만 보며) 병원은 안 가요.
희주 그럼 이제 어디로 가요..?
진우 모르겠어요 나도 이제..
희주 (표정)
진우 (혼잣말처럼) 죽기는 싫은데 죽이는 것도 끔찍하고..

진우의 시선으로. 창밖에 서 있는 형석이 보인다. 어느새 다시 나타난.

진우 죽여도 소용이 없고.. 빌어먹을.. 방법이 없네..
희주 (....?)
진우 (진 빠져) 그냥 좀 달려줄래요..? 차 안에 있는 게 제일 맘 편해서.
희주 ......

컷 튀어 도로를 달리고 있는 차.
희주, 운전하다가 신호등에 걸려 선다.
차를 세우고 옆을 보면 진우, 다시 약 기운에 쓰러지듯 잠이 든.
희주, 조심스레 손을 뻗어 이마를 만져보는. 열이 높고.
희주, ...

씬/37 그라나다 / 공원 (오전)

디졸브로.
아침의 공원 숲속 풍경들이 지나가고.
병준, 꼿꼿이 서서 형석이 죽은 벤치를 쳐다보고 있다.
아직도 주변에 폴리스 라인이 쳐져 있는 벤치.
좀 떨어진 곳에 형석의 비서와 직원1이 서서 지켜보고 있고.

영사관 (E) 이 벤치에서 발견됐습니다. 앉은 자세로요.
병준 .....
영사관 (E) 유진우 대표님도 여기서 만나셨답니다.

병준을 괴롭히고 있는 생각들이 다시 떠오르고..

〈회상 몽타주〉

C#1 그라나다 / 병원 복도 (5회 67씬 中)

영사관 고인 옷깃하고 목에서 유진우 대표님 지문이 나왔답니다.

C#2

영사관 지금 추가로 고인 사망 추정시간이 대표님하고 헤어진 전후라는 1차 조사결과가 나와서요.
병준 (표정)

C#3 그라나다 / 병원 건물 뒤편 앞 (5회 68씬 中)

병준 진우야.
진우 (그 소리에 눈을 뜨고)

병준 (표정)

진우 ...... (반쯤 희미한 정신으로 병준을 보고)

병준 (안타까운) 너.. 무슨 일이냐...?

진우 ...... 죄송합니다.

회상에서 돌아오며... 그 말이 계속해서 아까부터 목에 걸린 가시처럼 걸리고..

병준, 이어서 어제 수진과의 만남을 떠올리는.

씬/38 회상 - 그라나다 / 렌트 아파트 거실 (낮)

초췌한 수진, 고개 숙이고 죄인처럼 앉아 있고..

병준, 뒷짐 지고 서서 차가운 눈빛으로 내려다보며

병준 몸은 좀 어떤 거냐?

수진 전 괜찮.. 습니다.

병준 .....

수진 (고개 푹 숙이고) 죄송합니다 아버님..

병준 뭐가.

수진 제가 옆에서.. 챙기질 못하고..
(눈물 맺히며) 술을.. 그만하게 말렸어야 되는데.. 나가지 못하게..

병준 (눈빛은 냉정하고) 이제 와 후회하면 뭐하겠냐? 이미 내 아들은 죽었는데.

수진 (표정)

병준 (냉소) 너는 늘 나를 만나면 죄송하다고 하더구나. 그러면서도 계속 죄송할 일을 하고. 변명도 항상 같단 말이지. 형석이를 말릴 수가 없었다고.
너는 결혼도 형석이를 말리지 못해 한 것처럼 말했잖냐 나한테.
그렇게 대담하게 불륜 스캔들을 터뜨려놓고 그 이유가, 말리지 못해서라니?
나는 니가 도무지 이해가 안 갔다. 그때부터 지금까지 줄곧.
죄송해할 양심이 있다면, 애초에 그 죄송할 짓을 안 하면 되는 거다,
왜 니 욕망 이끌리는 대로 하고서는 매번 죄송하다는 거냐?

수진 (표정)

병준 세상에 둘도 없는 절친이었다, 내가 20년을 봐왔는데 한결같이. 근데 순식간에 박살이 났지 않니, 여자 하나 때문에..! 니들 결혼한다고 찾아와서 뭐라 그랬었더라? 사죄하는 마음으로 더 잘 살겠다고 했던가? 근데 지금 결론이 뭐냐?
이 지경이 됐다. 한 놈은 죽었고, 한 놈은 평생 불구가 됐어. 내 아들은, 하나밖에 없는 내 아들이, 너 하나 때문에 친구들을 잃고 회사를 잃고 애비를 잃고 명예를 잃고, 알코올 중독자가 돼서 이 낯선 땅에서 이유도 모른 채 죽었다! 그리고 진우는..!

수진 (무차별로 퍼붓자 감당 안 돼 울음이 터지는)

병준 그래 죽은 건 니 탓이 아니지, 진우가 저 지경이 된 것도 니 탓은 아닌 거 알지, 그렇지만 난 너를 죽어도 위로는 못하겠다. 난 니가 불쌍하지가 않다. 미안하지만 전혀. (가라앉히려 애쓰며) 그리고 진우는 말이다..

수진 (흐느끼고)

병준 (다시 냉정한 톤으로) 정밀부검을 할지는 유족이 선택할 문제란다.
너랑 나, 유족은 우리 둘이야.
그런데 어쩌면 만에 하나, 부검 결과가 진우를 향할 가능성도 있다.

수진 (그 말에, ...! 고개를 드는)

병준 너는 어쨌으면 좋겠냐?

수진 (표정)

병준 너는 부검을 원하냐?

수진 (눈빛에 공포가 서리고)

씬/39 그라나다 / 공원 (오전)

병준, 깊이 생각에 빠져 있는데 바스락거리며 누가 오는 소리.
돌아보면 검은 양복 갖춰 입은 선호가 오고 있는

선호 교수님. (인사하고, 형석 비서에게도 인사하는)

형석비서 (인사하고)

병준 ..... 언제 왔어?

선호 한 시간 전에요. (착잡한) 형석이랑.. 진우 먼저 보고 오는 길입니다.

병준 진우는..?

선호 자고 있는 것만 봤습니다. 깨 있으면 불안 증세가 심해서 안정제를 계속 놓고 있답니다.

병준 (한숨) 식사 전이지? 같이 먹자. (하며 앞서 가는)

선호 ..... 네.

병준 (가다가 멈칫, 벤치를 가리키며) 형석이 저기서 발견됐단다.

선호 (?! 돌아보고)

병준 (다시 가는)

선호 (벤치를 보며 착잡한)

씬/40 그라나다 / 레스토랑 (오전)

웨이터가 빵을 갖다 놓고 와인 잔에 와인을 따르는
병준, 선호, 음식은 손도 안 대고 이야기 중이다.

병준 이 자리에서 우리가 결론을 짓자. 시간이 없어.
더 우물쭈물하면 기자들이 온갖 기사 쏟아낼 거다.
얼마나 물어뜯고 씹기 좋은 소재냐? 사실이 중요한 것도 아니야. 자극이 중요한 거지. (비꼬듯) 이렇게 자극적인 막장 소재가 또 있겠냐?

선호 ..... 그렇죠.

병준 수진이랑은 얘기 끝냈다.

선호 (표정)

씬/41 회상 - 그라나다 / 렌트 아파트 거실 (낮)

6회 38씬에서 이어지는

병준　부검을 해도 형석이가 살아 돌아오진 않는다.
그래도 사인을 밝히지 못할 확률이 높다고 하고.
우리가 부검을 하겠다고 하면, 그것만으로도 타살 의혹으로 기사가 쏟아질 거다.
그럼 이것만은 확실하지. 지난 몇 년 동안 너희 셋에 관한 소문이 지긋지긋할 정도였는데 이번에는 더하면 더했지 덜하진 않을 거라는 거다.

수진　.....

병준　또 그렇게 되길 바라나? 태어날 아이한테도 좋을 리 없지 않겠냐?

수진　.....

병준　(압박하듯) 그래도 부검을 원해?

수진　(결국) 아니요..

씬/42　그라나다 / 레스토랑 (오전)

병준　우리는 결정했다. 내 아들 몸을 누더기로 만들고 싶지도 않고.
나는... (잠시의 망설임) 진우 의심 안 한다.

선호　(표정)

병준　의심할 게 없으면 부검할 이유가 없지. 너는?

선호　(표정)

병준　너는?

선호　(표정에, 짧은 회상이 평평 스치는)

〈회상 인서트〉

C#1　서울 / 선호의 사무실 (4회 40씬 中)

양주　대표님이 완전히 밟아버렸다고 했거든요.

선호　뭐...?

양주　새벽에 전화했었어요 대표님이. 차대표를 밟아버렸다고요.
아주 신이 나셨더라구요.

C#2

양주 혹시.. 게임 하다 진짜 주먹이라도 쓰신 건 아니겠죠..?
그럼 과실치사나 폭행치사가 될 수도 있잖아요..?
선호 최팀장. 지금 말을 막 해?
양주 아니 그냥 그 말이 걸려서요. 밟아버렸다는 말이..

C#3 서울 / 선호의 차 안 (5회 23씬 C#3 中)

진우 형이 전화 안 했으면 사고 칠 뻔했어.
선호 (...?)
진우 (자조적인) 손에 칼이 있었으면 찔러버렸을지도 몰라.

선호, 여기 오면서 의구심을 품지 않은 것이 아니다.
그러나 병준이 그렇게 묻자, 그런 말을 할 수가 없고.

병준 너는 어떻게 생각하냐?
선호 (표정)
병준 .....
선호 그런 의심은..
병준 (뚫어질 듯 보고)
선호 (병준이 진우를 정말 의심하지 않고 있는지조차 모르겠고, 시험을 당하는 기분) ..... 말도 안 됩니다.
병준 ......
선호 ......
병준 그럼 덮자. (하고) 우리가 수습해서 먼저 떠날 테니까 너는 진우 상태 봐가며 조치해라. 일단 고유라부터 빨리 떼어놓고. 그 애는 정말 큰 문제다.
선호 .... 네.
병준 몸이 좀 회복되면, 바로 미국으로 보내. 가능성 별로 없다고는 하지만 재활 치료도 끝까지 해봐야 되지 않겠냐?

선호　그래야죠. 조치하겠습니다.
병준　..... (그제야 포크와 나이프를 드는)

둘, 무거운 기분으로 말없이 식사하는 모습에

진우　(NA) 형석의 죽음은 이렇게 의도적으로, 억지로 서둘러 무마되었고

씬/43 그라나다 / 별장 침실 (밤)

스탠드 불만 켜진 어둑한 침실.
진우, 링거 꽂고 잠들어 있는. (옆에 누가 있는지는 잘 안 보이고)

진우　(NA) 내가 약에 취해 잠든 사이에 모두 그라나다를 떠났다.

씬/44 그라나다 / 형석의 회사 차 안 (낮)

검은 옷을 입은 수진, 수경이 뒤에 타고 있고 형석의 비서 앞에 탄.
셋, 침통한 표정으로 아무 말도 없고.

진우　(NA) 수진이도

씬/45 그라나다 / 공항청사 앞 (낮)

세단이 서고 형석 회사 직원들이 바로 내리며 문을 여는.
병준이 나와서 청사 안으로 들어가는데 한국 기자들 여럿이 진을 치고 있다가 사진 찍으며 몰려들고 직원들이 병준을 둘러싸며 막고.

진우　(NA) 교수님도

씬/46 그라나다 / 병원 현관 앞 (밤)

로드가 차를 앞에 대고 기다리고 유라, 차 앞에서 마구 욕을 하며 통화하는

유라 그 개자식들이 작당해서 또 나를 빼돌렸다구! 어디로 갔는지도 모른다니까! 저녁 먹고 오니까 없어진 걸 어떡해?!! 내가 걔들 다 죽여버릴 거야 진짜! 이건 어떻게 법으로 안 돼? 고소할 수 없어?

로드 (억지로 태우며) 누나 사람들이 봐요, 차에 타서 통화해요~

유라 차병준 가만 안 둬 노망났나 봐 진짜 그 노친네! 지들이 뭔데 내 남편을 빼돌려?! 아무것도 아닌 것들이잖아! 지들이 뭔데?!

진우 (NA) 유라도

씬/47 그라나다 / 시체 안치실 (낮)

경찰 입회 아래 형석의 시신을 꺼내 확인시키는 직원.
선호와 형석의 비서가 지켜보고 있고.

씬/48 그라나다 / 병원 일각 (낮)

병원 차에 형석의 관을 싣고 있는 병원 직원과 형석 회사 직원들.
선호가 씁쓸하게 지켜보고 있고

진우 (NA) 그리고 형석이도.

씬/49 그라나다 / 별장 침실 (밤 - 낮 - 밤)

잠에 빠져 있는 진우, 간호사가 주사를 놓고 있고.

진우 (NA) 그사이 나는 자청해서 계속 수면제를 맞았다.
자는 동안은 차형석이 나타나지 않는다는 걸 알게 된 후로.

시간이 경과하는데 계속 잠에 빠져 있는 진우 컷컷. (진우 단독 샷)

진우 (NA) 잠은 가장 안전한 은신처였다.
나는 두려움을 잊기 위해 계속해서 잤다.

진우, 살짝 건드리는 손길에 눈을 뜬다. 선호, 갈 채비하고 내려다보고 있는

선호 진우야.
진우 ..... (정신이 들어 보고)
선호 일이 너무 밀려서 서울 가봐야 되겠다. 다들 아우성이라서. 너도 나도 없으니 짐작이 가지 않냐? (미소)
진우 ......
선호 혹시.. 나한테 할 말 있니?
진우 (약에 취해 힘없이) 무슨 말...?
선호 아니.. 그냥.
진우 ......
선호 ......
진우 (NA) 아무도 나에게 그날 차형석과 무슨 일이 있었는지 묻지 않았다.
아마 물었으면, 나는 대답했을 것이다.
내가 형석이를 죽였다고.

묘한 침묵이 흐르다가 정훈이 문을 열고

정훈 이사님. 비행기 시간 다 돼갑니다.
선호 (결국 말 못 꺼내고) 힘내라. 전화할게. (어깨 툭 두드려주고 나가는)
진우 ....

진우 (NA) 그러나 누구도 감히 나한테 묻지 못했다.
진실을 듣는 것이 두려웠는지.

씬/50 그라나다 / 이륙하는 비행기 인서트 (밤)

진우 (NA) 형도 떠나버리고.

씬/51 그라나다 / 별장 침실 (낮)

진우, 잠에서 깨 침대에 가만히 누워서..

진우 (NA) 정신을 차렸을 때는 다시 우리만 남아 있었다.

물끄러미 보는 진우의 시선 따라가면, 침대 옆 암체어에 희주, 피곤해 쪼그리고 앉아 잠들어 있다. 그 모습을 생각에 빠져 꼼짝 않고 보고 있는 진우.
희주, 추워 뒤척이며 움츠리자 진우, 일어나 리모컨을 집어 에어컨 끈다.
절뚝거리며 다가와 옆에 놓인 얇은 담요를 덮어주는.
희주, 모르고 자고.

씬/52 그라나다 / 별장 거실 (낮)

진우, 목발 짚고 나와 주방에서 약을 찾는. 빈 약봉지만 나오자 구겨 버리고..
밖에선 강렬한 햇살 아래 민주가 야외 수영장에서 튜브 타고 있는

씬/53 그라나다 / 별장 정원 (낮)

진우, 나오며 햇살이 너무 눈부셔 찌푸리는.

수영장 튜브에 누워 음료수 마시며 첨벙거리던 민주.

민주　어? 아저씨~ (손으로 저어 다가오는) 아저씨 깨 있는 거 오랜만에 봐요~
진우　잠이 안 와.
민주　수면제 끊어서 그런가 봐요. 병원에서 약 처방 끊었대요 계속 먹으면 안 된다고.
진우　......
민주　이제 유령 안 보이세요?
진우　(말 돌리는) 너 학교에 있을 시간 아니니?
민주　오늘 결석했어요~ 병간호해야 된다고 얘기하구요
진우　병간호? 내 병간호?
민주　네. 근데 아저씨 저요 이 집 너무 맘에 들어요~ 수영장 진짜 짱이에요~ 아저씨 내일 제 친구들 데리고 오면 안 돼요? 애들 대따 좋아할 텐데~
진우　너는 아무리 봐도 병간호가 아니라 바캉스 온 거 같은데.
민주　전 간호하고 싶었어요. 진짜로 언니랑 교대하려고 온 거예요.
근데 제가 할 일이 없잖아요. 아저씨는 언니만 필요하다니까요.
진우　내가 언제..?
민주　아저씨가 언니 붙잡고 안 놔줬잖아요. 옆에 있으라고~
진우　내가..?

씬/54 회상 - 그라나다 / 별장 침실 (밤)

진우, 땀에 젖어 누워 있고 희주, 물수건으로 닦고 민주, 옆에서 쳐다보는데

희주　너 좀 지켜. 수건 갈아 올게 (가려는데)
진우　(희주의 팔을 잡는)
희주　(돌아보고)
진우　(비몽사몽으로) 어딜 가요..?
희주　잠깐만요 (하는데)
진우　옆에 있어요.

희주 (표정)

진우 혼자는 무섭다니까..

희주 ...... 네. 안 가요. 저 여기 있어요. (도로 앉으며 민주에게 수건 주는) 이거 좀 빨아줄래?

씬/55 그라나다 / 별장 정원 (낮)

진우 (표정)

민주 계속 그랬잖아요. 아저씨가 옆에 있으래서 언니 꼼짝도 못했잖아요. 언니 여기서 계속 잤어요 집에도 못 오고.

진우 (표정)

민주 왜 언니만 찾아요?

진우 (스스로 당황스런) 글쎄..

민주 네?

진우 나도 잘 모르겠는데. 내가 왜 그랬는지.

민주 모르는 게 어딨어요~

진우 진짜로.. 생각 좀 해봐야겠다. 내가 왜 그랬는지.

민주 아 진짜~ 왜 자꾸 언니 조련하세요?

진우 조련?

민주 조련하고 있잖아요 지금. 은근 장난 아니잖아요. 막 여자 마음 약해지게 멘트 날리고. 아저씨 대따 조련 잘 해요. 아저씨 조련왕이에요. 제가 별명 지었어요.

진우 (어이없어 보고)

민주 별명 마음에 드세요?

진우 너라면 마음에 들 거 같니?

민주 (첨벙거리며 멀어지는) 제가 보기엔 딱 어울려요.

진우 (헛웃음) ..... (잠시 생각하다 돌아서는데)

민주 아 참, 아저씨 고유라요~

진우 (들어가려다 ?)

민주 예뻐서 좋아했는데 홀랑 깼어요. 티비랑 완전 달라요.

진우 (?) 니가 만났어..? 어디서?
민주 저번에 우리 집에 왔었어요.
진우 (표정)

씬/56 회상 - 그라나다 / 호스텔 로비 (밤)

희주 (문을 열며) 누구세요? (하다 놀라는) 어..
유라 (술 취해 밖에 서 있다가 희주 보자 바로 손으로 어깨 밀치며 들어오는) 야!
희주 (뒤로 밀리며 넘어질 뻔하는) ....! 저기요 말로..
유라 이게 진짜 아주.. (들어오며 한 번 더 확 미는) 너 수작 부리지 말랬지 내가?
희주 (!! 바닥에 밀쳐져 넘어지는)

씬/57 그라나다 / 별장 정원 (낮)

진우 (....!)
민주 술 먹고 와서요, 아저씨 어디 갔냐고 막 소리 지르구요,
진우 (순간 분노) 그래서..? 언니가 맞았어?
민주 밀쳐서 넘어지구요, 그리고 (손으로 때리는 흉내 내며) 언니 때리려고 막 이랬는데, 사람들이 말려서 못 때렸어요. 막 (발차는 시늉) 발로 차려고도 했어요. 매니저가 와서 데리고 갔어요.
진우 (표정)
민주 완전 재수 털려요. 진짜 짱 싫어요.
진우 (충분히 그러고도 남을 여자고, 치미는 분노를 누르느라) .....
민주 왜 결혼했어요?
진우 ......
민주 아저씨랑 하나도 안 어울려요. 결혼 왜 하셨는데요?
진우 기억이 안 나.
민주 어떻게 그게 기억 안 나요?
진우 그러니까.. (자조적으로) 아마 홧김에 한 거 같다.

민주 (...??)

씬/58 그라나다 / 별장 침실 (낮)

진우, 방문을 열고 들여다보는.
희주, 아까 그대로 의자에 쪼그리고 앉아 잠들어 있고.
미안하고 안쓰러운 마음에 잠시 물끄러미 보다 밖에서 현관문 여는 소리가 나자 깰까 조용히 문 닫는

씬/59 그라나다 / 별장 거실 (낮)

상범이 가방 들고 두리번거리며 들어오다가 진우를 보고

상범 어? 일어나셨네요!
진우 (보고)
상범 저 기억하세요? 그때 집 계약할 때..
진우 알죠. 희주씨 가족이나 다름없는 분.
상범 (그때 맘 상했던 말을 하자, 씩소) 아.. (하고 가방을 주방 테이블에 내려놓으며) 할머니가 뭘 잔뜩 싸 보내셔서요. (하고) 희주는요?
진우 잠들었네요.
상범 네에.. 피곤하겠죠. 벌써 며칠짼데요. (하고 가방에서 찬합들 꺼내며) 좀 어떠세요? 전 일어나셨을 줄 몰랐는데. 괜찮아 보이시는데요
진우 네. 살 만합니다.
상범 (확인) 괜찮으신 거죠?
진우 (흘끔)
상범 (얼른) 저 그럼 오늘은 희주 좀 데려가도 됩니까?
진우 네?
상범 오늘이 희주 생일이거든요.
진우 (표정)

상범　생일날도 여기 있어야 되나 했는데. 데리고 나가도 되겠죠? 친구들이랑 생일 파티 할려 그랬거든요.

진우　생일인 줄 몰랐네요.

상범　희주가 못 나간다고 해서 연기했는데 그래도 생일은 오늘이니까요. 좀 나아지신 거면..

진우　생일 파티 해야죠 물론.

상범　(! 속 시원해져서, 찬합 냉장고에 넣으며) 솔직히 희주가 간병인도 아닌데 그동안 고생했죠. 호스텔에서 다치셨으니 애가 책임감 느껴서 맘고생하더라구요. 걔가 마음이 너무 약해서요.

진우　그렇게 생각할 필요는 없었는데요.

상범　그죠?

진우　(살짝 가시가 있자, 흘끔)

상범　그리고 대표님이 계속 붙잡으셨구요. 희주 (강조) 만. 찾으시니까요.

진우　약 먹고 헛소리했나 보죠. 내 비서로 착각했을 겁니다.

상범　(비꼬는 듯) 그런 거겠죠?

진우　(표정)

상범　걱정이 되니까 집에도 못 가고 잠도 못 자고요.

진우　어지간히 민폐였네요 내가 진짜.

상범　아~ 그건 아니고요~ 대표님 상태가 워낙 안 좋으시기도 했구 이해는 가는..

진우　(말 끊는) 이젠 상태 좋습니다. 데리고 가셔도 됩니다.

상범　(벼르던 대답을 들은, 미소) 그래요? 다행이다.

진우　......

씬/60　그라나다 / 별장 침실 (낮)

희주, 뒤척이다가 퍼뜩 눈을 뜨는.
침대가 비어 있자 희주, ?!

희주　(바로 겁먹어) 대표님..? (벌떡 일어나 후다닥 욕실로 갔다가 없자) ...!! (놀라 나가는)

씬/61 그라나다 / 별장 거실 (낮)

희주, 급히 나왔다가 진우가 음료수 마시고 있자

희주 어..?
진우 (흘끔)
희주 아.. (안도) 전 또 혼자 나가신 줄 알았잖아요~ 깜짝 놀랐네~
진우 생일 축하해요.
희주 네?
진우 오늘 생일이라면서요.
희주 (놀라) 어떻게 아셨어요?
진우 희주씨 가족이나 다름없는 분이 알려주던데.
희주 네에..?

이때 상범이 정원에서 들어오는.

상범 희주야!
희주 (보고) 어, 오빠 언제 왔어?
상범 좀 전에. (하고) 민주 데리러 왔는데, 너도 가자.
희주 어?
상범 생일 파티 해야지. 생일은 오늘인데~ 연락했더니 애들 도로 다 나온대.
희주 (당황) 난 못 간다고 했잖아.
상범 대표님 괜찮으시대. 너 데려가도 된대.
희주 (? 보자)
진우 재밌게 놀아요. 난 몰라서 선물도 준비 못했는데.
희주 (손 내젓는) 아녜요~ 무슨~ 그리고 저 안 가요~ 나중에 만나도 돼요~
진우 여기 있을 필요 없어요. 난 멀쩡하니까. 간 김에 집에서 푹 쉬어요.
희주 (당황스런)
상범 너도 옷 입어. 바로 가게.

희주　(머뭇거리는) 아니 난..
상범　애들하고 약속 도로 잡았다니까? 야 또 취소하리?
희주　서비서님 오시면. 병원 가셨는데 누가 와야 가지
진우　난 상관없어요.
희주　(보고)
진우　(미소) 진짜 상관없어요.
희주　(표정)

씬/62 그라나다 / 별장 앞 (낮)

대문이 열리고 상범, 희주, 민주가 나와 한쪽에 세워둔 상범의 차로 향하는.
민주는 이어폰 끼고 음악 듣고 있고

희주　(마음이 찜찜해 연신 뒤를 돌아보며) 혼자 두면 안 되는데..
상범　비서 온다며?
희주　아직 안 왔잖아.
상범　아 진짜 무슨 애냐? 그리고 멀쩡해 보이던데 뭘? 미쳤다고 하더니 아닌데?
희주　(발끈) 누가 미쳤대?
상범　피해망상증이라면서? 의사가 그랬다며?
희주　..... (다시 돌아보고)

씬/63 그라나다 / 별장 침실 (낮)

진우, 침대에 앉아 있는데 고요한 적막이 감돌고.
혼자 있자 한기가 도는 듯한 기분이 드는.
침대 바로 옆에 놓인 암체어가 시선에.
희주가 줄곧 앉아 있어서 쿠션도 찌그러지고 담요는 구겨지고..
진우, 잠시 빈 암체어를 보다가 핸드폰을 거는

진우 난데. 지금 시내에 있지? (하고) 뭐 좀 보낼 게 있어

씬/64 그라나다 / 별장 거실 (낮)

소파에 가만히 누워 있는 진우.
잠은 전혀 안 오고.. 적막 속에 눈을 감으려다가 매미 소리에 퍼뜩 눈을 뜨고.
주변 둘러보며 불안해하는.

진우 (NA) 약 기운이 사라지자, 다시 불안의 시간이 시작됐다.

씬/65 그라나다 / 별장 침실 (낮)

진우, 서랍을 아무리 뒤져도 약봉지 없고.

진우 (NA) 잠을 자는 게 나은데 약이 없다.

씬/66 그라나다 / 별장 거실 (낮)

진우, 냉장고를 뒤져보나 술은 없고.
찬장에서 요리용 와인을 찾는데 따라보면 비어 있고.
진우, 한숨...

진우 (NA) 술도 다 치워버렸다.

씬/67 그라나다 / 별장 침실 (낮)

컷 튀어 진우, 침대에 누워 있는데 긴장으로 잠은 전혀 오질 않고.
희주가 없는, 빈 암체어만 계속 눈에 들어오는.
진우, 식은땀이 이마에 맺힌, 표정에

진우 (NA) 이런 게 정신병인가..?
아무 전조도 없는데도 알 거 같다.
이제 곧 나타날 때가 된 걸.

씬/68 그라나다 / 호스텔 희주 방 (낮)

희주, 약속 장소로 나가기 전, 모처럼 화사하게 차려입고 귀걸이도 하고.
진우에게 전화 걸어보고 있는. 신호음이 가다가..

진우 (E) 여보세요.
희주 대표님 저예요. 별일 없으신가 하구요.

씬/69 그라나다 / 별장 욕실 + 호스텔 희주 방 (낮)

진우, 클로즈업으로 어디 있는지 안 보이는

진우 아무 일 없어요.
희주 괜찮으신 거죠..?
진우 당연하죠.

카메라 빠지면, 진우 혼자 샤워부스 안에 들어가 문 닫고 앉아 있다.

희주 서비서님 오셨어요?
진우 아직.
희주 아직도요? 오실 시간 넘었는데.

진우　내가 심부름을 시켜서. 곧 올 거예요

희주　네에.. (하고) 뭐하세요?

진우　그냥. TV 보고.

희주　심심하지 않으세요?

진우　전혀.

희주　괜찮.. 으신 거 맞죠?

진우　안 괜찮으면 다시 오게요?

희주　(놀라) 어디 아프세요?

진우　농담이에요. 재밌게 놀아요.

희주　들어갈 때 뭐 사 갈게요~ 드시고 싶은 거

진우　(말 끊는) 안 와도 돼요.

희주　아니 그래두..

진우　아니 그래두 됐으니까 오지 마요.

희주　왜요 전

진우　끊을게요. (툭 끊는)

희주　여보세요? (무뚝뚝하게 끊어버리자 섭섭한) ......

희주, 시무룩해서 가방 챙기는

씬/70 그라나다 / 호스텔 로비 (낮)

희주, 가방 메고 주방에서 나오는데 초인종이 울린다.

희주　(가며, 스페인어) 누구세요?

씬/71 그라나다 / 호스텔 앞 (낮)

희주, 문을 확 열었다가 놀라는 표정.
엄청나게 큰 꽃다발이 희주 눈앞에 있다.

화원직원 (스페인어) 안녕 희주.

희주 (놀라, 스페인어) 안녕 라울.. 근데 이거 뭐예요?

화원직원 (스페인어) 희주 앞으로 누가 보낸 거예요.

희주 (받으며, 스페인어) 나한테요? (놀라) 누가요?

화원직원 (스페인어) 거기 명함 있어요. (자전거 타고 가고)

희주 (뻥해서 보다가, 꽃다발 속에서 명함을 찾아 꺼내보고 표정)

진우의 메시지다. 진우의 목소리와 함께.
〈생일 축하해요. 진심의 고마움을 담아. 유진우〉
희주, ...?!

희주 뭐야...? (당황하면서도 너무 좋고) 전화는 그렇게 끊어놓고.. 하 진짜.. (번지는 미소를 감출 수가 없는)

씬/72 그라나다 / 별장 욕실 (낮)

넓은 집의 가장 좁은 샤워부스에 스스로 들어가 갇혀 있는 진우.
진우, 스스로 꼴이 한심해서 피식 쓴웃음이..
이어서 지독한 외로움이 온몸을 휘감고..
잠시 후 귓가에 익숙한 천둥소리가.. 진우, 고개를 드는.
이어서 밖에서 들리는 빗소리와 함께 기타 소리.

진우 (NA) 왔다.

욕실 가운데 피 묻은 검을 든 형석이 나타나는
진우, 표정.
형석, 검을 들고 부스로 바로 다가오고.
검을 치켜들며 오다가 유리문 앞에서 멈칫.
진우, ...

씬/73 그라나다 / 별장 침실 (낮)

창밖으로는 번개가 번쩍거리고 비가 쏟아지고 있는

씬/74 그라나다 / 별장 욕실 (낮)

샤워부스를 사이에 두고 서로 보고 있는 둘.

진우 ....

형석 (마지막 생전 모습 그대로 분노의 눈빛 생생한, 진우를 쏘아보고)

진우 형석아.

형석 ....

진우 너 언제까지 나를 쫓아다닐래..?

형석 (형체만 남은 형석은 대답이 없고, 칼을 내리치고 싶어 하는 반복적인 몸짓만 반복하며)

진우 이제 그만하면 안 되겠냐..?

형석 ....

진우 나는 정말.. 그만하고 싶다.

형석 ....

진우 나를 꼭 죽여야 시원하겠어..?

형석 (피에 굶주린 짐승처럼 서성거리며) ......

진우 (긴 한숨과... 눈물 한 방울이 볼을 타고 흘러내리고)

씬/75 그라나다 / 별장 거실 (낮)

정훈이 병원 약 들고 들어온다.

정훈 대표님~ (방으로 가는)

씬/76 그라나다 / 별장 침실 (낮)

정훈 (들어오며) 대표님 저 왔습니다 (하다 없자) ??

씬/77 그라나다 / 별장 욕실 (낮)

정훈 (들여다보며 두리번거리다 멈칫) ...?!

샤워부스 안에 앉아 있는 진우를 보고.
이미 형석은 사라지고 없고. 진우, 핸드폰을 들고 멍하니 쳐다보고 있다.
(## 막 정보원과 통화를 마친 상황입니다)

정훈 (!!) 대표님..?! (후다닥 오고)
진우 (정훈을 보고)
정훈 (또 악화됐나 싶어 철렁, 샤워부스 앞에 쭈그리고 앉으며) 뭐하세요 여기서..?
진우 그만 떠나자.
정훈 네..?
진우 움직일 만하니까 이제 가자고. 민폐 그만 끼치고 싶다.
정훈 왜요? 좀 더 쉬다 가시죠. 체력 좀 회복하시고..
이사님은 다음 주에 출발하라고 하시던데요? 비행기표...
진우 비행기 말고 기차표 알아봐. 일단 바르셀로나로 가자.
정훈 기차요..?
진우 비행기 탔다간 내가 무슨 미친 짓을 할지 몰라서.
기차가 낫겠어. 도중에 내려도 되고.
정훈 (말릴 수 없을 거 같자, 한숨) 언제 가시게요?
진우 오늘.

씬/78 그라나다 / 석양이 지는 알함브라 궁전의 전경 (저녁)

씬/79 그라나다 / 타파스 빠 앞 (저녁)

젊은이들이 주로 모여드는 빠.
사람들 막 모여들기 시작한 분위기.
스탠딩 테이블마다 삼삼오오 서서 떠들며 맥주 마시며 시끄럽고. 한 테이블에 희주와 상범, 한국인 유학생 남1, 여1, 2도 맥주와 안주 앞에 놓고 즐겁게 떠들고 있다. 상범이 한마디 하자 다들 박장대소하고. 같이 웃던 희주, 문득 시계를 보더니, 핸드폰 들고 살짝 무리에서 나온다. 밖으로 나온 희주, 핸드폰을 거는.

씬/80 그라나다 / 렌터카 안 (저녁)

도로를 달리고 있는 차.
정훈이 운전하고 진우, 뒤에 앉아 있는데 정훈의 핸드폰이 울려댄다.

정훈 (핸드폰 보고) 희주씬데요.
진우 (힐끔)
정훈 어떡해요? 간다고 얘기해야 되는 거 아녜요?
진우 가서 나중에 전화해. 사정 있어서 급하게 떠났다고.
정훈 아.. 그래도 되나? 서운해할 텐데. (갸웃거리며 전화 받는) 여보세요.
진우 ......

씬/81 그라나다 / 타파스 빠 앞 + 렌터카 안 (저녁)

희주, 술 약간 취해서 전화하는

희주 (명랑한) 서비서님~ 저예요~ 별일 없나 해서요.

정훈 네. (머뭇) 별일 없습니다.

희주 저 없어서 고생하시겠어요~ 이따 들를게요~ 맛있는 거 사가지고요~

정훈 어.. 네... 잠시만요. (수화기 막고 진우에게) 별장으로 온다는데요

진우 (표정)

정훈 말을 해줘야 될 거 같은데요. 너무 서운해할 거 같아요.

진우 ......

씬/82 그라나다 / 타파스 빠 앞 (저녁)

희주 여보세요? (안 들리자) ?? 여보세요 (하는데)

정훈 (E) 네 희주씨.

희주 네~ (하고 듣다) 네? (듣다 생각도 못한 소리) 떠나신다구요..? 네에.. 아... 네.. (당황, 서운하나 내색 안 하려고 하며) 그럼 언제요? (하다) 네..? (표정 변하는)

씬/83 그라나다 / 타파스 빠 (저녁)

상범과 친구들 음악 소리 시끄러운데 떠들고 있다가

상범 (희주가 갑자기 뛰어가는 걸 보고) 어? 재 어딜 가?

씬/84 그라나다 / 광장 (저녁)

희주, 광장을 가로질러 미친 듯이 택시를 향해 뛰어가는.
비둘기들이 놀라 날아오르고. 희주, 택시에 타자 바로 출발하고.

씬/85 그라나다 / 기차역 플랫폼 (저녁)

기차가 서 있고 손님들 하나 둘 타고 있다.

씬/86 그라나다 / 열차 객실 (저녁)

한산한 1등석에 앉은 진우와 정훈.

정훈 (짐을 올려놓고) 커피 좀 사 올까요?
진우 (고개 젓는)
정훈 (나가고)
진우 (시선은 여전히 불안하고)

씬/87 그라나다 / 기차역 플랫폼 (저녁)

기차가 천천히 출발하는

진우 (NA) 나는 그렇게 겁먹어 도망치듯 그라나다를 떠났다.

씬/88 그라나다 / 열차 객실 (저녁)

진우, 불안정한 표정으로 기차가 속도를 내는 걸 보는
기차, 점차 빨라지는데..

진우 (NA) 누구의 마음 같은 건 생각할 여유조차 없었다. 그렇지만..

진우, 창밖의 뭔가를 보고 ...!

희주가 계단을 뛰어내려오는 모습이 보인다.

씬/89 그라나다 / 기차역 플랫폼 (저녁)

희주가 플랫폼으로 뛰어내려오는데 기차 속도 점점 빨라진다.
희주, 내려와서 뛰어보지만 이미 기차, 빠르게 지나쳐 가는..
희주, 포기하고 헉헉거리며 창문을 급히 훑지만 진우는 안 보이고.

씬/90 그라나다 / 열차 객실 (저녁)

희주의 모습이 창밖으로 멀어진다.
우는 듯이 얼굴을 가리는 희주의 모습에 진우, 표정.

씬/91 그라나다 / 기차역 플랫폼 (저녁)

희주, 갑작스런 이별이 허무해 울음이 터지고..

씬/92 그라나다 / 열차 객실 (저녁)

플랫폼 멀어지고 희주의 모습은 더 이상 보이지 않는다.
울던 희주의 모습, 더 이상 보이지 않자 진우, ...
이상한 기분이 든다. 멍해지며...

씬/93 그라나다 / 기차역 플랫폼 + 열차 객실 (저녁)

희주, 눈물을 닦아내며 망연자실 서서..

이미 희주는 안 보이는데 진우의 시선, 여전히 창밖에..
둘의 모습 이분할 되며.

- 제6회 끝 -

7회

씬/1　그라나다 / 호스텔 전경 (밤)

씬/2　그라나다 / 호스텔 영심 민주 방 (밤)

영심, 코를 요란하게 골며 자고 있다.
코를 골다가 잠시 멈추더니 컥, 하며 잠에서 벌컥 깨는.

영심　어우.. 어우 몇 시야..? (두리번거리는)

씬/3　그라나다 / 호스텔 살림집 거실 (밤)

거실 불 꺼져 있고.
영심, 화장실로 가려는데 세주 방에서 불빛이 새어 나오는

영심　(?!) 세주냐? 세주 왔냐? (후다닥 가는)

씬/4 그라나다 / 호스텔 세주 방 (밤)

영심이 문을 벌컥 열어 보면 민주가 이어폰 끼고 댄스 영상 보며 연습 중인

영심 아니.. (민주가 있자) 오빠 온 거 아냐?
민주 (이어폰 빼고 보며) 오빠 안 왔어요.
영심 난 또.. (하고) 너는 왜 여기 와 있어? 안 자고?
민주 할머니 코 고는 소리가 너무 시끄러워서 피난 왔어.
영심 유난 떠네. 내가 코를 뭐 얼마나 곤다고~ 얼른 와 자!
민주 할머니 엄청 골아 엄청 대따 무지막지!
영심 얘 또 오바하네~
민주 들려줄까? (일어나 이어폰을 영심에게 꽂으며) 내가 녹음했어.
영심 뭘 녹음해?

민주가 틀어주자 귀에서 천둥 치듯 코 고는 소리가 나오고

영심 (움찔) 이게 나야?
민주 이건 어제고 (다음 파일 넘기는) 이건 지난주.
영심 .....
민주 장난 아니지? 할머니가 들어도 충격이지?
영심 (이어폰 확 빼며) 할 일도 어지간히 없다. 늙은 할미 피곤해서 코 고는 걸 왜 녹음하고 앉았어? (하고 딴소리) 근데 이눔의 자식은 도대체 왜 안 와? 지금이 며칠째야?

씬/5 그라나다 / 호스텔 희주 방 (밤)

진우가 보낸 꽃다발이 화병 가득, 책상 위에 놓여 있고.
희주, 기운 쭉 빠져 침대에 모로 누워 있는데 영심이 문을 열고 들여다본다.

영심 자..?

희주 (고개를 드는) 아니요..

영심 세주는 전화도 없지? 오늘 생일이라고 문자라도 했냐?

희주 (고개 젓는) 아니요..

영심 (벌컥) 아니 뭔 지랄을 하고 돌아다니느라 문자 하나를 못해? 다 까먹어도 지 누나 생일은 챙겨야지~ 망할 눔의 자식 누나 손에 큰 놈이 (하는데)

희주 어제 메일 보냈는데 읽었더라구요.

영심 읽었어?

희주 네. 별일은 없는가 봐. 너무 걱정 마요.

영심 읽고도 답을 안 해? 집 팔아서 이사 가야 된다는데도? 어이구 에라이...

희주 내일 다시 보내볼게요.

영심 (혀를 차며 나가다 퍼뜩) 근데 유진우 그이는 어째 그렇게 뜬금없이 떠나냐?

희주 (표정)

영심 올 때도 뜬금없더니 갈 때도 뜬금이 없네. 뭐 그렇게 휙 떠나버려 정 없이? 재벌들은 원래 그런 겨?

희주 ......

영심 (한숨, 중얼) 그 다리나 어떻게 좀 나아야 될 텐데.. (나가는)

희주 .....

디졸브로 깊은 밤이 된. 희주, 잠을 못 자고 뒤척이고 있고.
이때 핸드폰 알림 벨이 울리는.
희주, 핸드폰을 보고, 표정 변하는.
〈누나 나야〉라는 제목의 새 메일이 있고.
희주, 부스스 일어나며 세주의 메일을 클릭해 읽어 내려가는 표정에.
F.O - F.I

씬/6 광화문 부근 거리 (낮)

20대의 남1, 두리번거리며 걸어오고 있다.
뭘 찾는지 알 수 없는, 허공에 시선을 두며 걸어오는 것처럼 보이고.
자막 - 1년 후

남1, 샌드위치 매장 앞에 멈춰 서더니 뭔가 어색하게 문을 열고 들어가는

씬/7　샌드위치 매장 (낮)

근처 직장인들이 커피와 샌드위치를 사고, 삼삼오오 앉아 이야기 중인데 남1이 들어와 두리번거리는

직원　(바로 알아보고) 혹시 화장실 찾으세요?

남1　어, 네

직원　화장실 저쪽으로 가시면 돼요. (가리키는)

남1　(후다닥 가는)

씬/8　샌드위치 매장 화장실 (낮)

남1, 화장실로 들어와 두리번거리는.
남자 셋이 소변기에 서서 나란히 소변보는데 남1, 빈 소변기에 와서 위에 손을 갖다 대더니 잡아당기는 시늉을 하는. 남자들, ???

남1　(두리번거리다가 중앙을 보고 놀라는 표정) 오~

남자들　(??? 모두 고개 뒤로 젖히고 남1 하는 짓을 보는)

남1의 눈을 줌인 하면 스마트 렌즈를 끼고 있고.
렌즈를 낀 남1의 시선으로, 공중에 검이 떠 있다.
1회 그라나다의 타파스 빠와 똑같은 상황, 그러나 검 모양이 약간 다르고.
조선시대 검이다.
〈녹슨 철검 : 공격력 50 내구력 50〉
남1, 손을 뻗어 검을 집자 철컥하는 소리와 함께 끌려 내려오고.

남1　아싸~ (검을 들고 좋아하며 나가는)

남자들　(???)

씬/9　샌드위치 매장 (낮)

30대의 남2가 두리번거리며 들어오는데 남1이 검을 들고 나오자 멈칫, 서로 쳐다보는.
〈tester1을 만났습니다〉
〈tester2를 만났습니다〉

남2　어! 그거 어디서 났어요? 그 검..!
남1　저기요 화장실. (가리키며 나가고)
남2　(후다닥 달려가는)

씬/10　광화문 광장 (낮)

대낮의 광장. 관광객들이 사진 찍고 있고 옆으로는 차들이 지나다니는데 남1이 두리번거리며 검을 들고 다가온다.
남1이 세종대왕 동상 앞에 와서 두리번거리는데 이때 뭔가 휙 뛰어내리는 소리에 남1, 놀라며 돌아보면, 삿갓을 쓴 조선시대 자객 하나가 바로 검을 들고 남1에게 달려든다.
〈조선의 자객 : 공격력 100 방어력 100〉

남1　어!! 어 어! (뒤로 물러나며 검을 들고)

씬/11　연구센터 (낮)

모니터로 지켜보고 있는 양주와 선호, 그 옆에 마케팅팀 여직원도 있고.
그 옆에 연구원들 죽 컴퓨터 앞에 앉아 있고 그중 한 모니터에는 남1과 자객이 싸우는 모습이 나온다.
다른 테스터들이 각지에서 돌아다니는 모습들이 모니터마다 떠 있고

양주　전 세계 도시가 그라나다 원작과 똑같이 가요. 첫 번째 칼도 화장실에서 득템 하고요

씬/12 광화문 광장 (낮)

남1이 자객과 결투하는 모습.
사진 찍던 관광객, 뭔가 하고 힐끔거리며 쳐다보는

양주　(E) 첫 결투도 각 도시 랜드마크 광장에서 시작하구요.
서울은 광화문 광장이요.

씬/13 연구센터 (낮)

선호　(팔짱 끼고 지켜보다) 삿갓을 썼네?
양주　조선 자객은 아무래도 삿갓이죠.
선호　별론데. 그라나다 전사에 비해서 약한데.
이게 자객 눈빛이 보여야 위압감이 드는 거 아니냐?
양주　뭐.. 삿갓 벗어도 돼요, 벗어볼까요? (앞에 앉은 연구원1에게 손짓하는)

씬/14 광화문 광장 (낮)

남1과 결투하던 자객의 삿갓이 갑자기 사라지고, 얼굴이 드러나는

남1　(움찔) 어 뭐야?

씬/15 연구센터 (낮)

선호 그래 그게 낫다. (하다) 눈 하나 없으면 더 좋을 거 같지 않냐?

양주 애꾸요? 애꾸 됩니다. 애꾸 추가.

씬/16 광화문 광장 (낮)

싸우던 자객의 한쪽 눈, 갑자기 검은 안대가 생기는.

양주 (E) 칼집도 하나 넣을까요?

자객의 볼에 갑자기 칼로 그은 흉터가 쭉 생겨난다.

씬/17 연구센터 (낮)

선호 훨 낫네.

양주 일본 버전도 보실래요? (앞에 앉아 있는 연구원에게 손짓하는)

씬/18 광화문 광장 (낮)

삿갓 쓴 자객과 대결하고 있던 남1.
이때 갑자기 삿갓 쓴 검객이 일본 사무라이로 바뀌는.

남1 (움찔) 아 씨, 뭐야 자꾸?

사무라이가 일본식 검을 들고 공격하자 남1, 당황해 물러나는데

양주 (E) 동경은 요놈으로 갈 거구요, 그리구 북경은요,

남1, 사무라이 상대하고 있는데
이때 사무라이 이미지, 갑자기 몽골 전사로 바뀌는.

남1 어후 이 씨.. (또 놀라 뒷걸음질 치다가 몽골 전사의 칼을 맞고 쓰러진다)

피가 튀면서 남1, 넘어지고.
〈치명적 일격을 당했습니다 -100〉
〈당신은 칸 제국의 무사에게 죽었습니다〉

씬/19 연구센터 (낮)

선호 (보며) 중국 버전이 젤 쎄 보인다. 나라별 레벨을 맞춰야 되는 거 아냐?
양주 다양하게 만들어보고 있으니까 나중에 보세요.
여직원 (옆에 서 있다 끼어드는) 저 이사님. 매장 제휴는 이런 식으로 가려고 하는데요 (서류를 주는)

씬/20 샌드위치 매장 (낮)

한 손에 검을 든 남3이 주문을 하고 있다.

여직원 (E) 저희와 제휴한 샌드위치 세트를 주문하면

남3이 카드를 주고 직원이 결제하자 카운터에 금화 주머니가 생기는.
남3, 금화 주머니를 집어 들자
〈보너스로 금화 10냥을 얻었습니다〉

여직원 (E) 세트 가격의 10퍼센트를 금화로 주고요,

남3, 테이블에 앉아 주문한 샌드위치와 음료수를 마시고 있다.
샌드위치를 한입 먹자
〈생명력이 1시간 동안 +100 올라갑니다〉
음료수를 마시자
〈회복력이 1시간 동안 +100 올라갑니다〉

여직원 (E) 먹으면 일시적으로 생명력하고 회복력을 올려주고요

씬/21 연구센터 (낮)

여직원 그렇게 서로 매출을 늘리는 전략으로 얘기 중입니다.
일단 확정된 프랜차이즈가 다섯 곳인데요

이때 문을 열고 선호 비서가 들여다보며

선호비서 이사님! 지금 가셔야 되는데요.
선호 (서류 보며) 어디를?
선호비서 성당이요.
선호 (고개 드는) 성당? 성당엘 왜..
선호비서 오늘 차형석 대표님 추도식..
선호 아차차...! (깜빡 잊고 있었던, 시계 보며) 몇 시 시작이지?
선호비서 2시요. 얼마 안 남았습니다.
선호 아 씨.. (서류 도로 주며 겉옷 집어 드는) 나중에 보고해.
양주 차대표님 돌아가신 지 벌써 1년이 지났어요? 와 세월 빠르다..
선호 (나가며) 아무튼 현재까지 아무 문제없는 거잖아? 쭉쭉 그렇게 가면 되지?
쇼케이스 일정 문제없지? 나 신경 꺼도 되지?
양주 네. 아직까진 문제없습니다.
선호 오케이, (급히 나가고)

씬/22 회사 차 안 (낮)

기사가 운전하고 선호 비서가 앞에 앉아 있다.
선호, 뒤에 앉아 검은 넥타이로 바꿔 매며

선호 강론 멘트 적어놓은 거 어디 있지?
선호비서 여깄습니다. (안주머니에서 종이 꺼내 주는)
선호 (바쁘게 종이 펼쳐 읽는)

씬/23 성당 앞 (낮)

유서 깊은 성당 앞.
차에서 내린 선호, 겉옷 단추 잠그며 급히 계단 뛰어올라가는

씬/24 성당 (낮)

형석의 추도미사가 진행 중이다.
엄숙한 분위기에 사제들이 식을 진행 중이고 참석한 사람들 자리에 앉아 있다.
가운데 꽃에 둘러싸인 형석의 사진이 놓여 있고.

신부 주님, 자비를 베푸소서.
일동 주님, 자비를 베푸소서.
신부 그리스도님, 자비를 베푸소서.
일동 그리스도님, 자비를 베푸소서.
신부 주님, 자비를 베푸소서.
일동 주님, 자비를 베푸소서.
신부 기도합시다.

모두 고개 숙이고 기도하는..

신부 하느님, 성실한 사람들의 희망과 빛이시오니 간절히 비는 저희를 굽어보시어 기도와 찬미의 제사로 저희가 언제나 하느님을 찬양하게 하소서. 성부와 성자와 성령의 이름으로 비나이다.

선호, 그사이 앞자리로 와서 병준의 옆에 앉는다.
고개 숙인 채 바닥을 내려다보고 있던 병준, 기척이 나자 쳐다보고.
병준의 옆에는 까탈스런 느낌의 병준의 후처(60대 초반)가 앉아 있다.

병준처 왔어요?
선호 (소리 죽여 인사하며) 죄송합니다 늦었습니다.
병준 ..... (무표정으로 시선 다시 돌리고)

선호, 한숨 돌리고 넥타이 매만지며 기도하는 사람들을 둘러본다.
돌이 채 안 지난 아기를 안고, 손 모으고 기도하고 있는 수진이 보이고.
수진의 옆에 수경, 수진의 남동생, 수진모가 앉아 있고, 그 외에 형석의 회사 사람들과 친지, 친구들 참석해 있는.

신부 주님의 말씀입니다.
일동 그리스도님 찬미합니다.
신부 이 복음의 말씀으로 저희 죄를 씻어주소서.

그사이 선호, 단상 옆으로 가 있다가 신부가 자리를 비워주자 종이를 들고 단상에 서는

선호 (헛기침하고 차분히 읽는) 우리의 가족이었으며 친구였으며 동료였던 차 미카엘, 차형석 대표가 우리 곁을 떠난 지 어느새 1년이 지났습니다. 잊지 않고 오늘, 여기 와주신 분들께 먼저 감사드립니다.
일동 ......
선호 제가 고인을 처음 만난 날이 생각납니다. 17년 전 대학 강의실에서였는데요.

경영학과 수업 쉬는 시간에 갑자기 머리에 피도 안 마른 공대 후배가 들어와서는, 자기가 개발 중인 기술에 투자하라며 프리젠테이션을 하더라구요. 지금 10만 원을 자신한테 투자하면 10년 후에 10억으로 돌려주겠다는 그 공대생의 무모한 패기가 마음에 들어서, 그때 꿍쳐뒀던 비상금 10만 원을 털어주었습니다. 아마 제가 그 강의실에서 유일하게 형석이에게 투자한 학생이었을 겁니다.

사람들, 살짝 웃으며 듣고 있는..

선호　형석이는 그 약속을 지켰습니다. 정확히 10년 후에 10만 원을 10억으로 만들어냈습니다. 고인은 미래를 앞서 보고 (하는데 이때 문이 열리고 쿵 닫히는 소리가 나자 흘끔 앞을 봤다가 멈칫) ...!

선호가 놀라 말을 멈추자 사람들 모두, 선호의 시선을 따라 돌아보는.
지팡이를 짚은 진우가 막 들어서고 있다.

병준　(표정)
수진　(표정)
수경　(표정)
수진부모　(표정)
병준처　(표정)
선호　(표정)

진우, 대충 걸친 양복, 풀어진 셔츠에 넥타이도 제대로 안 맨.
1년 전 깁스했던 다리는 겉으로는 멀쩡해 보이나 걸을 때마다 절고.
바닥을 짚는 지팡이의 금속음과, 불균형하게 걷는 소리가 침묵 속의 성당에 울려 퍼지며 엄숙하던 분위기는 갑자기 기묘한 공기로 바뀌고.
소문으로만 들었던, 진우가 다리를 저는 모습을 처음 확인한 사람들의 시선은 일제히 진우의 발걸음에 쏠리고.

병준처　어머나? (놀라) 저이.. 미국에 있댔잖아요?

병준 ..... (대답도 없이 진우를 응시하고)

선호 외에 여기 있는 사람들 모두 1년 만에 진우를 처음 본다.
진우를 보는 눈빛에는 모두 당혹감과, 동시에 묘한 반감이 담겨 있고.
진우, 사람들 시선 의식 안 하는 듯 똑바로 걸어 들어오고..

수진모 (싸늘한) 진우가 여길 왜 와? 누가 불렀니?
수경 (고개 젓는) 몰라..
수진 (놀라 굳어 보고)

선호, 진우를 향해 어떻게 된 거냐 마구 눈짓을 보내는데 진우는, 시선 무시하며 뒤쪽 빈자리에 털썩 앉는다.
일동, 일제히 시선 진우의 동선을 따라가는.

신부 (옆에 서 있다 선호에게 계속하라고 손짓하고)
선호 아.. 네.. 그... (그제야 머뭇거리며) 아 죄송합니다 제가 어디까지 했죠..? (다시 종이로 시선 돌려 급히 찾는) 아... 네. (이어서 읽는) 고인은 미래를 앞서 보고 자신의 운명을 기꺼이 걸었던 용기 있는 청년이었습니다. 그는 생전 단 한 순간도 쉬지 않았습니다..

진우를 쳐다보던 사람들, 그제야 억지로 시선을 단상으로 돌리는

선호 제가 지켜본 17년 동안 그는 멈추지 않고 달렸습니다. 고인은 한국의 미래를 과학기술이 책임져야 한다는 진실한 사명감을 갖고 일했습니다. 어쩌면 그 멈추지 않는 열정이, 그가 이렇게 일찍 우리 곁을 떠난 이유가 되었을지도 모르겠습니다.. (읽으면서도 시선은 진우를 힐끔거리고)

선호가 강론 계속하는 사이, 진우는 뒤에 앉아 오랜만에 보는 낯익은 얼굴들을 확인하고 있다.
몇몇은 흘끔거리며 계속 진우를 돌아보고, 옆사람들과 수군거리고..
이때 병준이 조용히 진우의 옆으로 오는

진우 (보고 일어나려는데)
병준 (일어나지 말라고 손짓하며 옆에 앉는)
진우 ......
병준 니가 올 줄은 생각도 못했다.
진우 작년에 장례식에도 참석 못했어서요. 여기라도 와야 될 거 같아서요.
병준 ......
진우 어떻게 지내세요? 건강은요?
병준 (어이없는) 니가 내 걱정을 하냐? (하고) 요즘은 좀 어떠냐?
진우 괜찮습니다.
병준 술을 많이 한다고 들었는데.
진우 (멋쩍게 피식) 걱정하실 정도는 아닙니다.
병준 약은, 계속 먹고 있어?
진우 ..... 이제 끊어야죠.
병준 끊도록 노력을 해야지.
진우 노력하고 있습니다.

이때 강론을 끝낸 선호도 어느새 뒤로 후다닥 와서.
진우의 뒷자리에 앉으며

선호 뭐냐? 너 언제 서울에 왔어?
진우 좀 됐어. 석 달쯤?
선호 (?!) 뭐어?
병준 (?!)
선호 그게 뭔 소리야? 지난주에도 정훈이랑 통화했는데 그런 말 안 하던데? 난 당연히 니들 미국에 있다고..
진우 내가 말하지 말라고 했거든.
선호 왜?
진우 ......
병준/선호 (진우의 상태가 지금도 의심스러운, 서로 힐끔 시선을 주고받고)
병준 (조심스레) 너... 요즘도.. 환각을 보냐..?

진우 아니요.

병준 이제는 괜찮아?

진우 괜찮아야죠. (시니컬한 미소) 계속 보이면 사람이 살 수가 없죠.

병준 ......

선호 ......

병준 (여전히 미심쩍으나) 그래.. 나아졌다니 다행이다. 끝나고 천천히 얘기하자.

진우 바로 회사로 갈 겁니다. 회사에서 뵙겠습니다.

병준/선호 (?)

진우 저 오늘부터 업무 복귀하려구요.

병준 (...!)

선호 (...!)

진우 여기 와서 몇 달 동안 지켜봤더니 저 없는 사이에 회사가 제멋대로 돌아가고 있더라구요. 내가 내린 지시들은 싸그리 다 무시하고, (선호 보고) 이사 마음대로요. 대표는 아무 판단도 못 내리는 금치산자, 정신병자로 만들어놓고요.

선호 (! 순간 언성 커지는) 야 임마, 너 무슨 그런 말을..!

성찬전례 진행 중이었다가 선호의 목소리에 사람들, 다 뒤를 쳐다보는,
수진과 수경도 놀라 돌아보고.

병준 (바로) 그만. 사람들이 본다.

선호 (입 다물고)

진우 ......

병준 그래. 회사에서 얘기하자. (진우를 달래듯 허벅지를 툭툭 치고) 그래도 얼굴 봐서 마음이 놓인다. (일어나며 선호에게 강한 눈빛을 쏘며) 나중에 해라. 미사 망치지 말고.

선호 죄송합니다.. (화 가라앉히며 따라가는)

진우 ......

선호, 병준과 와서 자리에 앉는.
사람들의 흘끔거리는 시선이 느껴진다.

병준 (낮게) 석 달 전에 왔는데 모르고 있었다고?

선호 (기막혀) 정말 몰랐습니다. 서비서가 상태가 계속 똑같다고만 보고를 해서.. 하.. 이 자식을 진짜.. (핸드폰을 꺼내 정훈에게 문자 치고)

병준처 (삐딱한) 뭐가 또 사단이에요?

병준 (바로) 당신은 신경 꺼.

병준처 (흘기는)

진우, 자리에 그대로 앉아서 사진 속의 형석을 보고 있는데 저 앞에 앉아 있는 수진이 돌아보다가 시선 마주친다.
진우, 표정.
수진, 표정.
수진, 아기를 안은 채로 당혹과 걱정과 불안의 눈빛으로 진우를 잠시 보다가.. 다시 고개를 돌리다 자신을 쳐다보고 있던 병준과 시선이 마주친다.
병준, 수진의 표정을 관찰이라도 하는 듯 보고 있다가 시선 돌리고.
수진, 뭔가 오싹해지는 기분.
뒤에 앉은 진우, 침묵 속에 교차하는 싸늘하고 불안한 시선들을 확인하고.. 앞의 여자아이를 톡톡 치는.

여자아이 (? 돌아보자)

진우 (작게) 성호는 어떻게 긋는 거니? 한 번도 안 해봐서.

신부가 기도 중이고 모두 고개 숙이고 기도 중인.
진우, 지팡이를 짚고 조용히 복도로 나오는

신부 아버지, 저희는 그리스도의 죽음과 부활을 기념하며 생명의 빵과 구원의 잔을 봉헌하나이다. 또한 저희가 아버지 앞에 나아와 봉사하게 하시니 감사하나이다. 간절히 청하오니 저희가 그리스도의 몸과 피를 받아 모시어 성령으로 모두 한 몸을 이루게 하소서..

진우, 복도 끝에 서서 형석의 사진을 물끄러미 보다..
십자가를 향해 진지하게 성호를 그으려는데

신부 1년 전 오늘, 이 세상에서 불러 가신 주님의 종, 차 미카엘을 생각하소서. 그는 세례를 통하여 성자의 죽음에 동참하였으니 그 부활도 함께 누리게 하소서.

신부의 마지막 말이 마치 주술처럼, 갑자기 요란한 천둥소리가 울려 퍼진다.
성호 그으려던 진우, 멈칫.
이어서 빗소리와 기타 소리가 시작되고...!
십자가 앞에 검을 든 피투성이 형석의 유령이 나타난다.
〈적이 나타났습니다〉
진우, ...
형석, 검을 들고 진우를 향해 다가오는..
꽃에 둘러싸인 자신의 영정사진을 지나 자신을 추모하며 기도하는 가족과 친구들 사이를 지나고...
진우, 왼손으로 지팡이를 짚은 채로 피할 생각도 없는 듯 다가오는 형석을 보고만 있고.
형석, 검을 치켜들며 빠르게 다가오는데 진우, 계속 미동도 없이 보고 있다가..
갑자기 탕!! 총소리가 성당 안에 울려 퍼지는.
검을 치켜든 형석, 멈칫하고.
진우의 오른손에 어느새 권총이 있다.
〈치명적 일격이 성공했습니다 200〉
형석의 심장에서 피가 솟구치며 형석, 복도 바닥에 쿵 쓰러진다.
〈YOU WIN / 승리했습니다〉
〈Dr.Cha님을 해치웠습니다〉
복도 사이에 피를 흘리며 쓰러진 형석, 그러나 아무도 못 보고.
진우, 사진 속 형석을 위해, 동시에 바닥에 쓰러진 형석을 위해 성호를 긋는다.
기타 소리와 천둥소리 다시 사라진다. 이어서 형석의 시신도 사라지고..
신부의 기도하는 목소리 다시 들려오고..
진우, ... 돌아서는.
잠시 후, 문이 쿵, 닫히는 소리에 기도하던 수진과, 핸드폰 문자 치던 선호와, 생각에 빠져 있던 병준, 모두 동시에 돌아보는.

진우는 이미 사라지고 문은 닫혀 있다.
수진, 표정.
선호, 표정.
병준, 표정.
셋, 불안하게 유지되어오던 평화가 곧 깨질 것 같은 직감을 각자 느끼며.

씬/25 도로 (낮)

도로를 빠르게 달리는 진우의 차.

씬/26 진우의 차 안 (낮)

운전하는 진우, 모습에..

정훈 (E) 네 이사님. 저희 들어온 지 석 달 정도 됐습니다.

씬/27 진우의 사무실 (낮)

여직원이 청소부에게 지시 내리며 비어 있던 대표실을 분주하게 청소하고 있고.
정훈, 선호와 통화 중이다.

정훈 저 지금 회사에 왔습니다. 오늘부터 업무 시작하신다고 해서요. (하다) 죄송합니다. 대표님이 비밀로 하라고 하셔서요 저도 어쩔 수 없..

씬/28 성당 앞 + 진우의 사무실 (낮)

선호　(그사이 성당 나와서 화가 나 통화하는) 야 임마, 그렇다고 나까지 속여?! 이게 진짜..! 도대체 나한테까지 비밀로 하고 서울에 와서 뭐했냐?!

정훈　그게..

선호　뭐를 했냐고?! 치료도 팽개치고 회사에도 안 나타나고! 도대체 여기서?!

정훈　(작게) 게임이요.

선호　(멈칫) 뭐?

정훈　석 달 동안 게임만 하셨습니다. 매일매일. 잠도 안 자구요.

선호　(표정)

씬/29 광화문 앞 도로 + 진우의 차 안 (낮)

빠르게 달리던 진우의 차, 신호등 앞에 끼익 선다.
진우, 광화문 광장 쪽을 쳐다보는.
게임 테스터인 남1, 2, 3이 광장 여기저기 흩어져서 허공에 대고 허우적거리는 모습이 보인다. 진우, 버튼 눌러 차창을 여는

씬/30 광화문 광장 (낮)

남1, 2, 3 똑같은 녹슨 철검을 들고 똑같이 생긴 삿갓 쓴 자객1, 2, 3과 동상 주변에 흩어져 싸우고 있다. 남1, 자객1에게 죽기 직전인데 갑자기 탕! 소리와 함께 자객1, 가슴에 총을 맞고 쓰러지는.

남1　(??) 어..?

이어서 탕! 탕! 연달아 소리와 함께 다른 자객들도 순식간에 줄줄이 쓰러진다.
남1, 2, 3, 갑자기 죽어버린 자객들을 내려다보며 어리둥절,
〈zinu님이 자객1을 해치웠습니다〉
〈zinu님이 자객2를 해치웠습니다〉

〈zinu님이 자객3을 해치웠습니다〉

남1, 2, 3 ??? 두리번거리다 돌아보면 진우의 차, 이미 신호 바뀌어 붕 떠나는

씬/31 연구센터 (낮)

각각 테스터들의 모니터를 보고 있던 연구원들.

연구원1 (??) 뭐야? 뭐가 지나간 거야?

연구원2 (??) 지금 누가 총 쐈지? 지누가 누구야?

씬/32 진우의 차 안 (낮)

운전하는 진우의 눈앞에 메시지가 뜬다.

〈경험치 +90 공격력 +15 방어력 +15〉

〈레벨 85가 되었습니다〉

씬/33 제이원 로비 (낮)

엘리베이터 앞에 직원 몇, 커피 들고 서 있다.

남직원1 아 참, 그 찌라시 봤어요? 우리 보스 지금 뇌사 상태라던데.

여직원1 (시큰둥) 이번엔 뇌사야? 지난번엔 반신불수라더니..

남직원1 아냐 이번엔 구체적이에요. 병원 창문에서 떨어졌대.

여직원1 왜?

남직원1 (속닥) 자살 시도.

여직원1 (찌푸리며) 아 뭐야~ 끔찍하게~

남직원1 벌써 몇 번이나 시도했었다던데? 스페인에서부터,

여직원1 그 얘긴 나도 듣긴 들었는데... 설마 진짜겠어?

남직원1 미국 가서 완전히 이렇게 돼서 (머리 옆에 대고 손가락 돌리며 미쳤다는 제스처) 툭하면 뛰어내리려고 했는데, 이번엔 성공했대. 뇌사라서 가망 없대요.

여직원1 (!! 울상) 어떡해..? 진짜면?

남직원1 아 씨.. 근데 게임 출시할 때까지는 버텨야 되는데.
행사 전에 사망 발표 나면 주식 막 떨어질 텐데..

진우 주식 걱정은 안 해도 돼.

여직1/남직1 (?? 돌아봤다가 진우가 바로 뒤에 서 있자, 기겁을 하는 ??!!) 대표님?!!

그 소리에 반대편에 서 있던 직원들도 쳐다보고 놀라고..!

진우 스톡옵션 행사할 때까지는 내가 안 죽고 버텨줄 테니까 걱정 말고 일해.

남직원1 (!) 어후, (움찔, 너무 무안해 입을 틀어막는)

이때 문이 열리고, 진우, 엘리베이터로 들어간다.
직원들, 자기도 모르게 절뚝거리는 다리에 시선이 가고.

진우 안 타?

남직원1 아.. 아닙니다 먼저.. (손사래 치며 너무 당황해 못 타고)

여직원1 근데 대표님.. 괜찮으세요...? 괜찮으신 거죠?

진우 (농담) 계단 항상 조심해. 떨어지면 나처럼 인생 조지니까.

직원들 (표정)

문이 닫히고, 직원들, 너무 당황하고 놀라서..

씬/34 제이원 엘리베이터 (낮)

이미 타고 있던 직원 몇, 너무 당황해서 전부 벽에 붙어 있는

진우 (주변 힐끔) 잘들 지냈어요?

직원들 네... (당황하며 어색 미소)

진우　(앞을 보며) 그동안 어떤 소문이 제일 많았어요?

직원들　네..?

진우　유진우는.. 1번 미쳤다. 2번 죽었다. 3번. 살인범. 4번 자살 미수.

직원들　(표정)

진우　제일 찌라시 많이 뜬 게 몇 번이에요? 내 생각엔.. 1번? 아니면.. 3번?

직원들　(당황해 대답도 못하고)

씬/35 제이원 사무실 + 복도 (낮)

컴퓨터 앞에 앉아 바쁘게 일하고 있던 직원들, 처음 본 직원 하나가 옆 의자를 갑자기 발로 확 차는

남직원2　아 왜?

남직원3　(저기 보라고 손가락으로 가리키고)

진우가 복도를 지나가는데 양쪽의 유리로 된 사무실들의 직원들,
도미노처럼 하나씩 놀라며 고개 들고, 일어나고.

씬/36 진우의 사무실 (낮)

정훈이 나가려는데 진우가 들어오는

정훈　어 벌써 오세요? (도로 들어오며) 박이사님은 이제 출발하셨다는데요. 전 같이 오시는 줄 알았는데

진우　(시니컬) 반기는 얼굴이 하나도 없어서 더 못 앉아 있겠던데.

정훈　(표정)

진우, 지쳐 지팡이를 내팽개치고 책상 의자에 털썩 앉는.
잠시 걸어온 것만으로도 벌써 지치고. 이마에 땀이 맺힌.

정훈 (나가다가 생각나) 아 참, 거기 태블릿 보시면 돼요.
진우 (힐끔, 책상 위에 태블릿 놓여 있고) 뭐야..?
정훈 어제 방송한 연예 프로요. 아침에 말씀드렸던 거요. (하고 나가고)
진우 ......

진우, 긴 한숨을 쉬며 잠시 사무실을 둘러보는.
1년이나 떠나 있었던 사무실을 낯선 듯 잠시 보다가..
태블릿을 집어 든다. 화면 켜면 방송 클립 영상 떠 있고.

씬/37 방송 영상

C#1 방송 영상 - 스튜디오

MC와 리포터들 앉아 있고

MC 네 다음은 배우 고유라씨 소식이죠? 소민씨?
리포터 네. 배우 고유라씨가 며칠 전 자신의 SNS에 올린 눈물의 사진이 화제가 되었었는데요.

눈물을 흘리며 고개 숙인 유라의 셀카 사진 인서트 컷 뜨고.
병실로 보이는 하얀 벽을 배경으로.

리포터 (E) 영원히 옆을 지킬 것이라는 멘트와 함께 LA에서 찍은 사진을 올렸었죠.

진우의 사진, 유라의 사진들 지나가며.

리포터 (E) 고유라씨는 그동안 중상을 입고 미국에서 재활 치료 중으로 알려진 남편 유진우씨를 간병하는 사진들을 올려 네티즌들의 위로와 응원을 받아왔는데요 제이원 사옥 전경과 변호인의 멘트 자막 뜨며.

리포터 그런데 그 직후, 제이원 측은 유진우 대표가 LA에 머물고 있지 않으며 고유라씨와 함께 있은 적이 없다며 반박 보도자료를 발표했었죠.

MC 아.. 그럼 뭘까요? 고유라씨가 가짜 눈물 쇼를 했다는 건가요?

리포터 그래서 저희 연예 매거진이 오늘 아침 LA에서 입국한 고유라씨를 직접 만나고 왔는데요, 화면 보시죠.

C#2 공항 일각 (아침)

유라를 기자들 몇과 리포터가 둘러싼,
편집 영상으로 펑펑.

리포터 유진우씨와 만난 적이 없다고 회사 쪽 입장이 나왔는데요,

유라 (기막혀하며) 그 사람들이 나보다 제 남편을 잘 알까요?
부부 사이를 회사에서 다 알고 있대요? 회사 쪽 입장이라는 게 누구 말이에요?

리포터 그럼 회사 측 보도자료가 거짓이라는 겁니까?

유라 한 말씀만 드릴게요. 그 사람들이 제 남편을 망치고 있어요. 정말 잔인한 사람들이에요. 정말 어떻게.. (눈물이 글썽, 바로 뚝뚝 떨어지는) 전 끝까지 싸우고 제 남편을 지킬 겁니다. 지금 드릴 수 있는 말씀은 거기까지예요. 나중에 진실을 밝힐 기회가 있겠죠. (선글라스 끼며 차로 가는)

영준 (옆에서 기자들 밀치며 차에 태우는) 자 비켜주세요, 미안합니다, 비켜주세요.

씬/38 진우의 사무실 (낮)

MC (E) 네.. 양측의 말이 너무 다른데 과연 뭐가 진실일까요?

리포터 (E) 아직 확인된 사실은 없습니다. 다만, 고유라씨는 제이원을 명예훼손 혐의

로 고소할 예정이라고 밝혔구요..

진우, 거기까지 보다 태블릿 휙 던져놓는다.
진우, 의자에 기대 잠시 눈을 감고 쉬다가 바로 다시 눈을 뜨고.
적막이 감돌자 문득 불안감과 초조함이 몰려오는..
1년 전부터 생긴 증상. 진우, 주머니에서 바로 약봉지를 꺼낸다.
물과 함께 약을 털어 넣고 나서도 불안하자..

진우 (한숨) 빌어먹을.. (옆에 두었던 지팡이를 집는)

씬/39 연구센터 (낮)

연구원들, 모니터 앞에 앉아 계속 테스트 확인 중인데 이때 연구원들의 눈앞에 일제히 같은 메시지가 뜬다.
〈새로운 유저가 나타났습니다〉
연구원들, ??? 두리번거리다가, ...!!!
진우가 문을 열고 들여다보자 연구원들, 깜짝 놀라는.
〈zinu님을 만났습니다〉
연구원들의 눈에 일제히 같은 메시지가 뜨고.

연구원들 (놀라, 몇몇은 벌떡 일어나고) 대표님?
진우 오랜만이야. 잘 돼가?
연구원들 어.. (너무 놀라)
진우 최팀장은?
연구원1 (두리번) 어.. 어디 가셨지?
연구원2 방에 계실걸요..?
진우 알았어. 일들 해. (하며 돌아서자)
연구원들 (너무 순식간이라 말도 못 붙이고)
진우 (나가다가 돌아보며) 아 참, 이거 좀 개선해봐. 이게 영 마음에 안 드는데 (하더니 갑자기 총을 뽑는 동작하자, 손에 최신형 권총이 나타나는)

연구원들 (?!!)
진우 방아쇠를 당겼을 때 반응이 느려. 0.5초 정도 느린데 이거 좀 연구해.
연구원들 (놀라 뻥)
진우 (다시 넣으며) 그리고 이거는 조준경에 이상이 있고 (이번에는 장총을 꺼내는) 정확하게 쏴도 항상 살짝 빗나가.
연구원1 (놀라 가리키며) 그거는.. 70레벨 이상만 살 수 있는 건데..
진우 두 개 다시 체크해. (장총을 넣고 나가는)

진우, 나가고 나면 연구원들 뻥해 보다가..

연구원2 지금 대표님 아이디가 지누였지..? 좀 전에 그 지누 아냐?
연구원들 (서로 보며, !!)

씬/40 양주의 사무실 앞 (낮)

문에 〈연구센터 제1팀장 최양주〉 붙어 있는.
진우, 노크 한 번 하며 바로 문을 여는

씬/41 양주의 사무실 (낮)

진우, 문을 여는데 양주는 없고.
키덜트 취향의 유치찬란한 양주의 사무실.
진우, 문 닫고 들어오는데 이때 핸드폰이 울린다. 보면 〈최양주〉 뜨고.

진우 (받는) 여보세요.
양주 (E) 대표님? 회사에 오셨다면서요!!
진우 너 어디 있어? 방에 없는데

씬/42 제이원 남자 화장실 + 양주의 사무실 (낮)

양주, 화장실 칸에 앉아서 통화하는

양주 저 지금 화장실에 있거든요 배탈이 나서.. (배 아파 찡그리며, 밖에서 들을까 속닥이는) 근데 왜 갑자기 나타나셨어요? 비밀로 하라면서, 지금 박이사님 저한테 전화해서 막 화내시던데

진우 (말 끊는) 니 방에 술 있어?

양주 (?) 술이요?

씬/43 양주의 사무실 (낮)

진우 (전화 받으며 서랍을 열어보고 있는)

양주 (E) 선물 받은 거 몇 개 있을걸요.. 소파 뒤에 서랍에

진우 (열어보면 여러 종류의 술 상자가 있는) 찾았어. (바로 끊고 꺼내는)

컷 튀면 진우, 독주를 따서 종이컵에 따라 원샷 하는.
뜨거운 알코올이 목을 타고 넘어가자 비로소 살 것 같은.
진우, 긴 한숨을 내쉬고 소파에 기대며 다시 한 잔 따라 마신다. 연속으로 다시 한 잔을 따르는데 이때 갑자기 뒤에서 기타 소리가 시작되는. 진우, 멈칫.
〈알함브라 궁전의 추억〉 기타 선율에 진우, 지긋지긋한 한숨.
따른 술을 비우고 총을 꺼내 들며 몸을 돌리며 겨누다가, ...?!
방 한구석에 형석이 아닌 엠마가 있다.
3회, 카페 알카사바에서 만났던 엠마, 같은 의상을 입고 똑같이 시선을 아래로 내리깔고 클래식 기타를 연주하고 있다.
진우, 표정.
총을 거두며 기대 있던 소파에서 천천히 일어나 앉는.
〈엠마 27세 카페 알카사바의 기타리스트〉
진우, 예상치 못한 곳에서 갑작스레 희주의 모습을 만나자 멍해지는.
가까이 갈 생각도 안 하고 연주하는 엠마를 한참을 쳐다보고 있는데..

잠시 후, 문이 벌컥 열리며 양주가 들어온다.

양주　대표님~!
진우　..... (힐끔)
양주　아~ 갑자기 커밍아웃 하심 어떡해요 사람 당황하게~ 저 이사님한테 찍혔잖아요
진우　뭐야..?
양주　에? (하다 시선 따라가서 보고) 어 로그인 하셨구나 지금~
진우　왜 저기에 있어?
양주　아~ (웃으며) 우리 엠마요? 제 최애캐입니다~
진우　(표정)
양주　(옆에 가서 자랑스레) 너무 예쁘지 않아요? 아 진짜 딱 보는 순간 제 이상형이더라구요! 완벽한 제 이상형! 제가 아끼고 모시고 있습니다 우리 엠마~
진우　(어이없어서)
양주　아, 이거 보실래요? (후다닥 자기 책상 컴퓨터로 가서 뭔가 누르자)

엠마, 기타 연주를 멈춘다. 그대로 이미지 정지하고.

양주　의상도 제가 여러 벌 만들어봤거든요~ 보세요 (뭔가 누르자)

엠마의 의상이 갑자기 바뀌는.

양주　이것두 어울리죠? 아 이것도 있구요

엠마의 의상이 다시 바뀌는.

진우　(표정)
양주　이거는 섹시하구요~

엠마의 의상이 다시 바뀐다. 많이 파인 버전.

양주 (너무 사랑스럽게 보며) 우리 엠마는 예뻐서 안 어울리는 게 없다니깐~

진우 너 어디까지 갈 거냐?

양주 이게 끝이에요. 의상 몇 개 더 생각 중이거든요 19금 버전 드레스로요~

진우 (표정)

양주 안 그래도 대표님한테 상의드릴려고 했는데요. 초상권 때문에 그라나다에 있는 NPC들은 다 다시 바꿔야 하잖아요? 근데 저 엠마는 너무 아까운 거예요~

원작 중에 유일하게 동양인이라서 서울이나 북경이나 동경이나 다 먹힐 거 같거든요? 엠마를 서울에다 갖다만 놓으면, 남자 유저들 떼로 몰려와서 난리 납니다 진짜~

진우 너 돌았냐..?

양주 저 진지하게 말씀드리는 건데요?

진우 (술 따르며) 지워.

양주 이 실제 모델을 만나서 우리가 초상권료만 지불하면 되잖아요?

돈 준다는데 싫어할 거 같지도 않은데요.

진우 초상권 살 일 없어.

양주 왜요? 박이사님한테 물어봤는데 아는 사람이라던데요?

그라나다에 사는 교포라고. 만나서 얘기하면 허락하지 않을까요?

진우 (말 끊는) 지금 내 말 무시하냐? 지우라고.

양주 ...... 제 최애캔데요.

진우 그래서?

양주, 삐죽하며 버튼 누르는

엠마의 이미지, 사라진다.

양주 (억울한) 친밀도도 엄청 높여놨는데. 말도 조분조분 잘 한다구요.

진우 ...... (술 마시는)

양주 실물도 예쁘겠죠? 어떤 여자예요? 그라나다에서 뭐해요?

진우 (잠시 사이) 나도 몰라.

양주 대표님도 잘 아신댔는데?

진우 연락 안 한 지 오래됐어. (마시는)

씬/44 진우의 사무실 앞 (낮)

선호, 급히 온다. 여비서, 부스에 있다가 일어나는

선호 유대표 왔지?

여비서 네 방에 계십니다. (열어주려는데)

선호 (바로 문을 벌컥 열고 들어가는)

씬/45 진우의 사무실 (낮)

선호 문을 열고 들어오는데 진우, 책상 의자에 앉아 양주의 방에서 가져온 술을 비우고 있다.

선호 (들어오다 멈칫)

진우 ..... (힐끔, 보면서도 마지막 남은 술을 원샷 해버리는)

선호 (기막혀) 하... 진짜..

진우 (잔 내려놓으며) 들어와.

선호 (문 쾅 닫고 들어오며) 야 이 자식아, 이러면서 지금 나보고 뭐라고 한 거냐? 어? 내가 내 맘대로 한다고 열 받아서? 회사에 오자마자 술 처먹고 있을 거면서 업무 복귀를 한다고? 지금 이게 업무 보고 있는 거냐?!

진우 꼬장 한번 부려본 거야.

선호 (멈칫)

진우 (실소) 한번 질러봤어. 갑자기 무시당하는 기분이 들어서.

선호 (기막혀) 누가 너를 감히 무시해..?

진우 내가 꼬였나 보지.

선호 (표정)

진우 내가 확실히 찌질해졌어. 열폭인가? 그래, 이런 게 열폭이었어. 형석이도 이런 기분으로 회사를 뛰쳐나간 거였어. 그때는 왜 사사건건 시비

인지 몰랐는데 지금은 좀 알 거 같아. 갑자기 형이 너무 밉더라고

선호 ......

진우 업무 복귀하고 싶었는데, 못하겠다. 술 없으면 안 되는데 무슨 회의를 하겠어? 형이 알아서 해.

선호 하... 지금 경고 사격하는 거냐? 지켜보고 있다.. 알아서 잘해라 이거야?

진우 (긍정하듯 씩 미소)

선호 (한숨 푹 쉬며 소파에 와서 털썩 앉는) 너 여기 와서 계속 게임 하고 있었다며? 서정훈, 최양주, 다 작당하고 나를 속여먹고 말이야.. 니들 나한테 이럴 수가 있냐? 도대체 뭐하자는 거냐? 재활도 때려치우고 회사 일도 내팽개치고. 술 먹고, 약 먹고 게임 하고, 술 먹고 게임 하고, 언제까지..

진우 나름 살겠다고 몸부림치는 중이야.

선호 (표정)

진우 매일매일 전쟁터에 있다고 상상을 해봐.
매일 피를 보고 칼에 찔리고 사람을 죽이고. 죽을까 봐 불안에 떨고.
1년 365일 하루도 안 빼놓고 그 짓을 해봐. 약 안 먹고 버틸 수 있나.

선호 (....!) 이제 안 보인다면서? 너 아까..

진우 보여. 매일매일. 하루도 안 빼고.
교수님한테 당신 아들이 지금도 피투성이로 나타난다고 얘기할 순 없잖아.

선호 (표정)

진우 솔직히, 소문대로 진짜로 뛰어내릴까? 생각도 몇 번이나 했어.
차라리 끝내는 게 편할 거 같아서.

씬/46 회상 - 미국 / 병원 옥상 (밤)

환자복을 입은 진우, 검을 든 채 난간에 기대 다가오는 피투성이 형석을 보고 있는. 진우, 이미 여기저기 피로 물든 채. 생명 바는 얼마 안 남았고..
진우, 난간을 내려다보는. 까마득한 바닥이 보이고.
다시 다가오는 무표정한 피투성이의 형석을 보고.

진우 (E) 서버랑도 상관이 없더라구. 미국까지 도망가도 소용없었어.

씬/47 진우의 사무실 (낮)

진우 그래도 버텼어. 안 죽고.
난 아직 살아 있는 것만으로도 스스로 대단하다고 생각해.

선호 (표정)

진우 내가 1년 동안 뭘 깨달았는지 알아?
미친 사람한테도 논리가 있고 미친 세상에도 법칙이 있어.

씬/48 회상 - 미국 / 병원 입원실 (낮 - 밤)

진우, 홀로 있을 때 검으로 형석과 싸우는 모습 컷컷.
형석이 쓰러지고, 다시 쓰러지고, 다시 쓰러지는 컷컷.
컷 튀어 지쳐서 혼자 침대에 널브러져 있는 진우.
눈을 감고 있다가 뭔가 생각에 눈을 뜨는

〈회상 인서트〉

C#1 그라나다 / 공원 (4회 44씬 中)

진우, 갑자기 뒤에서 나타난 형석을 확 그어버리는
쓰러진 형석의 시신 위에.
〈YOU WIN / 승리했습니다〉
〈경험치 +200 공격력 +30 방어력 +30〉
〈레벨 4가 되었습니다〉

C#2 그라나다 / 골동품 가게 사무실 (6회 34씬 中)

쓰러진 형석의 시신 위에.

〈YOU WIN / 승리했습니다〉
〈경험치 +200 공격력 +30 방어력 +30〉
〈레벨 5가 되었습니다〉

씬/49 진우의 사무실 (낮)

진우 이상하지..? 나는 미쳤고 형석이는 망상일 뿐인데,
망상과 싸우는데도 게임 룰에 따라서 레벨 업이 되었더라고.

선호 (...?!)

씬/50 회상 - 양주의 사무실 (밤)

3개월 전.
양주, 소파에 누워 졸고 있는데 핸드폰이 울린다.

양주 (눈도 못 뜨고 받는) 여보세요.. 네.. (하다 벌떡) 대표님??! 대표님 괜찮으세요? 얼마나 걱정.. (하다) 네?

씬/51 회상 - 연구센터 (밤)

불 꺼진 연구센터. 양주, 혼자 앉아서 뭔가 작업하고 있다.

진우 (E) 나 혼자 쓸 수 있는 공간 좀 오픈해줘. 내 아이디만 적용되고 아무도 못 보게. 위치 알려줄게.

씬/52 회상 - 폐교 전경 (밤)

외진 곳의 폐교. 불이 몇 개 켜져 있고.
(## 폐교 아니라 적당히 은밀하고 액션 하기 쉬운 다른 공간이어도 됩니다)

씬/53 회상 - 폐교 교실 (밤)

의자 몇 개 안 남은 황량한 교실.
의자에 앉아서 양주의 메시지를 기다리고 있는 진우.
잠시 후, 양주의 메시지가 온다. 〈잘 될지 모르겠어요. 확인해보십쇼.〉
진우, 눈을 감았다 뜨자,
〈60번째 로그인 하셨습니다〉
동시에 교실 여기저기서 조선시대 자객들이 하나씩 나타난다.
진우, 일어나자 바로 손에 검이 생겨나고. 진우, 검을 치켜들며 꽉 쥐는.

진우 (E) 그래서 서울로 왔어. 레벨 업 해야 살 수 있을 거 같아서.

씬/54 진우의 사무실 (낮)

진우 난 권총이 꼭 필요했거든.
이제는 뛸 수도 없고, 검 하나로 버티는 건 역부족이고.
선호 (표정)

씬/55 회상 - 폐교 복도 + 폐교 교실 (밤 - 낮)

복도와 교실을 넘나들며 계속해서 덤벼드는 똑같은 자객들과 싸우는 진우의 컷컷.. 밤이고 낮이고 반복되는 컷컷컷.
한 번 벨 때마다 검이 더 좋은 검으로 바뀌고.
〈레벨 25가 되었습니다〉
〈레벨 37이 되었습니다〉

자객들, 점점 더 많아지는
단칼에 자객들, 우수수 쓰러지고.
〈레벨 50이 되었습니다〉
〈축하합니다 이제부터 현대무기를 사용할 수 있습니다〉
〈무기점으로 가세요〉 진우, ...!

씬/56 진우의 사무실 (낮)

선호 그래서.. 혼자 계속 레벨 업 하고 있었다고..?

진우 (어느새 손에 권총을 들고 있는) 총이 생기니까 그 전처럼 형석이가 무섭지는 않아. 매일 죽이는 게 지긋지긋할 뿐이지.

선호 (표정, 뭐라고 말을 해야 할지)

진우 정신병자한테도 논리는 있다니까?
보기에 한심하겠지만 그렇다고 내가 인생 아주 포기한 건 아냐.
나는 내 논리에 따라서 하루하루 치열하게 살고 있어. 너무 걱정하지 마.

선호 (표정)

이때 천둥소리가 갑자기 시작되더니.. 바로 형석이 방구석에 나타난다.

진우 (보며) 또 나타났네. 저기.

선호 (! 두리번거리지만 안 보이고)

진우 내가 이상한 얘기 하나 더 해줄까?

선호 (....?)

씬/57 진우의 사무실 앞 (낮)

여비서 부스에 앉아 있고 정훈, 한쪽에서 핸드폰 하고 있는데 천둥과 기타 소리가 들리기라도 하는 듯, 두리번, 사무실을 돌아보는.
정훈, 잠시 보다 다시 핸드폰을 보는.

다시 고개를 들며 불안한 표정으로 사무실을 쳐다보더니,

씬/58 진우의 사무실 (낮)

형석이 검을 들고 진우를 향해 다가오는데 진우, 권총을 쏠 생각 안 하고.
형석, 막 검을 치켜드는 순간, 갑자기 문이 확 열리더니 검을 든 정훈이 들어오며 바로 형석의 등 뒤에서 검으로 그어버리는...!
형석, 그대로 쿵...! 선호의 발치에 넘어진다.
선호, 정훈이 들어오자 돌아보고, ????
형석의 시신이 바닥에 쓰러져 있고 메시지 뜬다.
〈시티헌터님이 Dr.Cha님을 해치웠습니다〉
천둥과 기타 소리 멈추고 형석, 사라지는

정훈 (검을 든 채) 괜찮으세요?
선호 (???)
진우 무슨 상황인지 알겠어? 재도 형석이를 봐.
선호 (??!! 놀라 확 돌아보고) 그게 무슨..
정훈 네. 저도 요새 차대표님이 보입니다.
선호 (표정)

씬/59 성당 (늦은 오후)

사람들 다 빠져나가고 꽃도 치우고 형석의 사진을 옮기고 있는.
병준, 혼자 남아 옮겨지는 형석의 사진을 보고 있다가 핸드폰이 울리자 받는

병준 (받는) 응. 이제 다 끝났다. 지금 회사로 갈 테니까..
선호 (E) 오지 마세요. 유대표 퇴근했습니다.
병준 (...?)

씬/60 선호의 사무실 + 성당 (늦은 오후)

선호 (멘붕이 된 표정으로) 술을 많이 먹어서 차 태워 보냈습니다.

병준 (!) 나아진 게 아니었어?

선호 (뭐라 말해야 할지) 글쎄요 그게.. 더 나빠진 거 같기도 하고..

병준 (표정)

이때 노크하고 정훈이 들여다보자

선호 (들어오라고 손짓하며) 정훈이 얘기 좀 들어보고 다시 전화드리겠습니다.

병준 그래 알았다. (찜찜하게 전화 끊고) ......

이때 아기를 안은 수진이 조심스럽게 다가오는

수진 아버님..

병준 (힐끔)

수진 (조심스레) 어머님이 같이 저녁 하자고 하시는데

병준 (말 끊는) 다음에 하자. 오늘만 날이냐.

수진 (바로 거절하자 무안) 네에..

병준 ..... (아이를 힐끔 보고) 들어가라. 애가 지쳤나 보다. (하고 가버리는)

수진 (표정)

씬/61 도로 (저녁)

비가 부슬부슬 내리는 도로를 달리는 진우의 차

씬/62 진우의 차 안 + 이자카야 (저녁)

기사가 운전하고 그사이 술이 깬 진우, 뒷좌석에 앉아 창문에 맺히는 빗방울들을 보고 있는. 이때 핸드폰이 울린다. 진우, 받으면

정훈 (E) 대표님, 들어가셨어요?
진우 가고 있어.

정훈, 호젓하고 자그마한 이자카야 처마 앞에 서서 통화 중이다.
창가에 선호가 앉아서 혼자 술 따는 모습이 보이고.

정훈 저 이사님한테 끌려왔습니다. 물어보시면 어디까지 얘기하죠?
정훈 알아서 해. (하고) 근데 너도 미친놈 취급받을 거야.
정훈 네.. 그죠.. (짧은 한숨) 알아서 하겠습니다. (끊으려는데)
진우 아 참,
정훈 (도로 받는) 네.
진우 정희주씨는 요즘 어떻게 지내..?
정훈 희주씨요?
진우 소식 들은 지 한참 된 거 같아서.
정훈 얼마 전에 기타 공방 차렸더라구요.
진우 기타 공방..?
정훈 네. 그럭저럭 잘 되는 모양이에요. 한번 오라고 했는데 저도 아직 못 가봤습니다. (하다) 내일 같이 한번 가보실래요?
진우 (어이없는) 내일 그라나다를 가자는 거냐..?
정훈 아뇨 일산이요. 희주씨 공방 일산에 있는데요.
진우 (...?!) 한국에 있다고..?
정훈 네. 희주씨네 가족들 전부 귀국한 지 좀 됐는데요.
진우 (생각도 못한 소식)
정훈 메일 안 보셨어요?
진우 ..... 안 본 지 한참 됐어.
정훈 제가 말씀도 드렸었는데. (하다) 아.. 그때 취해서 기억을 못하시나 보네요.
진우 (기억이 안 나고) .... 아 알았어. 됐어 내가 찾아볼게. (전화를 끊고 뜻밖의 소식에 잠시) ..... (핸드폰을 다시 켜 메일을 찾아보는)

F.O – F.I

씬/63 회상 몽타주

C#1 그라나다 / 호스텔 희주 방 (7회 5씬 中)

희주, 핸드폰을 보고, 표정 변하는.
〈누나 나야〉라는 제목의 새 메일이 있고.
희주, 바로 세주의 메일을 클릭해 읽어 내려가는 표정에.
디졸브로..

C#2 스페인 / 열차 객실 (밤)

바르셀로나를 향해 달리는 열차 안.
진우, 창밖을 보며 생각에 빠져 있고 정훈, 옆에서 핸드폰으로 메일 보내고는

정훈 답장 보냈습니다.
진우 앞으로 희주씨 메일에는 니가 답장을 해. 식구들 걱정하지 않게 잘 둘러대.
정훈 네.. 근데 언제까지요?
진우 정세주 찾을 때까지.

C#3 그라나다 / 호스텔 희주 방 (밤)

희주, 노트북 앞에 앉아 세주에게 답장을 쓰는 모습에

희주 (NA) 세주야. 메일 받고 이제 안심했어. 진작 연락을 하지 식구들 걱정시키구 말아.

C#4 그라나다 / 호스텔 영심 민주 방 (아침)

앞치마 두른 희주, 막 잠에서 깨 아직 침대에 누워 있는 영심과 민주에게 핸드폰으로 세주의 메일 읽어주는

영심 (버럭) 얼씨구 여행은 무슨 여행이야 난데없이 또? 어이구 지랄을 해요~ 돈 생겼다고 하니까 또 막 쓸 생각부터 났구만~ (막 잔소리하고)

희주 (NA) 그래두 방에 박혀 있는 거보단 친구들하고 잘 지내서 낫다고 할머니는 좋아하셔. 이왕 간 거 즐거운 여행 되라고 용돈도 부치라고 하시네.
알지? 우리 이제 부자니까 모자라면 또 얘기해.

C#5 카페 (밤)

몇 달 후. 창밖에 눈이 내리고 있는.
희주, 겨울 외투 입고 창가에 앉아서 핸드폰으로 메일을 쓰고 있다.

희주 (NA) 세주야 누나 지금 서울에 와 있다? 여긴 지금 눈이 펑펑 와~

파카 입은 상범이 창밖에서 창 두드리는.
희주가 손 흔들자 상범, 반갑게 카페로 들어오는

희주 (NA) 우리 이사할 집도 알아보고.. 그리구 저번에 말했지?

C#6 악기점 (밤)

상범의 지인이 운영하는 클래식 악기점에 온 희주와 상범
지인이 뭐라 설명하고 희주, 열심히 듣고 있는

희주 (NA) 상범 오빠가 한국에서 공방을 같이 내자고 자꾸 그래서 고민 중이야.

C#7 상범의 차 안 (밤)

상범이 운전하고 희주, 옆에 타고 가는. 상범이 창밖의 커다란 빌딩을 가리키는

상범 야 참 여기가 거기다?
희주 (따라 보고) 어디?
상범 제이원. 유진우네 회사.
희주 (....!)
상범 그 사람 아직도 미국에 있나 보던데? 별 소문이 다 돌더라 요새.
희주 (표정, 멀어지는 사옥을 돌아보며)

디졸브로

C#8 그라나다 / 호스텔 살림집 거실 (낮)

몇 달 후. 박스만 몇 개 남은 빈 거실, 힘들어 손을 털며 둘러보는 희주.

희주 (NA) 세주야~ 우리 드디어 이삿짐 다 쌌다.

C#9 그라나다 / 호스텔 세주 방 (낮)

박스 여러 개 쌓여 있고. 영심, 빗자루로 먼지 치우며 투덜투덜거리는

영심 (투덜투덜거리는) 아니 이 쓰레기를 뭐하자고 거기까지 끌고 가냐고~
희주 (NA) 니 방 짐은.. 니가 다 가져가달라고 해서 일단 쌌어.
할머니는 화물비 많이 나온다고 난리시구.

C#10 희주 집 앞 (낮)

주택들이 옹기종기 모여 있는 주택가.
나무가 우거진 작은 정원이 있는 아담하고 예쁜 2층 주택 앞에 영심과 민주, 서 있다. 상범의 차에서 희주와 상범, 막 내리고.

민주/영심 (감격) 이게 우리 집이야? / 옴마나!

희주 예쁘지?

상범 이 집 고르느라 저희 진짜 힘들었어요.

민주 대박 완전 대박! (뛰어 들어가고)

영심 (심장 떨려) 아이구 세상에.. 아이구 이게 웬일이냐 세상에..

희주 (NA) 우리 집 사진 보낸다. 너도 마음에 들 거야.

C#11 희주 집 거실 (아침)

얼마 후. 이미 이사 온.
민주, 교복 입고 우다다다 계단을 내려오는
희주, 청소기 돌리고 있고 영심, 아침 차리는

희주 (민주 보고) 너 지금 몇 신데, 빨리 앉아,

민주 아 씨, 늦었어 그냥 갈래 (나가는)

영심 (버럭) 내가 어제 일찍 자라고 했지? 여기가 스페인인 줄 알어?
한국 애들이 얼마나 공부 열심히 하는데 저거 늦게까지 처자고

희주 바래다주고 올게요. (청소기 내려놓고 후다닥 키 들고 나가는)

영심 너 거기서처럼 하면 꼴찌다 전교 꼴찌!

C#12 희주 집 앞 (아침)

주차한 SUV에 급히 올라타는 희주와 민주. 차가 붕 떠나고 나면

희주 (NA) 요즘 일상은 이래. 민주가 학교 가고 나면 이모할머니들이 오시구.

디졸브로, 영심과 비슷한 연배의 사촌 할머니 둘이 전대를 차고 오는

C#13 희주 집 거실 (낮)

영심, 사촌들 둘과 담요 펴놓고 앉아 고스톱 치고 있는

영심　(노래하듯 흥얼거리며 치는) 야 기가 막히다 기가 막혀~ 내가 생각해도 기가 막혀요~ 말년에 오영심 팔자에 무슨 복이 피어서, 이 좋은 집에 앉아, 고스톱이나 치면서 세월 보내고~ (하다) 아싸 따닥따닥~ 피 내놔~

C#14　희주 집 앞 (낮)

트럭이 한 대 서 있고 목공소 직원들이 목재를 나르는
상범이 저쪽으로 옮기라 지시하고 희주, 상기되어 서서 그걸 보고.

희주　(NA) 아 그리고, 창고를 뜯어서 기타 공방을 만들고 있어.
상범 오빠랑 동업하기로 했어. 너무 떨린다 세주야.

C#15　희주 집 희주 방 (밤)

디졸브로 희주, 침대에 쪼그리고 앉아 있다.
침대 위, 희주의 발치에 경제주간지가 놓여 있고.

희주　(NA) 딱 하나 마음에 걸리는 건.. 우리만 행복한 거 같아서.

〈위기의 제이원. 유진우를 둘러싼 끝없는 스캔들〉 제목의 표지.
희주, 표지를 내려다보다 결국 핸드폰으로 메시지 보내보는.
〈서비서님. 오랜만이죠. 안녕하세요? 잘 지내시는지 궁금해서요.〉
거기까지 쓰고 고민하다 이어 쓰는
〈아직도 미국이신 거죠..? 대표님은 좀 차도가 있으신지..〉
디졸브로.. 기다려도 답이 없자 희주, 포기하고 일어나는데 메시지가 온다.
희주, ...!! 얼른 보면 정훈의 메시지고.
〈안녕하세요 희주씨. 오랜만입니다. 잘 지내시죠?〉
〈대표님은 잘 계십니다. 안부 전해드리겠습니다. 환절기 감기 조심하시구요.〉
희주, 표정. 간결한 답장에 더 할 말이 없고.. 뭐라 써야 할지 몰라 잠시..

〈안 좋은 기사가 너무 많이 나와서 걱정..〉 쓰다가 지우고.. 다시 쓰는
〈다리는 좀 어떠신지...〉 쓰다가 지우고..
망설이다가 결국,
〈네에. 서비서님도 건강 조심하세요.〉
잠시 후 다시 답이 온다.
〈감사합니다.^^〉
아무 사실도 전해주지 않는 메시지를 받고 나자 더 맥 빠지고.. 긴 한숨..

C#16 희주의 집 앞 (낮)

얼마 후. 낮은 대문 옆에 자그마한 예쁜 간판이 새로 달린.
〈Emma Constructor de Guitarras〉라고 작게 쓰여 있고.

희주 (NA) 세주야 드디어 내 공방이 생겼어! 내 이름을 단 공방...!

작업용 앞치마를 두른 희주, 간판 앞에서 어색, 수줍게 브이 자를 그리는.
상범이 사진 찍어주고.

희주 (NA) 엠마의 작업실. 너도 빨리 봤으면 좋겠다.

스페인어로 쓰인 간판 클로즈업되며

씬/64 희주 집 앞 (저녁)

비에 젖은 간판으로 디졸브.
우산을 쓰고 공방 간판을 내려다보고 있는 진우.
진우의 차, 골목 끝에서 깜빡이 켜고 기다리고 있고.
진우, 나무가 우거진, 평화로워 보이는 집을 천천히 훑어보는.
창문에는 불도 없고 비어 있는 듯 보이고.
잠시 보다가 기다리고 있는 차로 막 가려는데 뒤에서 차 문 닫는 소리와 함께

희주 (E) 누구세요?
진우 (멈칫)

막 차에서 내린 희주, 장을 가득 든 봉지 두 개를 양손에 들고 비를 피해 급히 오다가, 집 앞에 우산 쓴 남자가 서 있자

희주 (? 다가가며) 어떻게 오셨어요?
진우 (돌아보자)
희주 (? 누군가 했다가, 얼굴을 확인하고, !!!)
진우 ......
희주 (이렇게 갑자기 만나리라고는 상상도 못한, 너무 놀라 그냥 멈춰 서서)
진우 오랜만이에요.
희주 (표정)
진우 (미소)
희주 (표정)

희주, 대답도 못하고 그냥 빗속에 서 있자 진우, 희주 쪽으로 오는.
그제야 희주의 시선에, 여전히 불편한 진우의 다리가 들어오고.

희주 (혹시나 기대했으나 역시나 완치가 안 된 걸 보고, 순간 마음이 무너지는)
진우 (우산을 씌워주며, 농담) 바로 달려와 씌워줘야 폼이 나는데, 이제 그게 안 되네.
희주 (표정)
진우 잘 지냈어요?
희주 네.. (겨우 애써 미소)

씬/65 기타 공방 (저녁)

희주, 불을 켜며 허둥지둥 먼저 들어오는

희주 들어오세요.

진우 ...... (우산을 접으며) 식구들은 없나 봐요?

희주 민주는 학원 갔고요, 할머니는 친척집에 놀러 가셨어요, 연락을 하고 오셨음 엄청 반가워했을 텐데, (우왕좌왕) 저기, 저 이거 좀 갖다 놓고 올게요. (장본 봉지를 보여주며) 냉장고에 넣어놔야 돼서, 잠깐만 앉아 계세요, (하고 후다닥 집으로 들어간다)

진우 ......

씬/66 희주의 집 거실 (저녁)

희주, 주방으로 와서 봉지에 있는 물건들을 꺼내는데 정신이 하나도 없는, 몇 개 집어넣다가 그냥 봉지째 냉장고에 쑤셔 넣는

씬/67 희주의 집 화장실 (저녁)

수건으로 젖은 머리를 급히 터는.. 마음이 진정이 안 되고

씬/68 희주의 집 거실 (저녁)

희주, 화장실에서 나와 어쩔 줄 모르고 서서..
무슨 말부터 먼저 해야 할지, 무슨 말을 먼저 하고 싶은 건지 스스로 갈피를 못 잡겠고..

씬/69 기타 공방 (저녁)

진우, 작업 중이던 기타를 내려다보고 있는데 희주가 나온다.

희주　커피.. 드실래요?

진우　(돌아보며) 좋죠.

희주　(애써 침착하게 커피와 차를 끓이는 탁자로 가는) 서울에 계신 줄 몰랐어요. 서비서님하고도 얼마 전에 문자 주고받았는데 미국에 계신 것처럼 말씀하셔서

진우　내가 서울에 있는 거 누가 알면 너무 시끄러워서. 알잖아요? 누군지.

희주　..... 아.. (어색, 웃고)

진우　공방 좋네요. 축하해요.

희주　고맙습니다.

진우　작업은 잘 돼요?

희주　지금까지 세 대 팔았어요.

진우　겨우 세 대?

희주　세 대나 판 거죠. 한 달에 하나 만들기도 쉽지 않아요. 오래 걸리거든요.

진우　그래서 돈이 돼요?

희주　(피식) 돈은 많아요. 저한테 많이 주셨잖아요.

진우　......

희주　하고 싶은 일 하는 거예요. 저 같은 행운도 별로 없을 거예요.

진우　잘됐네요.

희주　.....

진우　나도 기타나 배워볼까? 나 요즘 백수라서. 여기서 기타 가르쳐주기도 해요?

희주　...... (물이 끓자 대답 안 하고 돌아서는)

진우　(....?)

희주　(등 돌린 채 커피만 내리자)

진우　근데 희주씨 좀 변한 거 같은데..?

희주　(그 말에 돌아보는) 제가요..?

진우　뭔가 좀 침착해졌는데. 1년 사이에 성숙해진 건가?

희주　(도로 등 돌리며) 그럴 리가요.. 전 똑같아요.

진우　(관찰하듯, 농담) 아니야.. 예전만큼 해맑지가 않은데.

희주　(농담처럼) 철들었나 보죠. 어떻게 계속 해맑아요?

진우　(....? 뭔가 달라진 느낌에)

희주　.....

진우 식구들은 다 잘 지내죠?

희주 (멈칫) ...... (그 말에 마침내) 네. (하고 커피 물 부으며 결심한 듯 말을 꺼내는) 남동생이 아직 안 온 거 빼놓고는요. 그거 말곤 아무 걱정 없어요.

진우 (그 말에 힐끔)

희주 한국으로 오면 따라오겠다고 해놓고 아직도 안 오고 있어요.

진우 연락도 없어요..?

희주 연락은.. 해요. 이메일로 꼬박꼬박.

진우 그럼 됐네. 연락이 되면 곧 오겠죠.

희주 ......

진우 그 나이 남자애들은 집 생각 별로 안 하니까. 지겨워지고 돈 떨어지면 올..

희주 (O.L) 왜.. 시치미를 떼세요..?

진우 (멈칫)

희주 (주전자 내려놓고 돌아서는) 저는.. 그 말씀하시러 온 줄 알았는데.

진우 뭐를요..?

희주 세주가 저한테 보내는 답장.. 대표님이 쓰시는 거죠...?

진우 (....!)

희주 여행 중이라면서 계속 메일만 보내는데.. 처음엔 그러려니 했어요. 원래 그런 애니까. 근데 점점 뭔가 이상하더라구요..? 내 동생 같지가 않아서. 그래도 설마 했죠, 그걸 누가 대신 쓰겠어 싶어서요, (하고) 근데요, 얼마 전에, 그라나다에 있는 친구랑 통화를 했는데, 우리 호스텔, 아직도 그냥 있다고 하더라구요..? 그렇게 급한 일이라고 저한테 100억이나 주고 사셨잖아요, 근데 그냥 버려져 있다구요,

진우 ......

희주 생각해보니까, 대표님이 우리 호스텔에 온 것부터가 이상했어요, 그때는 돈 생긴 거에 신나서 아무 생각도 없이, (말이 이리저리 튀는) 세주는 매일 게임만 연구하던 앤데요, 대표님 회사는 곧 게임 출시한다고 뉴스에 나오고. 왜 눈치를 전혀 못 챘는지 모르겠어요, 세주랑 연관 있을 수도 있다는 걸,

진우 ......

희주 (목소리 점점 떨리는) 걱정하실까 봐 할머니한테는 아직 말도 못했어요, 서비서님한테도 못 물어보겠더라구요 겁이 나서, 대표님을 만나고 싶었는데, 대표님은 연락도 안 되고 너무 나쁜 소문만 매일 들리고..

진우 ......

희주 세주 메일.. 대표님이 쓰신 거 맞죠..?

진우 (결국) 내가 쓴 건 아니고.. 정훈이를 시켰죠.

희주 (...!)

진우 내가 시킨 건 맞아요. 내가 그러라고 했어요.

희주 (틀리길 바랐던 추측이 맞자, 울 것 같은) 왜요..?

진우 희주씨가 걱정할까 봐.

희주 세주는... 어디 있어요?

진우 나도 몰라요.

희주 (표정)

진우 1년 동안 찾았는데 아직도 못 찾았어요.

희주 (겁이 덜컥) 설마...

진우 죽지 않았다고 난 믿고 있어요. 이렇게 오래 찾게 될 줄은 몰랐지만.

희주 .....!

진우 ......

희주 (맥이 풀리며, 손이 덜덜 떨리고 눈물이 쏟아지는) 어떻게.. 이러실 수가 있어요..? 저는 진짜 대표님을 믿었는데.. 저는 정말 인생의 은인이라고만 생각하고.. 감사하고 진짜 걱정했고... 그렇게 떠나버려서 너무 마음이 아팠다구요, 1년 내내 계속 생각했는데 (눈물이 앞을 가려 말을 못 잇고)

진우 나를... 너무 믿지 말라고 했었죠.

희주 (표정)

진우 나 별로 좋은 사람 아니라고. 나중에 후회할 거라고 얘기했었는데.

희주 (표정에)

- 제7회 끝 -

8회

씬/1 회상 몽타주

C#1 그라나다 / 기차역 플랫폼 (6회 89, 91씬 中)

희주, 플랫폼을 달려오고 있는.
기차 속도 점점 빨라지고..
희주, 더 뛰어보지만 기차, 빠르게 지나쳐 가는.
희주, 갑작스런 이별이 허무해 울음을 터뜨리고

C#2 그라나다 / 열차 객실 (6회 92씬 中)

우는 희주의 모습, 멀어지면서 더 이상 보이지 않고..
진우, 이상한 기분이 든다. 멍해지며...

진우 (NA) 그라나다를 떠나던 날, 나는 우리가 곧 다시 만나리라 생각했다.

C#3 평원을 달리는 기차 인서트 (밤)

진우 (NA) 세주가 돌아오면.

C#4 열차 객실 (7회 63씬 C#2 中)

진우, 창밖에 시선 두고 생각에 빠져 있고 정훈, 핸드폰으로 메일 보내고는

정훈 답장 보냈습니다.
진우 앞으로 희주씨 메일에는 니가 답장을 해. 식구들 걱정하지 않게 잘 둘러대.
정훈 네... 근데 언제까지요?
진우 정세주 찾을 때까지.
진우 (NA) 그때 나는 세주를 찾으러 바르셀로나로 떠났었다.

C#5 그라나다 / 별장 욕실 (낮)

6회 74씬에서 이어지는 장면.
샤워부스 안에 앉아 있는 진우.
형석이 사라지고 없는데도 나갈 생각도 안 하고 앉아 있는데 핸드폰이 울린다.
천천히 고개 숙여 핸드폰 보면 〈A〉 뜨는

진우 (받는) 여보세요.
정보원 (E) 대표님 접니다. 계속 전화를 안 받으셔서
진우 미안해요 몸이 좀 안 좋아서. 무슨 일 있어요?
정보원 (E) 그때 저한테 주신 주소 있잖습니까. 마르꼬라는 친구 주소요,
진우 (표정에)

C#6 그라나다 / 호스텔 세주 방 (4회 56씬 中)

노트를 뒤지던 진우, 〈Marco〉라는 이름과 전화번호, 바르셀로나 주소가 적힌 메모를 발견한다. 진우, 바로 핸드폰으로 사진 찍는

C#7 그라나다 / 별장 욕실 (낮)

진우 뭐 찾았어요?

정보원 (E) 네. 마르꼬 집이 맞았고, 그날 세주 행적도 알아냈습니다.

진우 (...!) 세주가 거기서 지낸 게 맞아요..?

정보원 (E) 네 맞습니다.

C#8 열차 객실 (밤)

달리는 기차, 바르셀로나로 향하고 있고.
모니터에 바르셀로나 도착을 알리는 메시지가 뜬다.

정보원 (E) 대표님 혹시 바르셀로나로 오실 수 있습니까?

C#9 바르셀로나 / 마르꼬의 아파트 (밤)

디졸브로
목발을 짚은 채 더러운 방을 둘러보고 있는 진우.
정훈, 현관문 앞에 서 있고.

정보원 (E) 마르꼬 한. 한국인 유학생이고 스물셋입니다.

회상 장면으로 들어가며 마르꼬가 게임에 열중하는 모습이 나타나는.
완전히 골몰해서 엄청나게 빠른 속도로 RPG 게임 중이고.
옆에는 먹다 남은 피자 등 엉망진창이고. 빠르게 키보드 두드리는 팔에는 주사 자국이 잔뜩 나 있다.

정보원 (E) 말이 유학생이지 학교 중퇴했고 해커로 활동했습니다.
전과가 엄청난 놈이더라구요.

C#10 그라나다 / 호스텔 세주 방 (밤)

완전히 골몰해서 RPG 게임 중인 세주.

민주가 문을 열고 들여다보는

민주　　오빠 밥 먹으래.
세주　　(듣지도 않고 키보드 빠르게 정신없이 움직이며)
민주　　(혀 차며 문 닫는)
정보원　(E) 세주와는 게임 하면서 채팅으로 알게 된 사이구요

C#11　바르셀로나 / 마르꼬의 아파트 (밤)

마르꼬, 정신없이 게임 하고 있는데
갑자기 밖에서 문을 쾅쾅 두드리는 소리에 돌아보는.

폭력배　(스페인어, E) 헤이! 마르꼬!
마르꼬　(!!)

C#12　바르셀로나 / 마르꼬의 아파트 복도 (밤)

덩치 좋은 폭력배 둘이 서서 문을 쾅쾅 부술 듯 두드리는

C#13　바르셀로나 / 마르꼬의 아파트 (밤)

마르꼬　(익숙한 상황, 스페인어로 욕을 하며 바로 일어나 뛰어가 창문을 여는)

C#14　바르셀로나 / 골목길 (밤)

어둑한 골목길. 마르꼬 갑자기 위에서 툭 떨어지며 프레임 인 되고.
마르꼬, 뛰어 도망가는

진우　　(NA) 마르꼬는 마약도 했고, 빚에 쫓기고 있었다.

컷 튀어 도망치던 마르꼬, 옆 골목에서 튀어나온 폭력배들한테 딱 걸리고.

마르꼬.. !!! 바로 멱살 잡혀 주먹에 날아가며 바닥에 널브러지는.
마구 발로 차이는 모습에

진우　(NA) 게임을 차형석에게 들고 간 것도 마르꼬였다.

C#15　바르셀로나 / 레스토랑 (아침)

아침 식사 중이었던 형석.
여기저기 멍이 들고 눈빛 멍한 마르꼬를 미심쩍게 보고.
그 뒤에 형석의 비서와 직원들이 서 있다. (3회에서 마르꼬의 아파트에 갔던)

형석　그걸 그쪽이 혼자 다 만들었다고요?
마르꼬　(치기 어린 허세) 다 했죠, 내가. 당연히, 아니 그럼 누가 해? (오버하는데 형석의 날카로운 눈빛에 살짝 찔끔) 아 뭐, 꼭 집어 얘기하면 둘인데, 내가 대부분 다 했지만. 걘 보조에요 어린애.
형석　어린애?
마르꼬　신경 쓸 거 없고요, 내가 대표로 나온 거니까 앞으로 나랑 얘기하시면 돼요.
형석　......
마르꼬　직접 해보면 놀라 뒤집어질걸요. 그라나다에서 다시 얘기하죠.
게임을 해보고 협상하는 게 서로 편하니까. 100억 원부터 시작합니다.
형석　얼마?
마르꼬　100억에서 시작할 겁니다. 100억이 바닥이라고. 수익에 따른 지분은 따로.
형석　(표정)
마르꼬　딱 하루 드릴게요. 눈치 깠겠지만 달려들 회사가 한두 군데가 아니라서요.
아, 원래 제이원부터 만나려다가 특별히 차대표님부터 만난 거예요. 이분들이 하도 간곡하게 부탁해서. (직원들을 가리키는)
형석　(어린 놈 허세가 같잖은, 뭐라 하려는데)
마르꼬　유진우랑 친구라면서요?
형석　(뭐라 하려는데)
마르꼬　아 참 친구였다고. 지금은 아니신 거죠? (비꼬는)

형석 (표정)

마르꼬 빨리 결정 안 하시면 제이원으로 갈 겁니다. 유진우도 지금 바르셀로나에 와 있는 거 알죠? 어느 호텔 몇 호에 있는지도 알아요. (진우 연락처 적힌 메모 보여주며) 연락처도 땄고.

C#16 바르셀로나 / 마르꼬의 아파트 (아침)

세주, 손톱 물어뜯으며 기다리고 있다가 핸드폰이 울리자

세주 (!! 바로 받는, 스페인어) 여보세요? 만났어? 뭐래? (하다 놀라는) !!!

C#17 바르셀로나 / 거리 (아침)

마르꼬 (의기양양, 스페인어) 내가 뭐랬냐 자식아? (한국어) 미니멈 백억이랬지? 딜만 잘하면 천억도 만들 수 있다고, 다들 눈이 뒤집혀서 달려들 거라고 했잖아? 야 짐 싸. 우리 지금 그라나다로 간다.

진우 (NA) 어린 동업자들은 대박의 꿈에 부풀었고..

C#18 바르셀로나 / 마르꼬의 아파트 + 거리 (아침)

세주, 전화를 끊고.. 너무 좋아서 어리벙벙하고..
이때 다시 전화가 온다. 세주, 전화를 받자

마르꼬 야, 그라나다 가는 거 식구들한테 얘기하지 마라

세주 왜?

마르꼬 왜는 왜야, 니네 할머니 니네 누나, 소심한 여자들 끼어들어서 초 칠까 봐지. 난 천억까지 받아낼 거다. 백억은 성에도 안 차.
통장에 돈 들어올 때까지 입 다물어.

세주 (....! 엄두도 안 나고)

C#19 바르셀로나 / 레스토랑 (아침)

형석 마약 중독자 말을 믿어도 돼?
직원 일단 게임을 확인해보시면 되는 거니까요. 아직 저희가 손해 본 건 없습니다.
형석 집사람이랑 처제는 나갔나?
형석비서 아직 방에 계십니다. 곧 외출하신다고
형석 올라가서 일정 바뀌었다고, 그라나다로 간다고 얘기해.
진우 (NA) 꿈에 부푼 건 형석이도 마찬가지였을 것이다.

C#20 바르셀로나 / 마르꼬의 아파트 (오전)

세주가 흥분해서 짐을 싸서 뛰어나가는 모습, 사라지며.
현재로 돌아오는. 진우가 그 자리에 서 있고.

정보원 (E) 대표님이 그라나다로 가기 하루 전에 모두 여길 떠났습니다.
차대표, 정세주, 마르꼬 전부 다 그라나다로 갔습니다.

C#21 바르셀로나 / 기차역사 앞 (밤)

1회 프롤로그, 세주가 겁에 질려 진우에게 전화하는 컷에

진우 (E) 세주가 나한테 전화한 건 바르셀로나 기차역이었는데..?
정보원 (E) 어떤 이유로, 세주만 다시 바르셀로나에 갔고,
되돌아오는 길에 사라진 거죠.

C#22 바르셀로나 / 마르꼬의 아파트 (밤)

주인 없는 빈 방에 서 있는 진우 표정에

정보원 (E) 마르꼬도 그라나다에 간 이후로 연락 두절입니다.

C#23 이륙하는 비행기 인서트 (낮)

진우　　(NA) 거기까지였다. 둘은 내가 미국으로 떠난 후에도 소식이 없다가

C#24　　미국 / 병원 입원실 (밤)

환자복을 입고 초췌하게 침대에 누워 있는 진우. 전화 받는

진우　　(NA) 두 달 후에야..
진우　　찾았어요?
정보원　(E) 네. 마르꼬를 찾긴 찾았는데..
진우　　(듣다가 표정 변하는)

C#25　　그라나다 / 숲속 (밤)

부패한 시신을 경찰 몇이 조명을 비추고 둘러싸고 있는.
경찰견이 컹컹 짖어대고. 입고 있는 옷과 신발, 마르꼬의 것이 분명하고.

진우　　(NA) 마르꼬는 그라나다 근교 숲에서 시체로 발견됐다.

부패된 시신을 지퍼로 잠그는 모습에

C#26　　미국 / 병원 입원실 (낮 - 밤)

진우, 정보원이 보내온 사망 관련 영문 자료를 읽고 있다.
마르꼬의 증명사진과 부패한 시신 사진들이 붙어 있고.

진우　　(NA) 시신은 부패가 심해 사인도 밝힐 수 없었고..

밤이 된 진우, 잠 못 들고 누워 있는

진우　　(NA) 세주는 여전히 흔적도 없다.

세주는 어디 있는 걸까?
세주가 죽인 걸까..? 아님 세주도 죽은 걸까...?

C#27 바르셀로나 / 기차역 앞 + 호텔 스위트룸 침실 (1회 27씬 中)

세주가 겁먹어 급박하게 진우에게 전화를 하는 모습에..

진우 (NA) 그 애는 마지막 순간에 나한테 도움을 청했지만 나는 무시했다.

C#28 미국 / 병원 입원실 (밤)

깊은 밤. 침대에 누워 공포스런 망상에 빠져 있던 진우,

진우 (NA) 그 대가로 나도 이 꼴이 된 걸까...?

문득 침대 옆 비어 있는 의자가 눈에 들어오고..
디졸브로..

C#29 그라나다 / 별장 침실 (밤)

진우, 잠시 눈을 떴을 때 암체어에 앉아 지켜보던 희주의 따뜻한 눈빛이 떠오르고..

C#30 미국 / 병원 입원실 (밤)

다시 비어 있는 의자를 보며..

진우 (NA) 세주의 실종을 희주에게 어떻게 전해야 할까..?
도저히 전달할 수가 없다.

이때 천둥 번개가 치며.. 여지없이 형석이 어둠 속에 칼을 들고 나타난다.

진우 (표정에)

진우 (NA) 전달할 겨를조차 없다. 아마도 내가 먼저 죽게 될 거라서.

F.O - F.I

씬/2 기타 공방 (저녁)

7회 엔딩 씬에서 이어지는

희주 세주는.. 어디 있어요?

진우 나도 몰라요.

희주 (표정)

진우 1년 동안 찾았는데 아직도 못 찾았어요.

희주 (겁이 덜컥) 설마...

진우 죽지 않았다고 난 믿고 있어요. 이렇게 오래 찾게 될 줄은 몰랐지만.

희주 .....!

진우 ......

희주 (맥이 풀리며, 손이 덜덜 떨리고 눈물이 쏟아지는) 어떻게.. 이러실 수가 있어요..? 저는 진짜 대표님을 믿었는데.. 저는 정말 인생의 은인이라고만 생각하고.. 감사하고 진짜 걱정했고.. 그렇게 떠나버려서 너무 마음이 아팠다구요, 1년 내내 계속 생각했는데 (눈물이 앞을 가려 말을 못 잇고)

진우 나를... 너무 믿지 말라고 했었죠.

희주 (표정)

진우 나 별로 좋은 사람 아니라고. 나중에 후회할 거라고 얘기했었는데.

희주 (표정)

진우 ......

희주 (떨며) 나한테 준 돈 그럼...

진우 희주씨 짐작이 맞아요. 동생이 만든 프로그램 라이센스 값으로 준 거죠.

희주 (표정)

진우 동생이 나한테 만나자고 전화를 했었고, 그래서 호스텔에 갔었고. 근데 동생이 안 나타났죠. 갑자기 연락 두절. 올 때까지 기다리려고 했지만 차형석한테 계약을 뺏길 거 같아서 그냥 사버렸어요. 희주씨가 순진하게도 덥석 팔아줘서.

희주 (표정)

진우 억울하겠지만 법적으로는 아무 문제없어요. 희주씨가 스스로 계약한 거니까.

희주 (표정)

이때 밖에서 영심의 목소리가 들려오는

영심 (E) 언니 왔나 보다 불 켜 있네.

희주 (퍼뜩)

진우 (그 소리에 돌아보고)

문이 열리는 동시에 희주, 급히 눈물을 훔치며 집으로 들어가는.
진우, 다시 돌아보자 희주, 이미 들어가버리고 없고.
동시에 문을 열고 들어오는 영심.

영심 (빗물 털며) 아유 우산 좀 똑바로 들으라니까. 너만 쓰냐?

민주 (우산 접으며) 할머니 머리가 커서 그래

영심 그걸 무슨 말이라고 (하다 놀라) 엄마나? 이게 누구야?

진우 안녕하세요.

민주 (뒤에 따라 들어오다가) 어..

진우 (미소) 안녕. 잘 있었어?

영심 아이구 세상에.. 이게 누구예요?

민주 (영심을 제치며 후다닥 뛰어와 확 끌어안는) 아저씨!

진우 (표정)

영심 (반가워 오며) 난 사람 잘못 본 줄 알았네~ 맞네 맞아~
어떻게 이렇게 갑자기 나타나요 사람 놀래게?

진우 한국에 계신 걸 오늘 들어서요. 들러봤습니다.

영심 아유 반가워요 반가워~

민주　　저 아저씨 죽은 줄 알았어요!

진우　　내가 왜 죽어?

민주　　아저씨 벌써 죽었는데 발표 안 하고 있는 거라고 인터넷에 막 뜨고 그랬어요~

진우　　너 근데 이뻐졌다?

민주　　그쵸? 제가 생각해도 저 좀 이뻐진 거 같아요~

진우　　(피식)

영심　　아유 너 좀 나와봐 (민주를 떨어뜨리며) 세상에.. (손잡고 얼굴 확인하며) 멀쩡한 거 보니까 좋네~ 아유 그렇게 떠나고 소식이 없어서 얼마나 궁금했는데~

씬/3　희주 집 화장실 (저녁)

완전히 멘붕이 된 희주, 문을 잠그고 들어와 세면대 물을 세게 트는.
눈물이 펑펑 쏟아지고..

씬/4　기타 공방 (저녁)

영심　　(손잡고 흔들다가) 아이구 근데 참, 다리가.. (그제야 생각나 다리를 내려다보고, 지팡이 들고 있자) ...!

진우　　그때보단 좋아졌습니다.

영심/민주　(순간 짧은 정적)

진우　　완전히는 못 고쳤구요.

영심　　(갑자기) 아유 됐어요, 됐어! 다른 데 멀쩡하면 됐지. 그렇게 심하게 다치구선 이 정도로 건강해진 건 복이지 복~

민주　　아저씨 그거 드니까 힙해 보여요.

진우　　힙하다고?

민주　　네. 힙한 게 뭔지 알아요? 안 평범해서 좋다구요.

진우　　(피식) 고맙다.

민주　　아저씨 우리 집 봤어요?

진우 아니 아직.

민주 내 방 대따 좋아요 와보세요~ (손을 잡아끄는)

영심 저녁 안 먹었죠? 저녁 먹고 가요~

진우 아니요 가봐야 됩니다. 지나다가 잠깐 들른 거라서요.

영심 아유 참.. 1년 만에 얼굴 비추고 또 그냥 간다고? 그런 게 어딨어요? (두리번) 근데 희주는 어디 갔어?

진우 화장실 간 거 같아요.

영심 희주야~ (들어가고)

민주 아저씨 내 방 보고 가요~ 저 이제 독방 써요~

진우 다음에 와서 볼게.

민주 아~

씬/5 희주 집 화장실 (저녁)

희주, 변기 뚜껑에 앉아 가라앉히려고 애쓰고 있는.
이때 영심이 문을 두드린다.

영심 (E) 희주야 여기 있냐?

희주 (얼른, 목소리 고치며) 네, 네 왜요?

영심 (E) 저이 간다는데,

희주 (...!)

영심 (E) 좀 나와봐봐.

희주 네, 나갈게요. (급히 일어나 세면대로 가는) 잠깐만요.

희주, 급히 물로 눈물 닦아내는.
거울 보며 마음 독하게 먹으려고 다잡으며..

씬/6 기타 공방 (저녁)

희주, 공방으로 들어오는데 이미 텅 비어 있다.

희주 (당황스런)
영심 (이때 우산 접고 들어오며) 왜 이제 나와?
희주 어디 갔어요?
영심 지금 막 갔다. 넌 손님 배웅도 안 하고 뭘 하느라고
희주 (...!! 확 튀어 나가는)
영심 (?)

씬/7 희주 집 앞 (저녁)

희주, 급히 튀어나오는데 민주가 대문 앞에 우산 쓰고 서 있고.

민주 (희주를 보고) 아저씨 갔어. (가리키는)

희주, 나와 보면 진우의 세단이 막 골목길을 천천히 빠져나가는
희주, ...!! 바로 쫓아 달려간다.

민주 어, 언니 우산 (주려는데 희주, 이미 빗속을 달려가고)

희주, 빗속을 달려보지만 진우의 세단, 막 코너를 돌아 사라지는..
희주, ...!!!
이때 핸드폰으로 진우의 문자가 오는.
〈나중에 다시 얘기하죠. 이 번호로 연락해요.〉
희주, ...!

씬/8 진우의 차 안 (저녁)

진우, 뒷좌석에 앉아 있는데 바로 핸드폰이 울린다.

〈정희주〉 뜨자

진우 (받는) 여보세요.
희주 (E) 어디를 가요?! 또 도망가요?
진우 (표정)

씬/9 희주 집 앞 (저녁)

희주 (빗속에 서서 격하게) 또 도망치는 거예요 내 앞에서? 그때 왜 그렇게 갑자기 떠났나 했더니 그래서 그런 거였어! 사기꾼..! 당신이 무슨 대표야 사기꾼이지!! 전부 다 거짓말, 사기 쳐놓곤 수습 못하겠으니까 도망간 거였는데! 난 그런 줄도 모르고, 내 동생은 걱정도 안 하고, 당신 같은 인간이 뭐가 불쌍하다고 매일 잠 못 자고 간병하고, (뚝 끊기는) 여보세요? 여보세요! (기막히고 분해 다시 전화 거는데)

차가 그사이 빠르게 후진해 희주 앞에 끼익 선다.
희주, 핸드폰 걸다 멈칫....!
차 뒷문을 열고 진우가 내다보는

희주 (....!)
진우 타요.
희주 (표정)
진우 집에서 얘기할 순 없으니까 타요. 식구들 아는 건 희주씨도 곤란하잖아요?
희주 (표정)

민주가 우산 쓴 채 쳐다보고 있는데 희주가 멀리 진우의 차에 타는 모습이 보이고. 차 문 닫히고 차 떠난다.
민주, 눈 똥그래지는

씬/10 진우의 차 안 (저녁)

희주, 최대한 진우와 떨어져 차창에 바짝 붙어 앉아서..
격한 흥분 상태로 비를 맞자 갑자기 오한이 든다. 떠는

기사 (백미러로 희주를 살피며) 히터 높였습니다.
진우 그 안에 수건 있을 텐데.
기사 아 네. (글러브박스를 열어 수건을 찾아 내미는)
진우 (수건 넘겨받아 희주를 주는데)
희주 (쳐다보지도 않고) 필요 없어요.
진우 감기 걸려요.
희주 (강하게) 필요 없다구요.
진우 ...... (수건을 희주 옆에 놓고)
희주 (떨며) 어디로 가요..?
진우 좀 조용한 데로 가죠. 밖에서 얘기할 순 없고.
희주 ..... (시선 창가를 보며 외면하는, 흥분이 가라앉자 슬픔이 밀려오는) .....
진우 답장을 내가 쓸 걸 그랬죠.
희주 (...! 다시 보는)
진우 내가 썼으면 세주 올 때까지 안 들켰을 자신 있었는데.
희주 (기막혀서) 지금 농담을 해요....? 어떻게 내 앞에서 지금 농담이 나와요? 내 동생이 1년 동안 행방불명인데, 뻔뻔하게 거짓말만 계속 하고, 사람이 양심의 가책도 없어요?
진우 양심의 가책까지 찾기엔 내 인생도 엉망이라서.
희주 (표정)
진우 내가 절박하니까 남 사정은 생각 안 나던데. 미안하지만 나 살기도 바빠서요.
희주 (표정)
진우 (옆에 꽂혀 있던 작은 위스키 병 꺼내며) 한 모금 마실래요? 좀 따뜻해질 텐데.
희주 (표정)
진우 안 마셔요? (희주가 보고만 있자 자신이 마시는)

희주 ....

씬/11 이자카야 앞 (밤)

비가 부슬부슬 내리고, 창 너머로 이야기 중인 선호, 정훈이 보이고.

선호 (E) 너 솔직히 얘기해라.

씬/12 이자카야 (밤)

술잔 앞에 놓고 심각한 선호와 정훈.

선호 유대표 거들려고 또 거짓말하는 거면 내가 진짜 너 가만 안 둬.
정훈 거짓말 아닙니다. 진짜로 차대표님이 보여요. 온몸에 피가 막.. 칼을 들고 있고요. 돌아가셨던 날 입었던 그 옷을 입고요.
선호 (표정)
정훈 대표님이 그동안 얼마나 혼자 무서웠을지 보고 나니 알겠어요.
선호 (기가 막혀서 뭐라 말을 해야 할지) 언제부터..?
정훈 한 달 전쯤이요. 동맹을 맺고 나서 그렇게 됐습니다.
선호 동맹...?

씬/13 몽타주

C#1 회상 - 미국 / 병원 입원실 (밤)

정훈, 들어오는데 침대에 진우가 없고.
정훈, ...! 찾으려 나가려다가 침대 아래 쓰러져 있는 진우를 발견한다.

정훈　(....! 바로 달려가는, 기절한 진우를 깨우며) 대표님..!

정훈　(E) 미국에선 정말 최악이었습니다.. 진짜로 이러다가 돌아가실 거 같았어요.

C#2　**회상 - 폐교 운동장 (낮)**

진우의 세단만 덩그러니 서 있는 운동장에 들어오는 정훈의 차.

정훈　(E) 그래서 서울로 오겠다 할 때 안 말렸습니다.
무슨 일이 생겨도 저 혼자는 감당 못할 거 같아서요.

정훈이 차를 운동장에 세우고 내리는.

C#3　**회상 - 폐교 복도 (낮)**

정훈, 진우를 찾아 두리번거리며 오다가 어느 교실 너머를 보고 멈칫.
교실 안에서 검을 잡은 자세로 허공에 대고 휘두르고 있는 진우가 보이자,
정훈, 한숨.

정훈　(E) 몇 달을 혼자 하루 종일 게임만 하는데,
그래도 병원에 있을 때보단 나아 보여서 놔뒀죠.

C#4　**회상 - 폐교 운동장 (낮)**

정훈, 세워놓은 차 안에 문 열어놓고 라디오 틀어놓고 앉아 있는.

정훈　(E) 근데 매일 일도 없이 지키고 있으려니까 답답하더라구요. 그래서.

C#5　**회상 - 양주의 사무실 (낮)**

양주, 책상 앞에서 전화를 받고 있는

양주　아이디를 만들어달라고요? 서비서도 하게요?

C#6　**회상 - 폐교 화장실 (낮)**

정훈, 거울을 보며 스마트 렌즈를 끼고 있는.
눈을 감았다 뜨자
〈첫 번째 로그인 하셨습니다〉

정훈　(E) 그래서 저도 게임을 시작하게 된 겁니다.

C#7　**회상 - 폐교 운동장 (낮)**

이미 여기저기 넘어져 먼지가 잔뜩 묻은 정훈, 녹슨 철검을 들고 삿갓 쓴 자객과 싸우다 바로 죽는. 정훈, 다시 넘어지고..

정훈　(짜증나) 하 씨... 뭐 이렇게 어려워..?

C#8　**회상 - 폐교 교실 (낮)**

진우가 막 검은 복면을 쓴 자객 셋을 레벨 높은 검으로 쓰러뜨린.
땀이 범벅이 돼서 헐떡거리며 서 있는데 이때 눈앞에 메시지가 뜬다.
〈시티헌터님이 동맹을 신청하셨습니다〉
진우, 돌아보면 정훈이 녹슨 철검을 들고 들어오며

정훈　대표님. 저 좀 키워주십쇼.
진우　뭐야 너..?
정훈　하 씨 혼자서는 너무 오래 걸려요. 저 아직도 4레벨이에요. 좀 키워주세요.
진우　(어이없는) 나 하나도 힘든데 너까지 들러붙냐?
정훈　좀 키워주세요. 나중엔 제가 도움이 될지 어떻게 알아요?

〈시티헌터님과 동맹을 맺으시겠습니까?〉

진우, 짜증스레 허공에 검으로 원을 그리는.
붉은 원이 허공에 그어지더니
〈zinu님과 시티헌터님이 동맹이 되었습니다〉
〈동맹은 서로의 적에 대항해 함께 싸울 수 있습니다〉
〈동맹이 함께 싸운 전투의 경험치는 공유합니다〉
〈동맹끼리는 무기와 아이템을 서로 교환할 수 있습니다〉

정훈 오, 와 저 칼 하나만 주시면 안 돼요? 대표님 칼 많잖아요~ 제 거 너무 후져서 (하는데)

진우, 검 하나를 휙 던진다.
검이 공중에 휘리리릭 날아가 정훈의 손에 저절로 딱 쥐어지는.
정훈, ...!!!
〈zinu님이 시티헌터님에게 암살자의 검을 선물했습니다〉

정훈 오~~ 와~ (신기해하며 휘둘러보며 좋아하는) 나 이제 대표님만 따라다녀야겠다!

C#9 회상 - 폐교 복도 (밤)

진우, 앞에 서서 끊임없이 나타나는 자객들을 베어버리고 있는.
정훈, 그 뒤에서 깔짝거리며 한 놈을 상대하고 있다.

정훈 (E) 따라다니니까 레벨이 금방금방 올라가더라구요. 근데..

정훈, 한 놈을 쓰러뜨리고 나서 보면 저 멀리 복도 끝에서 진우가 여럿을 상대로 싸우고 있고.

정훈 (중얼) 난 그냥 쉬면 되겠네. (하며 땀 닦다가) ...??

정훈, 표정 변하는.

정훈의 눈앞에, 싸우는 진우의 등 뒤로 형석이 나타난다.
정훈, 형석의 얼굴을 확인하고 ...!

C#10 이자카야 (밤)

정훈 그때 차대표를 처음 봤어요. 대표님이 말했던 그대로더라구요..!
선호 (표정)

C#11 회상 - 폐교 복도 (밤)

정훈 (너무 놀라서) 어..
형석 (진우를 향해 검을 들고 달려가는)

진우, 형석이 뒤에 나타난 걸 모르고 눈앞의 자객들과 싸우고 있는데

정훈 대표님?!
진우 (정신없이 싸우느라 못 듣자)
정훈 (....! 얼결에 뛰어간다)

형석이 진우에게 달려가는데, 정훈이 뒤에서 쫓아와 형석을 확 긋는.
피가 확 튀며, 〈공격 성공 30〉
정훈, ...!!
형석, 멈칫하며 정훈을 돌아보고.
정훈, 형석의 생생한 눈빛을 대면하자 순간 머리칼이 쭈뼛 서는 공포..!
형석, 방향을 바꿔 정훈에게 다가오고 정훈, 두려움에 뒤로 물러나는데 형석, 정훈에게 바로 검을 내리꽂는...!
진우, 싸우다가 뒤에서 들리는 정훈의 비명소리에 멈칫하며, 돌아본다.
멀리 정훈이 팔에 피를 흘리며 넘어져 있고 그 앞에 형석이 서 있다.
진우, ...!!

정훈 (너무 아파서 비명 지르며 뒹구는) 아....! 악...!

형석 (바로 두 번째 공격을 하려는 순간)

뒤에서 진우가 던진 표창이 날아와 형석의 뒷목에 퍽, 꽂힌다.
6회의 요정의 칼날보다 훨씬 강력하고 큰 표창.
형석, 그대로 정훈의 몸 위에 쓰러지고...

정훈 (너무 놀라) 으아아악!! (끔찍해 고개 돌리며 눈 감는)

잠시 후, 정훈이 떨며 다시 눈을 떴을 때 형석은 사라지고..
진우가 와 있는. 죽을 것 같던 팔의 상처도 사라지고.

진우 뭐야...?
정훈 하 씨 뭐예요..?
진우 (놀라 표정)
정훈 (표정)

씬/14 이자카야 (밤)

선호 (술잔 들고 멈춘 채, 듣고 있는)
정훈 진짜로 아팠어요. 진짜 칼에 베인 거 같더라구요..!
다른 게임 NPC들하고는 완전 다릅니다
선호 (말문이 막혀 굳어 있다가) 1년을 같이 지내더니 너도... 망상병이 생긴 거냐..?
정훈 하.. 이렇게 얘기하실 줄 알았어요. (술 따르며) 마음대로 생각하세요.
저도 대표님이 제정신이 아니라고만 생각했는데 이젠 아닙니다.
대표님은 정상이세요. 예전하고 똑같아요.
선호 (표정에)

씬/15 회상 - 진우의 사무실 (낮)

7회 58씬에서 이어지는 대화.

진우　나는 형하고 싸우고 싶지 않아. 형을 믿고 있고, 앞으로도 형한테 다 맡길 거야. 보다시피 난 지금 업무 볼 능력도 없어 시간도 없고.
대신에, 게임 출시 일정은 모두 보류해. 쇼케이스도 취소하고.

선호　(한숨) 하... 임마 니가 더 잘 알잖냐 상황을.. 상식적으로 지금 이 상황에 여기까지 와서..

진우　나 하나만 미친 소릴 하면 내가 미친 게 맞겠지.
근데 두 사람이 미쳤다면 그건 얘기가 다르지.
내가 아니라 게임이 미쳤을 수도 있단 생각 안 들어?

선호　(표정)

씬/16　희주 집 전경 (밤)

비 그치고 깊은 밤이 된.

씬/17　희주 집 민주 방 (밤)

민주, 책상 앞에 앉아 교과서 펼쳐놓고 공부 안 하고 딴생각하고 있는.
턱 괴고 있다가 밖에서 차 소리가 들리자 후다닥, 창가로 가는

씬/18　희주 집 거실 (밤)

민주, 2층에서 소리 죽이고 내려와 급히 현관으로 가는

씬/19　희주 집 마당 (밤)

민주　(내다보는) 언니야?

그러나 차에서 내린 이웃, 옆집으로 들어가버리고.

씬/20　희주 집 거실 (밤)

민주, 도로 들어오는데 안에서 영심이 목소리가 들리는

영심　(자다 깨서, E) 희주 왔냐?
민주　할머니 나야.
영심　(E) 희주는?
민주　언니 왔어요.
영심　(E) 왔어? 언제?
민주　좀 아까. 언니 자요.
영심　(E) 어유.. 어딜 갔다 온 거야 말도 없이..

씬/21　희주 집 민주 방 (밤)

민주, 들어오며 보면 시계 1시가 넘은.

민주　(핸드폰 걸며, 중얼중얼) 미쳤어 미쳤어.. 아예 안 들어올라 그래..?
(신호음이 가더니 받자) 언니! 어디야?
진우　(E) 민주니?
민주　(?) 아저씨? 우리 언니 왜 안 와요? 아저씨랑 같이 갔잖아요!
진우　(E) 가고 있어. 5분 후에 도착하는데 문 좀 열어줄래?
민주　(?)

씬/22 희주 집 앞 (밤)

민주가 나와서 기다리는데 진우의 세단이 다가와 선다.
민주, 쪼르르 가는, 진우가 차창을 여는

민주 아저씨~
진우 너 왜 안 잤어?
민주 언니가 안 오는데 어떻게 자요? (하다 놀라는) 어!

진우 옆에 희주, 창백하게 축 늘어져 진우 어깨에 기댄 채 정신 잃은.

민주 (놀라) 언니? 언니 왜 이래요?
진우 아파서 그래. 비를 많이 맞아서
민주 (표정)

씬/23 희주 집 거실 (밤)

불 꺼진 거실.
민주가 앞서서 계단 쪽으로 오라고 손짓하는.
기사가 희주를 업고 들어오고.

씬/24 희주 집 희주 방 (밤)

진우, 두꺼운 서류봉투와 약봉지, 희주의 핸드폰을 들고 뒤늦게 들어온다.
기사가 희주를 침대에 막 내려놓은. 민주가 놀라 이불을 덮어주고 있고.

진우 수고했어요. 밑에서 좀 기다려요.
기사 네. (인사하고 나가는)
진우 (희주 물건들을 탁자에 내려놓으며) 주사 맞고 왔으니까 괜찮을 거야.

민주 헐...

진우 할머니 걱정 안 하셔?

민주 할머니한테 얘기 안 했어요. 아저씨랑 같이 갔다고.

진우 왜?

민주 같은 여자로서 쪽팔려서요. 아무리 오랜만에 만나서 좋아도 그렇죠, 차를 쫓아가서 억지로 타고, 새벽까지 안 들어오고 어후 진짜~

진우 언니가 들으면 억울하겠다. 언니는 지금 나를 너무 미워하는데.

민주 (말도 안 된다는 듯 웃는)

진우 진짜야.

민주 치~ (비웃으며) 할머니 깨워요?

진우 아침이면 괜찮을 거 같으니까 괜히 걱정시켜드리지 말자.

민주 네. (하고) 약도 있네. 물 갖고 올까요?

진우 그래. (하고) 아저씨 5분만 있다 갈게. (침대에 걸터앉는)

민주 깨워요.

진우 아니야.

민주 할 말 있는 거 아니고요?

진우 없어.

민주 ..... (흘끔거리며 나가고)

진우 (잠든 희주를 물끄러미 내려다보는 모습에)

씬/25 회상 - 한강변 + 진우의 차 안 (밤)

진우의 차가 서 있고, 기사는 저 멀리 서 있는.
차 안에 있는 둘. 희주, 진우가 준 세주 관련 서류들을 읽고 있고.

C#1

진우 이 친구예요. (사진 보여주며) 세주가 바르셀로나에 가서 마르꼬와 있었어요.

희주 (...!) 그럼 애를 찾으면..

진우　근데 죽었어요.
희주　(!!)

C#2

희주　(초조하게 경찰 서류를 보며) 왜 죽은 거예요..?
진우　사인은 몰라요. 시신이 너무 부패해서. 아마도 타살이겠죠.
희주　(....! 손이 떨리고)

C#3

희주　(원망하며 격하게) 실종 신고만 빨리 했어도 찾을 수 있었잖아요! 왜 나한테 말을 안 하고..!!
진우　마르꼬가 죽기 직전까지 세주와 같이 있었어요. 실종 신고하면 경찰이 둘의 관계를 알아낼 테고 그럼 세주가 살인 용의자가 되겠죠.
희주　(....!)
진우　신고하면 안 되죠. 세주 흔적 지우느라 내가 얼마나 고생했는데.
희주　(생각지도 못한 말에 놀라 말문이 막히고)

C#4

희주　(목소리 두려움으로 떨리고) 내 동생이.. 사람을 죽였단 말예요..?
진우　모르지만 그럴 가능성도 있죠. 실종이 아니라 잠적일 수도 있어요.
희주　(....!) 그럴 리가 없어요.. 그건 말도 안 돼요... (울먹이는)

C#5

희주, 멘붕이 되어 서류를 마구 훑어보는 컷컷

C#6

희주　(서류 읽다 말고 얼굴 가리고 흐느끼는)
진우　..... (차 문을 열고 나간다)

C#7

진우, 밖에 서서 강을 바라보며 기다리고 있다.
조용하자 문득 돌아봤다가, ...!
희주, 서류를 읽다 고개 떨구고 정신 잃은 듯 보이고.
진우, 문을 벌컥 여는

씬/26 희주 집 희주 방 (밤)

희주, 오한이 들어 떨며 뒤척이다가 눈을 뜨는.
진우가 내려다보고 있다가 시선이 마주치고.

희주　(표정)
진우　좀 괜찮아요?
희주　(자기 방인 걸 깨닫고 당황)
진우　조용해서 보니까 기절했던데.
희주　...... (시선 피하며 바로 일어나 앉는)
진우　누워 있죠.
희주　괜찮아요.
진우　민주가 문을 열어줘서. 안 자고 기다리고 있던데.
희주　......
진우　다 읽었어요? 혹시 몰라서 여기 갖고 왔는데. (봉투 가리키는)
희주　네.. 다 읽었어요.
진우　거기 있는 내용은 믿어도 돼요. 경찰보다 내가 더 많이 찾았으니까.
희주　네. 그런 거 같아요. 그동안 얼마나 열심히 찾았는지는 알았어요.
그 점은.. 감사해요.
진우　......

희주 저도.. 가만있을 수는 없고... 알았으니 이제 뭐라도 해야 할 거 같아요. 말씀대로 실종 신고는 안 하는 게 낫겠어요. 그건 이해했어요. 그치만 뭐라도 해야죠, 너무 늦었지만 그냥 있을 수는.. (울컥, 참으며) ..... 그리고 대표님은..

진우 (보자)

희주 이 집에서 나가주세요.

진우 ......

희주 (시선 피하며) 다시 여기 찾아오지 마세요. 연락도 하지 마시구요.
양심이 있으시다면요.

진우 ..... (순순히) 그러죠.

희주 (표정)

진우 (일어나는) 소식이 있으면 정훈이 통해 연락하라고 하죠.

희주 네. 그래주세요.

진우 ...... (나가는)

희주 안녕히 가세요.

진우 (문을 열다가 돌아보며) 세주는 살아 있어요.

희주 (보는)

진우 아직 못 찾았을 뿐이지. 너무 걱정하지 마요.

희주 (기막혀) 아무 근거도 없는 말을 하시네요. 여기에 희망 가질 만한 건 아무것도 없던데

진우 절망해야 할 근거도 없죠. 세주는 살아 있다고 확신해요. 증명할 순 없지만.

희주 (표정)

진우 곧 찾을 수 있을 거 같아서 말 안 했던 거예요.
사실.. 세주를 찾은 다음에 여기 왔어야 했는데. 그럴 생각이었는데

희주 근데 왜 오셨어요?

진우 ......

희주 오늘 오신 이유가 뭐예요..?

진우 글쎄.. (하다 툭) 보고 싶더라고요.

희주 (....!)

진우 (미소) 잘 지내요. (문 닫고 나가는)

희주 (표정)

씬/27 희주 집 앞 (밤)

진우, 차에 타고 민주가 배웅하는

진우　(차창 너머로) 잘 자라.
민주　언제 또 오세요?
진우　나도 모르겠다.
민주　또 안 와요? 왜요?
진우　이번엔 못 오는 거야. 안 오는 게 아니고.
민주　(...?)

진우의 차, 멀어지고 민주, 쳐다보는

씬/28 희주 집 희주 방 (밤)

희주, 그대로 가만히 앉아 있다가 차가 떠나는 소리에 창가를 보는. 디졸브로..

씬/29 진우의 차 안 (밤)

진우, 묵묵히 창밖을 내다보고 있다가

진우　(갑자기) 이 근처에 내리고 그만 퇴근해요.
기사　호텔에 거의 다 왔는데요.
진우　호텔로 갈 거 아녜요. 세워요.

씬/30 거리 (밤)

기사 인사하고 진우, 운전석에 타는.
차 바로 떠나고.

씬/31 국도 (밤)

교외 국도를 달리는 진우의 차.

씬/32 폐교 운동장 (밤)

진우의 차가 들어와 선다.
헤드라이트 불빛이 텅 빈, 어두운 운동장을 비추고.
진우, 차 안에 막막한 기분으로 잠시 앉아 있는.
디졸브로 시간이 지나도 계속 그 자리에 앉아 있는데 핸드폰 문자 벨이 울린다.
열어보면 영준의 목소리와 함께.
〈대표님. 노영준입니다. 답이 늦었습니다.〉
진우, ...
〈보내주신 퀵 잘 받았습니다. 아주 흥미진진하네요.〉
진우, 입가에 조소가 도는..
회상 평 들어가는

씬/33 회상 - 헤어샵 (낮)

영준, 건들거리는 자세로 소파에 앉아 핸드폰 보고 있는
이때 주머니에서 다른 핸드폰이 울리자 영준, 무심코 꺼내봤다가 놀라는.
핸드폰에 〈유진우〉 이름이 뜬다. 영준, ...!!!
유라, 좀 떨어진 곳 거울 앞에 앉아 피곤한 얼굴로 촬영용 헤어 만지고 있는.

헤어 힘들겠다 진짜. 스케줄 끝나고 또 미국에 가요?
유라 내가 가야지. 그럼 누가 오빠 옆에 있어?
헤어 어떡해 진짜.. 매번 어떻게 그렇게 해?
영준 (후다닥 오는) 야...!
유라 (힐끔)
영준 (유라만 보이게 눈앞에 핸드폰을 보여주는)
유라 (이름을 보고 ?!!)
영준 드디어 왔다. (눈짓하고 한쪽으로 가며 받는) 여보세요? 와 이게 누구십니까?
유라 (놀라고 당황해 시선, 불안하게 영준을 따라가는)

씬/34 회상 - 진우의 사무실 + 헤어샵 (낮)

7회 45씬 전 상황.
진우, 양주에게 가져온 술을 마시며 통화 중인

진우 오랜만이죠.
영준 네~ 야 이게 얼마 만인지~
아니 직접 전화를 다 주시고, 미천한 저한테요,
진우 나는 쭈욱 서울에 있었는데 유라가 LA에서 나를 간병하다 귀국했다는 게 무슨 개소린지 모르겠던데? 개소리도 보통 개소리여야지? 내가 완전히 미쳤다고 소문이 나서 세상에 무서운 게 없었나 보지?
영준 (능글거리며) 이렇게 화가 나서라도 연락하시길 기다린 겁니다. 어떤 식으로든 소통하고 싶다는 유라의 의지죠. 고유라식 사랑 표현. 귀엽잖아요?
진우 내 간병한답시고 미국에 가서 둘이 뭘 하고 다녔는지 내가 말해볼까?
영준 (?) 네?
진우 아니 말보다 사진을 직접 보내주는 게 낫겠지? 내가 무슨 꼴을 봤는지.
영준 (생각지도 못한 말에) 아니 잠깐..
진우 좀 전에 그리 퀵을 보냈는데 곧 도착할 거야. 그거 보고 다시 연락해.

아마 보고 나면 나랑 빨리 만나고 싶을걸. 애간장이 타서 숨이 넘어갈 거야. 난 준비됐으니까 언제든 연락해.

영준 (표정)

진우 이번 주 내로 서류 마무리하자고. 우리 너무 오래 끌었잖아? (툭 끊는)

영준 (!) 여보세요...?

영준, 순간 멍한데 이때 퀵서비스 직원이 봉투 들고 바로 올라온다.

퀵서비스 (두리번) 여기 노영준씨 계세요?

영준 (표정)

유라 (계속 불안하게 영준을 힐끔거리다가 영준이 당황한 얼굴로 봉투를 받자, ??)

씬/35 회상 - 헤어샵 화장실 (낮)

영준, 문 잠그고 급히 봉투를 찢는.
사진들 뭉치가 나오는데 영준, 보고 움찔.
망원렌즈로 찍은 사진들이 있다.
숙소 발코니 창 커튼 너머로 속옷만 입은 영준과 슬립 차림으로 안에서 이야기하는 유라가 있고. 영준, 넘겨보면 수위 점점 높아지는. 뒤에서 영준이 끌어안은 모습도 찍혀 있고. 더 넘기다가

영준 이런 씨.. (눈을 질끈 감는)

씬/36 폐교 운동장 + 진우의 차 안 (밤)

진우, 주머니에서 약을 꺼내 생수병 따서 약을 털어 넣는.
이어서 영준의 메시지 다시 오자 보고.
〈유라가 상심이 큽니다. 나쁜 짓이라도 하지 않을까 걱정입니다.〉

진우, 그 말에 조소가 흐르는..
〈심사숙고해서 곧 연락드리겠습니다.〉
진우, 핸드폰 툭 던지고..
차 문을 열고 어둠 속으로 나가는 모습에

진우　(NA) 언젠가 희주를 만나면 해주려던 말이 있다.

씬/37　회상 - 공항 앞 (오전)

7회 37씬 C#2 中
유라, 기자들 앞에서 눈물 흘리며 인터뷰하는 모습에

진우　(NA) 내가 그동안 거짓 눈물과

씬/38　회상 - 그라나다 / 렌트 아파트 거실 (밤)

4회 27씬 中

수진　(항변하듯 외치면서, 울부짖음처럼) 그 사람도 괴로워했어요, 당신하고 늘 화해하고 싶어 했어! 자주 울고, 술 마시고, 우리도 즐겁기만 한 건 아니었다구요..!

진우　......

진우　(NA) 변명의 눈물에 얼마나 지쳐 있었는지. 그래서..

씬/39　회상 - 그라나다 / 기차역 플랫폼 (저녁)

6회 엔딩 씬 中
기차가 떠난 자리에 서서 울음을 터뜨리는 희주

진우 (NA) 내가 없는 곳에서 나를 위해 울어주고

씬/40 회상 - 별장 침실 (밤)

8회 1씬 C#29와 같은 장면.
진우를 지켜보고 있는 희주.

진우 (NA) 내가 잠든 사이에 나를 지켜봐주던 순간이

진우와 시선이 마주치자, 희주, 안심시키듯 옅은 미소를 띠우는

진우 (NA) 내게 어떤 의미로 남았는지.

F.O - F.I

씬/41 제이원 사옥 전경 (낮)

씬/42 회의실 (낮)

선호를 포함한 임원들 7명, 회의 테이블에 둘러앉아 있다.
자유롭게 앉아 있으나 모두 말이 없고 당혹감과 절망이 흐르는...
모두 선호를 쳐다보고 있는데 선호는, 답 안 나오는 얼굴로 팔짱 낀 채.
무거운 침묵이 흐르고 있는데 이때 여직원이 문을 벌컥 여는

일동 (모두 쳐다보자)
여직원 (심각한 분위기에 눈치 보며) 저.. 차교수님 오셨는데요.

병준이 바로 뒤따라 들어온다.
임원들, 모두 벌떡 일어나고, 선호도 일어나는

병준　바쁜가?
임원들　오셨습니까. / 안녕하세요.
병준　(진우의 자리가 비어 있는 걸 힐끔 보고)

씬/43 선호의 사무실 (낮)

병준과 선호, 소파에 앉아 이야기 중인.

병준　계속 출근을 안 해?
선호　며칠째 안 하고 있습니다. 그때 한번 얼굴 내밀고요.
병준　게임 하느라고?
선호　네. (피곤해 안경 벗고 얼굴 감싸는)
병준　출시 무기한 보류하라고 회사에 폭탄을 던지고 자기는 게임을 하고 있어? 이런 모순이 있나?
선호　출시는 미뤄도 개발은 계속하라는 겁니다. 자기가 게임을 해야 하니까.

씬/44 폐교 교실 (낮)

탕..! 소리와 함께
땀에 젖은 진우, 장총을 들고 2층 창가에 서서 막 방아쇠를 당긴.
조준경으로 운동장 나무 아래 쓰러져 있는 검객이 보이고.
진우, 장총을 내리자,
〈레벨 88이 되었습니다〉 뜨고,
진우, 바로 다시 장전하고 다시 밖에 대고 겨누는

씬/45 선호의 사무실 (낮)

병준 고집 부리는 논리가 뭐야?

선호 그게.. 진우는 자기가 이상한 게 아니라 게임이 문제라고 생각해요. 개발자 둘이 실종된 것도 자기처럼 게임을 하다 벌어진 일이라고 생각하고요.

씬/46 회상 - 연구센터 (낮)

양주, 전체 랭킹이 떠 있는 랭킹표를 화면에 띄워주며

양주 대표님이 아직은 랭킹 3위인데 좀 있으면 다 따라잡을 거 같아요. 1, 2위는 게임에 접속 안 한 지가 1년이 넘었으니까.

모니터에 랭킹 화면이 뜨는
1위부터 아이디와 레벨이 쭈르륵 뜬다.
master Lv. 94
Marco Lv. 92
zinu Lv. 88
그 밑으로는 4위는 레벨 40대고.

양주 보세요. 80레벨 이상은 셋밖에 없어요. 4위부터는 다 쩌리구요. 1위는 마스터, 2위는 마르꼬, 이 마르꼬는 누군지 모르겠구요, 3위가 대표님이요.

선호 마스터가 누구야? 정세주?

씬/47 폐교 교실 (낮)

진우, 이어서 계속 장총을 쏘는 모습에...

선호 (NE) 그래서 그 애들이 실종될 당시 그 레벨까지 가보려는 겁니다.

씬/48 선호의 사무실 (낮)

선호 최초에 무슨 일이 있었는지 알고 싶어서요.

병준 (조소 어린) 그러니까 진우 논리는, 게임이 내 아들을 죽였단 말이냐?
사고도 아니고 병도 아니고 (하고) 자기 짓도 절대 아니고?

선호 (대놓고 그 말을 하자 움찔)

병준 그런 뜻 아니냐?

선호 처음엔 본인도 자신 없었는데 점점 더 그렇게 확신하는가 봅니다.
이상한 일들이 있긴 있었습니다. 정훈이도 같은 얘기를 하고.. 그래서 아까 진우를 찾아가서 만났거든요,

씬/49 회상 - 폐교 교실 (오전)

선호, 레벨 업 중이던 진우에게 찾아온.

선호 그러니까 너랑 동맹을 맺으면 형석이가 보인다는 거 아냐? 그럼 나도 너랑 동맹을 맺어보면 증명이 되는 거 아니냐? 그게 가장 확실하잖아?

진우 (땀에 흠뻑 젖어 의자에 앉아) 안 돼.

선호 왜 안 돼?

진우 너무 위험해서.

씬/50 회상 - 폐교 복도 (밤)

정훈, 아까 형석 때문에 넘어졌던 그 자리에 멘붕 된 표정으로 앉아 있다.
진우, 그 옆에 선 채로 통화 중인.
진우와 정훈의 시선에 똑같은 메시지가 뜨고.

〈시티헌터님과의 동맹을 끊을 수 없습니다〉
〈zinu님과의 동맹을 끊을 수 없습니다〉

정훈　(....!)
양주　(E) 이상하네요, 안 되는데요.
진우　다시 해봐.

〈시티헌터님과의 동맹을 끊을 수 없습니다〉
〈zinu님과의 동맹을 끊을 수 없습니다〉
진우, ...! 정훈, 겁을 먹고 쳐다보고

씬/51　회상 - 폐교 교실 (오전)

진우　한번 동맹을 맺었더니 빌어먹을 끊을 수도 없어. 형도 형석이한테 매일 시달리다 죽고 싶으면 나랑 동맹 맺어도 돼. 근데 며칠도 못 버틸걸.
선호　(기가 막혀)
진우　형을 위해서 하는 소리야.
선호　(결국 실소하는) 야 이건 억지다, 이건 정말 억지야, 니가 이런 식으로 둘러대면 너도 니 망상이라는 걸 인정하는 거 아니냐? 보지도 말라면서 나보고 이걸 어떻게 납득하라는 거냐?
진우　(정색하며) 나는 납득해달라고 그 말을 한 게 아냐.
대표 권한으로 명령을 한 거지. 이건 명령이야 형.
선호　(....!)
진우　직접 당한 사람이 아니면 누구도 이걸 납득할 수 없어.
형한테 얘기한 건 납득시키려고가 아니라 내 명령을 이해하라는 의미야.
난 내 망상을 증명할 생각이 없어.
이번엔 그냥, 하라는 대로 해.

씬/52　선호의 사무실 (낮)

병준　.......

선호　여기까집니다.

병준　이 얘기들을 증명할 수는 없다고?

선호　증명할 수도 없고 증명할 생각도 없답니다.

병준　증명할 생각이 없다? 회사 사활이 걸린 프로젝트를 중단시키면서?

선호　(한숨)

병준　그럼 답은 나온 거 아니냐.
회사가 1년을 기다려줬는데도 아직도 그 상태면 대표 자리에 있으면 안 되지.

선호　네...?

병준　자격이 없으면 끌어내려야지. 이유가 정신병이든 독선이든 간에.

선호　(너무 놀라, ???!!)

병준　(일말의 표정 변화도 없이) 회사에 타격 없이 끌어내리는 방법을 생각해보자.

선호　(표정)

디졸브로..

씬/53　폐교 교실 (새벽)

이른 아침.
다양한 종류의 NPC들의 시신이 교실에 흩어져 있다.
카메라 천천히 훑으면서 지나가면 시체마다 설명이 뜨고.
〈자객의 시신 : zinu님이 8시간 전에 해치웠습니다〉
그다음 NPC로 향하면
〈포졸의 시신 : zinu님이 8시간 전에 해치웠습니다〉
〈무녀의 시신 : zinu님이 7시간 전에 해치웠습니다〉
〈수문장의 시신 : zinu님이 7시간 전에 해치웠습니다〉

씬/54 폐교 복도 (새벽)

카메라, 복도로 나오면 복도에도 죽은 NPC들이 즐비한.
〈내금위장의 시신 : zinu님이 6시간 전에 해치웠습니다〉
〈자객의 시신 : zinu님이 5시간 전에 해치웠습니다〉
〈포도대장의 시신 : zinu님이 5시간 전에 해치웠습니다〉
〈다모의 시신 : zinu님이 4시간 전에 해치웠습니다〉

씬/55 폐교 운동장 (새벽)

안개가 낀 운동장.
카메라 건물에서 운동장으로 나오는데 안개 낀 사이로 바닥에 쓰러져 죽은 NPC들이 흩어져 있고.
〈궁수의 시신 : zinu님이 3시간 전에 해치웠습니다〉
〈산적의 시신 : zinu님이 2시간 전에 해치웠습니다〉
〈자객의 시신 : zinu님이 2시간 전에 해치웠습니다〉
〈자객의 시신 : zinu님이 1시간 전에 해치웠습니다〉
카메라 안개 속을 지나가면서 점차 검 부딪치는 소리가 들려오는
〈궁수의 시신 : zinu님이 30분 전에 해치웠습니다〉
〈산적의 시신 : zinu님이 15분 전에 해치웠습니다〉
안개를 뚫자 검과 검이 날카롭게 부딪친다.
마지막 남은 검은 복면을 한 자객과 싸우고 있는 진우.
넘어지고 찢기고 찔리고 엉망진창인 진우, 생명 바도 얼마 없고.
진우, 마지막 일격을 날리자 자객, 결국 쓰러진다.
〈자객을 해치웠습니다!〉
〈경험치 +200 공격력 +10 방어력 +10〉
〈레벨 90이 되었습니다!〉
진우, ...!!
완전히 탈진해 헐떡거리며.. 결국 푹 주저앉는다.

자객의 시신 옆에 대자로 드러눕는.
〈자객의 시신 : zinu님이 1분 전에 해치웠습니다〉
진우, 너무 지쳐서 드러누운 채 눈을 감는다.
안개 자욱한 운동장은 진우의 숨소리 외엔 적막이 감돌고.

씬/56 희주 집 앞 (아침)

상범이 가방 메고 걸어오는데 민주가 학원 가방 들고 집에서 나오는

상범 민주야~
민주 (돌아보고) 오빠 안녕.
상범 학원 가? 오늘은 희주가 안 태워줘?
민주 언니 바빠. 좀 있다 공항 가야 돼서.
상범 (?) 공항에 왜 가?
민주 오늘 그라나다 간대. 루시아가 결혼하는데 언니 들러리로 초대했대.
상범 (황당) 뭐?

씬/57 희주 집 희주 방 (아침)

희주, 간단한 짐을 챙기고 있는데 상범이 노크하고 문을 확 여는

상범 (들여다보며) 야?
희주 (돌아보는)
상범 루시아 결혼식에 간다는 게 뭔 소리냐? 걔 저번 달에 결혼했잖아?
희주 (바로) 조용히 해..!
상범 (?)

씬/58 기타 공방 (오전)

상범, 희주가 봤던 세주 서류들을 훑어보고 있다.
희주는 말없이 앉아 있고.

상범 (기막혀) 하.. 이럴 줄 알았다, 내가 그 메일 아무래도 이상하다고 계속 그랬지? 와 어떻게 느낌이 이렇게 딱 맞냐? 유진우가 왜 갑자기 거기 나타났는지 이상하더라구, 처음부터 의심 간다고 했었잖냐? 넌 무조건 좋은 사람이라고 그저 헤벌레해서..!

희주 ......

상범 야 너만 소문이 사실 아니라고 생각하지, 그 죽은 친구도 유진우 짓이라고 다 그래 다..! 감방에 있었어야 할 놈이 미친 척하고 빠져나간 거라고..! 돈 있고 힘 있으니까 어떻게 무마한 거지, 세상이 그렇다니까?

희주 (말없이 듣고만 있다) 그래서 그라나다에 가보려고.

상범 가서 뭐하게?

희주 여기 있을 순 없잖아.

상범 그렇다고 세주가 거기 있는 것도 아니지, 1년 전 일이야, 지금 어디 있을지를 알고? CCTV 기록 보면 애초에 그라나다역에서 내리지도 않은 거 같은데!

희주 뭐라도 찾아봐야지 답답해서 그냥은 못 있겠어.

상범 (이해는 가나 답답하고) 그럼 나도 같이 가.

희주 공방은 어쩌고?

상범 야 그럼 너 혼자 대책도 없이 찾는 동안 나 혼자 여기 있으리?

희주 식구들은 몰랐으면 좋겠어. 오빠는 여기 있어주라. 부탁할게.

상범 (표정)

씬/59 희주 집 앞 (오전)

상범이 희주의 차에 가방을 싣고.
영심이 내다보는

영심 조심하구~ 도착하면 연락하구~

희주 (밝은 척) 네. 다녀올게요.

영심 그리구 가는 김에 정육점 할매한테 한번 가봐라.
그 할매 죽었나 살았나 궁금해서.

희주 네. 가볼게요.

상범 (차에 타며) 타.

영심 (손 저으며) 얼른 가~

씬/60 희주의 차 안 (오전)

희주, 창밖으로 손을 흔들고..
사이드미러로 영심이 내다보고 있다가 집으로 들어가는 모습이 보이자..
희주, 창문을 닫고 표정 침울해지는.
상범, 운전하다가 힐끔, 희주 보고 답답해 한숨.

씬/61 공항 카운터 (오전)

상범이 카운터에서 수속 밟고 있고 희주, 고개 숙인 채 생각에 빠져 서 있고.

직원 부치실 짐이 있으세요?

상범 아니요.

씬/62 비행기 안 (오전)

희주, 트렁크 끌고 이코노미석으로 들어오는.
승객들 몇몇이 가방을 넣고 자리에 앉고 있고 아직 거의 비어 있는.
스튜어디스가 지나다니며 체크하고.
희주, 자기 자리를 찾고 있는데 이때 전화벨이 울린다.

희주 (받는) 여보세요. 응. 비행기 탔어.

씬/63 공항 청사 일각 + 비행기 안 (오전)

상범, 마음이 안 좋아서 통화 중인

상범 야, 도저히 안 되겠어. 나 내일 비행기로 따라갈게.

희주 됐어. 오빠까지 와서 뭐해?

상범 내가 알아서 해. 그리고 언론사에 제보를 하든지, 뭐라도 해보자. 도저히 열 받아서 그냥은 못 있겠다 씨.. (끊고)

희주 여보세요..? (하다 끊겨 있자 한숨)

희주, 자기 자리로 가는데 이때 다시 핸드폰 울린다.
〈민주〉 뜨는.

희주 (받는) 여보세요.

민주 (E) 언니 아직 안 갔네?

희주 비행기 탔어. 이제 핸드폰 끌 거야. (하고) 너 어디야?

씬/64 진우의 사무실 + 비행기 안 (오전)

민주, 소파에 앉아서 통화 중인.

민주 나 아저씨 사무실에 왔다~

희주 누구..?

민주 유진우 아저씨 사무실. 여기 대따 넓고 좋아

희주 (?!)

여비서가 민주에게 주스를 갖다주는

민주　고맙습니다~

여비서　(미소 짓고 나가는)

희주　(너무 황당해) 니가 왜 거기를 가..?!

민주　(주스 마시며) YD 있잖아. 나 내일 거기서 오디션 보는데 아저씨가 그 사장이랑 친하대. 내가 기사에서 봤거든. 그래서 나 추천 좀 해달라고 전화했더니 아저씨가 회사로 오라고 해서

희주　(너무 기가 막혀서, 눈을 질끈) 너 진짜..! 핸드폰 번호는 어떻게 알고..!

민주　언니 핸드폰에 있잖아.

희주　(.....!)

이때 진우가 출근 차림으로 휙 들어오는, 뭔가 활기찬 분위기.

민주　어 아저씨 왔다.

희주　(.....!)

진우　언니니? 나 좀 바꿔줄래?

민주　네~ (바로 주더니 작게) 저 나가 있을까요?

씬/65 비행기 안 (오전)

희주　(기막혀) 잠깐만, 누가 바꾸라고.. (하는데)

진우　(E) 여보세요.

희주　(.....!)

씬/66 진우의 사무실 + 비행기 안 (오전)

민주는 쪼르르 문 닫고 사라지고.

진우　그라나다에 가요? 민주가 그러던데.

희주　상관 마세요. 그리고 연락하지 말라고 제가 말씀드렸었죠.. 왜 바꿔서

진우　연락도 하지 말라 그래서 안 했는데 민주가 먼저 연락을 했고,
다시는 집에 오지 말라 그래서 안 갔는데 민주가 회사로 찾아왔고,
세주 소식 있으면 정훈이 통해 알린다고 했는데 정훈이가 지금 없어서요.

희주　(?!) 그게... 무슨 뜻이에요..? (가슴이 철렁) 세주 소식이 있어요...?

진우　아직 안 떠났으면 비행기에서 내려요. 거기 갈 필요 없으니까.

희주　(표정)

진우　그라나다에 가도 희주씨는 절대 세주 찾을 수 없어요.
세주는 나만 찾을 수 있거든요.

희주　(표정)

진우　세주는 살아 있을 거라고 했죠?

희주　(...?!)

진우　이제 증명하라면, 증명하죠.

씬/67　회상 – 폐교 운동장 (아침)

8회 55씬에서 이어지는..
진우, 지쳐서 대자로 뻗어 눈 감고 땅바닥에 누워 있다.
적막이 흐르다가 멀리서 나는 푸드득 소리에 눈을 뜨는.
진우, 시선에 안개 속에 하늘을 빙빙 도는 새 한 마리가 멀리 언뜻 보이고.
진우, 새라는 걸 확인하고는 다시 눈을 감는다.
다시 잠시 후, 뭔가 이상한 느낌에 다시 눈을 뜬다.
누워 있던 진우, 바닥에서 일어나 앉는.
하늘 위의 새는 계속해서 진우의 머리 위를 빙빙 돌며 움직이지 않고.
진우, ...! 진짜 새가 아니라는 걸 깨닫고 벌떡 일어난다.
진우가 일어서자 안개가 서서히 걷히면서 머리 위를 빙빙 도는 커다란 새가 뚜렷이 보이는,
그제야 눈앞에 뜨는 메시지.
〈특수 아이템을 발견했습니다〉
진우, ...!!

〈시타델의 매 : 레벨 90 이상만 볼 수 있는 특수 아이템〉

진우, 표정.

〈당신이 시타델의 매를 가질 자격이 있다면, 팔을 뻗어보세요〉

진우, 오른손을 허공에 조심스레 뻗어보자 갑자기 손에 단단한 가죽으로 만든 보호대가 생겨나고.

진우, ...!

하늘을 날던 매, 갑자기 진우를 향해 수직으로 빠르게 낙하하며...!

바람 뚫는 소리를 내며 무서운 속도로 낙하하던 매, 지면에 가까워오자 커다란 날개를 퍼덕거리며 진우의 주위를 몇 바퀴 크게 돌아 우회하더니 진우 팔뚝의 가죽 보호대 위에 안착한다.

진우, ...!!!

날카로운 눈빛의 커다란 매, 진우를 응시하며..

한쪽 다리에는 양피지가 감겨 있고.

이어서 메시지가 뜬다.

〈master의 전령이 도착했습니다〉

- 제8회 끝 -